반고흐
컨스피러시

반 고흐 컨스피러시

지은이 매디슨 데이비스
옮긴이 이지선

초판 발행일 2006년 9월 9일

펴낸이 이상만
펴낸곳 마로니에북스
등 록 2003년 4월 14일 제2003-71호
주 소 (110-809) 서울시 종로구 동숭동 1-81
전 화 02-741-9191(대)
편집부 02-744-9191
팩 스 02-762-4577
홈페이지 www.maroniebooks.com

* 책값은 뒤표지에 있습니다.

ISBN 89-91449-84-0
ISBN 978-89-91449-84-8

THE VAN GOGH CONSPIRACY by J. Madison Davis
Copyright © 2005 by ibooks, inc.
All rights reserved.
This Korean edition was published by Maroniebooks in 2006 by arrangement with Byron Press Visual Publications, Inc., New York through KCC(Korea Copyright Center Inc.), Seoul.

이 책의 한국어판 저작권은 ㈜한국저작권센터(KCC)를 통한 저작권자와의 독점계약으로 마로니에북스에 있습니다. 저작권법에 의해 한국 내에서 보호를 받는 저작물이므로 무단전재와 복제를 금합니다.

매디슨 데이비스 추리 소설

반 고흐
컨스피러시

이지선 옮김

마로니에북스
maroniebooks.com

일러두기: 본문 괄호 속의 작은 글자는 옮긴이 주입니다.

차례

1장 의문의 살인사건   7
2장 비밀   16
3장 그것   31
4장 다락방   49
5장 기막힌 우연의 일치   63
6장 정당한 주인   87
7장 페르소나 논 그라타   108
8장 민스키의 그림   120
9장 출발 지연   141
10장 협박   152
11장 대서양을 건너   169
12장 기자회견   177
13장 베크베르흐의 노인   197
14장 아늑한 아파트   211
15장 단추   222
16장 토른 부인   246
17장 격돌   259
18장 소장품   274
19장 새뮤얼 마이어의 비밀   298
20장 경매   317

1장
의문의 살인사건

에스터 고렌은 아버지에 대한 기억이 전혀 없다. 아버지의 사진도, 아버지가 남긴 물건도, 친척들에게 들은 이야기도 없다. 새뮤얼 마이어는 에스터의 어머니 로사에게 단순한 정액 제공자에 지나지 않았다. 잠시 스쳐 지나간 사람일 뿐, 그 이상도 이하도 아니었다. 딸이 태어나자마자 아내를 버린 남자. 무책임하게 모든 걸 버리고 떠난 새뮤얼 마이어는 결코 용서받을 자격이 없었다. 어쩌다 한 번씩 로사는 입술을 오므리며 에스터의 아버지에 대해 이야기했다. 이를 악문 채. 그러나 한 번도 이름을 입에 올리지 않았다. 로사에게 그것은 혼자 그랜드피아노를 드는 것만큼이나 힘겨운 일이었다. 그래서 로사는 남편의 이름을 한 번도 말하지 않았다. 심지어 '에스터의 아버지'나 '전남편'이라는 호칭도 쓰지 않았다. 그 대신 그를 이렇게 불렀다. '돼지.' 그를 늘 '돼지'라고 불렀다.

"돼지가 떠난 해에 난 구둣가게에서 일했어."

"돼지는 강했어. 그래서 너도 강한 거야."

"넌 돼지보다 열 배는 더 똑똑하고 더 바른 아이야."

"그만 물을 수 없니? 돼지는 날 사랑하지 않았으니까 널 사랑하지도 않아. 그래서 그렇게 떠난 거야. 누가 그를 필요로 하겠니?"

지구 반 바퀴를 도는 수고를 들이면서까지 돼지를 만나야 할 특별한 이유가 있을까? 그러나 에스터는 지금 시카고의 어느 거리에 와 있다. 어째서? 그가 가족을 버리고 얼마나 잘 사는지 두 눈으로 확인하고 싶어서? 새뮤얼 마이어가 어떤 사람인지 궁금해서? 아니면 자신이 누구인지 알고 싶어서? 그러나 자신이 그 사람과 무슨 관계가 있단 말인가?

에스터는 마음이 불안하고 어지러워 도무지 기운을 낼 수 없었다. 시차로 인한 피로 때문이라고 생각했지만, 자메이카 흑인처럼 머리카락을 여러 가닥으로 땋은 택시 기사가 "다 왔습니다, 손님"이라고 말한 순간 머리에서 현기증이 났다.

새뮤얼 마이어의 집은 그녀에게 단순한 주소에 불과했다.

그동안 모사드(Mossad, 이스라엘의 비밀 정보기관)는 에스터에게 감정을 절제하는 법을 훈련시켰다. 그러나 에스터는 그것이 특별히 어렵다고 느낀 적이 없었다. 적어도 물리적인 위험은 아니었으므로. 에스터는 지금까지 두 번 극비리에 위장을 해야 했다. 한 번은 테헤란에서 임무를 수행할 때, 다른 한 번은 하마스(Hamas, 팔레스타인의 반(反)이스라엘 무장단체)를 상대할 때였다. 가자에서 포격전이 벌어졌을 때는 이스라엘 방위군(IDF)이 쏜 총에 맞기도 했다. 그런가 하면 열여덟 살에 IDF에 복무할 때는 시리아의 기관총 사수에게 권총으로 위협당한 적도 있었다. 에스터 앞에 있던 커다란 돌이 총에 맞아 부서지면서 주위로 파편이 마구 튀었다. 그러나 에스터는 재빠르게 몸을 구르며 단 한 발의 총알로 그를 쓰러뜨렸다. 소비에트에서 만든 칼라시니코프 자동 소총의 총신에 대해 자세히 알고 있었기 때문이다. 그런 그녀이지만, 지금 이 순간 마이어의 집을 똑바로 볼 용기가 나지 않았다.

길 맞은편에 높다란 벽이 보였다. 그 너머에서 커다란 함성이 들렸다.

"뭐죠? 미식축구라도 하나요?"

에스터가 물었다.

"아, 네, 손님, 저긴 리글리 구장이에요!"

택시 기사가 여러 가닥으로 땋은 머리카락을 흔들었다.

"시카고 커브스의 홈구장입니다!"

그의 하얀 이가 번쩍였다.

"……우리 팀이 지면 그건 수치지……."

그가 응원가를 부르기 시작했다.

에스터가 낄낄 웃는 운전기사를 무시하고 39달러 80센트라고 찍힌 미터기를 보는 동안, 오르간 음이 나면서 미터기의 숫자가 올라갔다. 에스터는 떨리는 손으로 50달러짜리 지폐를 내밀었다. 처음에는 달러를 셰켈(이스라엘 화폐 단위)로 바꾸어 얼마의 팁을 주는 게 나을지를 계산해보았지만, 이내 포기하고 거스름돈은 됐다는 손짓을 보냈다. 그러자 운전기사가 미소를 지으며 무척 기뻐했다. 에스터는 보도에 가방을 먼저 내려놓고 차에서 내렸다. 뒤이어 택시가 끽끽 소리를 내며 떠났다. 에스터는 깊은 숨을 내쉬며 경기장에서 등을 돌려 기억에 전혀 없는 아버지가 살고 있는 연립 주택을 올려다보았다.

불안이 엄습했다. 에스터는, 자신의 삶을 전혀 예측할 수 없는 방향으로 바꿔놓을, 주택 입구에서 불과 몇 미터 떨어진 곳에 서 있었다.

에스터는 그동안 아버지에 대해 많은 상상을 했다. 특히 10대였을 때 더욱. 아버지가 어머니를 고문한 자들에게 복수하기 위해 유대인의 영웅인 시몬 비젠탈과 함께 활약한 비밀 요원이라고도 상상했다. 그러나 친구는 에스터의 말을 믿지 않았다. 그러한 상상은 절망으로 끝날 수밖에 없는 필사적 몸부림에 불과했으므로, 에스터는 결국 아버지를 증오했다. 그러나 또다시 아버지에 대한 환상을 키워갔다. 그런 식으로 에스터는 아버지를 그리워하다가 증오하기를 매번 반복했다.

이스라엘의 집단 농장인 키부츠에 사는 많은 아이들의 아버지가 레바논에서 혹은 인티파다(Intifada, 팔레스타인 사람들의 반이스라엘 저항운동) 중에 살해당했다. 어쩔 수 없이 아버지와 헤어진 아이들은 자기 아버지가 조종사나 포병일 거라고 상상했다. 그런 상상은 아이들에게 살아갈 힘을 주었다. 반면 새뮤얼 마이어는 에스터의 면전에서 스스로 문을 닫았다. 에스터가 몇 번 문을 열려고 시도했을 때, 어머니 로사는 돼지가 비유대인인 금발 여자와 바람이 나 도망을 쳤다고 말했다. 그러나 에스터에게 그 말을 할 때는 늘 이런 식이었다.

"정 듣고 싶다면, 이 이야기는 어떠니?"

로사 고렌은 고통스러운 기억들, 크리스탈나흐트(Kristallnacht, 수정의 밤이라는 의미로 1938년 11월 9일 나치스가 유대인들을 폭행하고 재산을 약탈한 사건이 있었던 밤)나 아우슈비츠 수용소, 소비에트 군인들에게 겁탈당한 일 등은 더듬거리며 조심스럽게 떠올릴 수 있었다. 허나 새뮤얼 마이어에 대한 기억은 도무지 입 밖에 내려고 하지 않았다. 로사의 기억은 알츠하이머병으로 인해 점점 희미해져 갔고, 로사의 눈은 자주 지중해를 응시했다. 의학적인 기적—희박한 가능성에도 불구하고 에스터가 포기하지 않는 단 하나의 희망—이 일어나지 않는 한, 에스터는 더 이상 어머니에게서 아버지에 대한 이야기를 들을 수 없을 터였다.

에스터는 야구 모자를 쓰고 맥주로 배를 가득 채운 한 스포츠광이 자신의 가녀린 몸을 훑고 있는 걸 그제야 눈치챘다. 가방을 발치에 내려놓고는 보도에 멍하니 서 있는 모습은 사람들의 눈에 띄기 쉬웠다. 에스터는 본능적으로 주위를 흘끗 둘러보았다. 직업의 연장선상에서 볼 때, 남의 눈에 띄는 것은 목숨을 단축시키는 위험한 일이었다.

에스터는 가방을 들고 아버지의 집 앞에 난 계단을 올라갔다. 벨을 누르자마자 날카롭게 울리는 벨소리에 심장이 두근거렸다. 경기장에서 확성기 소리가 쩌렁쩌렁 울렸다. 에스터는 가방을 내려놓고 문짝에 귀를 가까이 댔다. 말소리가 어렴풋이 들렸지만, 무슨 말인지 알아듣기 어려웠다. 다시 벨을 눌렀다. 문구멍으로, 찰나였지만 어떤 움직임이 느껴졌다. 그러나 아무 반응이 없자, 지나가는 트럭이 렌즈에 비쳤을지도 모른다고 생각했다.

"문 열어요, 마이어!"

에스터가 다시 벨을 누르며 소리쳤다. 여전히 아무 반응이 없었고, 에스터의 목소리만이 집 안으로 공허하게 사라졌다.

에스터는 너무나 당황한 나머지 차마 문을 열지 못하는 아버지를 상상했다. 혹시 몸이 아파 침대에서 일어나지 못하는 건 아닐까? 소파에 죽은 채 누워 있거나 바닥에 쓰러져 있거나 욕조에 누워 있는 아버지를 상상하기도 했다. 에스터는 그동안 수없이 많은 시체를 보아왔다. 간호하던 어머니들. 아이들. 테러범들. 그들은 하나같이 살이 부어 오른 데다 머리기락이 피로 얼룩져 있었다. 잘 알지도 못하고, 더구나 한 번도 사랑한 적 없는 아버지의 시체를 보는 것은 어떤 기분일까? 어떤 기분을 느껴야 할까? 침묵은 에스터를 안도하게 하면서도 불안하게 했다.

에스터는 계단에서 내려와 마이어의 집과 다른 집 사이에 난 좁은 골목으로 눈길을 던졌다. 썩은 멜론이나 김빠진 맥주에서 나는 시큼한 냄새가 골목에 진동했다. 잠시 생각에 잠긴 에스터는 숨을 깊게 들이쉰 다음, 뒷문을 찾아볼 요량으로 골목을 향해 걸음을 옮겼다.

"Sie ist gegangen, SS-Standartenführer Stock."

처음에 에스터는 자신의 귀를 의심했다.

"여자는 갔어, 스토크 SS(나치스 친위대) 대령."

자신의 심장이 두근거리는 소리가 벽에 메아리치는 것 같았다.

그때 두 번째 목소리가 들렸다.

"Ich bin nichts der Standartenführer(난 대령이 아니야)! 영감, 더 이상 허튼 수작은 용납하지 않아! 어서 불어! 그건 어딨지?"

에스터는 위를 올려다보았다. 에스터의 머리에서 위로 몇 센티미터 떨어진 곳에 작은 유리창이 나 있었다. 창문은 조금 열려 있었다.

"도대체 뭘 말이야, SS 대령?"

날카로운 일격이 가해지는 소리에 이어 고통으로 신음하는 소리가 들렸다.

"Wo ist es(어딨어)? Wo ist es(어딨냐구)? 어디? 머리에 총알이 박히기 전에 어서 불어!"

에스터는 고양이처럼 바짝 긴장했다. 온 신경을 곤두세웠지만, 총소리는 들리지 않았다. 첫 번째 남자가 위협적으로 웃기 시작했다.

"어차피 난 얼마 못 살아! 이런다고 내가 겁먹을 줄 알았나? 하! 고맙군. 당신에게 고마워해야겠어!"

에스터는 재빨리 골목으로 내달렸다. 이 상황은 에스터가 지금껏 훈련받았거나 실제로 맞닥뜨렸던 상황과 비슷했다. 그러자 두려움은 이내 활기 없는 에너지로 바뀌었다. 건물 끝에 도착했을 때, 2미터 정도 높이의 나무 울타리가 앞을 가로막았다. 에스터는 울타리를 훌쩍 뛰어 넘어 뒤뜰에 발을 디뎠다. 옆에 철문을 덧단 작은 문이 있었다. 왼쪽으로 고개를 돌리자, 이번에는 지하실 문이 보였다. 문짝에서 거의 반이나 뜯어진 걸쇠에 맹꽁이자물쇠가 제 기능을 잃은 채 덧없이 걸려 있었다.

에스터는 지하실로 들어가기 전에 먼저 귀를 세우고 반응을 기다렸다. 밑에서 아무 인기척도 나지 않자, 그제야 곰팡내 나는 안으로 들어갔다. 마치 차가운 물속으로 다이빙하는 기분이었다. 햇빛을 피하기 위해 옆으로 몸을 돌리는 바람에 거미줄이 얼굴에 달라붙었다. 온수기에서 정상적인 가동 주기에 따라 윙윙거리는 소리가 들렸다. 거미 한 마리가 좁은 창문의 철망 주위를 어지럽게 맴도는 동안, 에스터는 어둠에 적응하기 위해 눈을 감았다 떴다. 그제야 먼지가 수북이 쌓인 채 구석에 처박혀 있는 작업대가 눈에 들어왔다. 작업대 위에 어지럽게 널린 도구들은 모두 녹이 슬어 있었다. 그러나 에스터는 그보다 더한 것으로도 사람을 죽인 경험이 있었다. 그중 파이프 렌치를 눈여겨보다가 기다란 드라이버를 손에 들었다. 오래된 스프레이 페인트 통도 보였다. 손잡이가 빠르게 눌리는 걸로 보아 안에 여전히 페인트가 들어 있음을 짐작할 수 있었다.

나무 계단이 일층을 향해 뻗어 있었다. 계단을 오르는 동안 조금이라도 방심했다가는 존재가 쉽게 들통 날 수 있었다. 벽에 몸을 바짝 붙이고 계단을 조심스럽게 올라가는 에스터의 모습은 마치 공격 자세를 취한 고양이처럼 보였다. 닫힌 문 앞에 다다랐을 때, 목소리가 더 크게 들렸다.

"더? 더 맞고 싶은가? 말해! 어디 있어?"

그와 동시에 쿵 하는 소리가 들렸다. 그중 한 명이 바닥에 쓰러졌다.

"어쩌면 편지 속에 있을지도 몰라. 어쩌면 너무 늦었는지도 모르지."

"누가 그걸 가지고 있지? Wer(누구야)?"

첫 번째 목소리가 기침을 하며 희미하게 웃었다.

"스토크 대령, 당신 따위가 고통이 뭔지 알아? 유대인들은 고통이 뭔지 알아. 나는 고통이 뭔지 알아."

바닥에 쓰러진 사람은 마이어가 분명했다. 에스터는 열쇠구멍으로 안을 들여다보았다. 거무스름한 벽에 징두리 판이 붙어 있었다. 등을 보이고 선 저 남자가 스토크일까? 그러나 제대로 보이지 않았다.

뒤이어 들린 총소리는 마치 누가 문짝을 세게 찬 듯한 착각에 빠지게 할 만큼 격렬했다. 에스터는 그 소리에 놀라 하마터면 계단에서 굴러 떨어질 뻔했다. 마이어는 고통을 참지 못하고 새된 비명을 질렀다. 위기를 느낀 에스터는 문을 열고 안으로 발을 내딛자마자 드라이버와 스프레이 페인트 통을 쥔 손에 힘을 주었다. 마이어를 흘끗 보았을 때, 그는 거실 바닥에 웅크리고 앉아 얼굴을 일그러뜨린 채 피가 흥건한 무릎을 부여잡고 있었다. 스토크라는 자가 에스터에게 총을 겨누기 위해 방향을 틀었다. 에스터는 그 틈을 타 스토크에게 재빨리 달려들었다. 드라이버와 총이 격렬히 맞부딪쳤다. 에스터가 스프레이 페인트 통의 손잡이를 누르자, 군함에 칠하는 회색 페인트가 세차게 뿜어져 나왔다.

스토크는 벽난로에 나자빠지면서 소매로 눈을 가리고 손에 쥔 총을 허공에 대고 마구 휘둘렀다. 에스터는 드라이버로 스토크의 배를 찌르려고 했지만, 그가 휘두른 총에 부딪혀 드라이버 손잡이가 떨어져 나가는 바람에 기다란 날만 남았다. 게다가 드라이버 날도 스토크의 벨트에 부딪히자마자 튕겨 나가 바닥에 떨어지고 말았다. 에스터는 스토크의 얼굴을 가격하기 위해 손을 들었지만, 그가 격렬히 휘두른 총에 손목을 맞았다. 에스터는 고통 속에서 몸을 움츠렸지만 정신을 차리고 스토크의 사타구니를 힘껏 찼다. 스토크가 비명을 지르며 벽난로의 장식 선반에 몸을 기대고 성난 황소처럼 머리를 세차게 흔들었다.

에스터는 스토크의 목을 조르기 위해 엄지손가락을 펴고 또다시 달려들었지만, 마이어가 흘린 피에 발이 미끄러져 어이없게도 스토크에게로 넘어졌다. 스토크가 우람한 팔로 에스터를 뒤로 힘껏 밀쳤다. 뒤통수를 문설주에 세게 부딪힌 에스터는 몸을 움직일 수 없었다. 스토크는 눈을 깜박이며 권총을 집어 에스터를 겨누려고 했다. 잿빛이 된 스토크의 얼굴은 새빨갛게 타는 눈에서 흐르는 눈물로 뒤범벅 되었다.

"에스터!"

마이어가 외쳤다.

"내 딸!"

마이어가 스토크의 종아리를 있는 힘껏 부여잡자, 스토크가 그를 발로 걷어찼다. 스토크가 에스터 쪽으로 고개를 돌렸지만, 마이어가 시간을 벌어준 덕에 에스터는 기운을 차릴 수 있었다. 에스터가 다시 스토크에게 돌진했다.

스토크가 우락부락한 팔뚝으로 에스터를 옭아맸다. 에스터는 다시 뒤로 내동댕이쳐졌다. 이번에는 어두컴컴한 지하실 계단에 굴러 떨어졌다.

의식이 사라져가면서, 에스터는 방금 전까지 무슨 일이 있었는지 기억할 수 없었다. 지하실의 차가운 콘크리트 바닥. 피의 금속성 맛. 아니 페인트였나? 사이렌 소리? 비명? 팔이 말을 듣지 않았다. 에스터는 옆으로 몸을 굴렸다. 계단 꼭대기에 서 있는 스토크의 모습을 보려고? 그가 총을 겨누었다. 그리고 쏘았을까? 사람들은 말한다. 총에 맞을 때는 총소리를 들을 수 없다고.

몇 발의 총성. 분명히 몇 발의 총성이 울렸다. 그들이 에스터의 몸을 발로 찼다. 페널티킥으로 서투른 골키퍼의 코를 가격하듯이.

툭. 툭. 툭.

어둠이 사방을 잠식하기 전, 에스터의 머리에 잠시 두 가지 생각이 스쳤다.

'아버지가 날 알아보았다.'

'아버지는 날 위해 싸웠다.'

2장
비밀

철문에서 노크 소리가 묵직하게 들리자, 에스터는 힘겹게 운동화 끈을 묶다 말고 고개를 들었다. 으레 의사이겠거니 하고 생각했다. 간호사들은 대개 노크를 하지 않는다. 그런데 문 앞에 나타난 사람은 호리호리한 체격에 턱이 약간 네모졌으며 엷은 갈색 머리카락을 짧게 자른 남자였다. 남자가 걸친 양복은 무척 고급스러워 보였지만, 경찰관의 냄새가 물씬 풍겼다. 에스터는 손에서 운동화 끈을 놓고 낮은 비닐 의자에 몸을 기댔다.

"얼마나 더 해야 해요?"

에스터가 물었다.

"네?"

"얼마나 더 진술을 해야 하냐고요?"

"전 진술을 받으러 온 게 아닙니다."

"그럼 뭐예요? 또 다른 곳으로 데려가시려고요? 더는 싫어요. 사흘 동안 벌써 여섯 번이나 옮겼다고요. 그리고 난 이제 퇴원해요. 병실을 얼마나 옮겼는지 벌써 비행기로 지구를 몇 바퀴 도는 것 같다고요."

"안으로 들어가도 될까요? 제가 당신을 도울 수 있을 거예요."

에스터는 마치 새로 개발한 체중 감량 프로그램을 홍보하러 온 세일즈맨을 보듯 그를 쳐다보았다. 그러나 총상을 입은 뒤에는 만사가 다 귀찮게 느껴졌다.

에스터는 무관심하게 어깨를 으쓱했다.

"좋을 대로요."

남자는 순진한 소년 같은 미소를 짓더니, 에스터가 창문으로 고개를 돌리자 한쪽 무릎을 꿇었다. 그리고 에스터의 운동화 끈을 재빨리 묶고는 받침대 위에 다른 발과 나란히 올려놓았다. 남자의 소박한 결혼반지가 창문으로 비치는 햇살에 반짝였다. 에스터는 남자가 자신의 다리를 음흉한 눈길로 보고 있는 것 같아 고개를 숙였으나, 보이는 거라고는 정수리뿐이었다. 남자가 에스터의 시선을 느꼈는지 고개를 들었다.

"전 마틴 헨슨입니다. 기분은 좀 나아졌나요?"

"누가 12년 동안 내 머리를 고무망치로 때린 것 같아요."

"충분히 회복되었다고 하더군요."

"누가요? 난 운이 좋았어요. 그자는 내게 총을 세 발이나 쐈지만, 사격 실력은 별로 신통치 않더군요."

"재능이 있고 명이 짧은 것보다 운이 따라 명이 긴 게 차라리 낫죠."

헨슨이 말했다.

에스터가 불편하게 몸을 움직였다. 에스터는 문득 그가 가슴에 박혔던 총알에 대해 궁금해하는 게 아닌가 하고 생각했다. 혹시 변태가 아닐까?

"지금도 통증이 심한가요?"

헨슨이 물었다.

"통증을 느낀다는 건 곧 살아 있다는 증거죠. 네, 조금은요. 심할 땐

퍼코셋 같은 진통제를 먹으면 돼요."

헨슨이 일어났다.

"전에도 총에 맞은 적이 있나요?"

'총에 맞은 적이 있냐고? 설마?'

"전혀요. 왜 그런 걸 묻죠? 난 그냥 여행사 직원이에요."

헨슨이 고개를 끄덕였다.

"문을 좀 닫아도 될까요?"

헨슨은 문 쪽으로 걸어가 복도를 두리번거린 후, 에스터의 대답을 듣기도 전에 문을 닫았다.

에스터는 조금 긴장이 되었지만, 헨슨이 너무 느긋하다 못해 얼이 빠진 것처럼 보여서 어떤 위험도 느끼지 못했다.

"전 병원이 싫습니다. 당신은요?"

헨슨은 그렇게 말했지만, 딱히 에스터의 대답을 기다리는 것 같지 않았다. 잠시 후 그가 이렇게 속삭였다.

"당신도 알고 있겠지만, 미국에는 비밀리에 활동하는 모사드 요원이 꽤 됩니다. 그들의 외교적 수완은 때때로 저열하기까지 하죠. 그 때문에 미국과 팔레스타인의 평화 협상이 난항을 겪을 우려가 있어요."

"모사드?"

에스터가 웃었다.

"지금 무슨 말을 하는 거예요? 모사드가 나와 무슨 상관이죠? 난 여행사 직원이라고요."

"저희가 미국으로 넘어온 비밀 정보원들에 대해 까맣게 모를 거라고 생각하셨나요?"

헨슨이 나직이 말했다.

"특히 요즘 같은 때에요? 물론 이스라엘 정부가 정보를 주었지요. 시카고 경찰은 이스라엘 국민이 비행기에서 내린 지 두 시간 만에 총상을 입은 사건 때문에 바짝 긴장하고 있어요. 그들은 FBI에 연락했고, FBI는 이스라엘 대사관에, 대사관은 이스라엘 정부에……. 이스라엘 정부는 당신이 '공적인 임무'를 띠고 여기 온 게 아니라고 해명했어요. 더불어 당신이 매우 협조적일 거라는 말도요."

"난 그저 아버지를 만나러 왔어요. 그리고 강도의 총에 맞아 죽을 뻔했고요."

"이미 요시 레브에게서 들었어요. 당신이 협조적일 거라는 말도요."

헨슨이 말했다.

에스터는 그 이름을 듣고 어지간히 놀랐지만, 내색하지 않으려 애쓰며 헨슨을 쳐다보았다. 진통제만으로는 충분치 않았다. 에스터는 감정을 들키지 않았다고 자신할 수 없었다. 도대체 이 헨슨이라는 사람은 누구일까? 독심술사?

"네?"

"요시 레브. 오늘 아침 그 사람과 통화했어요. 처음 통화했을 때, 내게 '샬롬' 하고 인사하더군요. 당신이 휴가 때 그런 일을 겪으리라고는 미처 예상하지 못한 것 같았어요. 그들은 처음에 하마스의 소행으로 추정했지만 지금은 다르게 생각하는 듯해요."

"무슨 얘긴지 전혀 모르겠어요."

"전혀요?"

헨슨이 미소지으며 말을 이었다.

"물론 당신은 모르겠지요. 들어봐요. 지금 이 얘길 하자는 게 아닙니다. 저희의 관심사가 무엇인지 잠시만 설명해도 될까요?"

"난 90분 안에 공항에 도착해야 해요."

"서두르지 마세요."

헨슨은 재킷 안주머니에서 수첩과 몽블랑 만년필을 꺼냈다. 그 값비싼 만년필은 경찰관에게 어울릴 만한 액세서리는 아니었다. 혹시 국무부에서 왔을까? 헨슨은 만년필 뚜껑을 열지 않고 수첩에 적힌 내용을 빠르게 훑기 위한 용도로만 사용했다.

"시카고 경찰국 토머스 형사의 말에 따르면 당신 아버지가 당신에게 전화해 전립선암이 전이돼 겨우 몇 주밖에 못 산다고 했다는데, 맞나요?"

"네."

에스터는 창문 밖으로 고개를 돌렸다.

"어쩌면 며칠이 될지도 모르고요."

마이어는 에스터에게 여섯 번이나 전화를 했다. 그리고 눈물을 흘리며 애원했다. 그는 몇 년간 국제전화비로 수천 달러를 날리면서까지 고렌 모녀를 찾기 위해 백방으로 노력했으며, 로사가 재혼하지 않고 결혼 전 성을 쓰고 있다는 걸 안다고 했다. 그렇다고 해서 마이어가 자신들을 그리워했다고 믿기는 어렵지 않은가? 마이어 역시 재혼을 하지 않았다. 마이어는 흐느끼는 목소리로 여전히 로사를 사랑하며, 에스터 역시 사랑한다고 말했다.

어떻게 그토록 '사랑'이라는 말을 서슴없이 할 수 있을까? 에스터는 분노했고, 단단한 돌처럼 흔들리지 않았다. 아버지를 보고 싶은 마음은 추호도 없었다. 그는 에스터가 태어난 지 1년도 안 돼 어머니를 버리고 떠난 사람이었다. 어떻게 용서할 수 있단 말인가? 에스터는 아버지에게 모진 말로 소리치며 전화기를 쾅 하고 내려놓은 일을 기억하고는 몸서리쳤다. 마이어는 다시 전화를 걸었다. 그가 형편없는 히브리어와 더 형편없는 이디시어를 섞어가며 흐느끼고 애걸하는 목소리가 자동 응답기에서 흘러나왔다. 마이어는 에스터에게 줄 것이 있다고 말했다. 자신의 잘못을 보상할 수 있을 만한 것이라고 했다. 그리고 로사가 자신을 이해해줄 것이라는 말도 덧붙였다. 그의 삶은 보잘것없었다. 이것은 그가 유일한 자식에게 무언가를 해줄 수 있는 마지막 기회였다.

그러나 에스터의 가슴은 이미 갈가리 찢어진 뒤였다. 마이어가 무엇을 주고 싶어한들, 그것은 이제 아무런 의미가 없었다. 에스터는 어떤 호기심도 느끼지 않았다. 그러나 마이어의 잘못이 무엇이건 간에, 그가 누구인지 알고 싶었고 어떻게 생겼는지 직접 보고 싶었다. 이럴 때 어머니의 조언이 필요했지만, 로사는 이미 자각 능력을 상실한 뒤였다. 1년 전에는 이따금 에스터를 아우슈비츠행 기차에서 호흡 곤란으로 죽은 폴라 이모와 혼동했다. 로사는 사고력이 점점 약해짐에 따라 젊은 시절의 고통과 두려움에서 점점 자유로워졌다. 이제 휠체어에 앉아 있는 로사의 얼굴은 더없이 평화로워 보였다. 창백한 영혼은 마침내 악몽 같은 기억을 완전히 떨쳐버렸다. 로사 고렌은 오로지 이름으로만 남아 있었다. 에스터는 스스로 자문했다. 만약 어머니가 새뮤얼 마이어를 만나는 데 찬성한다면, 그 이유는 단순히 그간의 공허감을 채우기 위해서이거나 아니면 그간 느끼지 못한 가족의 유대감을 느끼고 싶어서가 아닐까?

잠 못 이루는 밤에, 에스터는 요시 레브의 조언을 듣기 위해 차를 몰고 텔아비브로 갔다. 그는 에스터의 말을 차분히 들은 뒤 평소처럼 무뚝뚝한 목소리로 대답했다.

"그를 보고 싶다면 보고, 그렇지 않다면 보지 마라. 네 본능에 충실하렴. 네 본능은 지금껏 수없이 맞닥뜨린 위기 속에서도 잘 발휘되지 않았니?"

그러나 본능은 그녀에게 무엇을 말했을까? 그녀는 듣지 못했다. 마치 성난 군중이 돌을 던지듯, 감정이 그녀를 내던졌다.

집에 돌아온, 에스터는 어머니의 요양원에서 만났던 유대교 랍비를 기억했다. 에스터가 그 종교를 신봉한 것은 아니지만, 이 랍비는 에스터의 눈에 매우 자비롭고 현명해 보였다. 다음날 에스터는 그를 만났다. 랍비는 에스터에게 그 일을 결정하기 위해 어머니의 생각을 지레짐작하지 말라고 조언했다. 그녀의 문제에 어머니를 개입시키지 말라고 말이다. 그의 조언대로 에스터는 아버지를 직접 만나기 전까지 마음이 결코 편해 질 것 같지 않았다. 그를 만나고, 마음이 내키면 용서하라고 랍비는 말했다. 무슨 죄를 졌든 간에 죽어가는 사람에게 자비를 베푸는 행위는 앙갚음을 하는 행위보다 훨씬 더 고귀하며, 좋은 결과로 돌아올 것이라면서.

"그래서 당신은 시카고로 날아왔군요."

헨슨이 말했다.

에스터는 고개를 끄덕였다. 그러나 마이어는 그녀가 오고 있다는 걸 알지 못했다. 에스터는 막판에 마음이 바뀌면 취소할 생각으로 비행기표를 샀다. 아마 그럴 수 없다는 걸 알았지만, 어쨌든 에스터의 마음은 그러했다.

"당신은 공항에서 그에게 전화를 걸었고, 그가 주소를 알려주었죠?"

"'그리드 숫자'라는 걸 알려줬어요. 북쪽으로 수백 개, 서쪽으로 수백 개. 그게 정확히 무슨 의미인지 몰랐지만, 택시 기사는 잘 알고 있더군요."

"그들은 그리드를 사용하니까요(시카고의 거리는 그리드, 즉 격자형 가로망으로 짜여 있음). 스테이트 앤드 매디슨 교차로가 기준점이죠."

헨슨이 계속 설명했다.

"아주 편리한 체계예요. 반면 유럽 같은 구대륙에서는 대도시에서 길을 잃기가 쉬워요. 런던, 다마스쿠스, 카이로. 모두 오래된 도시죠."

"잘 모르겠어요."

에스터가 말했다.

헨슨이 미소지었다.

"여행사 직원으로서?"

"난 여행 상품을 기획하는 일을 맡고 있어요."

"그럼, 여러 곳을 다녔겠군요."

에스터는 수화기에서 들렸던 마이어의 떨리는 음성을 기억했다. 그때 스토크가 거기 있었던 걸까? 마이어에게 총을 겨누며? 아니면 딸이 용서해줄지 모른다는 가슴 벅찬 기대 때문이었나?

"내가 오헤어 공항에서 전화를 걸었을 때, 아버지는 주소와 시내의 그리드 코드를 알려주었어요."

헨슨은 잠시 에스터를 뚫어지게 바라보았다.

"스토크라는 자가 당신을 상대할 수 있을 정도라면 그도 전문가임이 분명해요. 당신은 강도 높은 훈련을 받았을 테니까요. 레브는 당신이 아주 뛰어난 요원이라고 하더군요."

"훈련이요? 지금 무슨 말을 하는 거죠?"

헨슨은 수첩을 내려다보며, 이렇다 말이 없었다. 에스터는 잘난 체하는 꼴이 아니꼬워 면상을 한 대 치고 싶었다. 에스터가 화난 목소리로 속삭였다.

"이봐요. 당신네 컴퍼니는 왜 이 일에 관심이 많죠? 이번 살인 사건은 시카고 경찰이 알아서 잘 해결할 거예요. 나는 그들에게 모든 걸 다 진술했어요. 그들은 아버지를 죽인 자를 찾아내야 해요. 살인자를 찾는 건 그들 몫이지 당신들하고는 아무 상관이 없어요."

"컴퍼니라고요? 누가 CIA를 그렇게 부르죠?"

헨슨이 미소지으며 말을 이었다.

"지금 무슨 말을 하는지 모르겠군요."

'괜찮아. 괜히 떠보려는 거야.'

에스터는 그렇게 생각했다.

"난 택시를 잡아야 해요."

"토머스 형사는 처음에 마이어를 죽인 사람이 당신일지도 모른다고 추측했어요."

"내가요? 나는 세 발이나 총에 맞았어요!"

"그냥 추측이에요. 전 지금 진지하게 말하는 겁니다."

"그럼 마이어가 나를 총으로 세 번 쏘고 자기 얼굴에 대고 두 번을 쐈을까요? 아니면 내가 그를 쏘고 나서 내 몸에 총을……."

"흥분하지 마세요. 토머스 형사가 처음 마이어의 정체를 알았을 때, 그렇게 생각……."

"정체요?"

"당신 어머니는 왜 그를 떠났나요?"

마치 우주 전체가 흔들린 것처럼 침묵이 흘렀다. 이 남자가 지금 무슨 말을 하는 거지?

"마이어가 우릴 버렸어요! 어머니가 떠난 게 아니에요!"

"정말 몰라요?"

헨슨이 고개를 갸웃했다.

"그렇게 물어서 미안합니다만, 정말 믿을 수가 없군요. 그러니까 원하기만 하면 얼마든지 알아낼 수 있었을 텐데요. 하지만 원치 않았겠죠? 충분히 이해합니다."

"그 사람은 비유대인 여자와 바람이 나서 어머니를 떠났어요. 금발 여자였대요."

헨슨이 멍한 표정을 지었다.

"그렇지 않아요."

에스터의 가슴이 철렁 내려앉았다. 에스터는 아버지를 보고 싶어하지 않았었다. 심지어 그가 죽어간다는 말을 들었을 때도. 마지못해 만나게 되었을 때는 아버지가 자신과 어머니를 떠난 이유를 알기도 전에 영영 이별하고 말았다.

그러나 마땅한 이유가 있을 턱이 없었다. 그렇다면 지난 35년간 왜 딸을 만나려고 한 번도 시도하지 않았을까? 반면, 에스터가 아버지에 대해 물을 때마다 어머니의 눈빛에 어린 고통에는 마땅한 이유가 있었다.

"당신은 1966년 초에 태어났지요?"

헨슨이 물었다.

"그 무렵 이민 귀화국은 1951년에 이민 온 유대인들에 관해 대대적인 조사를 벌였습니다. 그들은 나치 범죄자를 찾는 일보다 소비에트 비밀 요원을 찾는 일에 더 열을 올렸죠. 어느 경우라도 당신 아버지가 스테판 마이어베어라는 암살단원이었을 가능성은 무시할 수 없었습니다."

에스터는 이마에 식은땀이 났다. 어머니는 이런 이야기를 한 적이 한 번도 없었다.

"그리고요?"

헨슨이 요약해서 말했다. 새뮤얼 마이어는 미국으로 이민 온 직후에는 평범하게 살았다. 시카고에 정착해 기계 공장에서 일했고, 돈을 더 벌기 위해 주말에는 택시를 운전했다. 그렇게 돈을 모아 로사 고렌과 함께 살 집을 장만했는데, 마이어가 죽은 곳이 바로 그곳이었다. 범죄 기록에 그의 이름은 두 번 등재되어 있었다. 한 번은 1959년 어떤 재즈 클럽 밖에서 일어난 폭행 사건의 증인으로 나선 것이다. 그 사건은 피해자가 고소하지 않은 관계로 재판에 회부되지 않았다. 1963년에는 다른 기계 공장 노동자들과 연대 파업을 벌여 체포되었다. 상황이 마이어의 조합에 불리하게 돌아가 파업은 몇 시간 만에 중단되었다. 그 후 마이어는 평일에 열심히 일하고 이따금 시나고그(유대교 집회 또는 회당)에 참석하거나 이탈리아인 동료들과 도미노 게임을 하며 하루하루를 조용히 보냈다. 1966년 초에 에스터가 태어났다. 그 무렵, 새뮤얼 마이어와 그의 아내 로사는 그야말로 '아메리칸 드림'을 꿈꾸고 있었다.

그러나 아기가 태어난 지 몇 달 후, 새뮤얼 마이어는 붓꽃 모양의 문장과 서로 교차된 기관포들로 장식된 코담뱃갑을 들고 루프 근처에 있는 전당포에 들렀다. 전당포 주인은 그 물건이 마이어의 예상보다 훨씬 더 오래되고 값어치가 있다는 걸 알아보았다. 한 달 전 레이크 포리스트의 한 저택에서 누군가가 몰래 침입해 몇 가지 고대 유물을 훔쳐간 사건이 있었다. 코담뱃갑은 전당포 주인이 받은 도난품 목록에 포함되어 있지 않았지만, 혹시나 하는 마음에 그를 경찰에 신고했다. 경찰들이 택시 승강장에서 마이어를 발견하고 그를 심문했다. 마이어는 전쟁 중에 네덜란드에 머물렀을 때 어떤 남자에게서 받은 거라고 대답했다. 그리고 미국으로 넘어올 때까지 행운의 징표로 그것을 안주머니에 넣고 다녔다고 했다. 그 코담뱃갑을 유심히 관찰하던 경찰은 바닥에서 모노그램(두 개 이상의 글자를 합쳐 한 글자 모양으로 도안한 것. 미술품의 서명 대신에 쓰기도 하고, 인감으로 쓰기도 함)과 순분 인증 각인(純分認證刻印)을 발견했다. 그 결과, 그것이 루이 14세의 동생이자 최고 지휘관이었던 필리프가 친구들에게 선물하기 위해 제작한 다섯 개의 코담뱃갑 중 하나로 밝혀졌다. 그중 세 개는 박물관에 소장되어 있고, 다른 하나는 행방이 묘연했으며, 나머지 하나는 1943년에 프랑스 남동부의 니스에서 스테판 마이어베어라는 프랑스계 나치의 사주로 한 유대인 은행업자가 훔친 것으로 보고되었다.

마이어는 경찰서로 끌려갔다. 그가 프랑스어를 할 수 있다는 점과 1940년대 중반부터 프랑스 남부의 아비뇽에 나타난 1947년까지 행방이 묘연했다는 점이 마이어베어가 걸어온 발자취와 비슷했기 때문이다. 괴뢰 정권이었던 페탱의 비시 프랑스에서 마이어베어는 유대인들을 수색해 재물을 약탈했다. 또한 나치스가 프랑스 남부를 직접 통치한 때는 나치스에 대한 충성심을 증명하려고 노력했다. 전 독일 육군 장교는 마이어베어가 임신한 여자를 발로 세게 차서 죽이는 장면을 목격했다고 진술했다. 강제 노동 수용소에서 살아남은 두 명의 생존자는 마이어베어가 수프 스푼으로 한 소년의 눈알을 후벼 파는 걸 보았다고 말했다. 그리고 모두들 새뮤얼 마이어가 스테판 마이어베어라고 확신했다. 비록 전 육군 장교는 시력을 거의 상실해 앞을 못 보았지만. 마이어의 시민권을 취소하는 문제와 재판을 위해 마이어를 프랑스로 이송하는 문제를 두고 1966년 11월 청문회가 열렸다.

에스터의 가슴이 다시 쿵 하고 내려앉았다. 입술이 자꾸만 타들어가서 아무 말도 할 수가 없었다.

"그래서 아버지는 자신이 마이어베어라고 자백했나요?"

"아니요. 마이어는 네덜란드 남부로 피신했을 때, 마스트리히트 근처 어딘가에서 만난 한 네덜란드 망명자한테서 그 담뱃갑을 받았다고 주장했어요. 음식과 옷을 제공한 보답으로요. 여름이 지나기 전에 사태는 당신 아버지에게 더욱 불리하게 진행되었죠. 노동절 무렵 당신 어머니는 당신을 데리고 시카고를 떠나 뉴욕에서 텔아비브행 비행기를 탔어요. 텔아비브에 도착하자마자 은신처에 몸을 숨겼고, 후에 미국 시민권을 포기했죠. 그러나 그녀는 그런 수상한 행동에 대해 아무런 해명을 하지 않았고, 새뮤얼 마이어의 정체에 대해 시종일관 모른다는 말만 되풀이했어요. 그리고 그를, 미안하지만, 돼지라고 불렀어요. 이스라엘 당국은 남편에 대해 아는 대로 말하지 않으면 입국을 막고 미국으로 돌려보내겠다고 위협했지만, 그녀는 끝까지 입을 열지 않았어요."

"미국으로 돌려보내는 건 귀환법에 위배돼요!"

"일종의 협박이었겠죠. 그러나 그 후 이스라엘 정부는 귀환법을 어기면서 갱 단원인 마이어 랜스키를 국외로 추방했어요. 어쨌든 청문회가 열리기 일주일 전 제네바의 작은 마을 샹트리에서 갑작스러운 소식이 날아왔어요. 그 즈음에 당신 아버지의 기사가 '인터내셔널 헤럴드 트리뷴'에

실렸는데, 한 엔지니어가 그 기사를 읽고 자기 아버지에게서 들은 이야기를 기억해내죠. 이름이 스테판 마이어베어라는 남자가 1945년에 프랑스에서 국경을 넘었습니다. 그럴 경우 보통은 국외로 추방되지요. 스위스는 이전부터 많은 유대인들을 독일로 돌려보내 죽음에 이르게 한 전력이 있죠. 그러나 마이어베어라는 남자는 건강이 매우 악화된 상태였어요. 그는 마을 촌장들에게 그리스도 수난상을 뇌물로 제공했는데, 그것은 후에 아비뇽에서 약탈한 것으로 밝혀졌죠. 그가 샹트리에 도착했을 무렵에는 심한 출혈과 고열에 시달리다가 나흘 만에 죽었어요."

헨슨이 에스터를 향해 몸을 숙였다.

"마을 사람들은 이 사람이 범죄나 복수의 희생양이었을 거라고 생각했어요. 자유주의 국가에서는 흔히 일어나는 일이니까요. 그래서 그들은 침대에 누운 그 남자를 사진으로 찍은 뒤, 다른 빈민들과 함께 땅에 묻었어요. 만약 그리스도 수난상과 엔지니어의 기억이 없었다면, 그 남자의 존재는 영원히 잊혔겠지요. 마이어베어의 죽음을 말해주는 그 증거들에 직면한 당국은 청문회를 중단했습니다. 그러나 그들 대부분은 마이어베어가 자신을 동정한 스위스인들과 결탁해 사망한 것으로 조작한 거라고 생각했어요. 그러나 법정에서 혐의를 확증할 길은 없었지요. 스파이더, 오데사 등 나치스 전범들이 안전한 도피를 위해 조직한 비밀 단체들은 '죽음'을 조작하는 데 능숙했으니까요. 어쨌든 새뮤얼 마이어가 스테판 마이어베어임을 입증하는 것은 그리 중요치 않았습니다. 그 당시에 베트남이 미국의 큰 이슈였고, 막강한 세력들이 손가락으로 버튼을 누르기 바빴으니까요."

에스터의 눈이 번쩍였다.

"당신은 내 아버지가 마이어베어라고 확신하는군요!"

헨슨은 에스터의 날카로운 시선을 피하려고 하지 않았다.

"그래요, 고렌 양. 맞습니다."

에스터는 의자에서 일어나 타박상의 통증을 완화하기 위해 어색한 동작으로 주위를 서성였다.

"어이가 없군요."

"당신 아버지가 당신에게 무슨 말을 했나요?"

"아무 말도요. 그럴 기회가 없었어요. 난 그의 이야기를 듣기 위해 수천 킬로미터나 떨어진 이곳에 왔어요! 내 어머니가 자유를 얻기 위해 그런 악랄한 전범과 결혼했을 것 같아요? 어머니는 크리스탈나흐트에서 나치스 대원들에게 성폭행을 당했을 때 불과 열네 살이었어요. 사령관의 노리개였기 때문에 아우슈비츠에서 살아남을 수 있었고요. 해방 후에는 소비에트 군인들에게 잡혀 사흘 동안 겁탈을 당했어요. 그런 어머니가 마이어베어와 함께 살 수 있었겠어요? 그건 미친 짓이에요."

헨슨은 로사 고렌의 파란만장한 사연을 듣고 주춤했다. 무슨 말을 해야 할지 갈피를 못 잡은 듯했다.

"저희는 로사가 당신을 보호하기 위해 그 사실을 숨겼을 거라고 믿습니다."

불안하게 서성이던 에스터가 걸음을 멈췄다.

"이스라엘에서 당신이 마이어베어의 딸이라는 게 알려졌다면 당신의 삶은 어땠을까요?"

헨슨은 말을 계속했다.

"당신이라면 딸을 보호하기 위해 그 사실을 비밀로 하지 않았을까요? 그러니까 당신에게 딸이 있다면요."

에스터는 창문으로 고개를 돌리고 몸을 지탱하기 위해 의자 등받이를 잡았다.

"아니요."

에스터가 마침내 입을 열었다.

"아니요. 나라면 그를 신고했을 거예요. 나는 어머니만큼 강하지 못해요. 어머니는 강한 분이었어요."

오랜 침묵이 흘렀다. 현기증이 나는 가운데서도 병원 안의 정상적인 소음이 에스터의 귀에 들렸다. 어느 의사를 급하게 찾는 안내 방송과 휠체어의 삐걱거림도.

헨슨이 조심스럽게 말했다.

"당신은 자신의 능력을 과소평가하는 것 같습니다. 페인트통과 드라이버만으로도 총을 가진 남자와 용감히 맞서 싸우지 않았나요?"

"그는 운이 좋았어요. 내가 죽였어야 했는데."

헨슨은 에스터의 크고 검은 눈을 응시했다.

"제가 보기에, 제가 잘못 생각했다면 말씀하십시오. 당신은 아버지에 대한 진실을 알고 싶어합니다. 어떤 식으로든요."

"난 네 시까지 공항에 도착해야 해요."

에스터가 힘없이 말했다.

"엘알 여객기는 내일도 떠요. 결국 세상은 참 좁아요."

헨슨이 말했다.

3장
그것

에스터가 처음 리글리 구장 맞은편에 있는 건물 앞에 선 지도 열흘이 지났다. 헨슨은 범죄 현장임을 알리는 노란색 테이프 안으로 들어가 현관문을 열었다. 그리고 옆으로 비켜서서 에스터가 먼저 들어가기를 기다렸다. 에스터는 처음에 망설이다가 현관 안으로 무거운 발걸음을 옮겼다. 건물 안으로 귀를 기울이자, 이상한 침묵이 감돌았다. 오래된 털실 냄새가 공기 중에 짙게 배어 있었다. 에스터는 이층으로 이어진 기다란 계단을 올려다보았다. 층계참 위쪽의 작은 창문에서 들어온 빛이 퇴색한 벽지에 삼각형 무늬를 만들었다. 에스터는 마음을 가라앉히기 위해 눈을 감았다.
"괜찮아요?"
헨슨이 에스터의 팔꿈치를 잡으며 물었다.
"내가 기억하는 것보다 싸움은 훨씬 더 격렬했어요."
에스터는 숨을 깊게 내쉰 뒤 거실로 고개를 돌렸다.
"어. 다리가 두 개뿐인 쥐들이군요. 처음 보는데요."
헨슨이 그렇게 말하며 에스터의 팔을 잡고 부드럽게 자신의 뒤로 이끌었다. 그런 다음 조심스럽게 거실로 걸어갔다. 누군가가 거실 안을 살

샅이 그리고 체계적으로 뒤진 흔적이 역력했다. 마이어의 오래된 소파와 러브 시트는 뒤집혀 있고, 쿠션들은 칼로 베어져 속이 밖으로 드러나 있었다. 그림들은 벽에서 떨어진 채 액자와 분리되어 있었다. 작은 테이블은 쓰러져 있었고, 커다란 창문 아래에 설치된 난방기 앞에 서랍들이 마구 널브러져 있었다.

헨슨이 무릎을 구부리고 앉아 바지 밑단으로 손을 뻗더니 발목에서 자동 권총을 뽑았다.

"문가에 서 있어요. 밖에서 어떤 소리가 들리면 바로 나가세요. 그리고 여기 별표를 눌러 지원 요청을 하세요."

그 말과 동시에 헨슨이 에스터에게 휴대전화를 내밀었다.

에스터는 헨슨이 벽을 따라 걸으며 지하실 계단을 한 번 내려다본 다음 뒤돌아서서 다시 걷는 모습을 지켜보았다.

'그거라면 내가 더 잘할 텐데.'

에스터는 그렇게 생각하며 현관에 자신의 그림자가 비치지 않도록 뒤로 물러났다. 마치 손잡이가 상하로 작동하는 토글스위치처럼, 에스터의 머릿속에서 딸깍하는 소리가 나면서 흐릿했던 의식이 깨어났다. 이제 에스터의 감각이 이 오래된 집에서 나는 모든 소리에 민감하게 반응했다. 헨슨이 안쪽에 있는 방을 향해 걸어가는 동안 판자 바닥은 노인의 뼈처럼 심하게 삐걱거렸다. 그러나 또 다른 존재의 출현을 예고하는 소리는 없었다.

"주방도 마찬가지예요."

헨슨이 빠르게 속삭였다.

"완전히 난장판이에요."

헨슨은 이층으로 이어진 계단을 올라가며 총을 높이 들었다. 에스터는 그 아래에서 헨슨의 구둣발 소리를 듣고 있었다. 상처 부위가 심장 박동에 맞춰 미세하게 진동했다. 몇 분 후, 헨슨이 권총을 쥔 손을 늘어뜨린 채 계단 꼭대기에서 나타났다.

"이층도예요?"

"네. 여기도 폭풍이 한바탕 지나갔어요."

헨슨이 대답했다.

에스터는 자신의 손이 떨리고 있는 걸 내려다보며 그 증상을 처음 발견하기라도 한 듯 놀랐다.

"그런데 그자의 소행이라는 걸 어떻게 알죠?"

"그렇다고 누군가가 난교 파티를 한 것 같지는 않아요."

에스터는 헨슨의 말에 수긍했다. 물건들은 마구잡이가 아닌 철저한 계산에 따라 훼손되었거나 내던져졌다. 그런데 하나같이 무언가가 숨겨져 있을 만한 것에만 손을 댔다. 이를테면 쿠션은 칼로 깊게 베어 놓았으나 벽난로 도구들은 제자리에 얌전히 걸려 있었다. 고의로 남의 사유재산을 파괴하는 자들이라면 아마 부지깽이를 도구로 사용했을 것이다. 꽃병은 깨져 있었지만, 벽에는 아무런 구멍도 뚫려 있지 않았다.

"그걸 찾았을 것 같나요?"

"그가 뭘 어떻게 잃어버렸는지도 몰라요."

헨슨이 대답했다.

에스터가 헨슨에게 다가갔다.

"그런데 다른 누구의 짓인지도 모르잖아요. 한 사람이 아닌 여러 명이었을 수도 있고요. 노란색 테이프가 누군가의 호기심을 끌어당기지 않았을까요?"

"같은 자의 소행이 분명해요."

헨슨이 자신 있게 말했다.

"그럼 누가 했는지는요?"

"정확히는 몰라요. 그런데 며칠 전 덩치 큰 남자가 응급실 밖에서 서성이고 있었어요."

"그래요? 날 노리고요?"

헨슨과 에스터의 눈이 마주쳤다.

"당신을 제거할 속셈이었는지도 모르죠. 어쩌면 '그것'을 당신이 손에 넣었는지 알고 싶어서였을지도요. 그러나 당신에게 쉽게 접근할 순 없었어요. 그는 어떤 제지를 받고 도망치듯 떠났어요. 쿡 컨트리 같은 세계 유수의 외상 센터들은 보안을 철저히 하고 있어요. 그런데도 그자들은 섣불리 일을 처리하려고 들죠. 만약 누군가가 안으로 들어와 어떤 환자에 대해 꼬치꼬치 캐묻는다면, 먼저 의심부터 받을 거예요. 그래서 그는 정체가 탄로 날 위기를 느끼며 달아난 거죠. 응급실 밖에서 서성이던 모습이 폐쇄회로 텔레비전에 포착됐어요. 영상이 흐릿해서 자세히 볼 순 없었지만, 현재로선 그자인 것으로 추정돼요."

"그가 여길 언제 뒤졌을까요?"

헨슨이 어깨를 으쓱했다. 에스터가 상체를 구부려 거꾸로 뒤집힌 전화기 테이블을 손가락으로 한 번 쓸더니 헨슨이 볼 수 있게 테이블 다리 한쪽을 들었다.

"먼지가 전혀 없어요. 기껏해야 하루 전이었을 거예요. 어젯밤에 침입한 것 같아요."

에스터가 말했다.

"그럼, 그가 어느 걸 놓쳤는지 확인해봅시다."

에스터가 고개를 끄덕였다.

"그런데 뭘 찾아야 하죠?"

"그것이요."

헨슨이 대답했다.

"당신 아버지가 스토크 대령이라고 불렀던 자는 '그것'을 찾고 있었어요. 둘 사이에 다른 말은 없었나요?"

"내가 한 번도 생각 안 해봤겠어요? 벌써 몇 번이나 생각해봤다고요."

헨슨이 고개를 끄덕였다. 에스터는 몸을 지탱하기 위해 난간 기둥을 붙잡고 어슴푸레한 현관 불빛을 올려다보았다. 전기료 몇 푼 아끼자고 궁상을 떤 노인의 모습이 머릿속에 그려졌다. 헨슨이 부드럽게 에스터의 팔을 잡았다.

"좀 앉겠어요?"

에스터가 그의 손길을 뿌리쳤다.

"전 괜찮아요. 어디서부터 시작하죠?"

"밑에서 위로 아니면 위에서 밑으로."

에스터는 되도록 거실에 오래 있지 않을 수 있는 방법을 생각하려고 노력했다.

"가장 어려운 부분부터 먼저 하죠."

에스터는 살인이 일어난 장소를 가리키며 말했다. 헨슨이 커튼을 젖혔다. 벽난로 바닥 한 귀퉁이에 검은 핏자국이 크게 얼룩져 있었고, 오크 바닥에 깔린 오리엔탈풍 양탄자 끝자락에 핏자국이 고리 모양처럼 남아 있었다. 에스터는 아버지가 흘린 피에 발이 미끄러진 기억을 떠올렸다. 눈길을 돌려 긴 의자의 팔걸이에 튄 핏자국을 바라보았다.

스토크는 처음에 마이어의 무릎을 총으로 쐈다. 무릎에 박힌 총알은 마이어에게 치명적이진 않지만 견디기 힘든 고통을 가했을 것이다. 스토크는 마이어를 무력하게 만들어 원하는 대답을 들을 속셈이었다. 바로 그때 에스터의 공격을 받고 휘청거렸다. 그러나 곧 전세가 역전되는 바람에 에스터는 지하실 계단으로 나동그라져 스토크의 총에 세 발을 맞았다. 첫 번째 한 발이 세 번째 늑골에 박히자, 에스터의 몸은 곧바로 무력해졌다. 두 번째 총알은 왼쪽 가슴을 스쳐 겨드랑이 아래쪽에 꽃 모양의 상처를 입히고 밖으로 튀어나왔다.

"깊게 베인 상처보다 심각하지는 않습니다."

눈이 어두운 의사가 말했다. 마지막 한 발은 가슴 윗부분을 뚫고 들어갔다. 자칫 목숨을 잃을 뻔했지만, 다행히도 총알이 중요 기관들을 손상하지 않은 채 쇄골 뒤에 박혔다. 총알이 브래지어의 끈 길이를 조절하는 버클에 부딪히면서 속도가 느려졌을지 모른다고 의사들은 추측했다. 그리고 버클은 총알이 뚫고 지나간 구멍 속으로 들어가 그 총상 옆에 박혔다. 하마터면 의사들은 그것이 박힌 줄도 모르고 그냥 지나칠 뻔했다. 엑스레이 검사 후, 그들은 총에 맞은 상처보다 콘크리트 바닥에 머리를 부딪혀 입은 타박상을 더 크게 걱정했다.

에스터는 무기 설계자가 자신에게 했던 말을 기억했다.

"부동산과 같아요. 탄환에 맞은 자리도 위치가 정말 중요하죠."

스토크는 에스터가 죽었다고 생각하고 새뮤얼 마이어의 머리에 두 발의 총을 쏘았다. 시카고 경찰들이 앞문을 부수고 안으로 들어왔을 때, 스토크는 이미 뒷문으로 빠져나간 뒤였다. 만약 두 건물 떨어진 곳에서 공 튀기기 놀이를 하던 사람들이 총소리를 듣지 못했다면, 스토크는 에스터가 죽었는지 눈으로 확인하기 위해 계단을 내려갔을지도 모른다. 에스터가 의식을 잃었을 뿐 아직 살아 있다는 걸 알았다면, 가차 없이 방아쇠를 당겼을 것이다. 그리고 그가 원하는 것, 베일에 싸인 '그것'을 손에 넣을 때까지 마이어를 고문했을 것이다.

딱딱하게 굳은 핏자국 주위를 조심스럽게 맴돌던 헨슨은 찢어진 쿠션을 힘주어 눌러보고 손을 쑤셔 넣어보았다. 그리고 소파를 일으켜 세우며 칼로 베인 흔적을 살폈다. 그러더니 소파 안에서 마이어가 직접 반 정도 채운 듯한 크로스워드 퍼즐이 실린 신문과 몇 푼의 돈, '펩 보이즈'라는 상표가 붙은 빨간색 빗을 꺼냈다. 에스터는 벽난로의 장식 선반이나 커피 테이블에서 떨어진 듯한 젖 짜는 여자의 입상을 손으로 집었다. 그 작은 입상의 파랑색 양동이 하나가 깨져 있었다. 선반에는 두 개의 촛대가 있는데, 그중 하나만이 그대로 세워져 있었다. 촛대들은 겉에만 살짝 은박을 입힌 싸구려 금속이었다. 바닥에 움푹 들어간 자국은 전혀 없었다.

많은 물건들이 난로로 던져졌다. 시카고의 초고층 빌딩 시어스 타워의 그림이 새겨진, 깨진 재떨이와 쿠폰북, 유대교의 장식 촛대 등. 장식 촛대는 단단한 놋쇠로 만든 것이었지만, 촛대에 달린 여러 개의 가지 중 하나가 구부러져 있었다. 게다가 표면이 갈라진 틈 사이로 도금 전 원래의 금속이 드러났다. 움푹 들어간 자국은 눈에 띄지 않았으나, 바닥에 어떤 표시가 있었다. 순분 인증 각인과 필기체로 새긴 '슈타이니츠, 님'이라는 글자였다.

장식 촛대가 프랑스 남부에서 만들어진 모양이라고 생각하며 가볍게 넘기려는 찰나에 또 다른 생각이 에스터의 뇌리를 스쳤다. 혹시 마이어와 마이어베어가 동일인임을 말해주는 증거라면? 마이어베어는 희생자에게서 빼앗은 장식 촛대를 계속 몸에 지니고 다닐 정도로 냉혈한이었을까? 종종 폭력적 성향이 짙은 정신병자들은 자신의 전리품을 몸에 지니고 다니는 경우가 있다. 그는 그 촛대를 바라보고 어루만지며 자신이 한때 사람들을 지배하고 억압하고 심지어 죽음에 이르게 했던 일을 떠올렸을까? 아이러니하게도 민족의 반역자라는 정체를 숨기고 자신이 유대인임을 증명하기 위한 수단으로 그것을 가지고 다녔을지도 모른다. 그가 정말 마이어베어라면, 그것은 사악하기 짝이 없는 장난이다. 그러나 단순히 망명자 새뮤얼 마이어라면, 그것은 순수한 믿음의 상징이다. 에스터는 장식 촛대를 창턱에 올려놓으며 그것을 가지고 갈 생각을 했다.

헨슨이 뒤집힌 텔레비전 밑에서 꺼낸 잡지들을 훑어보았다.

"엘리후 윈스턴 박사. 찰스 골드먼 의학 박사."

그러고는 에스터를 보았다.

"진료실에서 슬쩍한 것 같군요. 혹시 이 사람들에게서 마이어에 대한 이야기를 들을 수 있지 않을까요?"

에스터는 아버지를 감싸주고 싶은 욕구를 느끼고, 곧 그런 생각을 한 자신에게 수치심을 느꼈다. 도대체 아버지는 어떤 사람이었을까? 에스터는 아무 말 없이 몸을 숙여 바닥에 떨어진 커다란 단체 사진을 내려다보았다. 유리는 산산조각이 났고, 액자의 한쪽 귀퉁이가 깨져 있었다. 에스터는 이 사진이 어디에 걸려 있었는지 궁금한 마음에 오래된 벽면을 둘러보았다. 그런 뒤 다시 몸을 숙여 유리 파편을 조심스럽게 치웠다.

"1929년 시카고 커브스."

에스터는 사진에 적혀 있는 대로 읽었다.

"내셔널리그 우승."

"그 팀이 우승한 건 매우 오래전 일이에요."

헨슨은 작은 손전등으로 텔레비전의 뒤를 비추며 말했다.

"칼 '드라이버' 킹."

에스터는 계속 읽었다.

"'스파이더' 우드스프라이트. 어니스트 브라운."

"그 당시 야구 선수들의 이름은 꽤나 화려했죠."

헨슨이 그렇게 말하며, 부들 사이를 지나가는 오리들의 그림이 끼워진 액자를 들었다. 역시나 유리가 깨져 있었다.

"옛날에 폭스(Fox)는 x가 두 개 들어간 Foxx였고, 커브스(Cubs)는 b가 두 개 들어간 Cobb였어요."

단체 사진 뒷면에 스무 명의 명단이 삐뚤삐뚤하게 적혀 있었다. 이름 옆에는 세 자리 숫자가 적혀 있었다.

"이 숫자들은 뭘까요?"

에스터가 물었다. 헨슨이 그것을 내려다보았다.

"타율? 그거 같은데요?"

"타율이요?"

"야구에서 타자가 공을 받아쳐 안타가 나올 확률을 말해요. 이건 1할 2푼이 되겠네요."

헨슨이 하나를 가리키며 그렇게 말했다.

"꽤 저조하군요. 그리고 이건 5할 7푼."

"그 숫자 앞에는 'p'가 있는데요?"

"음, 그럼 방어율일 거예요. 'p'는 'pitcher(투수)'의 p를 말하는 것 같은데요. 지금껏 5할 7푼의 타율을 기록한 선수는 없으니까요. 하지만 방어율로 보면 상당히 형편없는 기록이죠. 그런데 이 성적으로 우승을 했다고요? 뭔가 이상한데요. 아무래도 당신 아버지와 그들 간에 모종의 거래가 있었던 듯싶군요."

"혹시 어떤 암호는 아닐까요? 은행 계좌나 다른 어떤?"

에스터는 그 뒷면을 손가락으로 어루만지더니 편지 뒤에 뭐가 있는지 보려고 액자에서 사진을 꺼냈다.

"마음에 들면 가져요."

헨슨이 말했다.

"하지만 내 눈엔 그냥 단체 사진으로 보이는데요. 야구팬들은 선수들의 실적에도 크게 열광하죠. 뭐, 한번 조사해보는 것도 나쁘진 않을 거예요."

헨슨은 그보다 자신이 들고 있는 판화에 더 관심을 보였다. 오리가 지나가는 부들을 곁눈질하며.

"앨 허슈펠드(Al Hirschfeld, 미국의 풍자만화가)의 그림을 본 적이 있나요? 그는 모든 그림에 아내 이름인지 딸 이름인지 모를 이름을 눈에 안 띄게 써넣었죠. 그 이름은 니나예요."

에스터는 고개를 끄덕였지만, 그가 무슨 얘기를 하려는 건지 알 수 없었다. 그리고 난방기 위에 시카고 커브스의 사진을 놓고 그 위에 장식 촛대를 올려놓았다.

"부서질 만한 건 뭐든 부쉈군요."

"원한다면 돈을 받고 처분해도 돼요. 당신이 유일한 상속인이니까, 모두 당신 거예요."

"내 거요? 하나도 안 반가운데요! 새 거라도 사양하겠어요!"

헨슨은 에스터의 날카로운 목소리에 놀라며 에스터가 굽도리널을 보는 모습을 가만히 지켜보았다. 에스터는 깨지지 않은 와인 잔을 창턱에 올려놓더니 그 밑에서 먼지가 수북한 쥐덫을 들어 올렸다. 딱딱하게 굳은 치즈 덩어리가 안에 있었다. 오, 그렇다. 이것은 모두 그녀의 것이었다. 이것들은 모두 새뮤얼 마이어가 남기고 싶어한 것이었다. 싸구려 가구들. 딱딱하게 굳은 치즈 덩어리. 그리고 배반의 운명.

에스터는 어머니가 이따금 눈을 가늘게 뜨고 세상에서 가장 사악한 자는 자신과 가까운 사람들을 저버리는 자라고 말했던 걸 기억했다. 물론 어머니가 마이어를 두고 한 말이라는 걸 알았지만, 단순히 아내와 자식을 배신한 아버지를 의미하는 줄로만 여겼다. 어머니는 새뮤얼 마이어가 스테판 마이어베어라는 걸 알았을까? 어머니는 직접 그를 신고할 수 없었을까? 자신을 보호하기 위해 끝까지 입을 다문 것일까?

"안쪽에 가볼게요."

에스터가 말했다.

"코를 막아야 할 거예요."

헨슨이 귀띔했다.

주방은 거실만큼이나 비좁았고 쓸쓸해 보였다. 바닥에 널브러진 채 썩어가는 음식 냄새가 코를 찌르는 가운데, 싸구려 비누 냄새도 났다. 마이어는 먹고 남은 마요네즈 통을 버리지 않고 모아서 용기로 사용했다. 그중 하나에서 설탕이 쏟아졌고, 다른 하나에서 밀가루가 쏟아졌다. 버려지길 기다리며 문가에 놓여 있는 쓰레기봉투는 마치 세인트 버나드에게 물리기라도 한 것처럼 갈가리 찢겨 있었다. 예닐곱 개의 통조림이 쓰레기 사이에서 나뒹굴었다. 그중 돼지고기와 콩 통조림이 세 개 있었다. 에스터가 보기에 마이어는 집 안을 깨끗이 치우고 살지 않았던 것 같았다. 짙은 자줏빛 주스 병. 오래된 신문들.

찬장 안도 쓸쓸한 기분을 불러일으켰다. 그러나 음식 재료들은 대부분 훼손되지 않은 채 제자리에 얌전히 놓여 있었다. 작은 상자 속에 쌓여 있는 마카로니와 치즈. 깡통 속에 보관되어 있는 스파게티. 쇠고기 향이 나는 라면. 조리대에는 말록스(Maalox, 제산제) 몇 알, 몇 가지 종류의 완하제(緩下劑) 그리고 'MS(Multiple Sclerosis, 다발성 경화증) 통증 완화제'라는 라벨이 붙은 처방약도 있었다.

헨슨은 콘센트에 플러그가 꽂혀 있지 않은 오래된 냉장고 문을 열어 냉동실 안을 살폈다.

"이게 뭐죠?"

에스터가 약들을 집으며 물었다.

"모르핀이요. 음, 그렇다면 침입자는 약을 노린 건 아니군요? 그럴듯해요."

헨슨이 대답했다.

"그 생각은 못 했는데, 당신 말이 맞아요."

에스터는 그렇게 말했다.

'이 약은 얼마나 중독성이 강할까? 도대체 얼마나 고통스러웠기에?'

헨슨은 에스터가 상표를 보는 동안 에스터의 얼굴에서 표정을 읽었다.

"마이어는 건강이 매우 안 좋았어요."

헨슨이 동정하듯 말했다.

"적어도 그 점에 대해선 속이지 않았군요."

헨슨은 썩은 고깃덩어리를 덮은 신문을 들추며 말을 받았다.

"그래요. 오랫동안 고통을 받았을 거예요. 그 점에 대해선 속이지 않았죠."

에스터는 싱크대 밑으로 빠르게 눈길을 던져 마구 널려 있는 알루미늄 냄비들을 흘긋 보았다. 프라이팬 서랍이 반쯤 열려 있었다. 프라이팬에는 쓰고 남은 기름이 엉기어 굳어 있었다. 에스터는 몸을 일으켜서 주위를 둘러보았다.

"여긴 아닌 것 같아요."

에스터가 말했다.

"남자들은 중요한 물건을 주방에 숨기진 않잖아요. 여자라면 모를까 남자는 아니에요."

"그러나 당신 아버지는 30년 남짓을 홀로 살았어요."

"난 지하실로 가볼게요."

에스터가 말했다.

"좋을 대로요."

에스터는 지하실 문을 열고 자신이 스토크의 총에 맞아 쓰러졌던 곳을 내려다보았다. 에스터가 목숨을 부지할 수 있었던 것은 약한 불빛과 공 튀기기 놀이를 하던 사람들의 호기심, 그리고 가슴에서 흐른 피 덕분이었다. 가슴에서 흐른 피는 총알이 심장을 관통한 것 같은 착각을 불러일으켰고, 더구나 딱딱한 콘크리트 바닥에 머리가 부딪히면서 의식을 잃어 마치 죽은 것처럼 보였다. 만약 자세가 조금만 달랐어도 총알은 충분히 에스터의 심장을 관통했을 것이다.

에스터는 손을 들어 얼굴 가까이에 댔다.

'내가 지금 뭘 하는 거지?'

공포스러운 기억을 잊기 위해? 에스터는 그 물음을 스스로에게 던지기 전에 이미 대답을 알았다. 자신이 한 행동은 임무 수행 후 결과를 보고할 때 취하는 행동이었다. 에스터는 반사적으로 그러한 행동을 취했다. 이어서 임무의 성공과 실패를 가늠하기 위해 모두가 자리한 가운데 세밀한 사항들이 평가되고 분석되었다. 이를테면, 왜 정보 제공자가 말한 곳에 무기를 숨기지 않았나? 어떻게 그는 적에게 잡혔는가? 그 비밀경찰은 돈이 오가는 사실을 어떻게 입수했나? 이번에 다른 점이라면 에스터가 표적이 되었다는 것이다. 음, 아니다. 허세는 버리자. 마이어가 표적이었다. 에스터는 그들의 목적 달성에 방해가 되는 성가신 존재에 불과했다. 스토크는 마이어에게서 원하는 대답을 듣거나 마이어가 죽을 때까지, 그를 떠나지 않았을 것이다. 즉, 스토크가 찾는 것이 무엇이든 그것을 마이어가 알고 있었으며 마이어가 죽어야만 누군가의 문제가 끝난다는 걸 의미했다. 스토크는 분명 무언가를 찾고 있었다. 그리고 원하는 대답을 얻지 못한 상황에서 마이어를 살려둘 것인지 아니면 죽일 것인지를 두고 심각하게 저울질했을 것이다. 쉽게 결정을 내리지 못했겠지만, 결국 스토크는 '그것'을 직접 찾기로 결심했다. 그리고 며칠 후에 마이어의 집을 다시 침입했다. 스토크가 찾는 것은 아버지가 자신에게 주고 싶어했던 것일까? 스토크는 그것을 찾았을까?

맥박이 거세지자 상처 부위가 미세하게 떨렸다. 에스터는 계단 밑에 쓰러져 있는 자기 자신을 보고 있었다. 땅에 부딪힌 충격으로 머리에서 피가 나는 와중에도 의식을 잃지 않으려고 몸부림치며 자신을 향해 총부리를 겨눈 어두운 형체를 보기 위해 손바닥을 바닥에 대고 몸을 일으키려고 했었다.

스토크는 마이어 때문에 선뜻 계단을 내려오지 못했다. 아무리 무릎에 총상을 입은 노인이라 해도 방심은 금물이었다. 여하튼 마이어는 전혀 의외의 방법으로 에스터의 목숨을 구했다.

몹쓸 영감! 에스터는 이를 갈았다. 그녀가 새뮤얼 마이어에게서 원하는 것은 없었다. 아무것도. 심지어 자신의 목숨조차. 그러나 에스터는 절망스럽게도 그 상황에서 어떤 선택을 할 수 없었다. 마이어는 에스터에게 생명을 주고 어딘가로 홀연히 사라졌다가 오랜 세월이 흘러 또다시 생명을 주고 사라졌다. 이번에는 다시 돌아올 수 없는 곳으로.

에스터는 난간을 붙잡고 천천히 지하실 계단을 내려갔다. 바닥에 얼룩진 핏자국을 맴돌다가 전등에 연결된 전선을 손으로 한 번 쓸었다. 모든 것에 먼지가 켜켜이 쌓여 있었다. 작업대 위에 널린 도구들과 페인트 통들은 물론, 못과 나사와 경첩과 가죽 조각이 들어 있는 상자에도. 석탄 난로를 개조한 낡은 석유 난로가 마치 탱크처럼 가장자리의 넓은 공간을 차지했다. 그 너머에는 거미줄뿐, 아무것도 없었다. 스토크는 지하실을 샅샅이 뒤지지는 않은 모양이었다. 그렇지 않다면 먼지가 이렇게 수북하지 않을 것이다. 스토크가 작업대 아래로 기어 들어가 연장통을 뒤진 흔적이 보였다. 그자의 손이 거쳐가면서 수북이 쌓였던 먼지의 일부가 사라졌다. '그것'이 여기에 있었을까? 에스터는 스토크의 손이 닿지 않은 것은 무엇이든 열심히 관찰했다. 그러나 결국 포기하고 위층으로 올라갔다. 에스터는 이층에서 헨슨의 구둣발 소리를 들었다.

침실이 가장 가능성이 높아 보였지만, 역시나 별다른 성과는 없었다. 노인이 살았던 흔적만이 가득했다. 옷장에 마이어가 몇 년 동안 입지 않은 듯한 옷들이 팽개쳐 있고, 여섯 개의 우산이 구석에 기울어진 채 세워져 있었다. 밖으로 내동댕이쳐진 서랍 안에는 깨진 손목시계 두 개가 들어 있었다. 에스터는 낡아빠진 속옷이 발부리에 걸리자 그것을 발로 찼다. 희한한 모양의 커프스단추. 동전이 들어 있는 마요네즈 통.

| 반 고흐 컨스피러시

구석에는 속이 텅 빈 종이 상자들이 쌓여 있었다. 20년 전의 급여 명세서. 세무 신고서. 마이어는 시카고시 상수도국에서 일하다 은퇴했다. 지난 3월에는 큰 수술을 받았고, 그 후 방사선 요법과 화학 요법을 병행한 치료를 받았다. 한 소책자에는 '수술의 후유증을 극복하고 심신의 안정을 취할 수 있는' 방법들이 소개되어 있었다. 그 책자 밑에는 몇 개의 쿠폰과 조그마한 직사각형의 거무스름한 종이가 있었다.

"신문사에 편지를 보냈었나 봐요."

에스터가 오려진 신문을 집으며 말했다.

"뭣 때문에요?"

헨슨이 벽장 속으로 들어가 낡은 문고본을 한 움큼 들고 나왔다. 책들은 죄다 서부물이었다.

"조명에 대해 불만을 제기했어요. 너무 밝아서 잠을 잘 수 없었던 모양이에요. 낮에는 심한 소음에 밤에는 환한 조명까지 참고 견뎌야 했으니 말이에요."

"리글리 구장이요? 그 조명은 꽤 오래전에 설치되었어요. 오랫동안 켜져 있었죠. 이제 그런 경기장도 드물어요."

"그에겐 무척 거슬렸나 봐요. 그는 그것을 '바보 같은' 경기라고 불렀어요."

"사실 바보 같지 않은 경기는 없어요. 그런데 편지의 요점은 뭐죠?"

에스터는 유효 기간이 지난 쿠폰 여러 장과 1985년도 달력을 대강 훑어보았다.

헨슨은 탁자로 걸어가 서랍을 열었다.

"이걸 봤어요?"

헨슨이 서랍에서 오래된 사진 두 장을 꺼냈다. 그중 하나는 가장자리에 '1966년 7월'이라고 적혀 있었다. 포동포동한 아기가 주먹을 입 안에 넣은 채 자고 있는 사진이었다.

"당신인가요?"

헨슨이 물었다.

"이건 내 담요예요. 어머니는 그 담요를 버리지 않고 삼나무 장롱 속에 보관해뒀죠."

"마이어는 이 사진을 소중히 간직했을 거예요."

"어머니가 떠날 때 놓아둔 거겠죠."

에스터가 급히 주머니에 사진을 집어넣었다.

"다른 건 뭐죠?"

"여자 사진이에요."

그 사진은 훨씬 더 오래되어 보였다. 희미한 미소를 띤 가녀린 여인이 장갑을 낀 손으로 마이어와 팔짱을 끼고 서 있었다. 마이어는 두 줄 단추가 달린 양복 차림에 거무스름한 머리카락을 뒤로 넘긴 모습이었다.

"어머니?"

헨슨이 물었다.

에스터가 고개를 끄덕였다. 서랍 안에는 낡고 오래된 사진이 한 장 더 있었다. 그 사진 역시 어머니의 사진이었다. 어머니는 가시철망으로 된 울타리 앞에 서 있었는데, 오른쪽에 이탈리아 경비병이 한 명, 왼쪽에 또 다른 이탈리아인이 두 명 서 있었다. 왼쪽에 선 남자 중 한 명은 무척 여위어서 과연 그렇게 미소지으며 서 있을 힘이나 있었을지 의아스러웠다. 다른 한 남자는 나이가 지긋해 보였지만 상대적으로 건강해 보였다. 어머니는 이 사진 속에서도 웃고 있었다. 어머니의 검정 드레스는 사진의 배경과 전혀 어울리지 않았다. 에스터는 어머니가 이탈리아인들의 친절함에 대해 자주 말했던 기억이 났다. 옷에 벼룩이 들끓을 때 갈아입을 새 옷도 주었다는 이야기를 어렴풋이 들은 것 같았다. 누렇게 변색된 사진의 뒷면에는 이탈리아인 특유의 흘림체로 '1946년 3월 17일, 트리에스테에서'라고 적혀 있었다. 에스터는 그 사진을 자신의 아기 때 사진과 함께 주머니에 넣었다.

"결혼 사진은 안 가져갈 건가요?"

"원하면 가지세요."

에스터가 말했다.

헨슨이 목소리를 가다듬고 말했다.

"사진들은 이게 전부인 것 같아요."

"시카고 커브스하고요."

에스터가 말했다.

"난 개인 사진을 말하는 거예요."

"어쩌면 그에게 그 '바보 같은 경기'는 우리 생각보다 훨씬 더 중요한 걸지도 모르죠."

"그럴 리가요. 그럼 그자가 그냥 두고 갔을 리가 없어요."

"그러니 이 사진들은 그자에게 아무 의미가 없어요."

그러고는 나직한 목소리로 투덜댔다.

"진작 집으로 돌아갔어야 했는데."

헨슨은 잠시 동안 에스터를 뚫어지게 바라보았다. 그러고는 아무 말 없이 바닥에 널브러진 물건들을 발끝으로 건드렸다. 동전. 종이 집게. 비강 흡입제. 모르핀. 종류를 알 수 없는 오렌지색 내복약. 클립에 끼운 1달러짜리 지폐 일곱 장.

"서랍 바닥에는 테이프를 붙인 흔적이 전혀 없어요. 그런 식으로 물건을 숨기진 않은 것 같군요."

헨슨이 말했다.

쿠폰들 사이에서 에스터는 히브리어로 쓴 편지를 발견했다. 작은 봉투에 찍힌 도장이 이스라엘에서 날아온 것임을 말해주었다. 1973년에 어머니가 마이어에게 항공 우편으로 보낸 편지였다. 에스터는 떨리는 손으로 봉투에서 편지지를 꺼냈다.

"그게 뭐예요?"

헨슨이 물었다.

에스터는 침묵했다. 그리고 침대에 걸터앉아 짧은 내용의 편지를 읽었다.

다시는 편지 보내지 마세요. 나나 딸에게 연락하려고 하지도 마세요. 도무지 그 기억을 떠올리지 않고 당신을 볼 자신이 없어요. 우리를 사랑한다고 했지요? 그렇다면 에스터가 잘 살 수 있게 내버려둬요. 당신은 에스터에게 고통만 안겨줄 뿐이에요. 당신 마음이 내게서 떠났다면, 제발 에스터만이라도 생각해줘요.

어머니는 편지에 서명을 하지도 않았다.

당신은 에스터에게 고통만 안겨줄 뿐이에요.

4장
다락방

"괜찮아요?"

헨슨이 에스터에게 물었다. 헨슨은 무엇이 그녀를 그토록 당황하게 했는지 궁금해하며 편지로 눈길을 던졌다. 그러나 에스터는 편지를 재빨리 뒤로 숨겼다. 그리고 날카로운 목소리로 말했다.

"지금까지 우리가 건진 건 아무것도 없어요. 도대체 뭘 찾을 거라 기대했죠?"

헨슨은 그 편지에 대해 물어야 할지 말지를 두고 고민하는 듯 잠시 에스터를 쳐다보았다. 그리고 조심스럽게 대답했다.

"운이 좋으면 찾을 수 있겠죠. 분명한 건 스토크라는 자는 무언가를 찾고 있었다는 거예요."

헨슨이 무릎을 꿇고 에스터의 손등을 만졌다.

"어디 봐요, 이 편지가 당신에게 중요한 의미가 된다면……."

에스터가 그의 손길을 뿌리쳤다.

"이 사람은 내 아버지예요! 내 아버지요! 난 지금 여기서 아버지의 자질구레한 삶을 보고 있어요. 하지만 난 아무것도 모르겠어요! 아무것도요! 그는 누구죠? 그는 누구예요?"

에스터는 주머니에서 편지를 꺼내 헨슨에게 던졌다. 갑자기 배에서 커다란 거품이 올라와 목이 메었고, 그 거품은 눈물이 되어 눈에서 쏟아졌다. 에스터는 손에 얼굴을 묻고 침실 밖으로 뛰쳐나갔다. 헨슨이 에스터의 뒤를 따라갔다. 그리고 에스터의 어깨를 손으로 감싸자, 에스터가 몸을 격렬히 흔들었다. 헨슨은 바닥에 떨어진 로사 고렌의 편지를 내려다보더니 한 발짝 뒤로 물러났다.

"미안해요. 우리는 곧 진실을 알게 될 거예요. 아직은 아무도 그가 마이어베어라고 확신하지 못해요."

"오, 그만해요! 당신은 그렇게 확신하고 있잖아요! 단지 증거를 찾고 있는 것뿐이잖아요!"

헨슨은 아무 말도 하지 않았다.

에스터는 난간동자를 부여잡고 마음을 가라앉히려고 애썼다. 상처 부위가 심하게 떨렸다. 오히려 물리적인 고통이 반가울 따름이었다. 아버지에 대한 생각을 잠시나마 잊을 수 있으므로.

"밖에서 기다릴래요?"

헨슨이 제안했다.

"방 하나가 아직 남았어요."

에스터가 말했다.

헨슨은 에스터가 또 다른 방으로 걸어 들어가는 모습을 뒤에서 지켜보았다. 두 번째 침실은 지하실만큼이나 먼지투성이였다. 벽들은 페인트칠을 한 지 매우 오래됐는지 색이 바래 있었다. 작은 하얀색 서랍장 안에는 가는 철사로 된 옷걸이만 들어 있을 뿐, 옷은 하나도 없었다. 문가에 상자가 놓여 있는데, 보관용으로 넣어둔 옷들이 마구 들쑤셔지고 내팽개쳐졌다. 모퉁이에 커다란 상자가 하나 더 있었는데, 먼지가 켜켜이 쌓인 천으로 덮여 있었다. 천을 들어 올릴 때는 나무로 만든 새장일 거라고 생각했지만, 그것은 요람이었다. 이 방은 바로 자신이 태어났을 때 쓴 방이었다. 비록 에스터가 이 방에서 지낸 시간이 1년도 채 못 되었지만, 마이어는 30년 넘게 이 방을 그대로 두었다. 에스터는 감각이 점점 둔해졌다. 얼룩진 천장과 텅 빈 서랍장, 그리고 철사 옷걸이 몇 개를 제외하면 마찬가지로 안이 텅 빈 벽장을 그저 멍하니 바라보았다. 정말 이 방이 내가 아기였을 때 자던 방일까? 아무것도 기억나지 않았다. 그러나 그게 당연하지 않은가?

당신은 에스터에게 고통만 안겨줄 뿐이에요.

"뭘 좀 찾았어요?"

헨슨이 문 앞에 섰다.

에스터가 고개를 저었다.

"이제 남은 건 다락방뿐이군요. 거긴 내가 들어갈게요."

"아니요. 나도 갈래요."

에스터가 말했다.

헨슨이 조그만 문을 열자, 좁고 가파른 계단이 나타났다. 에스터는 구식 베이클라이트 스위치를 돌렸다. 머리 위에서 백열등이 주위를 환하게 밝혔다. 흐릿한 나무 계단을 보고 있자니, 머릿속에 고대 도시 예루살렘의 계단이 떠올랐다.

다락방에는 짐승의 갈빗대 같은 서까래들이 천장에 걸쳐 있었고, 바닥은 거친 판자로 덮여 있었다. 아래층 천장과 연결된 들보도 보였다.

"저기 상자가 몇 개 있어요."

헨슨이 말했다. 상자는 모두 세 개였는데, 뚜껑이 열려 있거나 아니면 거꾸로 뒤집혀 있었다.

"먼지가 정말 많아요. 여기까진 안 올라온 것 같아요."

에스터는 그렇게 말하며, 눈썹꼴 지붕창의 철망에 쳐 있는 거미줄을 바라보았다.

에나멜을 입힌 금속 접시에 헨슨의 발부리가 걸릴 뻔했다.

"여기에다 볼일이라도 본 모양인데요."

헨슨은 처마 밑에 매달린 채 전력이 끊긴 지 오래된 구식의 조명 기구를 곁눈으로 올려다보며 말했다.

서까래 주위에 오래된 전선들이 기둥에 묶여 길게 걸려 있었다.

"만지지 마세요."

에스터가 경고했다.

"전류는 안 흘러요."

헨슨이 말하며, 손가락으로 왼쪽을 가리켰다. 전선 하나에 우산이 매달려 있었다.

"여기엔 중요한 물건이 없는 것 같아요."

헨슨은 그렇게 말하며 판자 바닥 구석으로 갔다. 이어서 들보 위로 올라가 조심스럽게 지붕창을 향해 걸어갔다.

"한때 여기에 박쥐가 서식하지 않았을까요?"

에스터는 무릎을 꿇고 뒤집힌 상자 안의 내용물을 확인했다. 그 안에는 몇 벌의 옷이 들어 있었다. 에스터는 다른 상자를 희미한 조명 아래로 끌어다 놓고 안을 들여다보았다. 안에는 오픈릴식 테이프 10여 개가 들어 있었다. 각각의 겉면에는 손으로 직접 어떤 이름을 적어놓았다.

"라인하르트라는 이름을 들어본 적 있어요?"

에스터가 물었다.

헨슨은 잠시 생각하더니 어깨를 으쓱하다가 서까래에 머리를 세게 부딪혔다.

"젠장!"

"조심해요. 그럼 빅스비는요? 아니, 빅스 바이더베크."

"독일인들이에요? 어쩌면 테이프에 무언가를 녹음했을지 몰라요. 아래층에 녹음기가 있었나요?"

헨슨이 물었다.

"주방엔 라디오가, 거실엔 텔레비전이 있어요."

"그럼 이것들을 가져갑시다."

헨슨은 조금 전에 부딪혔던 이마를 여전히 손으로 문지르며 에스터에게 다가갔다. 들보를 따라 서투른 걸음을 옮기며 마침내 어둠 속에서 모습을 드러냈다.

"텍스 베네크."

에스터는 계속해서 소리 내어 읽었다.

"지미 런스퍼드. 독일에서는 어떤 부류의 사람들이 텍스와 지미라는 이름을 쓸까요?"

"아하!"

헨슨이 외쳤다.

"그들은 모두 빅 밴드를 이끈 연주자들이에요. 장고 라인하르트. 아버지는 늘……."

헨슨이 균형을 잃고 옆으로 비틀거리자 발로 몸을 지탱하기 위해 애쓰며 전선으로 손을 뻗어 우산을 낚아챘다. 이어서 몸의 균형을 유지할 요량으로 우산을 사용했다.

에스터가 감전사하지 않은 게 다행이라고 말하려는 순간, 헨슨이 판자 바닥 구석에 서서 우산을 흔들기 시작했다.

"이것 좀 봐요."

헨슨이 우산을 들고 불빛 아래로 빠르게 걸어왔다. 에스터는 그가 무엇 때문에 흥분했는지 알 수 있었다. 갈색 종이로 싸인 뭔가가 우산대에 말려 있었다. 헨슨이 갈색 종이의 귀퉁이를 찢자 두꺼운 종이가 하나 더 나타났다. 아니, 종이가 아니라 두껍고 빳빳한 캔버스였다.

"하!"

헨슨이 그렇게 외치며 우산대에 둘둘 말린 캔버스를 꺼내기 위해 우산을 펼쳤다. 그러자 캔버스가 바닥에 떨어졌다.

"그게 뭐예요?"

에스터가 물었다.

헨슨이 무릎을 꿇고 가슴 벅찬 표정을 지으며 소매를 걷어 올리더니 천천히 캔버스를 펼치기 시작했다. 마침내 울퉁불퉁하고 거친 안료의 질감이 보였다. 이어서 남자의 노란색 머리카락도. 캔버스를 완전히 펼쳤을 때, 헨슨이 털썩 주저앉으며 탄성을 질렀다.

"오, 세상에! 이럴 수가!"

"그림이에요? 무슨 그림이죠?"

에스터가 물었다.

"내가 잘못 안 게 아니라면, 고흐가 분명해요."

헨슨이 대답했다.

에스터는 그 이름을 들어보긴 했지만, 그것이 어떤 의미인지 알 수 없었다.

에스터가 궁금해하며 헨슨에게 물어보려는 찰나에 크고 맹렬한 폭발음이 에스터의 귀를 찰싹 때렸다. 순간적으로 바닥이 2인치나 올라갔다가 제자리로 내려온 기분이었다. 마치 울퉁불퉁한 땅 위를 활주하는 비행기에 탄 것처럼. 그 파장은 엄청났다. 앉아 있던 헨슨은 뒤로 굴러 마치 죽어가는 바퀴벌레처럼 몸을 가누지 못했다. 에스터는 앞으로 고꾸라지는 바람에 하마터면 부상당한 머리를 부딪힐 뻔했다.

"대체 무슨 일이죠!"

헨슨이 소리쳤다.

에스터는 그 소리를 예전에도 들은 기억이 있었다.

"가스가 폭발한 걸까요?"

헨슨은 바닥에 손을 짚고 일어나려는 동안에도 불안하게 바닥을 내려다보았다.

"어서 나갑시다!"

헨슨이 말했다. 그리고 좁은 계단을 내려가다 갑자기 주춤하더니 뒤를 돌아보았다.

"그림을 빠트렸어요!"

에스터가 서둘러 돌아가 그림을 집었다. 매캐한 연기가 콧속으로 스며들었다.

헨슨이 다락방 문을 열었다. 계단통에 번진 거대한 불길이 일층에서 무서운 기세로 솟아오르고 있었다. 뜨거운 열기 때문에 목이 막혔고, 눈을 뜰 수조차 없었다. 마치 문을 마구 할퀴는 노란색 손가락들 같았다. 헨슨은 간신히 문을 닫았다.

"맙소사! 우린 갇혔어요. 계단이 불에 타고 있어요."

헨슨이 외쳤다.

그들은 잠시 서로를 바라보았다. 불길이 치솟고 있다. 불길은 늘 치솟는다.

"지붕! 지붕에 창이 달렸나요?"

에스터가 물었다.

"창문이요!"

그들은 판자 바닥을 빠른 걸음으로 가로질러갔다. 에스터가 아래를 내려다보았을 때, 바닥 틈에서 연기가 피어오르고 있었다.

헨슨은 들보로 올라가 지붕창을 향해 줄타기하듯 아슬아슬하게 건너갔다.

"철망이 있어요! 밖에 선반이 있는지 안 보여요. 선반이 없으면 길거리에 떨어질 거예요!"

"불에 타 죽는 것보다 낫잖아요?"

헨슨은 휴대전화를 꺼내 911에 전화를 걸면서, 철망을 고정한 여러 개의 볼트를 주의 깊게 살폈다.

"화재가 났어요. 지금 우린 다락방에 갇혔어요."

헨슨이 전화기에 대고 소리쳤다.

헨슨은 볼트나 철망을 떼어낼 만한 도구를 찾으려고 주위를 두리번거리다가 하마터면 들보에서 떨어질 뻔했다.

"그게……."

헨슨이 에스터에게 황급히 고개를 돌렸다.

"주소요!"

에스터가 멍하니 헨슨을 바라보았다. 주소가 기억나지 않았다. 택시 기사에게 뭐라고 말했었지?

헨슨이 전화기에 대고 외쳤다.

"모르겠어요. 우리는 리글리 구장 맞은편에 있어요! 네! 애디슨 거리인진 모르겠어요. 이곳은 새뮤얼 마이어의 집이에요. 마이어! 네. 우린 지금 다락방에 갇혀 있어요."

헨슨은 다시 균형을 잃었고, 그와 동시에 그의 발이 들보 사이에 있는 외(椳)에 닿았다.

"조심해요! 그러다 떨어지겠어요."

에스터가 외쳤다.

"서둘러주세요!"

전화기에 대고 외친 헨슨은 주머니 속으로 휴대 전화를 밀어넣으며 에스터를 바라보았다. 마치 우리 스스로 살 길밖에 없다고 말하는 듯이.

에스터는 집 밖의 풍경을 회상하려고 노력했다. 그러나 정신이 산만해져서 아무것도 떠오르지 않았다. 에스터는 낮은 이중경사 지붕이었다는 걸 생각했다. 올라갈 방법이 있을까? 지붕에 손잡이로 사용할 만한 무언가가 있을까?

"아무래도 철망을 떼어내는 건 무리예요!"

에스터가 말했다.

"지붕으로 올라갈 다른 방법이 있을 거예요!"

에스터는 계단 꼭대기에서 아래를 내려다보았다. 문짝의 페인트칠이 벌써 벗겨지고 있었다. 대체 웬 불일까? 방금 전에 휙 하는 소리를 들었는데, 불길은 빠른 속도로 거세지고 있었다.

헨슨이 맨손으로 철망을 고정한 볼트 중 하나를 돌리려고 안간힘을 썼다. 심지어 이로 비틀어보기도 했다.

"아무래도 도구가 있어야겠어요! 뭐든 도구가 될 만한 걸 찾아봐요!"

에스터는 서둘러 상자가 뒤집힌 곳으로 달려가 상자 밖으로 널브러진 물건들을 이리저리 들추기 시작했다. 옷? 테이프? 그림? 딱딱한 건 없을까? 에스터는 판자 바닥 구석에 무릎을 꿇고 앉아 그중 하나를 골라내려고 애썼다. 밑에서 뜨거운 열기가 느껴졌다. 공기가 점점 더 탁해지고 있었다. 판자 바닥은 조금 전보다 더 많이 흔들렸다.

바닥의 두께는 1미터도 채 안 될 것이다.

이젠 아무것도 소용이 없는 건가!

에스터는 헨슨을 올려다보았다. 온갖 상념이 머리를 어지럽혔다. '이제 누가 어머니를 찾아가지?'

에스터가 다시 정신을 집중했을 때, 헨슨이 팔꿈치로 유리를 깨뜨리고는 철망을 통해 소리쳤다.

"도와줘요! 불이 났어요! 우린 갇혔어요!"

"발로 차봐요!"

에스터가 외쳤다.

"차요!"

헨슨이 머리 위의 들보를 잡고 철망을 발로 차기 시작했다. 그러다 헛발질을 해 벽돌을 찼다. 그는 다시 들보를 잡고 더 세게 발길질했다. 그러나 아무 소용이 없었다.

"창틀이 버그러졌어요. 부러진 것 같아요!"

헨슨이 외쳤다.

에스터는 부러진 것이 나무 창틀이 아닌 헨슨의 발목일 거라고 생각했다. 그러나 헨슨은 계속해서 발길질을 했다. 이제 눈이 쑤시는 데다 눈물까지 났다. 판자 바닥 틈으로 피어오른 연기가 어느새 방 안에 자욱했다. 금방이라도 불길이 치솟을 것만 같았다.

"뒤로 물러나요!"

에스터가 팔을 흔들며 외쳤다.

헨슨은 다시 한 번 찼지만 철망은 꼼짝도 하지 않았다. 헨슨이 에스터를 바라보았다. 땀과 먼지로 뒤범벅이 된 그의 얼굴은 냉혹해 보였다.

"뒤로 물러나라고요!"

헨슨이 들보 위를 걸으며 기둥을 손으로 잡았다.

에스터는 판자 바닥 구석에 서서 정신을 가다듬고 작은 지붕창을 올려다보았다. 두 번의 기회는 없다. 에스터는 스스로에게 낙관적인 힘을 불어 넣어야 했다. 그것을 마음속에 그리며 강한 믿음을 가지면 큰 효과가 나타날 것이다. 건물이 낡아서 들보도 요즘 것보다 조금 더 컸다.

'크다. 5센티미터는 족히 되겠어.'

'자신감.' 에스터는 다시 중얼거렸다. '자신감. 심호흡을 하고. 균형을 잃지 말자. 나에겐 아무것도 아냐.' 에스터는 고개를 숙였다. 긴장감을 떨치기 위해 손을 흔들었다.

그런 다음 앞으로 나아갔다.

한 걸음, 두 걸음, 세 걸음. 에스터는 들보에 발을 디뎠다. 고무 밑창이 몸의 균형을 유연하게 잡아주었다. 한 걸음 앞으로 나아간 에스터는 상체를 앞으로 숙여 앞발을 힘차게 밀었다. 다리와 엉덩이 근육에 힘이 실리도록 엉덩이를 비틀었다.

에스터는 몸 안에서 왕성하게 분비된 아드레날린 덕분에 철망을 얼마나 힘껏 찼는지조차 느끼지 못했지만, 한순간에 철망의 틈이 벌어졌다. 곧이어 몸이 부유하는 듯한 느낌이 들어 정강이뼈가 부러졌다고 생각했다. 두 다리가 창밖으로 미끄러져 나간 것이다. 에스터는 간신히 창틀을 움켜쥐었다.

아래쪽 창틀이 마치 곤봉처럼 갈비뼈를 세게 가격했다. 폐 속에서 공기가 마구 충돌했다. 두 다리는 이중 경사 지붕에 부딪혔다. 발에 닿는 건 아무것도 없었다.

"에스터!"

헨슨이 소리쳤다.

에스터가 움켜쥐고 있던 창틀이 벗겨지고 있었다.

헨슨이 에스터에게 다가갔다. 에스터는 창틀을 쥔 손에 힘을 실어 상체를 끌어올렸다. 창 안으로 발을 밀어넣은 뒤 들보에 몸을 기대고 숨을 헐떡였다. 몸의 균형을 위해 지붕널을 발로 밀었다. 들보에 몸을 기대고 엎드려 있는 동안 더 뜨거운 열기가 느껴졌다. 에스터는 자신이 꼬챙이에 꿰인 염소 같다는 생각을 했다.

헨슨이 에스터의 곁으로 다가와 상체를 일으켜주었다. 에스터가 천천히 일어나자, 헨슨이 외쳤다.

"당신이 해냈어요! 당신이요!"

"하지만 내려갈 수가 없어요."

에스터가 여전히 숨을 헐떡이며 말했다. 손바닥을 펴서 아무래도 부러진 것 같은 갈비뼈를 만지려는 순간, 헨슨이 에스터의 겨드랑이 밑을 잡고 번쩍 들었다. 에스터는 아래쪽 창틀이 완전히 부서진 걸 보았다. 철망은 창틀에서 떨어져 거리에 나뒹굴었다. 볼트는 느슨해져 있었다. 에스터는 그제야 심한 통증과 꿰맨 가슴 부위에서 더운 피가 새어 나온 것을 느꼈다.

"나가요!"

헨슨이 외쳤다.

"어서요!"

헨슨은 그 작은 구멍을 향해 에스터를 들어 올렸다.

"발 디딜 데도 없어요!"

에스터가 외쳤다. 지붕창으로 얼굴과 어깨를 내밀자, 차가운 공기가 에스터의 얼굴을 시원하게 때렸다. 아래를 내려다보았을 때, 창문의 유리 파편들과 거실에서 봤던 작은 장식 촛대며 잡지들이 창문 밖으로 날아와 거리에 어지럽게 널려 있었다. 사람들이 위를 올려다보며 손가락으로 그들을 가리켰다. 사이렌 소리가 더 가깝게 들렸다.

지붕면의 경사는 완만한 편이었고 끝부분이 위로 휘어 있었다. 방금 전 에스터의 발이 매달려 있었던 곳에서 1미터쯤 떨어진 곳에 마치 가로 대처럼 15센티미터 길이의 단단한 장식물이 놓여 있었다. 과연 몸을 지탱할 수 있을까? 그러나 저것이 유일한 희망이었다.

에스터는 그 작은 창밖으로 발 하나를 내리기 위해 머리를 뒤로 젖혔다. 밖으로 빠져나온 에스터는 부러진 창틀을 움켜쥐고 장식물을 향해 다리를 뻗었다. 막 착지를 하려는 순간, 헨슨이 뒤로 몸을 돌려 검은 연기

| 반 고흐 컨스피러시

속으로 사라졌다.

"마틴! 어디 가요!"

에스터가 다시 안으로 들어가려고 했을 때, 헨슨이 넥타이로 입과 코를 막고 들보 위를 비틀거리며 다가오고 있었다. 오른손에는 그림이 지휘봉처럼 들려 있었다.

'맙소사.'

에스터는 생각했다.

"그걸 버려요! 빌어먹을. 어서요!"

헨슨은 서둘러 움직였다. 발을 헛디뎌 들보 사이에 있는 외에 발이 걸렸다. 그가 지붕창에 거의 다다랐을 때 벽이 갈라지면서 다락방 안이 불길에 휩싸이기 시작했다.

"가요!"

헨슨이 외쳤다. 에스터가 창틀에서 손을 놓고 거친 지붕면을 따라 주르르 미끄러져 내려갔다. 장식물에 발을 디딘 후에야 숨을 돌리고 천천히 옆으로 발을 옮겼다. 불길이 지붕까지 번지면서 뜨거운 열기가 느껴졌다. 숨을 쉬기도 버거웠다. 에스터는 의식이 점점 희미해져 가고 있는 자신과 싸워야 했다.

헨슨이 연기와 땀으로 얼룩진 얼굴을 창밖으로 내밀었다. 그가 던진 그림이 에스터의 발치에 떨어졌다. 그런 다음 머리 위의 들보를 잡고 밖으로 나와 마치 벌레처럼 창틀에 매달렸다.

"빠져나갈 방법이 있어요! 여기 위요!"

헨슨이 손가락으로 그것을 가리켰다.

지붕이 너무 뜨거워서 오래 매달릴 수도 없었다. 불길이 그들을 향해 다가오고 있었다. 그러나 적어도 그들은 바깥에 있었다.

상황은 더 나아졌다. 마틴이 가리킨 텔레비전 안테나 받침대에 손이 닿으려면 검은 연기를 내뿜는 창문 아래를 지나가야 했다. 그들은 이중 경사 지붕 꼭대기로 올라가기 위해 그 받침대를 사용할 수 있었다. 그림은 에스터의 발치에 있었다. 에스터는 거리를 흘끗 내려다보고는 그 캔버스를 집어 헨슨에게 건넸다. 그들은 죽을힘을 다해 지붕 위로 올라갔다. 그런 다음 인접한 주택의 지붕 위로 건너갔다. 경찰차에 이어 소방차의 사이렌 소리도 이제 가깝게 들렸다. 튼튼해 보이는 소방수 한 명이 사다리에 올라 그들을 향해 손가락을 가리켰다. 911은 늘 빨랐지만, 오늘만큼은 불길이 타오르는 속도를 따라잡지 못했다.

  에스터는 사다리에서 내려오자마자 비틀거리며 바닥에 주저앉았다. 무릎에서 피가 나고 있었다. 다리는 고무처럼 힘이 없었고, 신발은 우스꽝스럽게 느껴졌다. 에스터는 지붕 위를 달릴 때 신발 밑창이 녹기 시작했었다는 걸 깨달으며 서서히 의식을 잃었다.

5장
기막힌 우연의 일치

"그런데 이 그림이 진짜라고 생각해?"

헨슨이 떨리는 손으로 찻잔을 내려놓으며 물었다. 시카고 아트 인스티튜트 사무실에서 객원교수인 앙투안 졸리에트가 확대경으로 그림을 들여다보고 있었다. 나비넥타이와 노란색 정장 차림인 앙투안은 호리호리한 체격에 피부색이 밝은 흑인이었다. 헨슨에게서 앙투안을 '과거에 함께 일했던 동료'로만 소개받은 에스터는 왠지 더 이상 그에 대해 알려고 해선 안 될 것 같았다. 만약 마이어의 다락방에서 발견한 그림이 고흐의 그림이 확실하다면, 헨슨은 그림을 임시로 아트 인스티튜트에 맡길 생각이었다.

"마틴."

앙투안이 프랑스식으로 어깨를 으쓱하며 입을 열었다.

"자네가 들라크루아나 터너나 컨스터블의 그림을 내게 보여줬다면, 당장에 대답을 줄 수 있었을 거야. 하지만 고흐는 달라! 음, 내 입장에선 너무 현대적이랄까."

헨슨은 창문 곁에 서서 차들을 내다보고 있는 에스터를 흘끗 보았다.

"자넨 명색이 미술 전문가야. 문외한인 나보단 좀더 그럴듯한 추리를 할 수 있잖아."

앙투안이 차를 홀짝이며 섬세한 손등으로 코밑수염을 쓰다듬었다.

"고흐의 그림처럼 보이긴 해. 화풍이 정말 똑같아. 캔버스나 안료는 충분히 오래된 것처럼 보여. 만약 고가의 그림이 아니라면, 난 이 그림이 위작이 아니라고 단언할 수 있어. 하지만 고가의 그림에는 늘 위작이 따르게 마련이지. 감정을 좀더 확실하게 하려면 몇 가지 테스트를 거쳐야 해. 예를 들어 안료나 캔버스의 짜임 등을 분석하는 거지. 물론 안료의 출처도 조사해야 해. 그런데 이 그림이 발견 전에도 존재했다는 걸 말해주는 기록이 있을까? 어떻게 시카고까지 오게 됐는지도 의문이야. 리글리 구장 근처의 다락방에, 그것도 우산 속에 들어 있으리라고는 아무도 예상하지 못했을 거야."

헨슨이 앙투안의 말을 받았다.

"시카고 경찰은 그 부분에서 정말 둔감했어. 이 그림은 살인 사건의 물리적 증거가 될 수 있지. 그러나 지문 채취 전문가는 그림에서 아무런 단서도 찾아내지 못했어. 캔버스의 섬유질을 조금 추출했지만. 실은 집이 불타기 전에 그 집에서 채취한 지문은 마이어와 고렌 양의 것이 전부였어. 만약 이 그림이 진짜가 아니라면, 그림을 손상하는 한이 있더라도 지문을 채취하기 위한 다른 방법을 강구하겠지."

"하지만 용케 그림을 여기로 가져오게 허락을 받았군."

"연방정부의 관할을 들먹이며 애 좀 썼지."

그때 에스터가 끼어들었다.

"그들은 아마 고무호스라도 있으면 그걸 사용하려고 했을걸요. 글쎄 나더러 소이탄을 설치했느냐고 묻더군요. 내가 수술대에 올라 있는 동안 말이에요!"

"다 자기들 구미에 맞는 설명을 듣기 위한 수작이죠."

헨슨이 말했다.

"그래서 내가 그랬어요. 당신들 입맛에 맞는 이야기는 없다고요."

에스터의 목소리는 지쳐 있었다.

헨슨이 앙투안에게 말했다.

"불이 났을 때 주방에 있지 않은 게 천만다행이야. 주방을 뒤질 때 그런 장치가 설치돼 있을 줄 어떻게 알았겠어. 범인은 가스관을 폭발시키기 위해 폭탄을 닭구이용 접시 뒤에 장착해놓았어. 스토브는 절반 이상이 완전히 녹아버렸지. 현재 경찰이 폭탄의 화학 성분을 밝혀내기 위해 집밖으로 튀어나온 잔해를 분석 중이야."

"그 집을 뒤지는 사람을 죽일 의도였을 거예요."

에스터가 말했다.

"그럴지도요. 어쩌면 단순히 그 건물을 파괴할 생각이었는지도 몰라요. 폭발이 어떻게 일어났는지 곧 밝혀지겠죠. 그것은 범인의 의도를 알 수 있는 단서가 될 거예요."

앙투안이 그림을 가리키며 물었다.

"왜 이걸 없애려 했을까?"

"그들이 원하는 게 뭔지는 아직 몰라."

헨슨이 대답했다.

"어쩌면 나를 쫓고 있는 건지도 몰라요."

에스터가 말했다.

"아니면 그 집에 있는 다른 무엇이겠죠. 하지만 모두 재로 변했어요. 방화 수사관은 지난 몇 년간 발생한 화재 중에 가장 센 강도였다고 하더군요. 매우 전문적인 솜씨예요."

앙투안은 여전히 그림에서 눈을 떼지 못했다.

"정말 고흐의 그림이라면, 도대체 왜 태우려고 했을까?"

"그자가 그림의 존재를 알았다면."

헨슨이 그렇게 덧붙였다.

"그래서 이 그림이 진짠지 아닌지 알 수 없다는 건가요?"

에스터의 머릿속은 여러 가지 생각으로 복잡했다.

'아버지가 왜 이 그림을 가지고 있었을까? 내게 주고 싶다던 게 이것이었을까?'

"고흐의 그림이 아니라면, 이 그림은 꽤 비범한 모사품이라고 할 수 있어요. 지금으로선 이 말밖에 드릴 말이 없군요, 고렌 양."

앙투안이 찻잔을 내려놓고 긴 다리를 뻗어 캔버스가 펼쳐진 곳으로 성큼 걸어갔다. 제도대 위에 세워진 캔버스 양 옆을 두꺼운 미술 서적으로 고정했는데, 그중 하나는 앙투안의 저서인 『J. M. W. 터너와 격동적인 시』였다.

"정말 고흐의 작품이 맞다면 그 가치는 어마어마해요…… 우우!"

앙투안은 마치 마법사가 하얀 비둘기를 허공에 날리듯이 손짓했다.

헨슨이 그의 말을 받았다.

"고흐의 그림들은 모두 수천만에 낙찰되었어요."

"그건 세속적인 가치야. 예술적인 가치와는 무관하지. 경매에서 사고파는 일이란 게 그렇잖아. 한데 오랫동안 발견되지 않은 고흐의 그림이라면, 우우!"

"수천만이요? 달러로요?"

에스터의 물음에 헨슨과 앙투안이 동시에 대답했다.

"네."

앙투안이 설명했다.

"1998년에 고흐의 자화상이 7150만 달러에 낙찰되었어요. 경매에서 사상 최고가로 낙찰된 그림은 고흐의 〈가셰 박사의 초상〉이에요. 1990년이었는데, 낙찰가가 무려 8250만 달러였죠. 1999년 5월에는 고흐의 다른 그림이 1980만 달러에 낙찰되었어요. 그 정도 금액은 가히 실망스러운 수준이라고 할 수 있죠."

에스터는 그 기록을 어디선가 본 기억이 났다. 그러나 관심이 없어서 대강 훑고 지나쳤었다.

"정말 진짜라면, 이 그림에는 신의 가호가 함께했을 겁니다."

앙투안이 말했다.

에스터는 그림을 보며 어째서 그토록 비싼 가격에 팔릴 수 있는지 궁금해졌다. 그동안 고흐가 그린 해바라기나 붓꽃, 자화상 등을 포스터나 침대 덮개를 비롯한 여러 상품들을 통해서 숱하게 봐왔지만, 에스터가 보기에 그의 그림들이 오래돼서 귀하다거나 본질적으로 가치 있게 느껴지지는 않았다. 금이나 에메랄드로 만든 것도 아닐 텐데.

"전 이해할 수 없어요. 이 그림이 진짜 고흐의 작품이라 해도 그토록 가치가 높은 이유가 뭐죠? 이건 단순히 그림일 뿐이잖아요."

앙투안이 미소를 지었지만, 겸손한 미소는 아니었다.

"설명하기 어렵군요. 훌륭한 미술품은 경매에서 높은 가격에 낙찰되는 것과 무관하게 그 자체로 위대해요. 유정탑이나 상점가에 있는 물건들을 위대한 미술품이라고 하진 않죠. 돈은 고흐의 위대성을 말해주지 못하거니와 고흐의 위대성이 엄청난 액수의 돈과 직결되지도 않아요. 사실 돈은 예술의 진정한 가치를 헤아리는 데 방해가 되지요."

"하지만 무려 8200만 달러잖아요?"

"네, 그렇죠. 당신이 어떤 남자를 만났다고 가정해봅시다. 그 남자는 잘생긴 얼굴에 유쾌한 성격, 더구나 매너도 좋아 결혼 상대자로 손색이 없어요. 그런데 얼마 후 그 남자가 다이아몬드 광산을 소유한 사실을 알게 되죠. 그때부터 그가 어떤 사람인지 제대로 보일까요? 아니요. 돈은 사람이 느끼는 감정에 영향을 미치죠. 한순간에 그 남자의 매력은 더 커질 거예요. 그러나 한편으로 그를 잃게 될까 봐 전전긍긍하게 되겠죠. 고흐의 작품을 잃는다는 건 매우 끔찍한 일이에요. 돈의 액수를 떠나 우리 문화의 손실이죠. 돈이 가치의 척도가 될 수는 없어요. 물론 그림이 진짜임을 말해주는 수단이 될 수는 있지만요. 전문가들은 예술이 돈과 결부될 때 당황스러움을 감추지 못해요. 소송이니 어쩌니 하는 것들 말이에요. 그들은 예술이 명확해지는 걸 꺼리는 경향이 있지요."

돈은 가치의 척도가 아니다.

에스터는 기꺼이 그 말에 수긍했다. 그런데 왜지? 그것은 진부한 표현이 아니었던가?

에스터가 입을 열었다.

"전 위대한 예술이 어떤 건지 잘 몰라요. 하지만 제가 던진 질문은 꽤 철학적이지 않나요? 그런데 고흐의 그림이 음, 예를 들어, 헨슨의 삼촌이 그린 그림보다 더 중요한 까닭은 뭐죠?"

그러자 헨슨이 웃음을 참으며 말했다.

"실제로 라스 삼촌은 생전에 그림을 그렸어요."

에스터가 말을 덧붙였다.

"라스 삼촌과 고흐의 실력이 거의 대등하다는 전제하에요."

앙투안이 생각에 잠긴 듯 입술을 오므렸다.

"고렌 양, 굉장히 집요하신 데가 있군요. 음, 대답은 그리 간단하지 않아요. 먼저, 고흐의 역사적인 중요성을 간과해선 안 돼요. 미술의 역사를 바꿔놓는 화가가 이따금씩 미술계에 등장하죠. 고흐를 통해 화가들은 비로소 해방을 맞았어요. 그리하여 그들은 그림이 나아갈 방향을 보게 됐어요. 즉 같은 주제를 계속해서 써먹을 필요가 없게 된 거죠. 대신 새로운 주제의 그림들을 그리기 시작했어요."

"그렇다면 고흐는 엘비스나 밥 딜런이나 비틀스와 같은 부류군요."

"음……."

앙투안이 대답을 망설였다.

"어떤 의미에서는요. 고흐 이후의 화가들은 그의 존재감을 느끼지 않고는 창작을 할 수 없었죠. 그들은 고흐의 경향을 따르기도 하고 역행하기도 했지만, 어느 쪽도 무시할 수는 없었어요. 한마디로 그는 미술의 큰 지표인 셈이죠."

"뉴턴이나 아인슈타인 이후의 과학처럼 말인가?"

헨슨이 말했다.

"많은 비교가 있을 수 있겠지. 분명한 건 심각한 불안 증세를 보이다 결국 정신 착란을 일으킨 이 네덜란드 화가가 미술의 역사를 크게 바꿔놓았다는 거야. 그것도 매우 짧은 시간에. 실은 고흐의 삶은 실패자의 삶이나 다름없었어. 처음에는 목사가 되려고 했지만, 모든 게 뜻대로 되지 않아 회기의 길을 걷게 됐지. 초기작들은 흥미롭긴 하지만, 새로운 비전을 제시하기보다 기교가 부족하고 활기 없는 리얼리즘에 가까웠어."

"라스 삼촌의 그림들처럼."

헨슨이 덧붙였다.

"어쩌면 고흐가 조금 더 나았을지 몰라."

앙투안이 웃으며 말했다. 그리고 에스터를 보며 말을 이었다.

"그 후 고흐는 남프랑스로 거처를 옮기고, 폴 고갱과 동거하게 되었죠. 갑자기 고흐의 그림에서 색의 폭발이 일어났어요. 밝은 노란색이 팔레트의 많은 공간을 차지하게 되었죠. 고흐는 마음속에 있는 것을 그림으로 표현할 수 있었어요. 그러나 그가 창작 활동을 한 시기는 고작 10년에 불과해요. 1880년에 그림을 그리기 시작했지만, 1888년과 1890년 사이에 가장 위대한 작품들을 남겼죠. 그리고 1890년에 자살로 생을 마감했어요. 지금껏 고흐처럼 그렇게 짧은 시간에 예술사의 흐름을 과감히 바꾼 이도 없을 거예요."

"고흐가 귀를 잘랐다고 해서 그림의 가치가 떨어지지는 않을 거야."

헨슨이 말했다.

"그는 순식간에 화려한 빛을 발하고 사라진 유성과도 같았어요. 심각한 정신 착란 증세를 보였지만, 테오에게 보낸 편지들을 보면 그가 얼마나 그림에 대해 진지했는지를 엿볼 수 있어요. 흔히 사람들이 고흐 하면 광기를 먼저 떠올리는데 생각보다 훨씬 지적이고 냉철한 화가였죠. 그리고 매우 박식했어요. 여러 언어를 구사했고, 그리스어를 독학하기도 했어요."

이 모든 설명이 에스터에게는 너무 난해하게 느껴졌다.

"새뮤얼 마이어는 이 그림을 어디에서 구했을까요?"

에스터가 물었다.

앙투안이 무기력하게 손을 펼쳤다.

"본인 스스로 이 그림을 가진 걸 알았을까요? 어쩌면 그림의 가치를 몰랐을 수도 있어요. 늘 있는 일이지요. 텔레비전에서 골동품을 감정하는 프로그램을 본 적이 있을 거예요. 사탕을 담을 때 쓰던 접시가 명나라의 유물로 밝혀지기도 했는걸요."

헨슨이 그 그림을 바라보았다.

"분명 마이어는 그림의 가치를 잘 알고 있었을 거야. 이 그림을 어떻게 의심할 수 있겠어?"

그들은 잠시 생각에 잠겼다.

"앙투안, 아까 '발견되지 않은'이라고 말했지? 어째서지?"

"음, 난 고흐 전문가는 아니지만, 그가 남긴 작품은 그리 많지 않아.

그중에서 자화상들은 나도 잘 알고 있지. 더구나 자주 복제되었어. 특히 〈별이 빛나는 밤〉과 〈해바라기〉 같은 그림은 워낙 많은 사람들이 좋아해서 포스터나 엽서 등으로 수없이 복제되었지. 그런데 이 자화상은 예전에 본 기억이 없어."

"어떤 문제를 예상해볼 수 있지 않을까?"

헨슨이 말했다.

앙투안이 그의 말을 받았다.

"응. 베르메르처럼."

그들은 생각에 잠기며 고개를 끄덕였다. 그 순간 에스터가 자신들을 노려보고 있는 걸 눈치챘다. 헨슨이 에스터에게 설명했다.

"메헤렌이라는 네덜란드 위작자가 있었어요."

"한 반 메헤렌."

앙투안이 덧붙였다.

"그는 베르메르의 현존하는 작품들을 위조하기보다 오히려 베르메르의 화풍과 소재를 모방해 마치 17세기에 그린 듯한 위작을 만들었죠."

앙투안이 말을 이었다.

"그렇다면! 새로운 베르메르가 '발견'된 건가?"

헨슨이 에스터를 향해 몸을 숙였다.

"당신 어머니는 이 그림에 대해 일언반구도 없었나요?"

"그 사람은 거실 벽에 야구 선수들의 단체 사진이나 모텔 그림을 걸어놓는 부류예요! 아니요. 어머니는 아무 말도 없었어요. 그가 우리를 버리고 떠났다는 말을 제외하면요. 물론 당신은 그 말도 믿지 않겠죠!"

헨슨이 손을 들어 항복하는 듯한 제스처를 취했다.

"미안해요."

앙투안이 곁눈질을 하며 조심스럽게 물었다.

"모텔 그림?"

"부들 사이를 지나가는 오리들의 그림이야."

앙투안의 눈이 반짝였다.

"'모텔 그림'이라! 마음에 들어. 그것도 일종의 장르라고 할 수 있지. 모텔 그림!"

그러고는 수첩에 기록하며 말을 이었다.

"네덜란드와 브라질에서는 그림의 정확한 감정을 위해 많은 요소들이 상호 작용하도록 하는 컴퓨터 프로그램을 개발하고 있어요. 그림의 세밀한 디지털 이미지를 통해 붓놀림과 안료에 관해 패턴화된 인식을 하죠. 오늘날 그 시스템은 어느 정도 성과를 거뒀지만, 아직까지 저희는 미술 전문가들에게 더 많이 의존하고 있습니다. 그러나 몇 년이 지나면……."

앙투안이 펜을 들었다.

"아 참! 왜 이 생각을 못했지? 정말 기막힌 우연의 일치야! 헤리트 빌렘 토른 박사가 지금 시카고에 있어!"

"그 사람이 누군데?"

헨슨이 물었다.

"헤리트 빌렘 토른! 어쩌면 그분이 도움을 주실지 몰라! 고흐에 관한 한 세계 최고의 권위자야! 매우 독보적인 존재지!"

"그리고 시카고에 산다고요?"

에스터가 물었다.

"아니요. 그분의 지인인 한 수집가가 고흐의 펜-잉크화를 소장했는데, 그분에게 감정을 의뢰한 모양이에요. 그래서 잠시 시카고에 머물고 계세요. 10년 전까지도 유명 미술관에서 자문위원으로 활동하셨죠. 3년 전 오스트리아에서 열린 한 협의회에 참석했을 때 처음 뵈었는데, 토른 박사님의 감정은 신뢰할 만해요. 그때 제가 그분을 너무 야단스럽게 치켜

세우는 바람에 매우 난처해하셨죠. 시카고에 오신 걸 좀더 일찍 알았더라면 강연을 부탁드렸을 테지만, 감정하는 데 적어도 일주일은 걸린다는군요."

"그 사람이라면 이 그림이 진짜인지 아닌지 알 수 있다는 건가?"

"토른 박사는 고흐에 관한 일이라면 누구보다 열성적이야. 고흐를 예술의 최고봉이라고 여길 정도지. 고흐가 20세기에 예술 그 자체로 살다 죽었다고도 주장하셨어."

"방금 전에 말한 그 테스트들을 거치지 않고도 단번에 알 수 있단 말이야?"

헨슨이 물었다.

"필요한 경우도 있겠지만, 토른 박사라면 그럴 수 있을 거야. 충분히. 내가 장담하지."

앙투안이 전화기를 들어 송화구에 대고 말했다.

"헤임스 양, 토른, 헤리트 빌렘 토른 씨와 전화 연결 부탁해요. 지금도 파미 하우스에 묵고 있는지 확인해봐요."

그리고 에스터에게 눈짓을 보내며 말했다.

"행운을 빌어줘요!"

"바쁘신 와중에도 저희를 위해 시간을 내주셔서 정말 감사합니다."

한 시간 후 앙투안이 말했다.

문을 열어준 몸집이 큰 남자가 툴툴거리며 앙투안과 짧게 악수했다. 그리고 두 개의 지팡이를 짚고 소파를 향해 뒤뚱뒤뚱 걸어갔다. 은으로 입힌 지팡이 머리에는 각각 웃는 사람의 가면과 우는 사람의 가면이 장식되어 있었다. 남자가 천천히 몸을 돌려 소파에 앉았다. 얼룩진 대머리와 번쩍이는 새하얀 눈썹이 얼굴의 아랫부분을 내리누르는 것 같았다. 심지어 그 무게를 감당하지 못하고 어깨로 가라앉을 것만 같았다. 검정 홈부르크 모자와 하얀색 장갑이 커피 테이블 위에 놓여 있었다.

"자네의 부탁을 어떻게 거절하겠나, 앙투안."

토른이 조금 딱딱한 어조로 말했다. 특이하게도 s 발음에서 쉿 소리가 났다.

"그건 사실이야. 방문해줘서 기쁘다네. 자네 친구들인가?"

"마틴 헨슨 씨와 에스터 고렌 양입니다."

"만나서 반갑소, 헨슨 씨. 고렌 양. 앉아서 인사하는 게 실례인 줄 알지만……."

"괜찮습니다."

헨슨이 말했다. 그리고 토른과 악수했다.

"지금 나는 매우 내밀한 문제로 시카고에 있소. 앙투안 교수가 아니라면 쉽게 날 못 만나지."

"호의에 감사드립니다."

앙투안이 말했다.

"하지만 강연을 요청하러 왔다면 생각을 바꾸게. 물론 아트 인스티튜트야 세계에서 알아주는 교육 기관이라는 걸 내 모르는 바는 아니네. 그런 부탁을 받는 건 기쁜 일이지만……."

"아니, 아닙니다."

앙투안이 말했다.

"아까도 말씀드렸다시피 강연보다 훨씬 더 중요한 일입니다. 그리고 강연을 부탁드리려고 했다면 훨씬 더 예의를 갖췄을 거예요. 대대적인 홍보도 아끼지 않을 겁니다."

"그렇다면?"

"역시 내밀한 문제입니다. 저희는 선생님의 훌륭한 식견이 절실히 필요합니다."

토른이 눈을 빛내며 자신의 손님들을 유심히 바라보았다.

"그렇다면, 앙투안, 어디 한 번 들어보지! 그 내밀한 문제란 게 뭔가?"

앙투안이 헨슨에게서 들었던 이야기를 간추려 설명했다. 고렌 양이 아버지를 만나러 간 날 아버지가 괴한의 습격을 받은 이야기를. 토른이 눈썹을 치켜세웠다.

에스터는 아버지에 대해 전혀 모른다고 말하려 했지만, 대신 묵묵히 고개를 끄덕였다.

"고렌 양은 부상을 당했고, 고렌 양의 아버지는 살해당했습니다."

헨슨이 말을 마쳤다.

"세상에는 그런 끔찍한 일이 자주 일어나지."

토른이 어깨를 으쓱하며 말을 이었다.

"아버지 일은 안됐구려."

"그런데 고인의 유품 중에 그림도 있었어요."

잉투인이 말했다.

"음, 그렇군. 그래서 내 도움이 필요하다는 거로군?"

토른이 딱딱한 어조로 말했다.

"그 그림은 고흐의 것으로 보입니다."

앙투안이 빠르게 말을 계속했다.

"아직 확실하진 않지만……."

토른이 지팡이로 앙투안을 가리켰다.

"앙투안은 겸손하게도 자기 실력을 낮추는 경향이 있지만, 실은 썩 괜찮은 감정 전문가요. 허나, 고렌 양, 아가씨도 익히 알고 있겠지만, 난 고흐, 고갱, 세잔, 보나르를 포함해 그 시기에 활동한 몇몇 화가들의 그림을 주로 감정하고 있소."

"후기 인상주의자들 말씀이시죠?"

헨슨이 말을 받았다.

"고흐에 관한 한 박사님을 따라올 자는 없습니다."

앙투안이 그렇게 말했다.

토른의 눈빛이 흐려졌다.

"고흐는 그 세계를 완전히 바꾸어놓았지. 고흐의 시각은 신만큼이나 냉혹하고 아름다웠어."

토른은 무아경에 빠져 있었다. 마치 멀리서 들리는 새의 노랫소리에 귀 기울이고 있는 듯. 잠시 동안 흐르는 침묵을 헨슨이 깼다.

"저희는 완벽한 평가나 정확한 분석을 바라는 게 아닙니다."

"이 그림을 어떻게 다뤄야 할지 궁금할 따름이에요."

에스터가 그렇게 거들었다.

"만약 이 그림이 가짜라면, 단번에 알 수 있습니까?"

앙투안이 물었다.

토른이 그들을 바라보았다.

"사실 내게 감정을 부탁하려면 상당한 대가를 지불해야 할 걸세. 허나 앞서 말한 펜-잉크화 덕분에 요즈음 내 마음이 한결 관대해졌다는 걸 인정하지 않을 수 없군. 물론 그것들도 고흐의 그림들이네. 고흐는 전 생애에 걸쳐 스케치를 했지. 심지어 목사였을 때도."

"그렇지 않아도 고흐가 오늘날 위대한 화가로 추앙받는 이유에 대해 저희끼리 잠시 얘기를 나눴습니다. 앙투안은 고흐의 역사적인 중요성에 대해 설명을 해줬어요."

헨슨이 말했다.

에스터가 말을 받았다.

"그러나 제 생각에는 예술에 대해 정식으로 교육을 받은 사람만이 예술을 완전히 이해할 수 있을 것 같더군요."

토른이 딱딱한 어조로 대답했다.

"그렇지, 꼬마 아가씨. 한 예술가를 역사적인 맥락에서 이해하려면 역사를 잘 알아야 함은 물론이거니와 그 흐름을 훤히 꿰뚫고 있어야 하지. 허나 역사적 지식이 부족하다고 해서 고흐를 완전히 이해할 수 없는 건 아니라오."

에스터는 '꼬마 아가씨'라는 말에 약이 올랐지만, 애써 말을 삼켰다.

토른이 다시 말했다.

"고흐는 세상을 사는 인간의 고뇌에 대해 전보다 더 큰 목소리로 이야기한 화가요. 모든 것이 낯설고도 경이롭지만, 그 번득이는 혜안이 신의 창조물을 완벽히 드러냈지. 고흐는 예언자였지. 보이지 않는 것을 볼 수 있는 화가였어. 우리로 하여금 우리를 둘러싼 신의 창조물에 눈을 돌리게 했다오."

그때 헨슨이 그의 말을 받았다.

"앙두안은 고흐의 기법에 대해……."

그러나 토른이 헨슨의 말을 가로챘다.

"기법이라! 과연 두껍게 칠한 안료와 파란색 붓놀림이 신을 드러내기 위한 단서가 될까! 나의 친구 앙투안은 고흐의 본질을 완전히 이해하지 못할 거요. 전적으로 중요한 건 느낌이지."

토른이 소시지 같은 손가락들로 손짓을 했다.

"앙투안은 지극히 프랑스적이요. 프랑스 회화의 고전주의와 그 정신이 앙투안의 자아를 이루는 본질, 즉 인종에 대한 의식을 흐려놓았다고 할 수 있지."

에스터는 앙투안을 흘끗 보고 나서 헨슨에게 눈길을 돌렸다. 인종은 어느 누구에게도 달갑지 않은 주제였다. 심지어 토른의 강연을 듣는 사람들에게도. 특히 백인 위주로 돌아가는 유럽 예술계에 종사하는 흑인에게는 더욱. 그러나 앙투안은 즐거운 기색이었다. 헨슨은 토른의 말을 더 잘 알아들으려는 듯 눈썹을 찌푸렸다. 앙투안을 제외한 에스터와 헨슨은 토른의 말을 잘 이해하지 못하는 것 같았다.

앙투안이 가볍게 말했다.

"저는 늘 세잔의 업적이 고흐의 업적보다 더 뛰어나다고 주장했고, 또 앞으로도 그럴 겁니다. 고흐가 어떻게 위대한 작품들을 창조하게 되었지요? 프랑스로 이주하면서부터입니다. 모네와 세잔과 같은 프랑스 화가들의 영향을 받으며 고전주의를 넘어서려는 노력을 계속한 덕분에 고흐의 위대성은 빛을 발하게 된 거죠."

토른이 살아 있는 도마뱀을 삼킨 것 같은 표정으로 앙투안을 쳐다보았다. 앙투안에게 그것을 뱉을 기세였다.

"지적인 대화가 오가는 걸 옆에서 듣는 것만으로도 매우 흐뭇하군요."

헨슨이 유쾌하게 말을 이었다.

"이 그림이 정말 고흐의 그림이 맞는지 선생님의 고견을 들을 수 있을까요?"

"토른 박사님과 난 전에도 몇 번 이 주제로 토론을 했었어. 프라하에서. 그리고 로마에서."

앙투안이 기분 좋게 말했다.

토른은 그와 의견이 다른 앙투안이 여전히 못마땅한 기색이었다.

토른이 투덜거리며 자리에서 일어나 방 한가운데에 섰다. 그리고 검투사의 목숨을 쥐고 있는 로마 황제처럼 위풍당당하게 손을 들었다.

"창문 옆에 그림을 펼치시오. 정말 고흐의 그림이라고 믿는다면 조심스럽게 다뤄야 할 거요! 고흐는 색을 두껍게 칠하는 경향이 있소. 그리고 금이 가 있지. 두껍게 칠하지 않았다면 그 그림은 진짜가 아니오. 기법이 우리에게 말해주는 건 바로 그거라오, 꼬마 아가씨. 그리 대단한 건 아니라오."

토른이 에스터에게 미소짓더니 지팡이를 짚기 위해 앞으로 몸을 숙였다.

"우스갯소리 하나 하겠소. 믿을지 모르겠지만, 한번은 틴토레토의 캔버스를 감정해달라는 부탁을 받았지 뭐요. 하!"

토른은 헨슨과 앙투안이 그림을 펼치는 동안 등을 돌리고 아랫입술에 묻은 침을 닦았다.

"정말 고흐가 분명하다면, 순간적인 느낌이 올 거요. 번쩍임이라는 표현이 맞겠군. 난 그 힘을 느낄 수 있지. 그것은 와인의 품질을 감별하는 것과 같다고 할 수 있어. 알코올은 맛이 안 나지만 혀끝에서 느껴지는 번쩍임이 있거든. 그 번쩍임의 힘이 와인 감별사에게 정확한 알코올 도수를 속삭인다오."

에스터는 억지로 미소를 지었다. 이 남자는 그녀가 만난 사람 중에서 가장 유난스러운 데다 젠체하는 사람이었다. 앙투안이 그림의 위를 쿠션으로, 아래를 무거운 유리 재떨이로 고정했다. 그러나 두꺼운 캔버스가 자꾸만 오므라드는 통에 재떨이가 들릴 것 같았다. "준비됐소?"

토른이 물었다.

앙투안과 헨슨이 조심스럽게 캔버스에서 떨어졌다.

"네."

헨슨이 아슬아슬하게 균형을 이루고 있는 재떨이에 시선을 고정하며 말했다.

"자, 그럼 신사분들. 내 뒤로 물러나 주시겠소?"

토른이 자기 뒤로 손짓하며 말을 이었다.

"그리고 조용히 해주시오."

헨슨이 앙투안에게 미심쩍은 눈길을 보냈다. 앙투안이 그에게 손짓했다. 헨슨이 에스터의 옆을 지나가며 재미있다는 듯 눈썹을 치켜세웠다. 에스터는 고개를 숙여 발끝을 내려다보았다.

토른이 말했다.

"자, 좋아. 그럼. 모두 조용히 해요."

토른은 경례하듯 등을 곧게 펴고 눈을 감았다. 그의 커다란 콧구멍이 벌름거렸다. 숨을 깊게 들이쉬고 인상을 쓰는 모습이 마치 오케스트라 앞에 선 오페라 가수가 아리아의 첫 소절에 귀 기울이는 모습을 연상시켰다. 그는 여전히 눈을 감고 있었다. 그림과 마주할 때까지 지팡이를 짚고 주위를 불안하게 맴돌았다.

토른이 눈을 떴다. 그의 눈이 점점 커졌다. 얼굴은 창백해졌다. 마치 강한 펀치를 맞아 휘청거리는 권투 선수처럼 몸을 비틀거렸지만, 쓰러지지 않으려고 지팡이를 쥔 손에 힘을 주었다. 앙투안, 헨슨, 에스터가 토른을 부축하기 위해 달려갔다. 에스터가 그의 우람한 팔을 잡았다. 그러자 토른이 에스터의 손을 뿌리쳤다.

"이 손 놔!"

토른이 숨을 헐떡이며 말했다.

"오, 하느님, 맙소사! 이럴 수가!"

토른은 앞으로 비틀거리며 걸어가 천천히 무릎을 꿇고 상체를 세우더니 그림을 향해 양팔을 뻗었다.

"토른 박사님! 토른 박사님!"

헨슨이 외쳤다.

에스터가 다가와 토른의 차고 끈적한 목에서 맥박을 확인하기 위해 손가락으로 목을 지그시 눌렀다.

토른이 에스터의 손을 다시 뿌리치며 주저앉는 동안, 앙투안이 다급히 전화기를 들었다.

"어서 받아!"

앙투안이 초조하게 전화기에 대고 중얼거렸다.

"프런트? 여긴……."

"내려놔!"

토른이 소리쳤다.

"내려놔. 어서."

여전히 숨을 헐떡이며 말을 계속했다.

"심장 마비가 아니야. 바보같이 굴지 말게."

에스터가 다시 그를 도우러 다가오자, 그의 매서운 눈빛이 에스터를 움찔하게 했다.

"그 망할 놈의 전화기를 내려놔!"

토른이 앙투안에게 소리쳤다. 그리고 힘겹게 무릎을 일으켜 세웠다. 그가 그림 앞으로 얼굴을 바짝 들이밀자, 그의 땀방울이 캔버스에 스치며 떨어졌다! 앙투안과 헨슨이 서로의 얼굴을 마주보았다. 토른은 고흐와 거의 코가 닿을 정도로 가까이에서 마주 보았다. 그러더니 다시 바닥에 주저앉았다.

"아콰비트(감자를 재료로 증류한 스웨덴의 민속주)."

토른이 말했다.

앙투안이 방 주위를 둘러보고 앤 여왕 시대 양식의 식당으로 서둘러 걸어갔다. 텔레비전 옆에 두 개의 유리잔과 병이 놓인 쟁반이 있었다. 앙투안이 그 병의 상표를 확인하고 유리잔에 따랐다.

"괜찮습니까?"

헨슨이 물었다.

토른이 고개를 끄덕이며 헨슨에게 뒤로 물러나라고 손짓했다. 토른은 술을 단숨에 들이켠 다음 앙투안에게 빈 유리잔을 건넸다. 그리고 눈을 감더니 손가락으로 콧날의 양쪽을 지그시 눌렀다. 다시 눈을 떠 그림을 보더니 에스터를 찾기 위해 두리번거렸다.

"믿을 수 없어. 이 그림을 어디서 발견했소?"

"진짜군요!"

헨슨이 말했다.

"1945년에 사라진 그림이오. 데 흐로트에서! 다시는 못 볼 줄 알았는데, 오, 세상에!"

"데 흐로트요?"

앙투안이 물었다.

토른이 호흡을 가다듬었다.

"데 흐로트는 네덜란드의 베크베르흐에 있었던 작은 박물관이지."

"전 한 번도 들어보지 못했어요."

앙투안이 말했다.

"소장품들은 눈에 띄지 않을 정도로 평범한 것들이 대부분이었어. 적회식 도기들이 잡다하게 전시되어 있었고, 화승총, 스페인과 네덜란드의 17세기 무기들, 그리고 그림 몇 점이 있었지. 박물관은 오래전에 사라졌네. 1940년대에 폐쇄된 가톨릭 학교의 부속 건물이었는데, 수치스럽게도 오랫동안 방치된 까닭에 지붕의 들보가 썩고 벽돌은 여름 별장을 지으려는 한 영화배우에게 팔렸지."

앙투안이 몸을 앞으로 내밀었다.

"그래서 한 번도 들어본 적이 없었군요. 소장품들은 모두 어떻게 되었나요?"

"전쟁 중에 나치스 친위대가 대부분을 압수해갔네. 우리에게는 선택의 여지가 없었어. 그자들은 원하는 건 뭐든 손에 넣었으니까."

에스터가 고개를 숙였다. 이런 이야기를 예상 못한 건 아니었지만, 여전히 아버지가 무죄임을 말해줄 무언가를 기대하고 있었다. 헨슨이 에스터의 어깨에 부드럽게 손을 올렸다.

"'우리'라고 했나요? 그렇다면 선생님도 거기에 계셨나요?"

앙투안이 물었다.

"맞네, 앙투안. 나는 그 박물관의 직원이었지. 꽤 젊은 나이였지만, 그 당시엔 인력이 부족했어. 나는 큐레이터의 비서였다네. 이 그림은 소장품 중에서도 단연 독보적이었지. 나머진 골동품에 지나지 않았어. 나는 몇 시간 동안 이 그림을 바라보았어. 이 그림은 나의 친구가 되었어. 고흐 전문가가 되겠다고 결심한 건 그때부터야. 그런데 이 그림이 아직 존재하다니, 정말 믿을 수가 없어!"

토른은 앙투안의 옷깃을 잡았다.

"앙투안, 난 이 그림이 불에 타는 걸 직접 보았어. 불길에 휩싸였지! 연기가 솟아올랐고!"

"전 약탈당했을 거라고 생각했습니다."

헨슨이 말했다.

"독일인들은 박물관의 소장품 대부분을 근처에 있는 데 흐로트 가문의 별장으로 옮겼어. 연합군이 진격하자, 박물관에 남은 모든 소장품을 트럭에 실었어. 내가 직접 포장을 감독했어. 이 그림도 어느 트럭에 실렸지. 차종이 오펠 블리츠였을 거야. 그런데 트럭이 출발한 직후에 연기 기둥이 솟아오르는 걸 보았어. 별장에서 불과 몇 마일 떨어진 곳에서 트럭이 불에 타고 있었지."

앙투안은 골똘히 생각에 잠긴 채 입술을 오므렸다.

"토른 박사님, 그렇다면 이 그림이 위조되었을 가능성도 있나요?"

토른은 잠시 생각하는 듯하더니, 다시 그림을 본 다음 자신 있게 대답했다.

"아니. 불가능해. 어쩌면 누군가가 불길에 휩싸인 그림을 트럭에서 빼낸 건지도 몰라. 어쩌면 포장하는 과정에서 도난을 당했던가. 그래서 안이 텅 빈 나무상자를 실은 셈이 된 거지. 하지만 나는 한 번도 한눈을 팔지 않았어. 한 번도 이 그림에서 눈을 떼지 않았어. 정말 믿을 수 없는 일이야!"

토른은 아연실색하며 머리를 흔들었다.

"물론 전쟁이 끝나고 위작이 심심치 않게 등장했지. 순진한 수집가들은 아무런 의심 없이 그 그림들을 샀네. 하지만 이 그림은 위작이 아니야. 결코."

토른은 다시 그림을 보기 위해 무릎을 일으켰다.

"데 흐로트에 있던 그림이 분명해. 장담할 수 있어."

호텔의 객실 안에는 토른의 거센 숨소리만이 들렸다.

앙투안이 마침내 말했다.

"데 흐로트의 나머지 소장품은요? 전쟁 후 모두 발견되었나요?"

"오로지 유대인들의 유물만이."

에스터가 고개를 들었다.

"그중에는 중세의 유대교 문헌들도 있었지. 촛대. 돌출 촛대. 선창자의 기도서. 뭐, 그리 많지는 않아. 네덜란드 독립전쟁 중에 스페인이 시나고그에서 약탈한 것도 있었네. 그중 몇 가지는 소비에트 연방이 해체되었을 때 우크라이나에서 발견되었네. 화승총도."

"어떻게 소비에트가 그것들을 가지고 있었을까요? 익히 알려진 사실인가요?"

헨슨이 물었다.

"약탈한 거지. 처음엔 독일인들이, 다음엔 구소련인들이. 냉전 시대에 몇 가지 기록이 베를린에서 발견되었다네. 미술품 구매 영수증들이었지.

데 흐로트의 고흐 영수증도 있었어. 적회식 도기의 것도."

"그럼 그 도기는 발견되었나요?"

앙투안이 물었다.

"내가 아는 한은 아니야."

토른이 자화상을 다시 자세히 들여다보았다.

"이 그림도 물론. 베를린에서 영수증이 발견되었다고 해서 이 그림이 거기에 있었다고 할 순 없지. 불타는 트럭에서 솟아오른 연기 기둥을 분명히 보았어. 영수증은 미술품들이 이송되기 전이나 아니면 그 후에 발행됐을 거야. 어디까지나 약탈한 사실을 숨기기 위한 속셈이지. 횡령을 했을 거야. 도둑들에게 도의가 있을 턱이 있나."

토른의 말을 듣고 있던 헨슨이 입을 열었다.

"그럼, 제3제국(히틀러 치하의 독일)을 위해 일한 누군가가 영수증을 위조하기 위해 그 박물관의 소장 목록을 이용한 건가요? 하지만 몇몇 미술품들이 파괴되거나 도난당했다는 건 몰랐군요. 사실 이 부분에 관해선 지금도 수사가 진행 중이에요."

토른은 헨슨의 말을 듣고 있지 않았다. 눈물이 그의 눈에서 볼을 타고 흘러 내렸다.

"믿을 수 없어. 잃어버린 형제를 다시 만난 기분이야."

'아니면 아버지나.'

에스터는 혼잣말로 중얼거렸다.

에스터는 생각을 정리하려고 애썼다. 스테판 마이어베어는 남프랑스에서 나치스의 비시 정권을 위해 미술품을 약탈했다. 그리고 네덜란드로 도피해 거기서도 약탈을 일삼은 후 독일로 도피했고, 그런 다음 프랑스를 경유해 미국으로 이주했다. 새뮤얼 마이어로 위장해서. 헨슨의 말이 맞았다. 스위스에서 마이어베어의 죽음은 조작되었다. 그렇지 않다면 어떻게 시카고에 있는 새뮤얼 마이어의 다락방에서 고흐의 그림이 나올 수 있었을까?

어머니는 이 사실을 알았을 것이다. 어쩌면 고흐의 그림을 보았을지도 모른다. 그래서 그녀는 새뮤얼 마이어를 떠났다. 그리고 사랑하는 딸을 위해 마이어의 끔찍한 비밀을 끝까지 지켰다.

배에 난 상처가 감각을 완전히 마비시켰다. 감각이 마비되어 더는 아무 생각도 할 수 없었다.

6장
정당한 주인

이틀 후, 연거푸 문을 두드리는 소리에 놀란 에스터가 잠에서 깼다. 머리는 깨질 것처럼 아팠다. 입 안에서는 밤새 유리 섬유 절연재를 씹은 것 같은 맛이 났다. 탁자에 독한 보드카 병이 텅 빈 채 쓰러져 있었고, 병의 목 부분이 그녀를 비난하듯 손가락질하고 있었다.

에스터는 허리를 구부려 문구멍을 들여다보고 주춤했다. 마티 헤슨이 다시 문을 두드렸다. 마치 자신의 이마에 대고 두드리는 것 같았다.

"저예요."

헨슨이 말했다.

"알고 있어요."

에스터가 퉁명스럽게 대꾸했다.

에스터는 신음하며 사슬문고리를 간신히 벗겼다.

"대체 뭘 더 원해요?"

"흥미로운 일이 일어났어요."

헨슨이 안으로 불쑥 들어오며 말했다.

"당신에게만이겠죠."

에스터가 시큰둥하게 대꾸했다. 그리고 욕실로 들어가 얼굴에 찬물을 끼얹었다. 그러나 전혀 시원하지 않았다.

"안색이 별로 안 좋군요."

"신경 써주지 않아도 돼요. 유대인들은 원래 술을 잘 못 마셔요."

에스터가 또다시 신음했다.

"그 편이 더 나아요."

헨슨이 말했다.

"마실 땐 아니에요. 난 이스라엘로 돌아갈 거예요. 아버지에 대한 진실도 알았으니 더는 여기에 머물 이유가 없어요. 이제 무슨 일이 일어나든 나하고는 상관없는 일이에요. 차라리 그림이 불에 탔더라면 좋았을 뻔했어요."

"그림은 두 번에 걸친 화재 속에서도 극적으로 구조되었어요. 한 번은 1945년에, 다른 한 번은 우리와 함께. 이건 운명이 아닐까요?"

"불길한 징조일지도 모르죠. 어쨌든 난 집으로 돌아갈 거예요."

"아직 아무것도 모르고 있군요. 신문이나 텔레비전을 보지 않았죠?"

헨슨이 보드카 병을 옆으로 치우고 오늘자 '시카고 트리뷴' 한 부를 테이블에 내려놓았다. 그리고 빠르게 몇 장을 넘긴 후 신문을 반으로 접었다.

"한번 읽어봐요!"

창문으로 쏟아져 들어오는 햇빛이 얼음을 깨는 송곳처럼 에스터의 눈을 따갑게 했다. 에스터는 의자에 털썩 주저앉았다.

"읽어줄래요?"

"그래요, 차라리 아무 일도 안 일어났으면 좋았겠죠. 그 그림이 사람들 눈에 안 띄는 편이 더 나았을 거예요. 한데 경찰이 어느 기자에게 그림의 존재에 대해 에둘러 말한 모양이에요. 할 수 없이 시카고 경찰과 아트 인스티튜트는 그림의 존재를 인정해야 했어요. 자화상은 단 하루 만에 국제적인 뉴스거리가 되었죠."

"그럴 만도 하죠. 다른 것도 아니고 고흐잖아요. 거액이 달린 일인데 어련하겠어요?"

"더 정확한 감정이 필요하다는 게 공통된 의견이지만, 고흐의 그림이 확실하다면 과연 누가 그림의 주인이 될까요?"

"누가 됐든 상관없어요. 내 그림도 아닌데요 뭐."

헨슨이 앞으로 몸을 숙여 에스터의 충혈된 눈을 응시했다.

"에스프레소 한 잔 사드릴 의향이 있는데, 커피가 좀 도움이 되지 않겠어요?"

헨슨은 넘어진 보드카 병을 똑바로 세웠다.

"이런 것이 총상을 치료해줄 거라고 생각해요?"

"날 가르치려 들지 마세요. 의사가 심한 상처보다는 심각하지 않다고 했어요."

"아주 심한 상처겠죠."

헨슨이 침대에 걸터앉아 미소지었다.

"탁자에 있는 걸 봐요. 그건 당신이 우리의 고흐에 대해 관심을 기울여야 하는 이유예요."

"우리의 고흐라니요? 그 그림은 도난당한 거예요."

"그래요. 그런데 누구에게서요?"

헨슨이 그렇게 말한 뒤 집게손가락으로 신문을 가리켰다. 에스터가 고개를 숙이자, 그가 기사를 읽기 시작했다. 어제 CNN, CBS, NBC가 그 그림이 발견된 소식과 아트 인스티튜트에서 열린 기자회견을 보도하자, 몇몇 단체와 사람들이 그림의 소유권을 주장하고 나섰다. 첫 주자는 네덜란드 정부였다. 네덜란드 정부는 가톨릭 학교가 1950년대 초 파산할 때

정부의 손에 넘어간 사실을 근거로 그 그림이 정부의 소유가 되어야 한다고 주장했다. 네덜란드 대사는 그러한 취지의 입장을 공식 발표했다. 두 번째 주자는 한때 가톨릭 학교를 운영했으며 차후에 파도바의 성 안토니우스 수녀회에 흡수된 자선 수녀회였다. 바티칸 신문인 '로세르바토레 로마노'는 자선 수녀회가 그림 소유권을 주장한 배경과 의도에 대해 지면을 늘려 자세히 실었으나, 그림에 대한 바티칸의 공식 입장 표명은 자제했다. 그 밖에 박물관 큐레이터와 연관이 있는 한 네덜란드 여성도 소유권을 주장했다.

독일에서는 우익 성향의 한 국회의원이 1945년도 구매 영수증을 증거로 내밀며 그림이 독일의 소유라고 주장했다. 그리고 제3제국에 대한 논의는 여기서 중요치 않다고 덧붙였다. 그림을 구입했다는 독일인의 이름을 거명하기도 했다. 그러나 현 독일 정부는 그에 대한 어떤 입장도 표명하지 않았고, 앞으로도 그 국회의원의 주장에 힘을 실어줄 것으로 보이지는 않았다. 정당하게 값을 지불한 증거도 없거니와 약탈 후에 영수증을 위조했을 가능성도 있기 때문에 '구입'은 완곡한 표현에 지나지 않았다.

에스터가 말했다.

"그래요. 모든 사람들이 이 그림을 원해요. 그들에게 행운이 가득하길! 이러다 미국도 그 무리에 끼어들려고 할지 모르겠군요."

"시카고에서 발견되었으니 그럴 법도 하죠. 주운 사람이 임자라는 말도 있잖아요."

헨슨의 말에 에스터는 냉소를 띠었다.

"농담이에요. 하지만 들어봐요. 지금부터 하는 얘기가 더 흥미로워요. 그림이 뉴스에 보도된 직후, 자코브 민스키라는 남자가 록펠러 센터에 있는 NBC 뉴욕 본부로 달려왔어요. 자코브는 그 그림이 마르세유에 있는 삼촌의 개인 당구장에 걸려 있던 그림이라고 말했어요."

"데 흐로트에 걸려 있기 전에요?"

"데 흐로트에 걸려 있는 동안이요."

에스터는 손끝으로 눈을 지그시 눌렀다.

"좀 알아먹게 얘기할 수 없어요!"

"지금 제대로 얘기하는 거예요. 자코브 민스키는 어디서라도 그 그림을 알아볼 수 있다고 했어요. 그의 주장에 따르면, 삼촌이 1880년대 어느 시점부터 사망한 1932년까지 그 그림을 소유했고, 그의 미망인이 1936년 사망할 때까지 소유했어요. 이어서 아들이 소유하게 되었는데, 1944년 비시를 점령한 나치스에 강제로 빼앗겼다는군요."

"그렇다면 데 흐로트의 그림은 불에 탄 거고, 우리가 발견한 그림은 민스키의 것인가요?"

"하지만 토른은 그 그림이 데 흐로트의 것이라고 확신하고 있어요."

"둘 다 늙은 사람들이에요. 둘 중 한 명이 착각하고 있는 거겠죠."

에스터가 지친 목소리로 말했다.

"만약 자기주장을 입증해야 하는 상황이 온다면, 토른은 스스로 경마장의 말이라도 되려고 할걸요. 토른은 그 그림을 접한 뒤에 세계 일류의 고흐 전문가가 됐어요. 고흐에 관한 책을 집필한 1950년대부터요."

"만약?"

"음, 민스키의 이야기가 완전히 얼토당토않은 건 아니에요. 말장난을 용서해요."

"아니에요. 계속해요."

에스터가 말했다.

헨슨이 무릎에 손을 얹고 상체를 뒤로 젖혔다.

"자코브 민스키는 자기 삼촌이 외판원으로 일하며 아를에 자주 갔었다고 말했어요. 아를은 고흐가 거주하며 왕성한 창작 활동을 했던 곳이죠. 자코브는 삼촌인 페오도르 민스키가 과거에 굶주렸던 경험을 잊지 못하고 가난한 자들에게 먹을 것을 준 호인이라고 했어요. 고흐도 가난에 찌든 무명 화가였기 때문에 페오도르 민스키의 호의를 받았죠. 그리고 그에 대한 보답으로 페오도르에게 그림을 주었다고 해요. 페오도르는 그 그림이 형편없는 쓰레기에 불과하다고 여기고 벽장 안에 몇 년간 처박아두었어요. 고흐를 아마추어 화가라고 생각했기 때문에, 만약 캔버스에 색이 두껍게 칠해지지만 않았다면 캔버스를 재활용하려고 했을지도 모르죠. 그 후, 페오도르는 제1차 세계대전 직전에 파리를 방문하고 무척 놀랐어요. 고약한 냄새를 풍기던 고흐가 미술계에서 인정을 받기 시작한 거죠. 그래서 그는 당구장에 그 그림을 걸어두었어요."

에스터는 의자에 털썩 앉다가 엉겁결에 텅 빈 보드카 병을 카펫에 떨어뜨렸다. 둘은 잠시 빈 병을 내려다보았다.

헨슨이 말했다.

"유대인들은 술을 잘 못 마시나요? 난 루터교도예요. 지금껏 한 병을 다 마신 적이 없어요."

에스터가 성급하게 대답했다.

"조금만 마셔도 취해요. 그런데 민스키라는 사람의 이야기는 꽤 그럴듯해도 신빙성은 낮아 보여요."

"하지만 상당히 설득력이 있어요. 고흐는 동생 테오에게 많은 편지를 썼어요. 테오는 고흐가 굶주림을 면할 수 있게 최소한의 생활비를 꾸준히 대주었죠. 앙투안이 조사한 바에 따르면, 고흐의 편지들 중에는 '마르세유에서 온 아브라함의 아들'이 자신에게 먹음직한 수탉을 주어서 왕처럼 배가 불룩해졌다는 글이 있어요. 게다가 〈테오도르 민스크, 카페에서, 1888〉라는 제목의 펜-잉크화에 대한 기록도 있어요. 앙투안은 그 소묘를 찾으려 애쓰고 있어요."

"그렇다 해도 그것들이 민스키의 이야기를 증명해주지는 못해요."

"그래요. 하지만 흥미롭지 않나요?"

"토른은 뭐라고 하던가요?"

에스터가 물었다.

"말도 안 되는 소리라고 일축했어요. 그림이 동시에 두 개의 벽에 걸릴 순 없겠죠."

"맞은편 벽에 거울이 있지 않다면야."

헨슨이 에스터에게 눈짓을 보냈다.

"내 마음을 읽었군요."

에스터가 멍하니 헨슨을 바라보았다.

"네……?"

"두 개의 그림. 앙투안은 고흐가 그림을 복제하는 습관이 있다고 했어요. 실제로 고흐는 자신의 그림을 복제해서 친구들에게 나눠준 적이 있어요. 그리고 고흐가 앓은 정신 질환은 대개 집필벽이라는 증상을 수반하는데, 미친 듯이 글을 써내려가는 증상이죠. 고흐도 미친 듯이 그림을 그렸을 거예요. 고흐가 제안한 동거를 고갱이 받아들였을 때는 일주일 정도의 짧은 시간에 믿기 힘들 만큼 많은 그림을 그렸어요. 그래서 고갱은 그림들로 가득한 고흐의 집을 보고 처음에 놀라움을 금치 못했죠. 민스키와 데 흐로트는 그 많은 그림 중에서 똑같은 자화상을 얻게 된 걸 수도 있어요. 그럼 좀 말이 되나요? 음, 우리가 발견한 그림이 데 흐로트의 것이라는 토른의 주장을 차치한다면."

"헨슨."

에스터가 입을 열었다.

"당신 때문에 머리가 지끈거려요. 아니 더 심해졌어요. 아무튼 말이에요. 날 내버려둬요."

"어디까지나 내 추측일 뿐이에요. 아직 이렇다 할 증거는 없어요. 똑같은 자화상이 두 점 있었다는 기록을 앙투안은 찾지 못했어요. 물론 고흐의 편지에서도. 하지만 가능성이 아예 없다고 보지는 않아요."

에스터가 다리를 꼬았다. 민스키, 마이어, 마이어베어. 대체 무엇이 어떻단 말인가? 마이어가 전당포에 맡기려고 했던 코담뱃갑은 마이어베어의 약탈품 중 하나였다. 만약 헨슨과 에스터가 발견한 그림이 페오도르 민스키의 것이라면, 마이어베어가 그림을 훔쳤을 확률은 더 높아진다. 마이어베어는 프랑스 비시에 나치스가 세운 정부를 위해 일했다. 따라서 다락방에 그림을 숨겼던 새뮤얼 마이어는 마이어베어와 동일 인물임이 분명하다. 반면 그 자화상이 민스키가 아닌 데 흐로트 박물관에서 도난당한 것이라 해도, 어쨌든 마이어베어나 그의 동료가 그림을 훔쳤을 확률은 높다. 아버지 새뮤얼 마이어는 고흐의 그림을 숨기고 있었다. 그가 마이어베어기 때문에 가능한 일이었다. 고흐의 그림이 누구의 소유인지는 중요치 않았다. 아버지는 살인도 서슴지 않는, 민족의 반역자였다.

"오늘밤엔 비행기를 탈 거예요. 모두 나하고는 상관없는 일이에요. 더는 아무 얘기도 듣고 싶지 않아요."

에스터가 말했다.

"정말요? 난 당신이 좀더 있어 줬으면 하는데."

"내가 왜요? 더 있어 봤자 고통스럽기만 할 뿐이에요."

"당신 아버지를 살해하고 당신마저 살해하려고 했던 남자. 어쩌면 그 그림과 무슨 관계가 있을지 몰라요. 당신과 내가 손을 잡으면, 이 사건의 진실을 밝혀낼 수 있어요. 당신에게는 충분히 그럴 만한 능력이 있어요."

"난 목격자일 뿐이에요. 그게 다예요. 내가 사설탐정 노릇이라도 하길 원해요?"

"뭐가 두려운 거죠?"

헨슨의 물음에 에스터가 웃었다.

"난 계단에서 굴러 떨어졌고 총을 세 발이나 맞았어요. 물론 당신한테는 중요한 일이 아니겠지만."

헨슨이 에스터를 향해 몸을 숙였다.

"두려운 건 그게 아니죠?"

그가 미소지으며 말을 이었다.

"당신도 잘 알고 있잖아요. 아버지가 어떻게 그런 상황에 처하게 됐는지도 아직 모르고요."

에스터는 헨슨의 시선 앞에서 발가벗겨진 기분이 들었다. 헨슨은 자신의 감추고 싶은 내면을 들여다보고 있었다. 어떻게 감히! 반사적으로 손이 올라갔다. 그러나 눈 깜짝할 새에 헨슨에게 손목을 붙잡혔다. 에스터는 헨슨의 빠른 손놀림에 놀란 한편 헨슨이 자신의 공격을 막았다는 사실에 바짝 약이 올랐다. 에스터는 다른 손을 칼처럼 세워 다시 한 번 공격을 시도했다. 그러나 헨슨은 에스터의 공격을 날렵하게 피했다. 에스터는 분한 마음에 헨슨의 손을 뿌리치고 양손으로 연거푸 공격을 퍼부었다. 이번에도 헨슨은 다섯 번에 걸친 공격을 모두 피했다. 무릎을 세워 가격하려고 했지만, 헨슨의 엉덩이를 살짝 스쳤을 뿐이다. 헨슨이 몸의 균형을 잃고 비틀거리자 탁자가 벽 쪽으로 쓰러졌다. 이어서 에스터에게 멱살을 잡혔지만, 몸을 지탱하지 못하고 쓰러지면서 에스터의 발치로 다리를 뻗었다. 에스터가 낫에 베인 잡초처럼 푹 하고 쓰러졌다. 엉덩방아를 찧은 후 머리가 침대에 부딪혔다. 그와 동시에 아직 아물지 않은 상처에서 통증이 밀려왔다. 에스터는 고통을 참지 못하고 신음을 냈다.

그들은 바닥에 무릎을 세우고 앉았다. 헨슨이 호흡을 가다듬다가 기침을 했다. 에스터는 무리하게 힘을 쓴 나머지 숨을 헐떡이며 몸을 축 늘어뜨리더니 흐느끼기 시작했다. 에스터는 자존심이 상했다. 헨슨에게 분노를 느끼고 공격했지만, 결국 돌아온 건 좌절감뿐이었다. 에스터는 헨슨을 발로 걷어차고 싶었다. 손톱으로 그의 얼굴을 할퀴고 싶었다. 그러나 에스터를 고통스럽게 만든 것은 헨슨이 아니었다. 다름 아닌 자신이었다. 에스터는 자신과 자신의 숙취와 욱신욱신 쑤시는 상처에 대고 집요하게 구는 헨슨을 원망했다. 그러나 결국 헨슨과 눈이 마주친 에스터는 자신이 통제력을 상실했다는 점을 인정했다. 왜 어머니는 새뮤얼 마이어에 대한 이야기를 하지 않았을까? 왜 모든 걸 혼자서 감당하려고 했을까? 에스터는 헨슨의 말이 옳다는 걸 알았다. 에스터가 두려운 건 언제 닥칠지 모르는 위험이 아니라 아버지를 둘러싸고 있을지 모를 어떤 끔찍한 비밀이었다. 뒤에서 노려보는 프랑스계 유대인의 이미지가 장미의 가시 줄기처럼 가슴을 옥죄었다.

헨슨이 목을 가다듬고는 에스터의 어깨에 조심스럽게 손을 얹으며 말했다.

"나와 함께 나가요. 커피 마실래요? 기분이 좀 나아질 거예요. 그리고 내 얘길 들어줘요. 오늘밤 이스라엘로 떠나고 싶다면, 더는 말리지 않을게요."

호텔의 넓은 로비에 위치한 커피숍은 파리의 노천카페를 어설프게 옮겨놓은 듯했지만, 미시간 호수에서 불어오는 바람은 물론 북적거리는 거리와도 안전하게 차단되어 있어서 노천카페 특유의 분위기는 전혀 느껴지지 않았다. 게다가 6월의 습한 시카고 하늘과도 격리되었다. 양치류 식물들이 매달려 있는 격자 울타리들, 호화로운 가게들이 즐비한 이층과 삼층으로 안내할 에스컬레이터, 그리고 훌륭한 노래를 무기력하게 부를 라운지 가수를 기다리며 구석에 외롭게 놓여 있는 슈타인웨이 피아노.

"라테. 더블 라테요."

에스터가 웨이터에게 말했다.

헨슨은 아직 뭘 마실지 결정하지 못한 눈치였다.

"어…… 카푸치노. 아니, 레귤러커피와 물 한 잔 줘요."

웨이터가 고개를 끄덕이고 사라졌다.

"한 잔 더 하고 싶으면 그렇게 해요. 해장에 도움이 될 거예요."

헨슨이 말했다.

"정말요?"

"잘 모르지만, 해장술이 효과가 있다는 얘길 들었어요."

"모른다고요? 숙취로 고생한 적은 없나요?"

"네, 한 번도. 그렇게까지 마신 적이 없어요."

"맙소사. 당신은 당신이 아는 것보다 훨씬 더 괴상한 사람이에요, 헨슨 씨."

"점잔 빼려고 일부러 안 마시는 건 아니에요. 취했을 때 기분을 별로 좋아하지 않거든요. 나 스스로를 통제할 수 없게 되는 거요."

"날 두고 하는 말이군요. 참 잘나셨네요!"

에스터가 중얼거렸다.

헨슨은 어깨를 으쓱했다. '뭐, 더한 소리도 들었는걸요'라고 말하는 듯이. 그리고 에스터의 눈길을 피해 넓은 중앙홀과 둥근 천장을 차례차례 훑어보았다.

"이런 널찍한 공간을 놀리는 건 부자들만이 누릴 수 있는 여유죠."

헨슨이 나직이 말했다.

에스터는 금방 그의 말을 이해할 수 있었다.

"여기보다 다른 나라가 더해요. 이를테면 이스라엘이요."

"맨해튼도 마찬가지예요. 그곳은 완전히 다른 나라예요. 사람들은 뉴욕을 미국의 일부라고 생각하지 않아요."

헨슨이 말했다.

"그게 무슨 말이에요? 그곳은 엄연히 미국이에요. 북적대는 이민자들, 뻔뻔스러움, 주체할 수 없는 에너지로 넘쳐나는."

"하지만 중서부 지방 사람들은 그렇게 생각하지 않아요. 난 캔자스에서 자란 시골뜨기예요."

"그럼 당신은 보이 스카우트 티를 벗어 던지고 세련된 모험가로 거듭난 거군요. 진짜 제임스 본드로요."

"난 해외를 많이 돌아다녔어요."

헨슨이 말을 이었다.

"그중 가장 이상한 곳은 우즈베키스탄이에요. 석 달을 거기서 머물렀는데, 그동안 내가 먹은 건 양고기뿐이에요. 양고기 스튜, 양고기 꼬치구이. 양고기가 조금 더 많은 양고기 꼬치구이."

헨슨이 얼굴을 찌푸렸다.

에스터가 상체를 앞으로 숙였다.

"마틴, 이것이 매우 근사한 댄스파티라는 생각은 들지만, 지금 내 머리는 정말 깨질 듯이 아파요. 총상의 통증보다 훨씬 더요. 그러니까 빨리 거절할 수 있게 어서 본론으로 들어가죠."

"이미 위층에서 근사한 댄스파티를 경험했는걸요. 어느 누구도 그런 경험은 못할 거예요."

"미안해요. 그땐 정말 내가 아니었어요."

"인정할게요. 최근에 부쩍 피곤해 보였으니까요."

헨슨이 일그러진 미소를 지었다.

"사과해요."

에스터가 이를 갈며 말했다.

그러자 헨슨이 손바닥을 들었다.

"컨디션만 좋았다면, 충분히 내 엉덩이를 걷어차고도 남았을 거예요."

에스터는 당혹스러운 표정을 감추지 못했다.

"모르겠어요. 당신은 정말 빨랐어요. 훈련을 받았나요? 예사 솜씨가 아니던데요."

"썩 뛰어나진 않아요. 지금보단 젊었을 때가 더 나았죠. 태권도를 했는데, 검은 띠 6단까지 땄어요. 일본에서 수련했죠."

"내가 당신 엉덩이를 걷어찼어야 했다고 생각하지 마세요."

에스터가 말했다.

헨슨은 잠시 에스터를 바라보았다.

"실은, 내 제안이 바로 그거예요. 사람은 나이를 먹기 시작하면 자기 스스로를 보호하고 싶어지죠. 나 역시도요. 나는 당신이 내 옆에 있어 줬으면 좋겠어요."

에스터는 잠시 헨슨을 응시했다. 어느새 그가 좋아졌다는 걸 인정할 수밖에 없었다. 수줍은 게리 쿠퍼(할리우드의 전설적인 영화배우. 강직하면서도 따뜻하고 부드러운 이미지와 우수 어린 눈빛이 매력이다)가 연상되는 특유의 분위기 때문인지 잘 모르겠지만. 그러나 에스터는 헨슨의 제안이 달갑지 않았다.

"아무리 얘기해도 소용없어요. 난 지조가 있는 사람이에요."

"나도 알아요. 바로 그 점이 내가 당신을 원하는 이유예요."

"참 뻔뻔스럽네요, 헨슨 씨."

헨슨이 얼굴을 붉혔다.

"그러니까 당신은…… 나는 음, 사적인 이야길 하는 게 아니에요."

"사적인?"

에스터가 곁눈질을 했다.

"어쨌든 마찬가지예요. 내 대답은 '아니요, 난 원치 않아요'나 '네, 좋아요' 둘 중 하나니까요."

 헨슨은 에스터의 검은 눈에서 눈길을 돌렸다. 마치 누가 엿듣고 있는지 확인하려는 듯.

 "난 지금 '정보'에 대해 말하는 거예요. 당신은 아주 좋은 남자예요. 하지만 당신과 자고 싶다거나 당신에게서 성적 매력을 느낀다 해도 난 아무 말도 하지 않을 거예요."

 헨슨의 입이 움직였다. 그러나 아무 소리도 나지 않았다. 그의 얼굴에는 당황스러운 기색이 역력했다. 다행히 웨이터가 다가와 냅킨과 무료로 제공되는 마카롱(달걀흰자, 설탕, 살구씨 등으로 만든 과자)을 테이블에 신속히 내려놓은 덕에 어색한 분위기를 피할 수 있었다.

 "고마워요."

 헨슨이 빠르게 말하고 목소리가 닿는 범위에서 웨이터가 벗어날 때까지 기다렸다.

 "정보라니요?"

 헨슨이 물었다.

 "첩보요. 지금 그 얘길 하고 있는 게 아닌가요? '컴퍼니'?"

 헨슨이 고개를 저었다. 그리고 일그러진 미소를 지으며 말했다.

 "나는 CIA 요원이 아니에요."

 "오, 그래요? 그럼 여행사 직원인가요?"

 "난 신분을 숨기지 않아요."

 헨슨이 집게손가락과 엄지손가락으로 컵 손잡이를 만지작거렸다. 그리고 미소지으며 말했다.

 "본드, 제임스 본드."

 헨슨이 에스터를 향해 몸을 숙였다.

 "언제부터 CIA가 약탈된 미술품에 관심이 많았죠? 당신은 내가 비밀

공작원이 아니냐고 했죠? 뭐 그렇게 생각할 여지를 제공한 건 사실이지만, 그렇다고 말한 적은 없어요. 물론 당신은 비밀 공작원이죠? 당신은 원어민처럼 영어를 구사해요. 컬럼비아에서 2년간 대학원을 다녔을 뿐인데요. 당신은 가잔(일한국의 가장 뛰어난 왕. 모국어인 몽골어 외에 아라비아어, 페르시아어, 티베트어, 중국어 등 여러 나라의 언어를 구사했다)처럼 아라비아어를 구사하고, 알자스 사람처럼 프랑스어를, 그리고 히브리어, 이디시어, 독일어를 완벽히 구사하죠."

"이디시어와 독일어 실력은 썩 좋지 못해요. 조금 읽고 들을 줄 아는 정도예요."

"당신은 그동안 위험한 임무를 많이 수행했어요. 매우 위험한. 아, 그래요, 시카고 경찰에게는 아버지의 목숨이 위태로워 무작정 달려들었다고 했지요? 사실 총으로 무장한 남자라 해도 당신의 상대가 될 순 없죠."

"그 사람은 나를 죽일 뻔했어요."

"그는 아마 프로였거나 아니면 굉장히 운이 좋았을 거예요. 다른 사람들은 그렇게 운이 좋지 못하죠."

"그럼 당신은 컴퍼니에 소속된 게 아닌가요? 그럼 어떻게 이 모든 걸 알죠? 거기에 소속된 게 아니라면 알 리가 없을 텐데요?"

"요시 레브가 간단히 알려줬어요."

에스터는 마카롱 하나를 집었다.

"요시가 누구예요?"

"그래요. 당신은 그를 몰라요. 그러나 그는 당신을 알죠. 그리고 내게 당신에 대한 정보를 알려줬고요. 그다지 자세한 정보는 아니에요. 물론 랭글리(CIA 본부가 있는 곳) 사람들은 모든 걸 알고 있겠지만, 그렇게 은밀한 방법으로 알고 싶진 않아요. 난 재무부에서 일해요. 엄밀히 말하면 관세청이요."

"그래서 우즈베키스탄에 있었군요?"

"거기서는 수백 건의 위조 사건이 일어나죠. CIA는 위조된 달러 지폐나 도난당한 미술품에는 별 관심이 없어요."

"없다고요? 관심이 있는 것에는 또 관심을 보이죠."

"여행사 직원이라면서 어떻게 잘 알아요?"

웨이터가 라테와, 헨슨이 주문한 레귤러커피가 아닌, 카푸치노를 들고 나타났다. 헨슨이 우유 거품을 보고 눈썹을 치켜세웠지만, 아무 말 없이 스푼을 들어 거품을 한쪽으로 밀었다.

헨슨이 말했다.

"이스라엘 정부는 나와 특별 조사단에 대해 알고 있어요. 독일, 프랑스, 영국 정부도 마찬가지고요. 다른 나라들도 적극적 혹은 소극적으로 협조하고 있어요. 아마 누구의 소가 더 많이 찔리느냐에 따라 다르겠죠."

"계속하세요."

"사실 우리가 찾는 미술품들을 두고 '도난당했다'고 표현하는 건 적절치 못해요. '약탈당했다'는 표현이 더 정확하죠. 당신도 알겠지만, 홀로코스트 때 나치스는 유대인들의 많은 미술품을 강제로 빼앗았어요. 나치스 추종자인 괴링은 자기만의 공간에 유럽의 미술품을 진열하고 싶어했고, 힘러는 오직 아리아인에게만 개방되는 미술관을 세우고 싶어했어요."

"거의 성공할 뻔했죠."

"그들이 노린 다른 것은 기념비였어요. 만약 그것들을 베를린으로 옮길 수 있었다면, 루브르 미술관 안은 금세 텅 비었겠죠. 단지 자기들의 위세를 과시하기 위해."

에스터는 라테를 한 모금 마신 후 마카롱을 라테에 살짝 찍었다. 그리고 헨슨의 말을 계속 들었다.

"제3제국이 붕괴하기 시작했을 때, 모든 것은 혼란 그 자체였어요. 그들은 미술품을 남아메리카나 스위스 혹은 레바논으로 몰래 빼돌려 어딘가에 숨겼죠. 구소련군도 손실을 보상받을 만한 미술품을 빼돌려 모스크바 지하에 숨겼고요. 거기엔 비단 유대인의 미술품만 있는 게 아니에요."

"그 미술품들을 찾아내는 것이 당신의 일이군요? 그런데 왜 세관에서 이 일을 하는 거죠?"

"거의 밀반입된 거니까요. 새뮤얼 마이어의 다락방에 숨겨져 있던 고흐의 그림도 미국으로 밀반입된 거예요. 우리는 단순히 법에만 의지하지 않아요. 정황과 실태를 파악하고 출처를 추적해서 법무장관의 손에 넘기죠. 그들이 하는 역할은 주로 법적인 조언이에요. '법정의 친구'로 자처하며, 소송 건에 대해 유용한 도움을 주는 정도요."

에스터가 손을 들었다.

"그래서요? 나는 경찰이 아니에요. 그건 당신들의 일이지 나하고는 아무 상관이 없어요. 난 아버지에 대해서도 아는 바가 없어요."

"당신 아버지와는 관련이 없는 일이에요. 사실, 거의 없다고 할 수 있죠. 우리 특별 조사단은 당신의 능력과 경험이 필요해요. 당신이라면 곤란한 상황이 닥쳐도 훌륭히 대처할 수 있을 거예요."

헨슨은 카푸치노를 스푼으로 휘저으며 말을 이었다.

"당신의 지도자 레브가 선뜻 당신을 추천했어요."

어째서 요시 레브는 그녀에 대한 많은 것을 그에게 공개했을까? 어쩌면 다시는 첩보 활동을 무사히 할 수 없을지도 모른다. 에스터는 첩보 활동이란 게 운에 많이 좌우된다는 요시의 말을 기억했다. 결국 운이 바닥나고 만 것인가? 요시 레브는 에스터가 이 일에서 완전히 손을 뗐으면 하고 바랐다. 그래서 에스터에 대한 정보를 아예 공개해 다시는 발을 못 들이게 하려는 걸까? 그는 에스터를 위해 그렇게 했다. 에스터의 목숨을 구하기 위해. '빌어먹을 영감.'

에스터의 눈이 헨슨과 마주쳤다.

"하지만 요시의 명령을 받고 우리와 일하는 건 나도 원치 않아요. 자발적으로 우리와 함께했으면 해요. 우리에겐 당신 같은 충직한 사람이 필요해요. 당신을 발견한 건 운명이에요. 숙명이라 해도 좋고요. 내가 이 팀을 규합할 무렵, 갑자기 토머스 형사가 마이어베어/마이어 사건을 수사하기 시작했어요."

"그리고 갑자기, 그가 당신을 발견했고요?"

"아니요. '선 타임스'요. 정확히 말하면, 내가 발견했죠. 신문은 그 형사가 희생자인 새뮤얼 마이어를 1960년대에 국외로 이송하는 임무를 맡은 적이 있다고 보도했어요. 토머스와 이야기한 후, 난 당신을 발견했죠. 그리고 내 배경을 이용해 당신에 대해 알게 됐어요. 물론 비밀은 철저히 보장해요."

"내가 왜 당신과 손잡아야 하죠?"

에스터가 외쳤다.

"난 다 잊고 싶어요. 할 수만 있다면."

"뭘 잊고 싶죠?"

에스터의 목소리가 다시 높아졌다.

"아버지! 고흐! 아버지가 죽인 유대인들! 난 어머니가 원하던 모습으로 돌아갈 거예요. 아버지가 처음부터 존재하지 않았던 것처럼 살 거예요. 그럼 된 거예요!"

헨슨이 의자 등받이에 몸을 기댔다. 에스터는 고개를 오른쪽에서 왼쪽으로 돌리며 자신을 바라보는 헨슨의 시선을 느꼈다. 마침내 에스터가 헨슨을 똑바로 쳐다보았다.

"왜 그런 표정으로 봐요?"

헨슨이 앞으로 몸을 숙였다.

"에스터, 당신은 새뮤얼 마이어의 진실을 알고 싶어해요. 내가 보기에는 그래요."

"하!"

"당신은 당신 어머니와 아버지 사이에 무슨 일이 있었는지 알고 싶어해요. 왜 어머니가 이스라엘로 떠났는지를."

"그렇게 잘 알면서 왜 내게 물었어요?"

"그리고."

헨슨이 나직한 목소리로 말을 이었다.

"당신이 그걸 알지 못하면, 그것은 남은 생애 동안 당신을 끊임없이 고문할 거예요."

"말도 안 되는 소리!"

에스터는 날카롭게 쏘아붙였지만, 배가 욱신거렸다. 갑자기 한기가 느껴져 팔짱을 꼈다. 헨슨이 무표정한 얼굴로 다시 의자에 몸을 기대고는 엄지손가락과 집게손가락으로 스푼을 구부렸다.

에스터가 만빅했다.

"당신은 나를 몰라요. 한번 잊기로 마음먹으면 그걸로 끝이에요. 잊는 데도 기술이 필요하죠. 난 그 방면에 도가 텄어요."

에스터의 목소리는 감정적이 되었다.

"잊기 위해 내가 많은 노력을 하지 않았다고 생각해요?"

에스터는 그 말이 어색하게 느껴졌는지 고개를 숙였다.

"물론 잠도 잘 자고요. 고마워요. 난 다 잊을 수 있어요."

헨슨이 스푼을 내려놓았다. 몇 초간 무거운 침묵이 흘렀다.

"당신은 날 속이고 있어요. 당신 자신을 속이고 있거나."

헨슨이 말했다.

에스터는 가만히 앉아 있을 수 없었다.

"그럼 당신이 믿고 싶은 것만 믿으세요!"

에스터는 자리에서 벌떡 일어나 헨슨을 경멸하는 눈빛으로 쏘아보았다. 갑자기 몸을 움직인 탓에 상처에서 불꽃이 튀는 것 같았다.

"난 이스라엘로 돌아갈 거예요, 헨슨 씨. 그동안 즐거웠다고 말하긴 어렵겠네요."

헨슨의 얼굴이 마치 분노로 폭발할 것처럼 경직되었다. 눈은 가늘어졌다. 그러나 헨슨은 에스터가 아닌 에스터 너머의 어딘가를 보고 있는 것 같았다.

갑자기 헨슨이 몸을 날려 에스터를 덮쳤다. 에스터는 헨슨의 무게에 눌려 엉겁결에 뒤로 나자빠졌다.

도대체 뭐지!

에스터는 뒤로 넘어지면서 반사적으로 헨슨을 뿌리치기 위해 손을 올렸다. 그러나 머리가 바닥에 닿으면서 헨슨의 목덜미를 쳤다. 가슴에서 참을 수 없는 통증이 밀려와 순간적으로 의식을 잃었다. 조금 정신이 들었을 때, 나무와 유리 파편이 사방으로 튀는 가운데, 에스터의 귀에 익숙한 기관총 소리가 요란하게 울려 퍼졌다.

잠시 침묵이 흘렀다. 에스터가 고개를 들었을 때 탄창을 갈아 끼우는 총잡이가 보였다. 한 여자가 비명을 질렀다. 헨슨이 에스터의 팔을 힘껏 끌어당겼다.

"따라와요."

헨슨이 에스터의 팔을 잡고 여러 개의 테이블을 지나 슈타인웨이 피아노를 향해 달려갔다.

다시 총성이 울렸다. 총알이 양치식물들을 갈가리 흩뜨렸고 기둥이나 대리석 바닥에 큼직한 구멍을 냈다. 헨슨과 에스터는 몸을 숙이고 총알을 피하며 칸막이벽의 모퉁이에 다다랐다. 그때 총성이 또 한 번 멈추었다.

다시 탄창을 갈아 끼우는 걸까? 아니면 그들이 머리를 내밀 때까지 기다리고 있는 걸까? 헨슨은 주춤했지만, 에스터는 용기를 내어 피아노 아래로 기어갔다. 그 순간 총알이 피아노를 향해 빗발치듯 쏟아졌다. 뚜껑이 쾅 하고 떨어졌고 건반들이 사방으로 흩어졌다. 그러나 총알은 에스터가 웅크리고 있는 곳까지 닿지 못했다.

다시 총성이 멈추었다. 밖에서 사이렌 소리가 크게 들렸다. 로비는 비명을 지르거나 혼비백산해 도망치는 사람들로 아수라장이 되었다.

"도와줘요!"

한 남자가 외쳤다.

"찰리가 총에 맞았어요!"

에스터는 팔꿈치로 상체를 일으켜 얼굴과 머리카락에 붙은 파편을 털어냈다. 그리고 헨슨이 있는 쪽으로 고개를 돌렸다. 헨슨은 바닥에 쓰러져 있었다. 갈색 머리카락이 피로 얼룩진 채.

에스터가 헨슨에게 다가갔다.

'오, 맙소사! 마넌이 죽다니!'

모든 감각이 마비되었다. 마치 기괴하고 끔찍한 악몽을 꾸는 듯했다.

7장
페르소나 논 그라타

총격 사건 후 시카고 경찰이 접수한 호텔 회의실에서, FBI 요원과 애런 토머스 형사 그리고 국무부에서 방금 전 도착한 한 남자가 모여 열띤 토론을 벌였다. 기다란 테이블 끝에 앉아 있던 에스터는 미시간 호수를 지나가는 배를 보다가 무심코 눈길을 돌려 머리에 감긴 붕대를 어루만지는 헨슨을 바라보았다. 그는 통증 때문에 움찔했다. 총알은 단순히 머리카락과 두피를 스치고 지나간 게 아니라 두개골에 1센티미터 깊이로 박혔다.

"그녀가 왜 시카고에 왔는지 본인 말고 누가 알겠습니까? 우린 그녀가 얼른 사라져주길 바랄 뿐이죠."

토머스 형사가 거칠게 내뱉었다.

국무부에서 온 나비넥타이 차림의 남자가 안경 너머로 토머스를 쳐다보며 말했다.

"만약 이스라엘 정부가 고렌 양의 행적을 잘못 전달했다면, 꽤 심각한 문제가 야기될 수 있습니다."

그리고 에스터에게 가볍게 미소를 던지며 말을 계속했다.

| 반 고흐 컨스피러시

"물론 미국과 이스라엘이 쌓은 그간의 친선 관계가 혹시라도 생길 불미스러운 사태를 미연에 막아줄 거라고 확신합니다만, 분명 어떤 착오가 있었을 겁니다."

"여러분……."

헨슨이 말을 시작했다.

그러나 FBI 요원이 그의 말을 가로막았다.

"만약 시카고에 잠입한 테러리스트들이 있다면, 그자들이 누군지 꼭 밝혀내야 합니다. 고렌 양이 아는 건 뭐든 알아내요."

"여러분!"

헨슨이 목소리에 힘을 실었다.

"연락은 해봤나요?"

요원이 대답했다.

"법무장관과는 쉽게 연락할 수 없습니다. 그리고 그는 내 상사지 당신 상사가 아니에요."

"제 얘기를 안 들으셨군요? 방금 전에도 이 상황에 대해 설명했을 텐데요. 약탈당한 미술품의 환수를 전담하는 특별조사단에 대해서도요. 토머스 형사, 당신이 대신 말해주겠어요!"

"이봐요."

토머스가 입을 열었다.

"이번 사건으로 웨이터가 총에 맞아 죽었고, 당신의 적이 경비원과 대치하는 와중에 한 노파가 심한 부상을 입었어요. 그것만으로도 내 머리는 복잡하다고요."

"그는 마틴의 적이 아니에요."

에스터가 외쳤다.

"그럼 그는 당신 적이군요. 그렇다면 사태는 훨씬 심각해요. 그런데

"왜 그가 당신을 쫓고 있는 걸까요, 고렌 양?"

"그걸 그녀가 어떻게 알겠습니까? 우연히 일어난 사고일 수도 있고, 또 우리를 노린 게 아닌지도 몰라요."

헨슨이 말했다.

그러자 토머스가 반박했다.

"모든 총알이 그녀에게 향했는데도요? 그자는 아무에게나 총알을 퍼부은 게 아니에요. 고렌 양이 피아노 밑으로 기어간 후에는 오로지 피아노만을 공격했어요. 그리고 당신에게 직접 총구를 겨누지도 않았고요."

"나를 이미 맞혔다고 생각했는지도 모르죠."

"그럼 왜 이 아가씨에게 그토록 많은 시간을 낭비했을까요?"

에스터의 머리칼이 곤두섰다.

토머스가 물었다.

"아가씨가 아닙니까?"

헨슨이 그들 사이로 걸어갔다.

"고렌 양의 아버지를 총으로 쏜 자와 동일 인물인지도 모릅니다. 마피아에 대해선 고려해봤나요? 그 점에 대해 충분히 조사했습니까?"

"지금 진담으로 하는 말이오?"

토머스가 FBI 요원에게 고개를 돌리며 물었다.

"코자노스트라(미국 마피아의 비밀 조직)가 연루되었을 가능성이 있나요?"

"지금 무슨 얘길 하는 거요? 그자는 독일어를 썼어요. 그리고 아직 아무것도 밝혀진 바는 없……."

"혹시 통전쟁(tong war, 미국의 도시에서 중국인 이주민들과 그 후손들로 구성된 통 조직들 사이에서 벌어진 분쟁)이 벌어진 건 아닐까요? 질투에 눈이 먼 남편일지도 모르고요! 누가 알겠어요?"

헨슨이 손으로 머리를 만지며 말을 이었다.

"전 단지 가능성을 얘기한 것뿐입니다."

에스터가 손으로 그의 어깨를 감쌌다.

또 다른 FBI 요원이 문을 열고 들어와 동료에게 스틸 사진들을 건넸다. 그가 에스터를 향해 몸을 돌려 사진들을 그녀 앞에 소리 나게 내려놓았다.

"한번 보시겠어요?"

에스터가 방범 카메라에 찍힌 흑백 사진들을 내려다보았다. 아래를 향해 총구를 겨누는 남자의 몸은 무척 억세 보였다. 몇 장의 사진은 식물이나 총구의 번쩍임에 가려 얼굴이 제대로 보이지 않았고, 다른 사진들은 선명하지 않아 역시나 얼굴을 알아볼 수 없었다. 그러나 검은 장갑과 옷차림과 금발이 에스터의 눈에 낯익었다.

"확신할 순 없지만, 아버지가 스토크라고 불렀던 자와 인상착의가 비슷해 보여요."

에스터는 '스토크 대령'이라고 말하기 시작했지만, 그 말이 이 사건의 배후에 몇몇 정부가 있을지 모른다는 생각에 다시 불을 붙이는 셈이 될 것 같아 멈칫했다.

"그물에 걸려들어야 할 텐데."

그 요원이 말했다.

"곧 그렇게 될 겁니다. 총격이 벌어지고 15분 후, 이 개자식에 대한 지명 수배령을 내렸어요."

토머스가 말했다.

국무부 직원이 고개를 갸웃하고 안경 너머로 에스터를 뚫어지게 쳐다보았다.

"당신은 스토크라는 자가 하마스, 알카에다 혹은 그와 비슷한 과격 단체와 관련이 없다고 자신할 수 있습니까? 그가 당신을 쫓고 있는 게 아니라고 자신할 수 있나요?"

"이번 일로 날 비난하려고 하지 마세요! 난 단지 아버지를 만나러 시카고에 온 것뿐이에요!"

에스터가 외쳤다.

"이스라엘 영사관 직원을 당장 보내줘요. 지금 '당장'이요!"

에스터가 그렇게 말하며 손으로 테이블을 내리치자, 가슴에서 통증이 밀려왔다. 헨슨이 다가와 에스터의 팔을 잡았다. 에스터는 자리에 털썩 주저앉았다.

"휴식이 필요한 것 같군요. 제 동료들이 이스라엘 대사관과 접촉 중입니다. 대사관 측은 상황을 잘 인식하고 있는 것 같더군요."

국무부 직원이 말했다.

에스터가 외쳤다.

"실례지만! 제가 방금 들은 게 무슨 소리죠? 제대로 들은 거라면 용서하세요!"

에스터의 분노가 폭발할 것 같은 침묵 속에서, 휴대전화가 울렸다. 여성 FBI 요원이 전화를 받고는 동료와 함께 회의실 구석으로 걸어갔다. 이윽고 그가 고개를 저으며 돌아와 헨슨과 에스터를 번갈아 바라보았다. 그리고 에스터에게 말했다.

"집으로 안녕히 돌아가십시오."

그러고는 동료에게 고개를 돌렸다.

"이자가 스토크인지 조사해봅시다."

그가 테이블에 놓인 사진들을 손으로 집자, 토머스가 말했다.

"이봐요, 우린 이들에게서 중요한 단서를 얻을 수 있어요!"

그리고 헨슨에게 손가락을 치켜세웠다.

| 반 고흐 컨스피러시

"아직 심문은 끝나지 않았어요. 법무장관이 뭐라 한들 난 조금도 상관 안 해요."

그 국무부 직원이 천천히 눈알을 굴렸다.

"그보단 차관과 의논하는 게 더 나을 것 같군요. 고렌 양, 여권을 곧 돌려드리지요."

"뭐라고요? 이 여자는 어쨌든 이번 사건의 원인 제공자예요. 출국하게 해선 안 돼요!"

헨슨이 토머스의 말을 반박했다.

"시카고의 선량한 시민들을 위해 그 편이 더 안전하지 않겠습니까? 당신 상관이나 시카고 시장이 과연 당신 주장에 손을 들어줄까요?"

토머스는 마치 얼굴에 앉은 파리를 떼어내기라도 하듯 눈썹을 일그러뜨렸다.

"웨이터의 죽음은 당신들에게 아무것도 아니겠지만, 나에겐 아주 많은 걸 의미해요!"

헨슨은 에스터의 눈에 어린 고통을 엿보았다. 이어서 어떤 결의도. 만약 에스터가 웨이터를 누가 죽였는지 알아낸다면, 그가 살날은 얼마 남지 않을 것이다.

"아직 갈피를 못 잡겠어요."

헨슨이 차창 너머로 미시간 호수를 내다보며 말했다. 헨슨은 택시 기사가 오헤어 국제공항으로 가는 길을 정확히 아는지 의심스러웠지만, 아무 말도 하지 않았다. 미터기의 숫자는 끊임없이 올라가고 있었지만, 아이러니하게도 그 덕분에 에스터와 더 많은 대화를 나눌 수 있었다.

"모두가 해가 지기 전에 당신을 떠나보내기 위해 총력을 기울이고 있군요."

"이런 적은 한 번도 없었어요. 내가 페르소나 논 그라타〔주재국(駐在國)이 받아들이기를 기피하는 사람〕가 되다니."

에스터가 말했다.

헨슨이 킥킥 하고 웃었다.

"그건 대개 외교관을 두고 하는 말이에요."

"내가 기피 대상이 아니라는 걸 똑똑히 보여줄 거예요."

"그냥 넘겨버려요. 그래야 맘도 편하죠."

토머스 형사는 에스터를 증인으로 붙잡아두려고 안간힘을 썼지만, 시 당국은 에스터를 출국시켜야 한다는 법무장관의 주장에 따랐다. 이스라엘 대사는 에스터와 휴대전화로 가벼운 대화를 주고받은 뒤, 에스터의 귀국이 모든 이들의 최대 관심사라고 귀띔했다. 그리고 20분이 지나지 않아 국무부는 에스터 고렌의 비자를 말소시켰다.

"어서 빨리 고국으로 돌아가고 싶어요. 왜 다들 날 못 쫓아내서 안달이죠?"

"그야 자기 관할지에서 골치 아픈 일이 터지길 원치 않기 때문이죠. 그건 그렇고 그자가 당신을 쫓는 이유가 몇 가지 있어요."

"내가 자기 얼굴을 봤으니까요. 난 그의 얼굴을 똑똑히 기억해요."

에스터가 말했다.

"특별히 그 때문은 아닌 것 같아요. 그런 자들은 마음만 먹으면 얼마든지 자취를 감출 수 있거든요. 아무리 범인 수색이 조직적이라 해도 범인에 따라 실패 확률이 높아지기도 하죠. 참, 범인이 사용한 기관총은 근처에 미국 상원 덕슨 빌딩이 있는 잭슨(미국 미시시피의 주도)의 쓰레기통에서 발견되었어요. 마치 거기서 일하는 관리들을 조롱하듯이요. 하지만 그가 기관총을 어디서 구했는지는 아직 밝혀지지 않았어요. 어쨌든 FBI와 시카고 경찰이 힘을 합쳐 수사 중이니 곧 결과가 나올 거예요."

"그자는 내가 죽길 원해요. 아니면 당신이거나."

"분명 당신을 노리고 있어요. 당신 말대로 목숨을요. 더는 지체할 수 없었는지 방범 카메라가 여러 대 설치된 곳까지도 서슴없이 습격해 총격을 가한 거죠. 호텔까지 우리를 미행한 게 분명해요. 당신이 쿡 컨트리에 입원했을 때도 그자는 위험을 무릅쓰고 안내 데스크에서 당신에 대해 여러 가지를 캐물었어요. 우리는 응급실 밖에 설치된 방범 카메라에 스토크의 모습이 포착된 비디오테이프를 입수했어요. 그래서 인상착의를 잘 알고 있어요. 당신을 제거할 기회를 노렸지만, 금속 탐지기와 사방에 진을 친 많은 경찰들 때문에 다음 기회로 미룬 거죠. 그 시카고 경찰이 당신에 대해 심문하기 시작하자마자 당신은 쓰리 카드 몬티(스페인식 카드 놀이)의 퀸이 되었어요."

"그런데 왜 난 한 번도 그런 얘길 듣지 못했죠? 계속해서 병실을 옮겨야 하는 이유가 궁금했어요. 당신은 그게 재미있다고 생각하나 보죠?"

"미안해요. 그땐 그 방법이 최선이었어요. 차라리 당신이 그와 직접 대면하는 게 나을 뻔했나요?"

"당신은 날 미끼로 썼어야 해요. 그럼 그를 더 빨리 잡을 수 있었을 텐데요."

헨슨이 미소지으며 머리를 흔들었다.

"당신은 자신의 일에 관해서라면 지나치게 물불을 안 가리는 타입이에요."

"이제 알았으니 나를 미끼로 쓰세요."

에스터가 단호하게 말했다.

"그래서 그들이 당신을 당신 나라로 보내려는 거예요."

에스터가 팔짱을 꼈다.

"이스라엘에서 그는 개코원숭이의 엉덩이처럼 눈에 확 띌 거예요. 거기선 절대 나를 못 쫓아요."

"머리카락을 염색할 수도 있죠."

헨슨이 에스터의 팔꿈치를 잡으며 말을 이었다.

"하지만 들어봐요. 중요한 문제는 그자가 왜 당신을 쫓느냐 하는 거예요. 단순히 당신이 그자의 얼굴을 봤기 때문일까요? 그건 아니라고 봐요. 그림은 이미 당신의 손에서 떠났어요. 당신은 이제 그림을 가지고 있지 않아요. 그자가 그림을 손에 넣을 수 있는 방법도 없고요. 뭔가 다른 이유가 있는 게 분명해요. 아버지의 집에서 가져온 다른 게 있나요?"

"없어요."

에스터가 어깨를 으쓱했다.

"두 장의 사진밖에는. 그중 하나는 내 사진이에요."

에스터가 한숨을 쉬었다.

"아기였을 때 사진."

"특별한 뭔가가 있었나요?"

에스터가 고개를 저었다.

"다른 건요?"

"당신이 준 거예요. 어머니가 트리에스테의 난민 수용소에서 찍은 사진이요. 어머니의 몸은 철사처럼 가느다랗지만, 여전히 아름다웠어요. 갖은 고초를 겪은 후였을 텐데도 말이죠."

"다시 봐도 될까요?"

에스터는 지갑 앞쪽에 달린 주머니에서 직사각형의 판지를 꺼냈다. 반으로 접은 판지 안에 사진이 숨겨져 있었다. 헨슨은 검은 드레스를 입은 마른 여자를 바라보았다. 그녀의 왼쪽에 두 남자가, 오른쪽에 이탈리아 경비병 한 명이 서 있었다. 경비병은 담배를 손에 쥐고 있었는데, 입에서 금방 뺀 것 같았다.

"이 사람들은 누구죠?"

헨슨이 물었다.

"나도 모르겠어요."

헨슨이 사진을 뒤집어서 뒷면에 적힌 글을 읽었다.

'1946년 3월 17일, 트리에스테에서.'

"어머니의 필체인가요?"

"그럴 거예요. 어머니는 7을 그렇게 흘려 썼어요. 비슷해요."

"왜 이 사진 말고 다른 사진은 가져오지 않았죠?"

"이건 어머니 사진이니까요."

에스터가 말했다.

헨슨은 '물론 그렇죠'라고 말하듯 어깨를 으쓱했다. 그리고 사진을 창문 가까이로 가져가 자세히 들여다보았다. 혹시나 투명무늬 같은 표시가 있을지 모르므로.

"어쩌면 그자와 한패일지도 몰라요."

"그들을 봐요. 이 사람은 적어도 일흔은 됐을 거예요. 나치스의 희생자였을 거라고요. 손과 얼굴엔 뼈만 앙상해요. 1946년 3월이라면, 그 전에 해방을 맞았겠죠. 폐병환자 같아 보여요."

"속단은 마세요. 이 경비병일 수도 있어요."

"왜 이게 중요하죠?"

"글쎄요."

헨슨이 콧방귀를 뀌며 말을 이었다.

"그들은 모두 죽었겠군요. 당신 어머니를 제외하고."

"어머니는 지금 살아도 사는 게 아니에요."

"혹시 이 사진 속에 밝혀지면 곤란한 무언가가 숨겨져 있는 게 아닐까요?"

"불빛을 비춰봐요. 누가 알아요? 감쪽같이 안 보이던 글씨가 나타날지?"

에스터가 무미건조한 목소리로 말을 계속했다.

"당신은 안개 속을 헤매고 있어서 지금 아무것도 볼 수 없어요. 스토크가 원하는 게 뭐든 그것은 불에 타 재로 변했을 가능성이 높아요. 단지 나를 제거하고 싶은 거예요."

헨슨이 잠시 생각에 잠긴 듯하더니 플라스틱 유리로 된 보호 칸막이 너머로 시크교도인 택시 기사에게 무심코 눈길을 던졌다.

"그래서 당신 계획은 뭐죠?"

"왜 내게 계획이 있을 거라고 생각해요?"

에스터가 그렇게 반문하자, 헨슨이 킬킬 웃었다.

"당신은 자신의 몸에 총구멍을 낸 자를 용서할 여자가 아니에요."

에스터는 아무 대꾸도 하지 않았다.

헨슨이 말했다.

"나도 당신만큼 스토크를 잡고 싶어요. 내 머리엔 그다지 매력적이지 않은 흉터가 남았어요. 그것도 영원히. 그런데 이런 생각은 해봤나요? 나는 우리가 발견한 고흐 작품에 스토크에 대한 단서가 숨어 있을 것 같다는 생각이 들어요."

"정말 고흐라면."

"그래요. 그런데 왜 이스라엘로 서둘러 돌아가려고 하죠?"

그 질문은 분명히 수사학적이었다. 헨슨은 에스터의 대답을 기다리지 않고 스스로 결론을 내렸다.

"당신 계획은 스토크에 관해 뭐든지 알아내기 위해 모사드의 정보 수집력을 동원하는 거예요. 그렇죠? 하지만 나와 손을 잡고 우리 팀에 합류하면, 더 많은 정보를 얻을 수 있어요."

"그만 포기하세요. 나는 미국에서 쫓겨났어요."

"그래요. 하지만 당신이 어디로 가는지까지 간섭하진 않아요."

헨슨이 두 장의 비행기표를 에스터 앞으로 내밀었다. 접혀 있는 비행기표에 KLM의 로고가 두드러지게 보였다. 그가 말했다.

"어쨌든 그림이 진짜냐 아니냐에 촉각을 곤두세우는 건 비단 그림 주인만이 아니에요. 아마 그 결과는 모두에게 영향을 미칠 거예요. 혹시 알아요? 일리노이 주의 살인 사건이 그 결과에 달렸을지."

"네덜란드요?"

"정확히 말하면 암스테르담이에요. 우리는 그림을 그곳으로 호송할 거예요."

에스터는 고개를 숙이고 헨슨을 흘긋 보았다.

"그래서 우리가 이 개자식을 잡을 수 있을 것 같아요?"

에스터가 미소지으며 잠시 생각에 잠기더니, 그의 이마를 손가락으로 찍으며 말했다.

"마틴, 당신은 사악해요. 사악한 악당이에요! 이런 식으로 여자를 납치하다니."

헨슨은 아무것도 모른 채 열심히 운전하고 있는 택시 기사를 곁눈질했다. 그리고 나서 다시 에스터를 보더니 창문 밖으로 시선을 돌렸다. 헨슨의 볼이 다홍색으로 물들었다. 에스터는 그 모습이 꽤 매력적이라고 생각했다. 마치 보이 스카우트처럼!

8장
민스키의 그림

헨슨과 에스터는 비행 시작 세 시간 전에 오헤어 공항에 도착했다. 이어서 탑승 수속과 소지품 검사를 마치고 경비원과 항공사 직원의 안내를 받아 화물 보관실로 갔다. 거기서 다시 한 번 서류 검사를 마친 후 특별한 화물들이 보관된 곳으로 향했다.

"겉보기엔 별것 아닌 것 같죠?"

헨슨이 상자 하나를 가리키며 말했다.

그 나무 상자는 세탁기가 들어갈 만한 크기에 깊이는 전자레인지만 했다. 거친 겉면에 다양한 숫자들이 페인트칠되어 있고, U자 못으로 각종 서류를 부착해 놓았다. 맹꽁이자물쇠로 단단히 채워 놓았는가 하면 납으로 된 봉인도 찍혀 있었다. 그리고 '암스테르담 국립미술관 빈센트 반 고흐'라는 문구가 두 개의 대형 철침 사이에 큼지막하게 찍혀 있었다.

"아무 흔적 없이 이 상자를 열기란 불가능해요. 감시의 눈을 피할 순 없죠."

헨슨이 말했다.

"카메라도요."

뚱뚱한 경비원이 어느새 다가와 그렇게 덧붙였다. 그리고 헨슨의 머리에 감긴 붕대를 슬쩍 보았다.

"두 분은 이 화물 수송을 감독하러 오셨군요?"

헨슨이 재무부 배지를 경비원에게 내밀었다.

"네. 그리고 이분은 에스터 고렌 양입니다."

"반가워요."

경비원이 말했다.

"화물은 한 시간 안에 실릴 겁니다. 비행기는 90분 후에 출발할 거고요. 그동안 저쪽 사무실에서 기다리세요. 초콜릿 칩이 좀 있을 거요."

"고마워요."

헨슨이 말했다.

계단으로 올라간 사무실에는 특별 화물 보관실이 한눈에 내려다보이는 커다란 유리창이 있었다. 한쪽 구석에 주차한 롤스로이스도 창문을 통해 내려다보였다.

헨슨이 그 차를 손가락으로 가리켰다.

"저런 것도 비행기에 실을까요?"

"안 될 이유 없죠. 아마 휴 헤프너(Hugh Hefner, 『플레이보이』지를 창간한 사람)의 차가 아닐까요? 그런데 그 사람이라면 전용 비행기가 있을 텐데."

"너도나도 누드 사업에 뛰어들자 그걸 팔아야 했을 거예요."

헨슨이 대답했다.

"안됐군요."

에스터가 무심히 말했다. 그리고 사무실 의자에 털썩 앉아 의자를 앞뒤로 흔들었다. 그러더니 갑자기 움직임을 멈추고 헨슨을 올려다보았다.

"내가 당신과 함께 갈 거라는 걸 알았죠?"

"당신을 설득하느라 진땀을 뺐어요."

"하지만 이미 내 자리까지 예약을 하셨더군요. 헨슨 씨, 난 아직 당신을 잘 모르겠어요. 왠지 당신을 믿어선 안 될 것 같아요. 겉보기와 달리 소년다운 순수함이 없을지도 모르니까."

헨슨이 다시 뺨을 붉혔다.

"내가 건전해 보이나요? 눈썹에 피어싱을 하고 머리카락을 밀고 문신을 할 걸 그랬나요? 그럼 좀 흥미롭게 보이려나."

"그건 당신하고 전혀 어울리지 않아요. 당신은 전형적인 미국인이에요. 클라크 켄트(Clark Kent, 슈퍼맨의 이름)나 앨런 래드(Alan Ladd, 서부극 「셰인」의 남자 주인공) 같은 강하고 조용한 타입에 가깝죠."

헨슨이 웃었다.

"나는 생각만큼 강하지 않아요. 그리고 서랍에 아스피린이 있나 좀 봐줄래요?"

에스터가 서랍 안을 들여다보았다. 어수선하게 널려 있는 필기도구. 고무 밴드. 종이 집게.

"아쉽게도 없네요."

"마치 스토크가 머릿속에 포탄을 퍼부은 것 같아요. 당신은 어때요?"

"좀 피곤하긴 해요. 내 몸의 25퍼센트는 여전히 반창고 신세예요."

"탑승하고 나면 잠잘 시간은 충분해요."

헨슨이 텅 빈 컵으로 시선을 돌렸다. 에스터에게 하나를 건네려다 멈칫하고 이렇게 물었다.

"그 표정은 무슨 의미죠?"

"당신에게 경고하는 거예요."

"뭘요?"

"난 오로지 내 사적인 문제에만 관심이 있다는걸요."

에스터는 그 표현이 적절치 않다고 생각했지만, 말을 계속했다.

"내게 어떤 강요도 하지 마세요. 난 약탈당한 미술품들을 추적하는 당신네 일에는 전혀 관심이 없어요. 다만, 누가 아버지를 죽였고 왜 죽였는지를 알고 싶을 뿐이에요. 그들이 왜 날 죽이려 하는지도요."

에스터가 목소리를 낮추었다.

"아버지가 어떤 사람이었는지 알고 싶어요. 만약 마이어베어와 동일 인물이 맞다면, 어쩔 수 없이 그 사실을 받아들여야겠죠."

에스터는 깊은 한숨을 내쉬었다.

"그렇다 해도 마이어베어가 누구이고 어떻게 그가 어머니를 속일 수 있었는지 알고 싶어요. 어떻게 어머니가 그런 남자를 사랑할 수 있었는지도요."

"그래도 혼자서 내막을 속속들이 알긴 힘들 거예요."

"내가 하고 싶은 말은 그게 아니에요. 당신 뜻에 따를 수 없다는 말을 하고 싶은 거예요. 세상은 지금도 수많은 범죄로 넘쳐나고 있어요. 해결해야 할 문제가 산더미처럼 쌓였는데, 죽을 날만을 기다리는 노인들을 굳이 만나야 할 필요가 있을까요?"

"당신한테서 그런 얘길 들으니 기분이 이상하군요."

"왜요?"

"우리는 지금 홀로코스트 사건에 대해 이야기하는 거예요."

"그렇게 말하니까 이상한 것 같기도 하군요. 하지만 이제 내가 관심을 갖는 건 이스라엘 국민의 생존이에요. 지금 이스라엘에선 10대 아이들이 몸에 폭탄을 두르고 버스에서 자폭하는 일이 비일비재로 일어나고 있어요. 누가 그 아이들에게 자살폭탄 테러를 지시했을까요? 아랍인들은 자기 민족을 희생시키면서까지 우리 민족을 무차별적으로 공격하고 있어요. 이런 마당에 이미 노쇠한 자들을 처벌한다고 해서 뭐가 달라지죠? 그들은 제2차 세계대전 때 자기들이 저지른 범죄는커녕 지난주에 있었던 일도 깜박하는걸요. 그리고 당신이 하려는 이야기는 이런 게 아니잖아요? 절도범들에 관한 거죠. 절도범은 어느 나라에나 있어요. 미국도 약탈을 서슴지 않았죠. 그건 분명한 사실 아닌가요?"

헨슨은 그녀의 태도에 회의를 품고 고개를 돌렸다.

"내 말을 끝까지 들어봐요. 냉전 기간에 가장 중요한 것은 제2차 세계대전 때 주축국이 구축한 전제정치 체제로부터 세계를 보호하는 것이었어요. 미국은 공산주의에 반대하는 나라에 물질적 지원을 했고요. 그래요. 잘못된 부분도 있어요. 라틴 아메리카에서 CIA를 위해 일하는 나치스 전범도 있고, 우주 탐사 프로젝트 등에 투입된 나치스 전범도 있어요. 이건 당신도 다 아는 얘기일 거예요."

"토른이 말하는 역사적인 맥락은 바로 이런 걸 두고 하는 말이겠죠?"

에스터가 비꼬며 말했다.

"당신도 알다시피 제2차 세계대전의 혼돈 속에서 수많은 약탈이 자행되었어요. 나치스는 자신들이 정복한 모든 나라의 미술품을 계획적으로 약탈했어요."

"계획적이 아니라면 아무것도 얻을 수 없었겠죠."

"물론 러시아도 약탈을 자행했어요. 미군도 중세의 십자가들을 밀반입했죠. 그동안 미술품을 되찾기 위한 노력이 없었던 것은 아니지만, 소극적인 노력에 불과했어요. 그러나 시간이 흐를수록 점점 많은 피탈국들이 자신들의 역사를 되찾기 위한 목소리를 높이고 있고, 피탈자들도 가족과 친척들의 미술품을 되찾으려 하고 있죠. 제3제국과 거래했던 스위스 은행들도 정보를 공개하라는 압력을 받고 있고요. 거대 산업체들은 강제 노동자들에게 정당한 대가를 지불해야 하는 상황에 직면했어요."

"나도 신문에서 읽었어요."

"지금 내 말을 듣고 있지 않죠?"

"토라지지 마세요. 그리고 이제 그만 끝내죠."

헨슨의 얼굴이 굳었다.

"함께 대화하다 보면 생각이 통할 거라 생각했는데, 내가 잘못 생각했군요."

헨슨이 문 쪽으로 몸을 돌리자, 에스터가 다급히 일어났다.

"아, 알았어요. 그럴게요. 내 목숨을 구해준 것도 고맙게 생각해요. 이제 끝까지 들을게요. 당신한테 빚진 거 인정해요. 그렇다고 내가 당신이 원하는 대로 할 거란 기대는 하지 마세요."

"좋아요."

헨슨이 의자를 돌려 등받이를 앞으로 하고 앉았다.

"방금 전에도 말했지만, 지금 내가 하는 일은 약탈된 미술품을 추적하고 환수하기 위한 국제적 특별 조사단을 발족하는 거예요. 앙투안도 우리와 함께하기로 했어요. 그림에 대한 그의 전문적 식견이 절대적으로 필요하거든요. 게다가 우리에게 도움이 될 만한 미술 전문가들을 두루 알고 있고요."

"토른과 같은 사람이요?"

"네. 앙투안은 마르티니크에서 태어난 프랑스 시민이에요. 나는 관세청에서 일한 경험을 바탕으로 미국을 대표할 거고요. 물론 독일과 이탈리아, 영국, 러시아에서도 각각 한 사람씩 뽑을 거예요. 그리고 이스라엘에서도."

"그건 나인가요?"

"맞아요. 당신이에요. 바로 이들이 특별 조사단의 핵심을 이루는 구성원이죠. 필요하다면 몇 명을 더 영입할 생각이에요. 머지않아 아시아에서 자행된 약탈에도 눈을 돌릴 거고요. 물론 아프리카와 라틴 아메리카도요. 언젠가는 문화유산을 함부로 약탈하지 못하도록 법적 제재를 가하는 조직으로 성장할 거라고 자부합니다. 얼마나 많은 문화재와 유골들이 남의 나라 박물관에 가 있는지 이루 헤아릴 수 없을 정도죠."

"네, 뭔가 의미 있는 일이군요. 하지만 그게 나와 무슨 상관이죠? 어차피 박물관에 소장된 대부분의 작품이 남의 나라에서 약탈한 거잖아요. 우리가 시카고에서 발견한 그림은 어째서 수백만 달러의 값어치가 있는 거죠? 문화유산을 되찾기 위한 소송은 없었나요? 나한텐 이 모두가 미스터리예요. 예술에 관해서라면 난 완전히 문외한이에요. 토른은 나를 '꼬마 아가씨'라고 불렀고, 앙투안과 대화하는 내내 나 자신이 바보처럼 느껴졌어요."

"처음에는 팀에 꼭 필요한 인재를 어디서 찾아야 할지 몰라 막막했어요. 하지만 왠지 이스라엘에서 내가 원하는 유대인을 찾을 수 있을 것 같았죠. 바로 그때 마이어와 관련된 사건이 터졌어요. 실은 그 전부터 줄곧 첩보원을 염두에 두었죠. 첩보원이라면 어떤 난관에 부딪쳐도 무사히 헤쳐 나갈 수 있을 테니까요. 남의 집에 잠입하거나 고층 빌딩을 현수(懸垂)하강한다는 게 아무나 할 수 있는 일은 아니죠. 당신의 배경을 조사했을 때, 더할 나위 없이 완벽했어요. 바로 내가 찾던 조건이었죠. 이스라엘 정부도 내 제안을 적극 지지했어요. 물론 당신의 뜻이 가장 중요하지만."

에스터가 고개를 저었다.

"모르겠어요. 사실 이 모든 게 달갑지 않아요. 당신이 팀을 만들고 날 팀원으로 염두에 두기 전에 날 만났다면 또 달랐겠죠."

"그게 내가 하는 일이에요, 에스터."

헨슨이 말을 돌렸다.

"나는 당신을 신뢰해요. 다른 후보자들과 전혀 다른 차원으로요. 더구나 당신은 여성이고, 요시 레브의 말대로 매우 뛰어난 여성이에요. 당신

만큼 적격인 사람이 없어요."

그의 말은 에스터의 마음을 강하게 끌어당겼다. 에스터는 자신이 생각한 것보다 더 강렬한 눈빛으로 헨슨을 바라보고 있었다. 그러나 이내 고개를 저었다.

"그래도 난 지금 내가 하는 일이 좋아요. 고흐는 어디까지나 우회일 뿐이에요. 사라진 그림들의 행방을 추적하는 내 모습을 도무지 상상할 수 없어요."

헨슨이 의자에서 일어나 책상 모서리에 걸터앉았다.

"내가 당신을 처음 보았을 때, 당신이 테러범들의 소굴에 잠입하는 모습을 상상할 수나 있었겠어요? 당신은 어렸을 때, 그런 일을 할 거란 상상을 했나요?"

에스터가 잠시 눈을 깜박였다.

"요시는 말이 너무 많아요. 게다가 그는 뭐든 과장해서 말하는 버릇이 있어요."

"그럴 리가요."

"그는 그 얘기들을 하지 말았어야 했어요. 난 타협하고 싶지 않아요."

"그러긴 힘들걸요. 요시는 당신이 다음에 맡을 임무가 당신의 최후가 될까 봐 두렵다고 했어요. 더 이상 당신을 위험에 빠트리길 원치 않는다고요. 당신을 죽게 만든 장본인이 자신이라면, 그가 과연 그 사실을 감당할 수 있을까요? 이 기회는 당신이 발전할 수 있는 절호의 기회예요. 한번 진지하게 생각해봐요. 우리 팀에 들어오면 더 높은 대우도 받을 수 있어요."

헨슨이 말을 계속했다.

"당장은 홀로코스트에 초점을 맞출 거예요. 몇 년이 지나면 사라진 미술품들의 행방을 아는 생존자들을 확보하기가 더 어려워질 테니까요."

"왜 그렇게 그쪽에 관심이 많은 거죠? 당신은 유대인도 아닌데. 유대인들을 위한 로비 활동은 정치인들이 알아서 잘하겠죠. 생각해보면 그게 더 효율적이에요."

"방금 전 노쇠한 노인들을 굳이 기소해야 할 필요가 있느냐고 물었죠? 이유가 어떻든 그게 올바른 일이기 때문이에요. 과연 정치가들이 그런 올바른 일에 적극적으로 나설 거라고 기대해요? 나는 범죄자들이 다른 이들의 고통을 통해 이익을 얻는 걸 용납할 수 없어요."

"하지만 대부분 다른 이들의 고통을 통해 이득을 얻지 않나요? 범죄건 아니건 간에요. 당신은 이걸 통해 얻는 게 뭐죠? 아직 이 질문에 대답하지 않았어요."

"음, 전에도 말했지만, 난 캔자스의 루터교도 집안에서 태어났어요."

"네, 캔자스요."

"물론 난 유대인과 아무 관련이 없어요. 그저 중서부 사람 특유의 정의감이라고 해두죠."

"그걸로는 충분하지 않아요."

"그게 내가 할 수 있는 최선의 대답이에요. 누군가는 마땅히 해야 할 일이니까요."

에스터가 고개를 젖혔다.

"올바른 일이라! 당신은 여자들을 자주 이용하죠?"

"그게 무슨 말이에요?"

"요시에게 나에 관해 많은 걸 캐물었잖아요. 그것도 내 뒤에서. 당신은 나를 잘 알고 있는 것 같아요. 하지만 난 당신을 잘 몰라요. 그건 올바르다고 생각해요?"

"그렇군요. 그렇다고 구인 광고를 낼 수도 없고. 무례했다면 용서해요. 하지만 내 의도는 그게 아니었어요."

헨슨이 어깨를 으쓱하며 말을 이었다.

"그리고 나에 대해 아는 건 별로 중요치 않아요."

"당신은 우즈베키스탄에 간 적이 있고, 미국의 중서부 지방에서 자랐어요."

"캔자스, 정확히 말하면."

"결혼은 언제 했나요?"

그 질문이 헨슨을 당혹스럽게 했다. 에스터는 눈앞에서 결혼 사실을 숨기고 싶은 욕망과 싸우는 남자를 보았다고 생각했다. 적어도 하룻밤을 위해. 헨슨에게서 끔찍한 결혼 생활에 대해 들었다 해도 에스터는 그리 놀라지 않았을 것이다. 그러나 헨슨의 대답은 그녀를 침묵하게 만들었다.

헨슨이 엄지손가락으로 결혼반지를 만지며 말했다.

"아내와는 사별했어요. 벌써 5년이 넘었군요."

헨슨이 에스터의 눈길을 피하며 혼잣말처럼 말했다.

평소의 단정하고 흔들림 없는 모습은 온데간데없이 사라지고, 금방이라도 무너질 것 같은 무방비 상태였다. 에스터가 보기에 헨슨은 자신이 전혀 생각지 못한 종류의 고통을 느끼고 있었다.

에스터는 이 상황에서 미안하다는 말이 공허하고 무의미하게 들릴 거라고 생각했다. 무거운 침묵이 감돌았다. 그때 창문 밖에서 어떤 움직임이 느껴졌다. 헨슨의 얼굴에서 평소의 표정이 되살아났고, 그제야 에스터는 숨을 쉴 수 있었다.

"앙투안과 그 일행이에요."

헨슨이 그렇게 말하며 문을 열고 계단을 내려갔다.

헨슨과 에스터는 나무 상자 주위로 모여든 사람들을 향해 서둘러 걸어갔다. 땅딸막한 대머리 남자가 자신을 네덜란드 영사의 수행원인 한스 반데르후크라고 소개했다. 이어서 앙투안이 테가 가는 안경을 쓰고 체격이 호리호리한 변호사를 헨슨에게 소개했다. 그는 자코브 민스키의 변호사인 클레이 웨스턴이었다. 그 밖에 아트 인스티튜트의 직원 두 명, 반데르후크의 비서와 웨스턴의 비서가 서 있었다. 간단한 인사를 주고받은 후, 웨스턴이 뉴욕에 있는 민스키의 회사에서 받은 팩스 문서를 내밀며 말했다.

"민스키 씨를 기다려주십시오. 민스키 씨는 상자 안의 그림을 눈으로 직접 확인하고 싶으시답니다."

"그건 왜죠?"

앙투안이 물었다.

"암스테르담으로 호송되는 그림이 정말 데 흐로트 박물관의 그림인지 아니면 삼촌 분의 그림인지 직접 확인하시겠답니다. 만약 삼촌 분의 것이 맞다면, 그림은 민스키 씨께 반환되어야 합니다."

"제가 직접 봉인까지 찍었단 말입니다."

아트 인스티튜트 직원 중 한 명이 투덜거렸다.

"지금 아트 인스티튜트의 신뢰성을 의심하시는 겁니까? 정말 불쾌하군요."

앙투안이 말했다.

"모욕할 의도는 없습니다. 오해 마시길. 허나 그 값어치가 어마어마하다는 건 부인할 수 없겠지요. 민스키 씨는 본인의 재산을 살펴볼 권리가 있고, 민스키 씨의 재산이 분명하다면 그것이 해외로 반출되는 걸 용납하지 않을 권리가 있습니다."

"이 비행의 목적은 오로지 그림의 정확한 감정을 위한 겁니다. 감정은 세계 최고의 고흐 전문가들이 맡아서 할 거고요."

헨슨이 설명했다.

웨스턴이 안경 너머로 그를 쳐다보았다.

"외람된 말씀이지만, 이미 '세계 최고의 고흐 전문가'라고 불리는 사람이 그림을 감정하지 않았습니까? 민스키 씨의 의견에 따르면, 전문가라는 토른 선생의 감정은 전적으로 잘못되었습니다. 민스키 씨는 그림을 직접 볼 때까지 그림이 미국 법원의 관할에서 벗어나는 걸 원치 않으십니다. 그 후에도 마찬가지일 테고요."

"이건 미친 짓이에요."

앙투안이 언성을 높였다.

"그림을 정말 보고 싶었다면 지난 이틀간 시카고에 언제라도 올 수 있었을 텐데, 왜 지금 와서 이러는지 이해가 안 가는군요. 정확한 감정을 받지 않는다면 어떻게 그림을 신뢰할 수 있겠습니까? 어이없는 훼방은 그만두세요."

"시간 낭비예요."

헨슨이 거들었다.

반데르후크가 웨스턴에게 다가갔다.

"선생, 네덜란드 정부는 그림을 정당한 주인에게 반환하는 일에 지대한 관심을 보이고 있소. 그 주인이 누가 되든 간에."

"네덜란드 정부는 그림이 네덜란드 소유라고 믿고 있겠죠. 과연 네덜란드 전문가들이 아무 편견 없이 그림을 볼 수 있을까요?"

웨스턴이 그렇게 반박했다.

"모두가 네덜란드인은 아닙니다. 프랑스, 영국, 독일에서 각각 한 명씩 선출했고, 네덜란드인은 두 명뿐입니다."

앙투안이 말했다.

"토른은요?"

"그도 있어요. 그리고 에리크 로이츠 박사도요."

"미국인은 있습니까?"

웨스턴이 집요하게 물었다.

"이건 미친 짓이에요."

앙투안이 말을 반복했다.

"당신들은 이 계획을 며칠 전부터 알고 있었지요? 소유권을 주장한 다른 사람들처럼 민스키 씨도 이 계획에 동의하지 않았나요?"

"네, 그렇죠."

웨스턴이 냉담한 어조로 말을 계속했다.

"허나 우리는 상자를 열어서 상자 안의 그림이 민스키 씨의 것인지를 확인하길 원합니다. 정말 민스키 씨의 것이라면, 그다음에 암스테르담으로 반출할지 결정할 겁니다."

"그러나 민스키 씨는 여기에 없지 않습니까!"

헨슨이 말했다.

"도착이 좀 늦어지는 것뿐이에요. 라과디아 공항에 안개가 자욱하게 꼈다는군요."

웨스턴이 대답했다.

"그건 그쪽 사정이지요. 물론 그림은 제시간에 출발할 겁니다. 이미 감정 전문가들과도 약속이 된 상태고요. 여기 계시는 재무부 직원이 동행할 거예요!"

앙투안이 말했다.

"당신은 네덜란드 정부를 신뢰하나요?"

웨스턴이 헨슨을 흘끗 보며 그렇게 물었다.

"뭐, 기분 나쁘게 듣지는 마세요."

"변호사한테서 그런 질문을 받으니 좀 우습군요. 아, 기분 나쁘게 듣지는 마세요."

헨슨이 쏘아붙였다.

그때 반데르후크가 단호하게 말했다.

"그 무엇도 출발을 막을 수는 없어요. 그림이 제때 도착하지 않는다면, 네덜란드 정부는 매우 실망할 겁니다."

"혹시 법원 명령을 잊었나요?"

웨스턴이 말했다.

"무슨 법원 명령이요? 서류라도 가지고 있나요?"

헨슨이 의아스러운 얼굴로 물었다.

웨스턴이 서류가방을 열어 봉투를 꺼냈다.

"민스키 씨는 소유권을 주장한 다른 이들에게 야기될 불편과 상관없이 자신의 재산을 면밀히 살필 권한이 있다."

헨슨이 서류를 낚아채서 읽기 시작했다.

"하지만 아직 그의 재산이라는 증거는 없어요!"

앙투안이 반박했다.

"만약 출발이 지연되면, 당신들은 비난을 받게 될 겁니다."

헨슨이 주장했다.

"이건 모욕이오."

반데르후크가 붉게 달아오른 얼굴로 말을 계속했다.

"정확한 감정을 위해 그림을 암스테르담으로 호송해야 한다는 네덜란드 정부의 제안에 미국, 프랑스, 독일 정부가 모두 동의했습니다."

웨스턴이 어깨를 으쓱했다.

"민스키 씨는 곧 도착할 겁니다. 비행기가 5분 전에 출발했어요."

에스터가 손목시계를 흘끗 보았다. 만약 이 여객기의 보안에 허점이 있다면, 차라리 한 시간 안에 이스라엘로 떠나는 엘알 여객기에 타는 편이 낫지 않을까? 탈 수 있는 가능성은 아직 남아 있다. 엘알 항공은 이스라엘 수상의 안전을 위해 절대 보안을 소홀히 하지 않을 것이다.

"아마도 민스키 씨가 그림을 이송하는 데 드는 비용을 대신 지불하려나 보죠!"

반데르후크가 그렇게 외쳤다.

웨스턴이 팔짱을 꼈다.

"민스키 씨는 기뻐하실 겁니다."

"상자를 열려면 꽤 시간이 걸려요!"

앙투안이 말했다.

"그럼 지금이라도 여십시오."

웨스턴이 뒤로 휙 돌더니 휴대전화를 꺼내 아무도 없는 곳으로 걸어갔다.

"상자를 완전히 개봉하지 않고 민스키 씨가 볼 수 있을 만큼만 열 수는 없을까?"

헨슨이 앙투안에게 물었다.

앙투안이 아트 인스티튜트 직원을 보았다. 직원은 진저리가 난 듯 어깨를 으쓱했다. 헨슨이 반데르후크에게 고개를 돌렸다.

"반데르후크 씨, 네덜란드 정부 대표로서 끝까지 참관해주시겠습니까?"

"당연히 내가 지켜봐야지요. 그 점에 대해서라면 염려 마십시오!"

"하지만 지금 여기서 아트 인스티튜트의 봉인을 새로 찍을 수도 없는 노릇이야. 도중에 상자를 개봉하고 봉인까지 뜯는다면 보험계약을 위반하는 셈이 된다고."

앙투안이 헨슨에게 말했다.

"변호사! 보험사! 그들이 미국의 진정한 정부로군요."

반데르후크가 콧김을 내뿜었다.

"비행기가 출발하기 전까진 절대 손을 댈 수 없어요."

앙투안이 단호하게 말했다.

"봉인을 뜯고 상자를 열어. 내가 수령증을 써주지. 그럼 아트 인스티튜트의 책임은 여기서 끝나는 거야."

헨슨이 앙투안에게 말했다.

"재무부가 이 상황을 책임질 수 있다는 겁니까?"

반데르후크가 물었다.

"아, 제발."

에스터가 투덜거렸다.

"빌어먹을 상자를 그냥 열어요! 이럴 줄 알았으면 차라리 텔아비브행 비행기를 타는 건데."

사람들이 일제히 그녀를 쳐다보았다.

"지레와 망치를 준비해줄 수 있나요?"

앙투안이 보안요원에게 물었다.

납 봉인을 뜯고, 상자를 고정하기 위해 박았던 철침도 조심스럽게 뽑았다. 앙투안이 지레를 상자의 뚜껑 사이로 밀어넣기 시작했다. 그때 경비원 한 명이 골프 카트를 몰고 빠른 속도로 그들에게 다가왔다. 안에는 두 명의 노인이 타고 있었는데, 앞에 탄 사람은 백발에 볼이 불그스름했고, 뒤에 탄 사람은 코에 은백색 반다이크 수염을 기르고 있었다. 골프 카트가 그들 앞에서 멈추었다.

"내 변호사는 어디 있지? 여기에 내 그림이 있나?"

볼이 불그스름한 남자가 외쳤다.

헨슨이 그의 앞에 섰다.

"민스키 씨입니까?"

"그렇소만! 그럼 내가 누구겠소? 그런 당신은 누구요?"

"전 재무부에서 왔습니다. 저희가 책임을 지고 이 그림을 안전하게 옮겨드리겠습니다."

"여기 이분은 올먼 명예 교수요. 고맙게도 뉴욕 주립대가 있는 빙엄턴에서 여기까지 나와 동행해주었지! 그런데 내 그림이 거기에 들어 있다는 걸 어떻게 알지?"

"선생님."

앙투안이 입을 열었다.

"새뮤얼 마이어의 다락방에서 발견된 그림이 이 상자 안에 있다는 걸 제가 보장합니다. 저희는 지금 선생님을 위해 상자를 막 열려던 참이었습니다."

"앙투안 졸리에트!"

올먼이 민스키의 옆을 빠르게 지나치며 외쳤다.

"만나서 반갑군! 책 표지에서 자네 이름을 보았지!"

"자네 이 젊은 친구를 아나?"

민스키가 물었다.

"미술계에서 가장 주목받는 젊은 학자 중 한 명이네. 암, 그렇고말고!"

민스키가 앙투안을 더 자세히 보려고 고개를 갸웃했다. 에스터는 민스키의 얼굴에서 고령에도 불구하고 완고하고 깐깐한 성품을 읽을 수 있었다.

"오, 그런가?"

민스키가 지레를 향해 손짓했다.

"그럼, 주목받는 학자 양반이 내 그림을 열어보시게."

그 말에 올먼이 당황스러워하며 고개를 숙였다. 그러나 앙투안은 미소를 지으며 선뜻 망치와 지레를 잡았다. 지레를 양쪽의 상자 뚜껑 사이에 놓고 망치로 두드리자, 사이가 약 1센티미터 벌어졌다. 앙투안은 그 사이로 지레를 더 밀어넣은 뒤 다시 두드렸다.

그동안 민스키는 상자를 둘러싸고 선 사람들을 하나하나 훑어보았다.

"그런데 이 젊은 아가씨는 누구지?"

"에스터 고렌입니다, 선생님."

"이봐요, 아몬드 눈을 가진 에스터 고렌 양. '선생님'이라는 호칭은 빼주면 고맙겠군. 흠, 이 말을 하는 것도 벌써 일흔 번째야. 그나저나 아가씨는 경찰인가? 제발 경찰이라는 말은 하지 말게."

"전 경찰이 아니에요."

에스터가 조금 날카롭게 말했다. 민스키가 눈을 깜박였다. 그래서 에스터가 덧붙였다.

"이분과 동행할 거예요."

에스터가 헨슨에게 고개를 돌렸다. 헨슨의 미소가 마치 에스터를 약올리는 듯했다.

"오, 당신은 정말로 행운의 남자요. 행운의 남자. 이에 대해 어떻게 생각하시오?"

민스키가 다시 말했다.

"페오도르 삼촌의 그림을 본 지도 어언 60년이나 되었소. 그리고 그 그림을 텔레비전에서 보았지. 정말 페오도르 삼촌의 그림이 맞다면."

"분명 맞을 거예요."

에스터가 말했다.

"텔레비전과 신문에서, 나는 보았소. 그 그림을 절대 잊을 수 없다오. 절대로! 생각지도 못하게 두 마리 토끼를 한꺼번에 잡은 셈이 되었지. 그림이 수천만 달러에 달할 거라고 하더군. 하지만 나는 돈에 환장한 멍청이가 되고 싶지는 않아. 더구나 나는 TV 스타요, 아가씨도 보았나? 어젯밤 CNN에 출연했지."

"아쉽게도 놓쳤네요."

에스터가 말했다.

"나는 라몬 노바로(Ramon Novarro, 1925년 작 「벤허」의 주연 남자 배우)가 되었지."

"그리고 곧 부자가 되실 거예요. 그림이 선생님의 소유가 된다면."

에스터가 말했다.

"날 유혹하지 마시오. 나 같은 늙은이가 그런 돈을 가져봤자 어디에 쓰겠소? 다 부질없지. 워싱턴의 홀로코스트 기념관에 기증할 생각을 하고 있소. 그 전에 놋쇠 액자를 준비해둬야겠지. 거기에 '페오도르 민스키의 고흐'라고 쓸 거요. 그리고 '그 악랄한 자들이 페오도르 민스키의 조카를 제외한 모두를 살해했다'라고 덧붙일 거라오. 놈들이 살해한 이름을 모두 나열하면 액자가 엄청나게 커질 테니까."

에스터가 고개를 끄덕였다.

"준비되셨습니까, 민스키 씨?"

헨슨이 상자의 한쪽 뚜껑을 잡자, 앙투안이 다른 한쪽을 잡으며 물었다.

민스키가 발을 질질 끌며 상자 앞으로 걸어가 심호흡을 했다.

"준비됐소. 쏘시오!"

헨슨과 앙투안이 가동교처럼 뚜껑을 내렸다. 그와 동시에 오랜 세월에 찌든 냄새가 훅 끼쳤다. 새뮤얼 마이어의 다락방에서 나던 바로 그 냄새였다.

빈센트가 그들을 바라보고 있었다. 붉은 머리카락 주위로 어두운 녹색이 소용돌이쳤다. 마치 살아 있는 것처럼, 외투 너머로 맥박이 뛰고 있고 미세하게 손이 떨리는 듯했다.

"세상에."

올먼 교수가 숨을 죽이며 감탄했다.

민스키의 얼굴이 창백해졌다. 감격에 겨워 입술이 떨렸다.

"믿을 수 없어."

민스키가 중얼거렸다.

"믿을 수 없어."

깊은 숨을 내쉬며 그가 말을 이었다.

"바로 저 눈이야. 저 눈. 줄곧 저 눈을 바라보았어. 처음에는 아무것도 알 수 없었지. 그래서 덜컥 겁이 났어. 시간이 흘러 바르 미츠바, 그러니까 성인식을 치른 후에야 비로소 그가 느끼는 것을 느낄 수 있었어. 할아버지가 돌아가셨을 때 내 슬픔을 그도 느꼈어. 독일에서 그 기사를 접했을 때도, 우리는 같은 걸 느끼고 있었어. 그가 그림 속에서 나에게 속삭였어. '신이 우릴 도왔어. 신이 우릴 도왔어.'"

이륙하는 여객기에서 나는 굉음을 들으며 모두가 침묵했다. 민스키가 에스터에게 고개를 돌렸다.

"아가씨는 보았소? 그의 눈을. 그는 유대인으로 사는 게 어떤 건지 알았어. 유대인이 아니었지만, 유대인으로 사는 게 어떤 건지 알았지."

에스터가 그림을 가만히 내려다보았다.

"네, 본 것 같아요."

에스터가 말했다. 몇 초 동안 빈센트의 눈을 응시하던 에스터는 그런 자신을 바라보는 민스키의 시선을 느꼈다.

"잘 본 것 같구려."

민스키가 조용히 말했다.

"아가씨는 그걸 본 것 같아. 아가씨와 동료가 내 그림을 소중히 다뤄 줄 것 같은 생각이 드는구먼."

"하지만 민스키 씨."

웨스턴이 끼어들었다.

"이 그림이 민스키 씨의 소유라면……."

웨스턴이 또 다른 법원 명령을 제시하기 위해 서류 가방을 열기 시작했다.

"나는 이 아가씨를 믿네!"

"하지만……."

갑자기 민스키가 손을 들었다.

"여러분, 페오도르 삼촌의 그림을 다시 잘 포장해주겠소? 안 그러면 엉덩이를 걷어차줄 테니 그리 아시오!"

"틀림없이 그렇게 하실 거예요. 제 말을 믿으세요!"

에스터가 말했다.

민스키가 눈을 반짝이며 에스터를 보았다. 마치 30년 동안 그의 눈이 반짝인 것 같았다.

9장

출발 지연

헨슨과 에스터는 숨실 겨를도 없이 있는 힘껏 달려 비즈니스석에 올라탔다. 어슬렁거리며 자리를 찾아 조용히 앉은 다음에야 겨우 숨을 가다듬었다.

"실례합니다만."

복도를 사이에 두고 창가 좌석에 앉은, 얼굴이 불그스름한 남자가 그들에게 말을 건넸다.

"점보제트기를 이렇게 마냥 기다리게 하는 건 다른 승객들에게 예의가 아니지 않나요?"

"실례합니다만."

에스터가 말했다.

"우리가 언제 만난 적이 있던가요? 그런 것 같진 않은데, 정말 예의가 없으시군요!"

남자가 심통이 난 얼굴로 '파이낸셜 타임스'를 접자, 헨슨이 웃음을 간신히 참으며 그에게 말했다.

"저희는 암스테르담으로 갑니다!"

그리고 승무원에게 오렌지 주스 한 잔을 부탁한 다음, 에스터 쪽으로 고개를 돌렸다. 에스터는 등받이에 몸을 기대고 눈을 감았다.

"방금 전 일을 어떻게 생각해요?"

"민스키요? 그는 그림을 직접 보고 싶어했어요. 그리고 자신이 직접 선택한 사람에게서 그림이 법적 갈등을 감수할 만큼 충분한 가치가 있다는 말을 듣고 싶어했죠. 어쩌면 삼촌의 벽에 걸린 그림의 복제품일지 모른다고 생각했을까요? 만약 그렇다면 당황스러웠을 거예요. 노인들은 남들 눈에 자신이 어리석은 사람으로 비치는 걸 원치 않거든요."

"토른은 복제된 그림이 아니라고 했어요."

"민스키의 그림이 아니라는 말도 했죠."

"토른은 그 방면의 권위자예요."

"그때 민스키의 반응을 보았나요? 마치 영혼을 보는 듯했어요."

에스터가 말했다.

헨슨이 다리를 펴고 비행기가 아직 이륙하지 않는 이유를 궁금해하며 창밖을 무심코 내다보았다. 보이는 거라고는 제트웨이(여객기와 터미널 건물을 잇는 승강용 통로)와 그 한쪽에 방치되어 있는 화물 운반 차량뿐이었다. 그가 다시 말했다.

"이렇게 생각해볼 수도 있어요. 자코브 민스키는 한때 젊은 남자였어요. 모두가 그러하듯 그도 젊음을 잃었죠."

"그래서요?"

"그러나 민스키는 젊음뿐만 아니라 자신이 속한 세계도 잃었어요. 어머니와 아버지, 형제들, 친척들, 함께 성장하며 때로는 논쟁을 벌이거나 단란한 시간을 보냈던 모든 사람을. 그들은 한 줌의 재로 변했어요. 자신을 둘러싼 세계가 한순간에 무너졌을 때 그 고통과 슬픔은 이루 말할 수 없이 컸겠죠. 자신이 소중히 여기는 것들을 잃은······."

갑자기 무언가가 그의 마음을 어지럽힌 것처럼, 헨슨이 말을 삼켰다.

"그렇다면 오로지 민스키가 바라는 것은 그림이 삼촌의 것이었으면 한다는 건가요?"

"마치 아이가 산타클로스를 믿듯이, 민스키는 그 그림이 삼촌의 것이라고 믿고 있어요. 크리스마스 이브에 아이는 산타클로스의 모습을 보고 목소리를 들을 수 있어요. 민스키도 그 영혼을 보았죠."

에스터가 잠시 생각에 잠겼다.

"음, 나는 그 사람이 마음에 들어요. 그가 속이고 있다는 생각은 들지 않아요."

"'속인다'는 표현은 적절치 않아요."

헨슨이 고개를 조금 숙였다.

"내 생각이지만, 그림을 소유하는 문제는 그에게 그다지 중요치 않은 것 같아요."

"돈은 그에게 아무 의미가 없죠."

"그래요. 그림을 한 번 더 보고 싶었을 거예요. 일단 암스테르담으로 옮겨지면 법적인 시스템이 구축될 거고, 그렇게 되면 죽기 전에 다시 볼 기회가 없을지도 모르니까요."

에스터가 헨슨을 뚫어지게 바라보았다.

"왜요?"

헨슨이 물었다.

"그건 매우……."

에스터가 말을 고르기 위해 잠시 뜸을 들인 후 다시 말했다.

"지각 있는 생각이에요. 캔자스에서 온 스파이치고는 꽤 섬세한데요."

헨슨이 샴페인 잔을 건네는 승무원을 향해 고개를 들었다. 그들은 하나씩 잔을 받아들었다.

"당신이 냉소적인 사람이라면 민스키가 돈을 노리고 있다고 쉽게 단언했겠죠."

"어쩌면 그럴지도 모르죠. 누가 알겠어요?"

헨슨은 스스로 경박해지는 게 즐거운 모양이었다. 그리고 샴페인을 조금 입에 댔다가 이내 얼굴을 찡그리며 잔을 내려놓았다.

"난 오렌지 주스를 주문했어요. 가끔은 내가 원하는 걸 마실 수 있다면 좋으련만."

"그냥 즐겨요. 참, 뉴욕 주립대에서 온 올먼 교수는 어떤 사람이죠? 민스키가 왜 그를 데려왔을까요?"

헨슨이 머리를 흔들었다.

"앙투안이 그러는데, 그 대학에서 미술사를 가르친대요. 민스키의 술친구이거나 하겠죠. 고흐 전문가는 아니고, 그도 일부러 그런 척은 하지 않았어요. 어쩌면 민스키는 미술 전문가 한 명이라도 자기편으로 만들고 싶었겠죠."

에스터가 팔걸이를 손가락으로 두드리며 깊은 숨을 들이쉬었다.

"다시 한 번 말하지만 이건 분명히 해둬요. 내가 동행하는 것이 당신 팀에 합류하겠다는 뜻은 아니에요."

"어쨌든 당신이 도와준 데 감사하고 있어요."

에스터가 미소지었다.

"왠지 몰라도 당신은 스스로를 잘 돌보는 사람 같아요, 보이 스카우트 씨. 호텔에선 당신이 내 목숨을 구해줬어요."

"당신은 불타는 건물에서 날 구해줬고요."

헨슨이 잔을 들어 격의 없이 건배하며 말을 이었다.

"그럼, 이제 말해봐요. 왜 잘 알지도 못하는 남자와 암스테르담에 가는 거죠?"

"나는 아버지에 대해 알고 싶어요."

"내가 도움이 되어드릴 수 있는데?"

"오, 자상도 하셔라! 고맙지만 사양할래요."

에스터가 나직이 말했다.

"당신은 나와 많이 닮았어요."

헨슨이 말했다.

에스터가 고개를 들고 헨슨을 쳐다보았다.

"그만해요!"

"진심이에요. 맞아요. 난 보이 스카우트 단원이었어요. 게다가 이글 스카우트(21개 이상의 공훈 배지를 받은 보이 스카우트 단원)였죠. 그리고 베트남 전쟁이 끝나갈 무렵에 헌병으로 자원해 사이공에 갔었어요. 그 후 학위를 딸 때까지 소도시에서 경찰로 일하다가 재무부에 들어갔고요. 밀수품을 적발하는 업무를 담당했는데, 실적은 꽤 좋았어요. 콜럼버스 이전의 미술품과 관련된 대형 프로젝트를 맡으면서 이 일에 발을 들여놓게 된 거죠."

"베트남 전쟁에 참전했어요? 그렇게 나이 들어 보이진 않는데요."

"전쟁이 거의 끝날 무렵이었고, 아직 많이 어릴 때였죠. 가끔은 스스로 나이가 꽤 많이 든 것처럼 느껴져요. 이제 몇 년이 지나면 쉰이에요."

"아직까지 내가 '당신과 닮은' 구석은 없지 않나요?"

"말 속의 숨은 뜻을 찾아봐요."

헨슨이 에스터에게 더 가까이 몸을 숙이며 속삭였다. 에스터는 귀에서 헨슨의 숨결을 느꼈다.

"당신은 모사드에 자원해서 들어갔죠? 이유가 뭔가요?"

"내가 모사드에 대해 얘기할 수 없다는 걸 잘 알 텐데요? 심지어 그게 뭔지도 몰라요."

"물론 그렇겠죠."

헨슨이 싱긋 웃더니 정색하며 말을 이었다.

"그렇다면 어디 한 번 추측해볼까요? 이유는 간단해요. 정의로운 일을 하고 싶었던 거죠. 뭔가 뜻 있는 일이요."

에스터가 고개를 저었다.

"그런 걸 생각하지 않은 건 아니에요. 하지만 첩보 활동이라는 게 원래 도덕적 분별을 기대하긴 어려운 일이죠."

"그래요. 법 집행이 필요 없는 일이에요. 그래서 당신은 점점 악당들을 체포하는 일만큼이나 무엇이 옳은 일인지에 대해서도 무감각해지게 되죠. 설레스트—내 아내예요—가 세상을 떠났을 때, 나는 도피처를 찾듯 일에 파묻혀 지냈어요. 내가 왜 그 일을 하는지는 중요치 않았죠. 단지 무언가를 해야 했어요. 한동안 나 자신을 그런 식으로 학대했죠."

에스터가 고개를 끄덕였다.

"재무부 차관이 특별 조사단에 대한 아이디어를 꺼냈을 때, 머릿속에서 순간 딸깍 하는 소리가 났어요. 내 인생의 전환점이 될 기회라고 생각했죠. 좀더 의미 있고, 좀더 긍정적인 무언가를 할 수 있는 기회요. 물론 이 일의 성격이 모호하다고도 할 수 있어요. 누가 주인인지, 무엇이 진짜이고 가짜인지 등. 어쨌든 약탈당한 미술품을 원래 주인에게 돌려주는 게 우리 일이죠. 가치 있는 일이라는 생각이 들었어요. 활력을 되찾으면서 불면증도 사라졌고요. 나쁜 일당을 감옥에 집어넣고 약탈당한 미술품들을 원래 주인에게 돌려주는 일이라니 매력적이지 않나요?"

"당신은 지극히 미국적이에요. 순진한 낙천주의자요."

"순진한 낙천주의자들이 위대한 일을 할 수 있어요. 이스라엘을 세운 것도 그런 사람들이죠."

에스터가 자세를 고쳐 앉았다.

"그들은 순진하지 않아요."

"적들에 둘러싸인 나라를 세우기 위해?"

헨슨이 에스터의 팔을 잡았다.

"우리 조사단에 들어와요. 함께 의미 있는 일을 해요."

"끝까지 포기하지 않을 셈인가요?"

"뚱뚱한 여자가 노래를 부르고 커튼이 내려질 때까지요."

"정말 끈질긴 사람이군요. 더구나 난 뚱뚱하지도 않다고요. 난 단지 어머니를 위해 여기 있는 거예요. 음…… 어쨌든 생각은 해보죠. 그래서 당신 기분이 더 나아진다면. 그게 내가 약속할 수 있는 전부예요."

"그게 지금 내가 부탁할 수 있는 전부예요. 우린 이걸 시운전 정도로 생각하죠."

"내가 고흐를 훔쳐서 10억 달러에 팔고 잠적해버리면요?"

에스터가 빈정거리는 투로 말했다.

"그런데 왜 아직 출발하지 않는 거죠?"

"공항이 다 그렇죠 뭐! 곧 출발할 거예요. 먼 길을 가는 거니까 늦은 시간도 만회할 수 있어요."

에스터가 안전한 비행을 위해 건배를 들었다. 서로의 잔을 부딪치자 소리가 땡그랑 울렸다. 그리고 그들은 샴페인 잔을 입으로 가져갔다. 에스터는 샴페인을 죽 들이켠 다음, 헨슨에게 사과하기로 마음먹었다.

"있잖아요."

에스터가 입을 열었다.

"아까…… 부인에 관해서…… 일부러 캐물을 뜻은 없었어요. 난 단지……."

"잊어버려요."

헨슨이 에스터의 눈길을 피하며 말했다.

"왠지 아이가 셋 딸린 집안의 가장일 거라고 상상했어요. 아이들과 함께 야구도 하고……. 한데 전혀 뜻밖……."

에스터는 자기 때문에 헨슨이 또다시 고통스러워하는 모습을 보았다. 바보 같다는 생각이 들면서도 왜 제어가 안 되는지 자신도 알 수 없었다.

"미안해요."

에스터가 말했다. 헨슨은 대답하지 않았다. 에스터가 샴페인을 끝까지 마시고 안전벨트를 맸을 때, 조종사가 안내 방송을 했다.

"저희 항공을 이용해주신 승객 여러분께 사과의 말씀을 드립니다. 지금 속히 비행기에서 내려 탑승구로 돌아가주시기를 부탁드립니다."

승객들의 불만 소리가 일제히 터져 나왔다.

"대체 무슨 일이죠?"

에스터가 의아한 표정을 지었다.

"질서를 지키며 신속히 나가 주시기 바랍니다. 짐은 제자리에 두고 가시면, 저희가 보관하겠습니다."

조종사가 그렇게 말을 마쳤다.

승객들이 벌써 통로로 모여들었다.

"짐은 두고 내리라니 다시 출발할 모양인데요."

헨슨이 말했다.

"그래야 할 텐데."

"서두르지 말고 신속히 움직여주세요."

승무원이 승객들에게 외쳤다.

에스터는 승무원의 긴장한 얼굴을 보고 본능적으로 직감했다.

'안전사고가 난 거야.'

그들도 자리에서 일어나 통로로 향했다. 그러다 사람들에게 떠밀려 서로 헤어졌다가 헨슨이 걸음을 멈추고 비행기 창 너머로 경찰봉을 쥔 남자들을 내려다보는 동안 다시 만났다. 그들은 비행기가 뒤로 물러날 때까지 상황을 빠르게 수습하기 위해 동원되었다.

"무슨 일이죠?"

에스터가 물었다.

"자자, 어서 나오세요."

시카고 경찰이 외쳤다.

"나갑시다."

헨슨이 에스터의 손목을 잡고 탑승구를 향해 걸어갔다.

"무슨 일이죠?"

에스터가 반복해서 물었다.

헨슨이 에스터를 옆으로 끌고 가서 속삭였다.

"FBI예요. 저쪽 출입구에서 요원 한 명을 봤어요. 비행기 안을 조사할 모양이에요."

"안에 뭐가 있나요?"

에스터는 그 말을 하면서 숨이 마치는 듯했다.

헨슨이 턱 근육을 수축하며 고개를 살짝 끄덕였다.

제트웨이로 줄지어 나타난 승객들의 표정은 하나같이 언짢고 피곤해 보였다. 다들 해외여행 중에 가끔 일어나는 사소한 문제쯤으로 여기는 듯했다. 예를 들면 기계적 결함이나 붐비는 활주로 등.

"그림은 어떡하죠?"

에스터가 물었다.

헨슨의 얼굴이 창백해졌다. 헨슨이 승무원에게 다가가 재무부 배지를 내밀며 말했다.

"전 재무부 직원입니다. 요원에게 절 안내해주시겠습니까?"

여자 승무원이 그를 미심쩍은 눈으로 바라보았다.

9장 출발 지연 149

"티켓 판매 요원은……."

"아니, FBI요. 제 말이 무슨 뜻인지 아시죠?"

그녀가 잠시 머뭇하더니 그를 한 경찰에게 안내했다. 경찰이 헨슨과 그의 신분증을 번갈아 본 후 등을 돌리고 무전기를 켰다. 그리고 잠시 기다렸다. 마지막 승객과 승무원들이 제트웨이에 나타날 때까지. 비행기가 뒤로 물러나면서 윙 하는 엔진 소리가 났다.

"아직 더 기다려야 합니까?"

헨슨이 재촉했다.

구석진 곳에서 비밀 문이 열리자, 두 명의 FBI 요원이 바깥쪽을 바라보고 있었다. 그들은 호텔 총격사건 때, 에스터를 심문한 사람들이었다.

'맙소사, 또 시작이군.'

에스터는 진저리가 났다.

그들이 차가운 얼굴로 헨슨과 에스터를 향해 손짓했다. 그런 다음 함께 기다란 계단을 내려갔다. 이어서 입국하는 외국 승객들이 이용하는 좁다란 복도를 서둘러 통과해 또 다른 비밀 문 앞에 이르렀다. 그들이 암호 버튼을 누르자 문이 열렸다. 그리고 휑한 방 안으로 들어갔다. 몇 명의 사람들이 공항 점퍼를 입은 히스패닉계 미국인 주위에 모여 있었다. 그리고 히스패닉계 사람은 눈물을 흘리고 있었다. 시카고 경찰의 토머스 형사가 에스터를 보자마자 에스터 쪽으로 몸을 홱 돌렸다.

"그때 알아챘어야 했는데!"

토머스가 에스터에게 얼굴을 들이밀고 거친 숨을 내쉬며 쏘아붙였다.

"왜 아직 여길 안 뜬 거요? 그걸 기대하느니 차라리 만프레트 스토크가 왜 당신을 죽이지 못해 안달인지 어디 이유나 들어봅시다."

"만프레트 스토크? 그자의 이름인가요?"

에스터가 물었다.

"저기 가서 앉아요. 눈도 깜박이지 말고."

"이봐요! 도대체 무슨 일입니까?"

헨슨이 말했다.

"입 닥치고 착한 아이처럼 구는 게 좋을 거요. 아니면 후회하게 해줄 테니까."

토머스가 으르렁거렸다. 헨슨은 FBI 요원들을 흘끗 보았다. 그들도 토머스 형사의 말에 동의하는 눈치였다. 헨슨은 금속 의자에 앉았다.

토머스가 흐느끼는 히스패닉계 사람에게 말했다.

"좋아요, 젊은 양반. 방금 전 나한테 했던 말을 여기 FBI의 마즈던 특별 수사관에게 다시 해주시겠소?"

10장
협박

　헥터 아르크바르톨은 1985년부터 항공사에서 수하물을 담당하는 일을 했다. 운이 나쁘게도 그가 몸담은 항공사마다 파산했지만, 위기를 잘 헤쳐 나간 덕분에 세 번째 직장인 노스웨스트 항공사에서 수하물 담당 주임으로 승진할 수 있었다. 노스웨스트 항공사는 시카고에서 KLM 여객기를 운항했다. 헥터는 퇴근 후면 집에서 저녁을 먹고 습관적으로 야구경기 ─캔자스시티 11: 시카고 6─를 시청하며 꾸벅꾸벅 졸았다. 그날도 어김없이 아내인 미란다가 그를 깨웠다. 헥터는 눈을 뜨자마자 2층으로 올라가 침대에 누운 네 딸에게 잘 자라며 입맞춤을 했다. 여덟 살짜리 세리나의 몸에 조금 열이 있는 것 같았지만 내일이면 나아질 거라고 생각했다. 세 살짜리 쌍둥이는 벌써 새근새근 잠이 들었다. 여섯 살짜리 테레사는 열 시 전에 잠자리에 드는 것이 여전히 불만인지 뾰로통한 얼굴이었다.
　이제 헥터와 미란다, 둘만의 시간이 돌아왔다. 그 시간에 둘은 영화를 감상하거나 맥주를 마시기도 하고 가끔 유니비전(국제적인 히스패닉 방송 네트워크) 프로그램 중 하나인 텔레노벨라(남미의 TV 드라마)를 시청하거나 함께 샤워를 하고 달콤한 사랑을 나누었다. 그날 밤에는 슈크림 케이크를 먹었다. 그것은 헥터와 미란다가 오랫동안 공유한 비밀스러운 전통이었다. 정확히 11년 전, 첫 번째 데이트를 했을 때 함께 슈크림 케이크를 먹다가 헥터의 턱에 노인의 염소수염처럼 크림 덩어리가 묻은 걸 보고 미란다가 웃음을 터뜨린 적이 있었다.

그들은 서로의 손가락을 핥다가 세자르가 깽깽거리는 소리를 들었다. 그러나 더 이상 아무 소리도 나지 않았다. 세자르는 종종 벌레에 물리거나 발톱을 세우고 달려드는 이웃집 고양이에게 당하기 일쑤였다. 그러나 고양이가 우는 소리는 들리지 않았다. 미란다가 마지막 케이크 조각을 헥터의 입에 넣어주려고 팔을 뻗은 순간, 손이 얼어붙었고 케이크 조각이 바닥에 떨어졌다. 헥터는 처음에 미란다가 장난을 치는 거라고 생각했다. 그러나 미란다의 얼굴은 그에게 다른 이야기를 하고 있었다.

헥터가 뒤를 돌아보았을 때, 몸집이 커다란 금발 남자가 검은색 권총을 겨누고 있었다.

"조용히 해. 아이들이 다치는 건 원치 않겠지?"

"네. 워, 원하는 건 뭐든 가져가세요. 스테레오는 새 거예요."

헥터가 침을 꿀꺽 삼키며 말했다.

"날 화나게 하지 않으면, 아무도 다치지 않을 거야. 그건 당신들도 바라는 바일 테고, 물론."

그가 파란색 가방을 쥔 왼손으로 거실 창문을 가리켰다. 헥터는 그 가방에서 KLM 로고를 보았다.

"커튼을 내려. 이제부터 가능성을 검토해보자고. 불을 꺼. 잠자리에 든 것처럼."

"만약에 미란다를 해치면……."

"그럼 입 닥치고 순순히 내 말을 들어."

그들은 주방으로 갔다. 남자가 그들에게 식탁 의자에 앉으라고 명령했다. 그리고 자기 앞에 가방을 내려놓았다.

"식탁에 손을 올려놔. 어리석은 생각은 안 하는 게 좋을 거야. 지금부터 내가 하는 말 잘 들어."

미란다는 남자의 장갑이 피로 얼룩져 있는 걸 보았다. 그리고 개의 울부짖음을 기억했다. 흐느끼는 소리가 새어나갈까 봐 손가락을 입속에 넣었다.

헥터가 흑흑 울었다. 입을 막은 손가락 사이로 공기를 빨아들이며. 토머스 형사가 옆에 앉아 그의 어깨를 손으로 감쌌다. 헥터가 마음을 진정시킬 때까지 모두가 침묵했다.

"아침이 오면 평소처럼 출근하라고 했어요. 나는 암스테르담행 비행기에 남자가 준 가방을 놓아야 했어요. 비행기가 이륙하고 한 시간 후에 미란다와 내 아이들을 풀어주겠다고 했어요."

토머스가 에스터에게 싸늘한 시선을 던졌다.

'맙소사.'

에스터는 가슴이 철렁 내려앉았다.

"미란다는 안 된다고 했어요. 내가 이 일을 해선 안 된다고요. 수백 명이 죽을 거라고요. 그는 내가 이 일을 하지 않으면 다신 아이들과 아내를 못 보게 될 거라고 협박했어요. 미란다는 하지 말라며 흐느꼈어요. 신이 우리를 지켜줄 거라고요. 그는 그 말에 조금 놀라는 것 같았지만, 눈이 뱀의 눈처럼 차갑게 변하며 말했……."

헥터가 숨을 헐떡이며 얼굴에서 흐르는 땀을 닦았다.

"계속하세요."

마즈던 특별 수사관이 말했다.

"그는 3분의 시간을 줄 테니 어느 아이를 죽일지 선택하라고 했어요.

자기가 진지하다는 걸 우리에게 보여줄 셈이었어요. 그러면서 쌍둥이는 어떠냐고 했어요. 하나를 죽여도 다른 하나가 있으니까 별로 그립지 않을 거라고."

밀폐된 공간 안에 차가운 바람이 부는 것 같았다. 마치 유령이 돌아다니는 것처럼.

"난 말했어요. '당신은 아이를 죽이지 않을 거예요. 양심의 소리를 들어봐요.' 하지만 그는 아무 말 없이 주방 시계만 쳐다봤어요. 난 애걸했어요. 1분이 지났을 때, 미란다가 갑자기 털썩 주저앉아 그의 다리를 부여잡고 뭐든지 할 테니 제발 아이들을 해치지 말라며 울부짖었어요. 뭐든지 다 하겠다고……. 미란다와 내 아이들이 다치는 걸 볼 바에야 차라리 죽는 편이 나았어요. 그래서 그에게 호랑이처럼 달려들어 그가 날 쓰러트릴 때까지 덤볐어요. 내 아이들이 죽는 걸 볼 수는 없었어요."

헥터가 다시 눈물을 흘리며 몸을 웅크렸다.

"괜찮아요. 우리는 이해합니다."

도미스 형시기 말했다.

"그때 그가 '좋아'라고 말했어요. 그는 누구를 해칠 의도는 없었어요. 다만 내가 가방을 암스테르담행 비행기에 놓길 원했어요."

헥터가 손을 폈다.

"난 도저히 불가능하다고 했어요. 감시카메라, 경비견, 수화물 추적 시스템 등. 경계가 삼엄했으니까요. 하지만 그는 내가 방법을 찾을 수 있을 거라고 했어요. 사실, 그 방법에 대해 한 번도 생각해보지 않은 건 아니에요. 공항에서 일하는 사람이라면 누구나 한 번쯤 생각하죠. 그래야 누가 시도하기 전에 미리 손을 쓸 수 있으니까요. 그렇다고 그 방법을 쓸 수 있다는 건 아니에요. 난 생각했어요. 어쩌면 그것은 마약이 아닐까. 그는 어느 누구를 해치려는 게 아니라 단지 마약을 싣길 원할 뿐이다, 라고요. 하지만 그건 아니었어요. 비행기가 이륙하고 한 시간 후에 미란다와 내 아이들이 풀려난다면, 그때라도 경찰에 신고해 비행기의 운항을 막을 수 있으니까요. 그래서 알았어요. 그건 바로 폭탄이다! 나는 가방을 화물 보관실에 놓는 게 쉽지 않다고 몇 번이나 그에게 설명했어요. 거의 불가능하다고요. 들키면 바로 잡혀갈 테니까요. 가방을 비행기 화물칸에 놓는 건 훨씬 더 어려운 일이라고도 설명했어요. 그러나 그는 내가 감독관이니까 어떻게든 할 수 있을 거라고 못 박았어요. 난 못 한다고 했지만, 그는 방법을 생각해내라고 했어요. 방법을 생각해내야 한다고요."

"그는 당신 일을 꽤 자세히 알고 있었군요?"

FBI 요원이 수첩에 필기하며 말했다.

"그는 내 집에 왔어요! 그리고 내 개를 죽였어요!"

헥터의 목소리가 떨렸다.

마즈던이 끼어들었다.

"비행기를 폭파하려는 이유를 말했나요? 정치적이거나 종교적인 말은요?"

헥터는 잠시 생각하는 듯하더니 고개를 저었다.

"아니요, 그런 얘기는 없었어요."

"확실해요?"

헥터는 다시 곰곰이 생각하더니 어깨를 으쓱했다.

그때 토머스가 말했다.

"무슨 일이 있었는지만 얘기하세요."

"우리는 한동안 주방에서 그렇게 있었어요. 몇 시간 후에 그가 우리를 거실로 끌고 가더니 해가 뜰 때까지 소파에 앉아 눈을 붙이라고 했어요. 나는 눈을 감았지만 도저히 잠을 이룰 수 없었어요. 어떻게 잠이 올 수 있겠어요? 하지만 '이건 분명 악몽이다'라고 몇 번이나 되뇌며 그가 제발 우리 앞에서 사라져주길 간절히 기도했어요. 눈을 뜰 때마다 그는 식탁 의자에 양철 병정처럼 앉아 우리를 쳐다보고는 히죽 웃었어요. 내가 마치 멍청한 아이가 된 것 같았어요. 전혀 피곤해 보이지도 않더군요. 내가 무엇을 하든 미란다와 내 아이들을 죽일 것만 같았어요. 그때 그가 시계를 보며 말했어요. '시간이 됐어.' 그리고 가방을 내게 내밀었어요. 나는 현관에서 미란다를 뒤돌아보았어요. 미란다는 울고 있었어요. 그리고 말했어요. '당신을 용서할게요. 모든 걸 용서할게요.'"

"그게 무슨 뜻이죠?"

토머스가 물었다.

헥터가 갑자기 의자에서 일어났다.

"내가 다시 아내를 살아서 못 볼 거라는 거요!"

토머스가 고개를 끄덕였다.

"아내는 이 일을 해선 안 된다는 말을 내게 하고 있었어요. 하지만 나는 해야 했어요. 내 아이들! 내가 이걸 해야만 아이들이 살 수 있어요. 그리고 끝까지 비밀로 묻어둘 생각이었어요. 아이들의 목숨이 수백 명의 목숨과 맞바꾼 거라는 사실을 알게 할 수는 없으니까요. 나한테 소중한 건 내 아이들이에요. 죄송한 말씀이지만, 그게 사실이에요. 승용차나 택시를 타고 공항에서 내리는 사람들을 보았어요. 서로 작별의 키스를 나누더군요. 그들에게도 아이들, 어머니, 형제, 아버지가 있을 텐데 하고 생각했지만, 난 이 일을 해야 한다고 마음을 다잡았어요. 미란다와 내 아이들을 죽게 할 만큼 나는 강하지 못했어요."

"아무도 당신을 비난하지 못해요. 나도 아이들이 있어요. 내 아이들을 위해서라면 나도 지옥까지 갈 거예요."

토머스가 그를 위로했다.

헥터가 눈을 깜박이지 않고 말했다.

"나는 지금 지옥에 있어요. 이건 지옥이에요! 나는 내 가족과 수백 명의 승객 중 어느 한쪽을 죽여야 했어요. 내가 어떤 선택을 해야 했을까요?"

핸슨과 에스터의 눈이 마주쳤다. 납덩어리가 에스터의 명치 아래로 떨어졌다. 만프레트 스토크라는 자는 어떻게든 그녀를 제거하기 위해 747기를 폭파할 것 같았다.

토머스는 다시 헥터의 어깨에 손을 얹었다.

"그건 선택이 아니었어요. 그자도 그걸 알았어요. 당신이 그런 고민을 했다면, 그건 보통 사람들보다 훨씬 인간적이기 때문이에요."

헥터는 자신이 동정을 받고 있다는 생각에 고개를 들었다.

"그래서 화물 보관실로 그걸 가져가지 않았나요?"

마즈던 특별 수사관이 물었다.

"네. 내 차 트렁크에 넣어뒀어요. 정말 가능성이 있는지 먼저 확인을 해야 했으니까요. 그의 말대로 난 감독관이에요. 보관실 문앞에 동료가 서 있었어요. 마음만 먹으면 그의 주위를 딴 데로 돌려놓을 수 있었어요."

"혹시 시스템의 결함을 알고 있다면, 그 사실을 보안 부서에 보고해야 할 거예요."

두 번째 FBI 요원이 말했다.

"누군가의 짐 안에 그것을 몰래 넣는 방법도 생각했어요. 그럼 여분의 가방이 남지 않게 되니까요. 그 전에 짐 하나를 선택해야 했어요. 난관은 무수히 많았어요. 적절한 순간을 놓치면 경비견의 탐지망에 포착될 수도 있고요."

"그럼 그 플라스틱의 냄새를 맡았나요?"

"네?"

"폭발물이요."

"아, 네."

'비열한 수법.'

에스터는 생각했다. 그런 질문을 한 의도는 헥터가 폭탄의 성분을 아는지 알기 위함이었다.

"그리고."

헥터가 말을 계속했다.

"그리고 또, 아무도 눈치채지 못하게 짐 안에 있는 물건들을 빼야 했어요. 유럽으로 가는 짐들은 대부분 꽉꽉 채워져 있기 때문에 옷이나 신발을 미리 몇 개 빼놓지 않으면 가방을 넣을 수가 없어요. 조금만 방심했다간 내가 승객의 여행 가방을 훔치는 것처럼 보일 테니까요."

"그래서 가능성을 확인할 때까지 가방을 차 안에 넣어뒀나요?"

"트렁크 안에요. 변기에 버리고 싶은 마음이 굴뚝같았지만, 그럼 내 아이들은요?"

헥터가 물을 한 모금 마셨다.

"그 차는 격리되었어요."

마즈던이 말했다.

"두세 시간 후면 요원들이 가방을 차에서 안전하게 제거할 겁니다."

"나는 계속 기다렸어요. 뭘 해야 할지 몰랐어요. 하지만 어떻게든 해야 했어요. 짐 하나를 집을 때는 남들 눈에 그럴 만한 이유가 있어서 그러는 것처럼 보여야 했어요."

"하지만 그러지 않았죠?"

"나는 끔찍한 지옥 속에 있었어요. 하지만 신은 날 버리지 않았어요."

헥터가 팔로 몸을 감싸고 천장을 올려다보았다.

"내게 전화가 왔다는 말을 들었을 때, 난 그 남자일 거라고 생각했어요. 그런데 미란다였어요. 믿을 수 없었지만 미란다의 목소리였어요."

그가 다시 눈물을 흘렸다.

"그자는 갔군요."
마즈던이 말했다.
"그는 자신의 휴대전화로 누군가에게 전화를 건 뒤, 미란다와 내 아이들을 벽장에 가두고 떠났어요. 미란다는 어렵지 않게 벽장에서 나올 수 있었어요."
"하나가 더 있을지 모를 경우를 대비해 지금 비행기 안을 수색하고 있어요."
마즈던이 헨슨에게 말했다.
"당장 그림부터 찾아와야 하지 않을까요? 그림이 열쇠일 수 있어요."
헨슨이 말했다.
"속단하지 마세요."
마즈던이 에스터를 흘끗 보았다.
"알아요. 단지 그림의 중요성을 상기시키기 위해 한 말입니다."
헨슨이 말했다.
제복을 입은 시카고 경찰이 문을 열고 들어왔다.
"도착했습니다."
그 말이 끝나기 무섭게 한 여자가 안으로 뛰어 들어와 헥터의 목을 끌어안았다. 어린 두 딸도 엄마를 따라 뛰어와 아빠의 품에 안겼다. 네 명의 아르크바르톨 가족은 뜨거운 눈물을 흘리며 서로에게 입맞춤했다. 이어서 쌍둥이가 각각 누워 있는 두 개의 유모차를 경찰이 끌고 들어왔다. 이윽고 여섯 명은 마치 하나의 공처럼 서로를 부둥켜안았다.

"덮어놓고 그녀를 비난하지 마세요! 아직 속단하긴 일러요. 어쩌면 만프레트 스토크는 나를 노리는 건지도 모르죠."
헨슨이 말했다.

토머스 형사가 주먹으로 금속 탁자를 소리 나게 내리쳤다. 마치 멀리서 들리는 폭발음 같았다. 방금 전 헨슨과 에스터는 토머스 형사와 마즈던 특별 수사관을 따라 이곳에 들어왔고, 토머스가 그들을 향해 조명을 비추었다.

"진정하세요."

마즈던이 말했다.

토머스가 콧김을 내뿜었다.

"네, 그러지요. 하지만 이번엔 인질 사건이고, 이 사건의 주범 역시 스토크입니다. 그렇다면 누가 과연 그의 표적일까요? 바로 이스라엘에서 건너온 우리의 젊은 친구이죠!"

토머스가 말했다.

"난 당신들의 친구가 아니에요."

에스터가 힘없이 대꾸했다.

헨슨이 토머스에게 몸을 숙였다.

"고렌 양은 처음에 KLM이 아니라 엘알 여객기에 타려고 했어요. 그녀가 암스테르담에 갈 거라는 걸 그자가 어떻게 알겠습니까? 난 오늘 오후에 겨우 그녀를 설득해 암스테르담으로 가겠다는 약속을 받아냈어요. 하지만 스토크는 열다섯 시간 넘게 헥터 가족을 인질로 잡았어요."

"그러나 당신은 어제 그 빌어먹을 표를 샀죠. 에스터 고렌의 이름으로요."

토머스가 말했다.

에스터가 헨슨을 바라보았다.

"그건 환불할 수 있는 표였어요."

헨슨이 말했다.

"중요한 건 그게 아니죠."

마즈던이 말했다.

"그자는 내가 어느 비행기에 탑승할지 알 수 없었어요. KLM인지 엘알인지."

에스터가 말했다.

"내가 그 염병할 암살자라면, 최근에 산 표에 내기를 걸겠소. 안 그래요?"

토머스가 말했다.

"747기 전부에요?"

헨슨이 물었다.

"그건 내가 에스터 고렌을 얼마나 죽이고 싶으냐에 달렸겠지요. 어쩌면 승객 모두의 목숨이 충분한 값어치를 할 거라고 생각했는지 모르죠."

토머스가 말했다.

다시 한 번 납덩어리가 에스터의 명치 아래로 쿵 하고 떨어졌다. 에스터는 비행기 안에서 심술을 부렸던 깐깐한 남자 승객을 떠올렸다. 그 밖에 아이들과 여자들 그리고 연인들은 설렘 반 걱정 반으로 암스테르담에 가기만을 손꼽아 기다리고 있을 것이다.

"어쩌면 테러를 가하려는 속셈이었는지도 모르죠."

마즈던이 말했다.

"하지만 성공하진 못했어요. 그는 누군가와 통화한 다음 인질을 쉽게 풀어줬어요. 그건 왜일까요?"

헨슨이 말했다.

"원하는 목적을 달성했다고 생각했겠지요."

마즈던이 대답했다.

"하지만 아르크바르톨 부인이 남편에게 전화할 거라는 걸 그가 몰랐을 리는 없어요. 단지 경고만 할 셈이었을까요? 실행할 생각은 없고."

그러자 마즈던이 으르렁거리는 목소리로 반박했다.

"부하 직원들이 조사한 바에 따르면, 그건 큰 폭탄은 아니지만 747기를 추락시킬 정도의 위력은 됩니다. 순식간에 섬광을 내며 타죠. 기체에 구멍이 나고 유압장치가 파열돼요. 그것만으로도 충분해요. 폭탄의 성분 중에는 마그네슘가루도 있었어요."

"마그네슘?"

헨슨이 새뮤얼 마이어의 집을 떠올렸다.

그때 에스터가 말했다.

"꽤 높은 온도에서 타오르죠. 고등학교 화학 시간에 들은 기억이 나요. 아이러니하게도 마그네슘은 비행기 동체의 재료인 알루미늄보다 한층 강화된 알루미늄 합금의 재료로도 쓰여요."

"네 무척 유익한 설명이로군요."

토머스가 에스터를 보며 빈정거리는 투로 말했다.

"이제 만프레트 스토크가 누군지 설명할 시간이라고 보는데요?"

"그는 새뮤얼 마이어를 죽인 남자예요, 내가 아는 건 그게 전부예요."

에스터가 어깨를 으쓱하며 대답했다.

"당신은 그 미친 개자식이 뭘 하든 별로 관심이 없는 모양이군요."

토머스가 쏘아붙였다.

"정확히 말하면 당신 아버지를 죽인 남자죠."

마즈던이 그렇게 말해 주의를 환기시켰다.

"그를 아세요? 나한테 그는 아버지가 아니었어요! 내가 태어나자마자 우릴 버리고 떠난 사람이에요!"

에스터의 목과 귀가 붉게 달아올랐다.

"당신 어머니가 그를 떠난 겁니다."

마즈던이 에스터의 말을 정정하며 거만하고 능글맞은 미소를 지어 보었다.

에스터의 팔 근육이 수축되었다. 에스터는 전에 헨슨에게 그랬듯 마즈던의 뺨을 한 대 갈기고 싶은 충동을 참기 위해 팔걸이를 손으로 꽉 쥐었다.

"그건 그럴 만한 이유가 있어서예요! 어쨌든 그는 나와 아무 상관이 없어요. 한데 이제 와서 왜 내가 신경을 써야 하죠?"

헨슨이 에스터를 진정시키기 위해 팔을 부드럽게 잡았으나, 에스터는 그의 손을 뿌리쳤다.

토머스가 그녀를 응시했다.

"당신은 새뮤얼 마이어를 만나러 수천 마일이나 떨어진 이곳에 왔어요. 마이어는 다락방에 빈센트 반 고흐를 숨겼고요. 그리고 당신이 도착한 후에 만프레트 스토크에게 살해되었지요. 스토크는 당신이 탄 비행기를 폭파하기 위해 악랄한 수법을 동원했어요. 그런데 당신이 아는 건 뭐죠? 잊은 모양인데, 난 시카고 경찰이에요. 경찰은 우연의 일치를 믿지 않아요. 우리 세계에 그딴 건 존재하지 않죠."

에스터는 끓어오르는 화를 애써 참으며 의자 등받이에 몸을 기댔다. 오랜 침묵이 흘렀다.

헨슨이 빠르게 일어나 에스터와 심문자들 사이에 끼어들었다.

"자자, 이 재미있는 파티를 방해하고 싶지 않지만, 이 사건의 관할권이 당신 둘 중 누구에게 있는지부터 분명히 해둡시다."

"나는 사양하겠소. 살인 사건에 인질 사건에 게다가 발길질에 죽은 멍청한 개까지, 그것만으로도 내 머리는 복잡하니까."

토머스가 또다시 으르렁거렸다.

"테러는 옛 그림 몇 점을 훔치는 것보다 훨씬 더 긴급한 대처를 요합니다."

마즈던이 말했다.

"육백만 명이 넘는 유대인들의 집을 턴 거예요."

에스터가 반박했다.

또다시 어색한 침묵이 흘렀다.

"사건을 해결하려면 한 가지라도 더 알아야 해요. 만프레트 스토크가 누군지 말해봐요. 아는 대로 다요. 이름은 어떻게 알았죠?"

스토크의 이름을 말한 건 토머스였지만, 헨슨은 마즈던에게 물었다. 시카고 경찰보다 FBI의 정보력이 더 크게 작용했을 게 분명했다. 게다가 헨슨은 FBI 수사관들에게 더 큰 영향력을 발휘할 수 있었다.

마즈던이 입을 다물고 헨슨을 도전적으로 응시하자, 헨슨이 이렇게 덧붙였다.

"내가 법무장관에 전화하면, 당신은 아마 딱한 처지가 될 겁니다."

마즈던은 헨슨을 사악한 눈빛으로 쏘아봤지만, 이내 물음에 대답했다.

"만프레트 스토크의 국적은 칠레입니다. 그의 이름은 몇 개의 기업에 등록되어 있어요. 피노체트 정권 때는 제복을 입었죠. 그 밖에 목장과 광산 회사에서도 그의 이름이 발견되었어요. 칠레 정부가 제공한 정보에 따르면, 그의 나이는 여든이 넘어요."

에스터가 그의 말에 끼어들었다.

"그자는 중년 남자였어요. 쉰다섯 정도로 보이는. 수하물 담당자가 말하지 않던가요?"

헨슨이 손을 들었다.

"설마 미란다 아르크바르톨이 여든이 넘은 노인에게 인질로 잡혔겠어요?"

"그건 그래요. 하지만 새뮤얼 마이어가 살해되기 이틀 전 로스앤젤레스 공항에 도착한 칠레 국민의 이름은 만프레트 스토크였어요. 여권을 심

10장 협박 **165**

사하는 직원이 그자에 대해 묘사한 인상착의 역시 정확히 일치했고요."

"나이가 여든이 넘은 건 여권을 통해 알았나요?"

"아니요. 우리가 만프레트 스토크에 대한 신원 조회를 의뢰했을 때 칠레 정부가 제공한 정보를 통해서요."

"그렇다면 만프레트 스토크는 둘이에요!"

에스터가 말했다.

마즈던이 반박했다.

"그보다 스토크의 이름으로 여권을 위조한 게 분명해요. 아니면 칠레 정부가 잘못된 정보를 제공한 거겠죠. 칠레는 1800년대에 많은 독일 이민자를 수용했어요. 독일 이름들은 비슷한 이름이 꽤 많아요. 그리고 그자는 어제 미드웨이 공항에서 뷰익(미국 GM사의 승용차)을 빌렸어요."

"아직 거길 벗어나지 않았다면 곧 찾을 수 있겠죠."

토머스가 말했다.

"진짜 만프레트 스토크가 대령이었는지에 대해 칠레 정부가 언급했나요?"

에스터가 물었다.

"육·해·공군을 통틀어 그의 이름은 없었어요. 명예직에도요."

마즈던이 말했다.

에스터가 기억을 더듬었다.

"마이어는 그를 스토크 SS 대령이라고 불렀어요. 그런데 킬러는 자기가 대령이 아니라고 하더군요. 분명히 그렇게 들었어요. 혹시 그가 알던 늙은 만프레트 스토크를 이 중년의 만프레트 스토크와 혼동한 게 아닐까요?"

"어쩌면 킬러의 아버지나 삼촌일지 모르죠. 아니면 마이어가 전쟁 때의 기억이 떠올라 단순히 착각을 한 건지도 모르고요."

| 반 고흐 컨스피러시

헨슨이 말했다.

"미국에 온 그자의 이름도 만프레트 스토크라는 걸 잊고 있군요. 단순히 과거의 기억이 떠올라, 우연의 일치로, 똑같은 이름을 말했겠어요."

"난 우연의 일치를 믿지 않아요."

토머스가 반복해서 말했다.

마즈던이 팔짱을 끼며 단호한 목소리로 물었다.

"이 사건이 모사드와 관련이 있는지 알고 싶군요."

"없어요. 나는 모사드에 대해 아무것도 몰라요."

에스터가 잘라 말했다.

"좋아요. 그자가 모사드 요원의 목숨을 두 번, 아니 세 번이나 노렸는데도 아무 관련이 없다고요? 그건 가당찮아요."

전화벨이 울렸다. 그러나 마즈던은 꼼짝하지 않고 에스터의 대답을 기다렸다. 에스터는 그의 뇌를 엑스레이 찍듯 노려보았다.

"안 받을 겁니까?"

헨슨이 물있다.

마즈던이 수화기를 난폭하게 집어 등을 돌리고 나직이 통화했다.

토머스는 연필을 만지작거리며 말했다.

"당신네 전쟁을 우리 시카고로 끌어들이는 건 용납 못해요."

"나는 모사드와 아무 관련이 없어요."

에스터가 반복해서 말했다.

마즈던이 수화기를 쾅하고 내려놓았다.

"친절하게도, 나토(NATO) 군용 비행기가 당신 셋을 암스테르담으로 모셔다 드린답니다."

"군용 비행기요?"

에스터가 물었다.

"셋?"

헨슨도 물었다.

"네덜란드 정부의 허가 아래."

마즈던이 말했다.

"당신 둘과 고흐."

그리고 토머스를 바라보았다.

"전해들은 그대로예요."

"지금 농담하십니까!"

"법무장관의 명령이 떨어졌어요."

토머스가 머리를 흔들더니 몸을 앞으로 숙이고 손바닥을 폈다.

"자자. 지금부터 하는 얘기는 비공식으로 해두죠. 마이어는 죽었어요. 웨이터도 죽었어요. 당신이 그 비행기에 탔기 때문에, 승객들도 표적이 되었어요. 그런데도 거기에 앉아서 이 사건이 모사드와 무관하다고만 할 건가요?"

"설령 고렌 양이 모사드를 위해 일한다 하더라도 꼭 무슨 관련이 있다고 할 순 없어요."

헨슨이 말했다. 그리고 마지막에 이렇게 덧붙였다.

"하지만 고렌 양은 여행사 직원이에요."

"그러지 말고, 자, 우린 모두 같은 걸 보고 있어요, 안 그래요?"

토머스가 대답을 재촉했다.

"그건 우연의 일치예요."

에스터가 말했다.

토머스가 허탈하게 웃었다.

"지금 내가 어떤 심정인지 알아요? 대체 난 뭐요? 당신을 시카고에 붙잡아둘 수도 없다니!"

11장
대서양을 건너

나토 군용 비행기는 생각보다 군사적 이미지가 훨씬 덜했다. 주로 고급 장교나 외교관이 사용하기 때문에, 주방에는 음식은 물론 조리 도구들도 부족함 없이 구비되어 있었고 세면실에는 작은 샤워실까지 마련되어 있는 데다 편히 누울 수 있는 침대도 네 개나 되었다. 지난 2주 동안 일어난 사건들로 인해 피로가 극에 달한 에스터는 침대에 맥없이 쓰러졌다. 그간의 훈련과 경험을 통해 가장 위험한 상황 속에서도 최대한 휴식을 취하는 방법을 습득한 그녀이지만, 이번만은 이상한 악몽에 시달리느라 연거푸 잠에서 깼다. 꿈속에서 만프레트 스토크는 아버지의 실제 이름이었다. 빈센트 반 고흐의 자살은 조작되었다. 그는 새뮤얼 마이어로 시카고에 살고 있었다. 그녀 앞에서 불이 활활 타올랐다. 열기는 숨을 쉴 수 없을 정도로 뜨거웠다. 만프레트 스토크는 눈을 멀게 할 정도로 뜨거운 하얀색 마그네슘 불속에 유대인들의 초상화 세 점을 던졌다. 모든 유대인이 747기에 몸을 싣고 지구를 떠나는 광경을 비유대인들이 지붕 없는 관람석에서 지켜봤다. 어쨌든 이것은 전적으로 에스터의 잘못이었다. 그 비행기에 타게 해달라고 간청했으나, 랍비는 아버지가 나치인 데다 그것이 폭발하며 내뿜는 하얀 빛을 에스터가 망칠 거라고 말했다.

수행을 맡은 네덜란드 군인이 에스터가 누워 있는 침대와 마주한 벽을 손으로 두드리며 커피와 아침식사가 준비되었음을 알렸다. 에스터는 잠을 깊이 자지 못했다. 기분은 더 무겁게 가라앉았다. 에스터가 작은 테이블 앞에 앉았을 때, 헨슨이 유쾌한 목소리로 말했다.

"암스테르담은 매우 화창하다는군요. 낮 기온이 21도이고, 바람 한 점 안 분대요."

"다행이네요."

에스터는 멍한 얼굴로 말했다. 자신의 귀에도 자기 목소리가 멍청하게 들렸지만, 더 밝은 목소리를 낼 기운이 없었다.

그들을 태운 리무진이 스키폴 공항에서 출발해 도시로 이어지는 고속도로를 질주하는 동안, 에스터는 운하와 평평한 농지가 인상적인 교외 풍경을 바라보았다. 초목이 우거진 풍경은 에스터에게 익숙한 도시나 사막 한가운데에 세워진 전초 기지들과 사뭇 달랐다. 이따금씩 초현대적인 건물들이 고속도로를 따라 나타났는데, 마치 비옥한 토양에서 급속도로 싹튼 것 같은 착각을 일으켰다. 눈에 띄게 현대적인 ING 은행 건물은 철과 유리로 된 구조물인데, 언뜻 오래된 무역선처럼 보여 금방이라도 조이데르 해로 항해할 것만 같았다. 그들이 암스테르담 중심부에 있는 호텔을 향해 달리는 동안, 그림 같은 집들과 운하는 에스터의 눈에 비현실적으로 비쳤다. 마치 장난감 철도 주변에 세워진 조그만 마을들처럼.

에스터는 꾸벅꾸벅 졸다가 갑자기 아버지를 본 섬뜩한 순간을 떠올렸다. 한 부부가 아이스크림 노점 앞에서 다정히 손을 잡고 서 있는 모습이 보였다. 에스터는 젊은 어머니와 새뮤얼 마이어가 키스하는 장면을 상상했다. 결혼식이 끝나면서 유리가 산산 조각으로 깨지는 소리가 들렸다. 어머니와 마이어가 침대에 누워 껴안는 장면도 상상했다. 팔에는 아우슈비츠 수용소의 수감 번호가……

"마틴?"

헨슨은 눈 밑이 조금 처져 있었지만, 시차로 인한 피로를 조금도 느끼는 것 같지 않았다. 그가 화려하게 꾸민 건물을 손으로 가리켰다.

"아름답지 않아요?"

에스터가 몸을 숙여 보았지만, 붉은색 벽돌이 쌓인 공사 현장만이 보일 뿐이었다.

"마틴, 새뮤얼 마이어에게 문신이 있었나요?"

"문신? 어떤 종류의?"

"팔에요."

"아."

헨슨이 시선을 돌리며 말했다.

"그 문신이라면. 문신이 있던 흔적은 있었어요. 마이어는 문신을 지웠다고 했어요."

"왜 얘길 하지 않았이요?"

"그게 중요한가요?"

"나한테 중요하지 않은 건 없어요!"

헨슨이 에스터의 반응에 갑자기 흥미를 보였다.

"그래요? 그럼 마이어가 문신을 없앴을 만한 이유에 대해 짐작이 가요?"

"어머니는 문신을 떳떳하게 여겼어요. 과거를 결코 잊어선 안 된다고 했어요."

"어쩌면 마이어는 잊고 싶었겠죠."

"마이어베어도 수용소에 갇혔었나요?"

헨슨의 얼굴이 갑자기 피곤해 보였다.

"아니요. 1966년에 조사관들은 당신 아버지가 문신을 제거한 자국을 일부러 만든 거라고 의심했어요. 현재 독일에서 다시 조사가 진행 중이에요. 그 당시에는 많은 기록들이 철의 장막 너머에 있어서 손에 닿을 수 없었죠. 아직 아무것도 밝혀진 바는 없어요."

"왜 이 얘길 하지 않았어요, 마틴?"

"당신은 특별 조사단의 일원이 아니잖아요?"

"오, 제발! 그는 내 아버지였어요!"

"그래요. 하지만 당신 아버지가 스테판 마이어베어였나요?"

에스터가 등받이에 몸을 털썩 기댔다.

"그랬겠죠. 아니면 노인이 어떻게 고흐를 손에 넣을 수 있었겠어요?"

"미안해요. 우리가 알고 있는 건 모두 공개할게요. 하지만……."

"또 팀에 합류하라고요?"

헨슨이 홀치기염색을 한 셔츠와 샌들 차림에 머리카락과 수염을 길게 기른 남자들이 무리를 지어 걸어가는 모습을 무심코 바라보았다.

"마치 과거에서 온 것 같네요."

헨슨이 말했다.

"당신은 순진한 관광객처럼 연기하는군요."

에스터가 투덜댔다.

헨슨이 미소지었다.

"난 중서부에서 온 시골뜨기가 맞아요. 가을밀을 보면 여전히 가슴이 두근거려요."

에스터가 다리를 꼬고 얼굴을 차창에 기댔다. 차창에서 세정액의 시트러스 향이 났다.

"참, 할 말이 있어요. 비행기 안에서 들은 소식인데."

헨슨이 말했다.

"뭔데요?"

"만프레트 스토크가 사라졌다는군요."

"예상한 일 아닌가요? 그는 프로예요. 자취를 감추는 것쯤이야 일도 아니죠."

"그렇지만도 않아요. 그는 원하는 걸 얻지 못했어요."

"지금까진."

에스터가 그의 말에 덧붙였다.

"당신은 여전히 살아 있어요. 고흐의 그림은 미술관으로 무사히 호송 중이고요. 그가 미드웨이 공항에서 빌린 차가 온타리오 주 윈저에서 발견되었대요."

"캐나다요?"

"디트로이트에서 강을 넘었을 거예요. RCMP(캐나다 기마 경찰대)가 그를 찾고 있지만, 캐나다가 워낙 큰 나라라 쉽지는 않겠죠."

"미국과 캐나다를 오가는 데 여권은 필요치 않나요?"

"그런 셈이죠. 오가는 데 큰 어려움은 없어요. 하지만 디트로이트에서 윈저로 이어진 다리를 건너려면 신원을 먼저 확인하는데, 어떻게 통과할 수 있었는지 의문이에요. 물론 세인트클레어 강에도 나룻배들이 있어요. 포트 휴런에도 다리가 있고요. 어쩌면 경찰의 눈에 띄지 않기 위해 주간(州間) 고속도로를 이용했을지 몰라요. 먼 길을 돌아서 가야 하겠지만."

"이스라엘에서는 상상도 할 수 없는 일이에요."

에스터가 콧김을 내뿜었다.

"어쩌면요. 하지만 당신들이라고 무적은 아니에요."

"그럼 그는 여전히 나를 쫓고 있을까요?"

"아직은 몰라요. 임무를 마치고 칠레로 돌아갔을 수도 있죠. 새뮤얼 마이어의 집에서 찾으려고 했던 건 뭐든 재로 변했으니까."

그것은 매우 뜨거운 불이었다고 에스터는 회상했다. 마그네슘에서 시작된 불은 가스를 연료로 더 활활 타올랐다. 불길이 거세서 불을 끄기도 여간 어렵지 않았다. 소방수들이 불길을 잡으려고 애를 썼지만, 불길은 옆 건물로 빠르게 퍼져 거리 일대를 완전히 장악할 기세였다. 옆집에 사는 늙은 여자는 간신히 건물 밖으로 빠져나왔다. 만약 그녀의 아들이 맥주를 마시며 시카고 커브스를 응원하기 위해 일찍 퇴근하지 않았다면, 그리고 집에 들르지 않았다면…….

헨슨이 깊은 숨을 내쉬었다.

"집은 시커먼 재로 변해 뼈대만 앙상하게 남았어요. 이제 문제는, 왜 그자가 당신 아버지 집을 불태웠나 하는 건가요?"

에스터는 퍼뜩 정신이 들었다. 그리고 헨슨의 말이 무슨 의미인지를 깨달았다. 스토크가 언제 어떻게 안으로 들어갔는지는 그리 중요한 문제가 아니었다. FBI의 분석에 따르면, 스토크는 비행기를 폭파하기 위한 폭탄에 기압계를 장착했다. 비행기가 2만 5000피트로 날아오를 때 폭탄이 터지도록. FBI는 헥터 아크르바르톨의 자동차 트렁크에서 폭탄을 원형 그대로 제거한 후, 폭탄의 성분과 회로, 폭발에 대한 화학적인 흔적, 폭탄을 넣은 가방, 심지어 회로를 묶은 테이프까지도 조사하고 있을 것이다. 스토크는 몇 주 전, 그러니까 새뮤얼 마이어를 총으로 쏜 날 그 집에 시한폭탄을 설치했을 수도 있다. 에스터와 헨슨은 마이어의 집에 있을 때 거기까지 생각하지 못했다. 그 불은 스토브 밑에 있는 닭구이용 접시 뒤에서 폭발했다. 바로 오른쪽에는 가스관이 연결되어 있었다.

스토크는 주도면밀하고 거칠 것이 없는 프로였다. 그 점에 대해 아무도 이의를 제기하지 않았다. 우람한 체격에 짧은 금발인 외모는 쉽게 눈에 띄지만, 결코 쉽게 잡히지는 않았다. 이건 아마추어가 얻을 수 있는 행운이 아니었다.

"그 집에 있었던 무언가를 파괴하고 싶었던 거예요. 그것이 남의 눈에 띄는 게 두려워서."

헨슨이 말했다.

"고흐였을 리는 없어요."

"그건 모르죠. 그런데 그걸 당신이 가져갔을지도 모른다고 생각하는 것 같아요. 아니면 그자나 그자의 배후 인물에게 위험한 무언가를 당신이 알고 있다거나. 그런데 그가 우리에게 총을 쐈을 때 그림은 이미 우리 손을 떠난 상태였어요."

"내가 거기서 가져온 건 어머니와 내 아기 때 사진뿐이에요."

"그 사진 속 남자들에게 우리가 모르는 뭔가가 있는 게 아닐까요?"

"전에도 말했지만, 내가 그걸 가져간 걸 그가 어떻게 알죠? 그리고 그렇게 중요한 사진이라면 마이어의 집을 뒤질 때 벌써 가져갔겠죠."

"그래도 조사할 가치는 있어요."

헨슨이 재킷 주머니에서 수첩과 몽블랑 만년필을 꺼냈다.

"트리에스테의 난민 수용소에 관한 자료는 누가 보유하고 있을까요?"

헨슨이 수첩에 무언가를 휘갈겨 쓰며 혼잣말로 그렇게 중얼거렸다.

"내 기억으로 티토(Tito, 유고슬라비아의 정치가)가 수용소가 있던 지역을 차지하려고 했지만, 트루먼과 처칠이 그곳을 관리하다가 이탈리아에 넘겼을 거예요."

"혹시 그 수용소를 누가 운영했는지 어머니에게 들은 적이 있나요?"

"영국 음식에 대해 불평한 적이 있는데, 영국은 어쩌면 음식만을 제공했을지도 몰라요. 그리고 신발과 좋은 옷을 가져다준 이탈리아 경비병들에 대해서도 얘기했어요. 아마 사진 속 바로 그 옷이었을 거예요."

"그들의 이름을 기억해요?"

에스터는 눈을 감았지만, 기억나는 이름이 없었다.

"어머니는 그냥 '이탈리아 경비병들'이라고만 했어요. 과거를 떠올리는 건 어머니에게 무척 힘든 일이었죠. 아마 인간이 베풀 수 있는 최소한의 호의가 그 상황에서 감동을 주었을 거예요."

"사진 속 남자들의 신원을 알 수 있을지도 몰라요."

헨슨이 손가락을 움직였다.

"그 아기 사진은요? 정말 당신 사진인가요?"

"네, 뒷면에 적힌 '1966'은 어머니의 필체인 것 같아요."

"확실하진 않군요?"

"어머니의 필체가 맞아요. 뭐, 또 다른 지푸라기라도 잡고 싶은 심정인 건 알지만, 그 사진에는 보닛을 쓴 토실토실한 아기 말고는 없어요."

헨슨이 한숨을 내쉬었다.

"네 맞아요. 난 지푸라기를 잡고 있어요. 뭐라도 알 수 있는 기회가 시카고의 연기 속으로 사라져버린 것 같아요."

"하지만 여전히 고흐가 있잖아요. 누가 훔쳤든 위조했든 간에, 사람들의 관심은 정말 대단한 것 같아요. 우리가 베일을 벗길 수 있다면……."

에스터가 말했다.

헨슨이 창밖을 내다보았다.

"다 왔어요. 바로 저기가 우리가 묵을 호텔이에요."

그리고 지갑을 열던 그의 얼굴이 갑자기 굳었다.

"이런, 맙소사! 환전하는 걸 깜박했어요!"

"우연의 일치는 당신하고는 영 거리가 머네요, 헨슨 씨."

에스터가 한숨을 쉬었다.

12장
기자회견

다음날 오후, 아직도 시차로 인한 피로가 채 가시지 않은 에스터와 헨슨은 택시를 타고 빈센트 반 고흐 왕립미술관으로 향했다. 지하 세미나실 앞을 지키고 있던 보안요원이 악센트 없는 영어로 그들에게 말했다.

"죄송합니다만, 여긴 기자들이 출입하는 곳입니다."

헨슨이 자신의 신분을 알리는 배지를 보이며 가까이 몸을 숙였다.

"다른 입구가 있습니다. 그쪽이 훨씬 덜 붐빌 거예요."

보안요원의 말에 헨슨은 그저 고맙다는 말을 남기고 에스터의 팔꿈치를 잡아 취재진이 몰려 있는 안으로 밀치락달치락하며 들어갔다. 국제 언론사의 사진기자들이 서로를 팔꿈치로 밀며 먼저 좋은 자리를 차지하려고 안간힘을 쓰는 동안, 카메라맨들이 앞에서 시야를 가리는 사람들에게 불만의 소리를 내뱉었다. 일본의 특파원과 CNN 특파원이 생방송으로 보도할 준비를 하는 순간, 한 쌍의 밝은 조명이 거의 동시에 켜졌다. 보안요원들이 세워놓은 장애물을 향해 헨슨과 에스터가 걸어가자, 앙투안이 연단에서 내려와 그들을 맞았다.

앙투안이 손바닥을 폈다.

"다시 만나서 반가워요, 고렌 양."

"난 뒤에서 기다릴게요."

에스터가 말했다.

"두 번째 줄에 자리를 마련했으니 거기에 앉으세요."

"고마워."

헨슨이 말했다.

"아마 한바탕 논쟁이 벌어질 거야."

앙투안이 흥분을 감추지 못하고 손바닥을 문지르며 말했다.

"그래?"

헨슨이 말했다.

앙투안이 능글맞게 웃었다.

"미술 전문가 둘이 모이면, 의견이 일곱 개로 갈린다고. 늘상 있는 일이지!"

"이스라엘에서는 '유대인 두 명이 모이면, 정당이 세 개로 갈린다'고 해요."

에스터가 말했다.

"미술 전문가들은 그보다 더 하답니다!"

"그럼 유대인 미술 전문가들은요?"

"하!"

앙투안은 말문이 막혀 입만 벌리고 있었다. 그리고 옆문으로 들어오는 남자에게 시선을 돌렸다. 빗질하지 않은 듯 헝클어진 회색 머리카락에 나비넥타이 차림인 남자는 언뜻 교수처럼 보였다.

"잠시만. 저기 헤즐턴 경이 왔어."

앙투안이 그렇게 말하고 빠른 걸음으로 그에게 다가갔다.

"어쨌든 관건은 그림의 진위를 두고 의견 일치를 보느냐 마느냐겠죠."

만약 일치하지 않는다면, 우리는 다시 원점으로 돌아가게 될 거예요."

헨슨이 말했다.

"난 뒤로 갈게요."

헨슨이 에스터에게 몸을 숙였다.

"카메라는 당신을 찍지 않을 거예요. 어떤 경우든 당신은 여행사 직원이에요. 잊었나요?"

에스터는 헨슨의 진지하고 날카로운 목소리에 놀라 그를 멍하니 바라보았다. 늘 낙천적이고 소년 같은 미국인으로 그를 과소평가하기는 쉬웠다.

헨슨은 다시 부드러운 표정을 지으며 수줍은 미소를 띠고 속삭였다.

"당신은 오늘 내 파트너예요. 덕분에 내 평판도 높아질 거예요. 내게 자비를 베풀 순 없나요?"

"한번 노력해보죠."

에스터가 대꾸했다.

"어쨌든 뒤가 더 큰 주목을 끌 거예요."

감정 전문가들이 자리에 모여 서로 악수를 하며 앉았다. 둘은 마치 오랫동안 못 본 사이처럼 포옹을 했고, 어떤 이는 확대경으로 안내문을 읽는 척하며 다른 동료들과의 인사를 일부러 피하는 듯 보였다. 에스터는 방청석에서 우아한 정장 차림에 매부리코인 남자와 대화를 나누고 있는 민스키의 변호사를 보았다. 그 남자도 아마 변호사일 것이다. 그런 다음 방청석과 연단 사이를 오가는 보안요원의 수를 세보았다. 입구 근처에도 연단 가장자리에도 제복을 입은 보안요원들이 무장을 하고 서 있었다.

"꼭 국가 원수라도 올 것 같은 분위기예요."

에스터가 헨슨에게 말했다.

"그럼요. 다른 것도 아니고 고흐인데요. 어쩌면 국가 원수보다 더 중요하죠. 노래 가사처럼, 우린 빈센트가 하려 했던 말을 이해하기 위해 여전히 노력하고 있어요."

"노래요?"

"'스타리 스타리 나이트'로 시작하는 노래 몰라요? 돈 매클린의 '빈센트'?"

그녀가 그 노래를 당연히 알아야 한다는 말투였다. 시차로 인한 피로 때문일까? 에스터는 머리가 점점 더 멍해지는 것 같았다.

"어쨌든 스토크 대령의 습격을 훌륭히 차단할 수 있었으면 좋겠군요."

"모두가 경계를 철저히 하고 있어요. RCMP, 인터폴의 적극적인 협조도 있고요. 지금까지 그를 발견했다는 보고는 없었어요."

헨슨이 주위를 둘러보며 말을 이었다.

"물론 그와 닮은 사람도 없고요."

"내 적들은 내가 볼 수 없을 때 날 더 두렵게 해요."

에스터가 말했다.

"그건 옛 경구인가요?"

초대받은 고위 인사들과 교수들 사이에서 짧은 박수갈채가 쏟아졌다. 헤리트 빌렘 토른이 감정위원단의 자리로 천천히 걸어오고 있었다. 감정위원 중 한 명이 그를 에스코트하기 위해 종종걸음으로 다가왔지만, 토른은 도움을 사양했다. 안내문을 꼼꼼히 읽던 감정위원도 확대경 너머로 그를 바라보았다. 그러나 존경심보다는 단순한 호기심이 더 커 보였다. 토른의 자리는 감정위원단이 죽 앉아 있는 긴 테이블 끝에서 조금 떨어진 곳에 따로 마련되어 있었다. 토른은 자리에 털썩 앉아 앞에 놓은 지팡이에 손을 올렸다. 그리고 입술을 오므리며 머리를 뒤로 젖혔다. 에스터의 눈에는 어쩐지 거드름을 피우는 것처럼 보였다. '전 세계에서 가장 뛰어난 전문가'라는 이미지를 심어주기 위해서일까. 왠지 일부러 그렇게 행동하는 것 같은 인상을 지울 수 없었다. 며칠 전 토른에게 그림을 보이기 위해 파머 하우스를 방문했을 때도 토른의 태도는 거만했다. 그러나 그는 늙었다. 어쩌면 아래에서 치고 올라오는 젊은 전문가들과 그의 식견을 대체할 현대적 기술을 두려워하고 있는지도 모른다. 비록 그는 자신의 식견이 더 뛰어나다고 생각하겠지만. 그의 거만한 태도가 여기서 비롯되었다면, 에스터는 그 점에 대해 일말의 동정심을 느꼈다. 자신이 점점 밀려나고 있는 듯한 두려움, 운명을 더 이상 자신의 노력으로 어찌해볼 수 없는 절망감은 많은 나이가 주는 실제적인 무력감보다 훨씬 더 씁쓸한 것일 터였다.

앙투안이 감정위원단의 자리에서 오른쪽에 마련된 현대적인 디자인의 유리 연단으로 걸어갔다. 그리고 은색 펜으로 마이크를 톡톡 두드렸다.

"신사숙녀 여러분, 저는 시카고 아트 인스티튜트의 앙투안 졸리에트라고 합니다. 이번에 시카고에서 극적으로 발견된 빈센트 반 고흐 자화상의 진위를 감정하기 위해 이 자리를 빛내주신 훌륭한 감정위원 여러분을 제가 직접 소개하게 되어 영광으로 생각합니다. 여러분이 편하신 대로, 이 기자회견은 영어로 진행하겠습니다……"

"다소 편한 거겠지!"

이름표에 '발레아라'라고 적힌 백발의 남자가 그렇게 말했다. 그 말에 토른을 제외한 전문가들과 방청객이 일제히 웃음을 터뜨렸다.

"……영어가 세계 공용어로 통용되는 만큼, 감정위원단 여러분께서도 영어를 가장 편하게 생각하시리라 믿습니다. 방청객 여러분 중에서 영어가 유창하시지 않다면, 프랑스어, 독어, 네덜란드어로 제작된 보도 자료를 참고해주십시오. 그리고 필요하다면 곳곳에 배치된 안내원들이 러시아어, 일어, 아랍어를 포함한 각국의 언어로 통역해주실 겁니다."

"전 세계가 지켜보고 있어요."

헨슨이 에스터에게 속삭였다.

앙투안이 왼쪽 뒤편의 문 앞에 서 있는 보안요원들을 향해 고개를 돌렸다.

"이제 오늘의 영광스러운 주인공을 소개할 시간이 된 것 같군요."

앙투안이 고개를 끄덕이자, 보안요원들이 문을 열었다. 그런 다음 다른 두 명의 요원과 함께 하얀 벨벳 천으로 덮인 이젤을 들고 앞으로 나왔다. 방청석이 술렁이기 시작했다. 취재진은 마치 말이 문을 박차고 뛰어나갈 것 같은 기세로 몸을 숙였다. 기대감에 부푼 몇몇 방청객이 자리에서 벌떡 일어났다. 보안요원들이 스포트라이트 아래에 이젤을 내려놓고 그 옆에 섰다.

"이제 천을 벗기겠습니다."

앙투안이 말했다.

"부디 저기에 있어야 할 텐데요."

헨슨이 비딱한 목소리로 속삭였다.

에스터는 보안요원들이 천을 세심하게 벗기는 동안 방청객의 반응을 살폈다. 그들은 숨을 헐떡이기도 하고 박수를 치거나 카메라 플래시를 터뜨렸다. 미술관 직원 중 한 명은 손으로 입을 가리고 눈물을 흘렸다.

토른이 의자의 방향을 틀더니 팔을 들고 고개를 끄덕였다.

"자, 보십시오!"

그가 으르렁거리듯 말했다.

"데 흐로트에 걸렸던 바로 그 자화상입니다! 고흐의 자화상 중에서 가장 훌륭합니다!"

입술을 굳게 다물고 흐릿한 눈으로 캔버스 밖을 응시하는 빈센트의 옆얼굴이 보였다. 얼굴의 4분의 3만 드러낸 채. 푸른색과 초록색과 하얀색의 우주가 헝클어진 붉은 머리카락 주위를 소용돌이쳤다.

사진기자들은 마치 매릴린 먼로나 캐서린 헵번, 존 웨인과 같은 전설적인 영화배우가 출현하기라도 한 듯, 연방 카메라 버튼을 누르며 흥분을 감추지 못했다. 그림에서 눈을 떼지 못하는 방청객들은 사뭇 경건해 보였다.

앙투안은 사람들의 흥분이 조금 가라앉을 때까지 기다렸다가 연단으로 걸어갔다.

"네, 정말 놀라운 작품입니다. 그렇지 않습니까?"

"그런데 진짜 고흐의 그림이 맞나요?"

영국의 취재기자 중 한 명이 물었다.

"물론 진짜입니다!"

토른이 지팡이 끝으로 바닥을 탕탕 치며 날카롭게 대꾸했다.

"진위를 가리기 위해 우리가 여기에 모인 것입니다."

발레아라 교수가 말했다.

그러자 토른이 그의 말을 되받았다.

"이 그림이 데 흐로트에 걸렸던 그림인지를 증명하기 위한 것이지요. 만약 이 그림이 위작이라고 한다면, 이 그림은 늘 위작이었습니다."

토른이 지팡이를 들며 말을 이었다

"고흐가 이 그림을 그렸을 때부터!"

방청객들이 큰 소리로 웃었다.

앙투안이 끼어들었다.

"덧붙여 말씀드리면, 토른 박사님은 이미 감정을 끝내셨습니다. 자, 그럼 토른 박사님의 소개가 있은 뒤, 감정위원 여러분께서 그림의 진위를 밝히기 위해 어떤 기술을 사용할지에 대해 직접 설명하시겠습니다."

앙투안은 미술사에 정통한 사람이라면 누구나 토른에 대해 잘 알고 있을 거라고 운을 떼며, 토른의 이력을 빠르게 나열하기 시작했다. 총 열일곱 권의 저서, 셀 수 없이 많은 논문 및 기사, 카탈로그, 그 밖에 세계 유수의 미술관에서 자문위원으로 역임한 점도 그의 이력에 포함되었다.

토른은 방청객들의 박수에 화답하기 위해 자리에서 일어났다. 앙투안이 자리에 앉아서 말해줄 것을 부탁했지만, 토른은 그의 말에 아랑곳하지 않고 천천히 연단으로 걸어갔다. 에스터의 눈에 그는 마치 사람들의 시선을 즐기는 커다란 코뿔소처럼 비쳤다. 토른이 연설대의 양옆에 손을 짚고 목을 가다듬은 뒤 말을 시작했다.

"내가 보기에."

토른이 쉿소리를 내며 말을 이었다.

"다시 이 그림을 감정한다는 것은 단순히 형식적인 절차에 불과합니다. 과학이 진실을 밝혀내는 유일한 수단은 아닙니다."

토른이 한쪽 팔을 들어 그 그림을 가리켰다.

"보이는 대로입니다. 1943년 데 호로트 박물관에 걸려 있던 빈센트의 자화상이 분명합니다. 그 당시 나는 매우 젊었지만, 이 그림은 나의 친구였습니다. 나는 이 그림 앞에 앉아 많은 시간을 빈센트와 함께 이야기하고 빈센트의 이야기에 귀 기울이며 보냈지요. 그리하여 이 그림은 나의 형제가 되었습니다."

토른이 그림을 쳐다보았다. 내쉬는 숨소리에서 휘파람 같은 소리가 섞여 나왔다.

"그러던 어느 날 독일군이 나의 형제를 잡아갔습니다. 연합군이 진격하기 시작할 무렵, 나치스 친위대 대령과 그가 부리는 강제노동자가 내 형제를 비롯한 미술품들을 오펠 블리츠 트럭에 실었지요. 그리고 트럭은 출발했습니다. 허나 트럭이 시야에서 완전히 벗어나기 전 지뢰에 닿아 그만 폭발하고 말았습니다. 의도가 무엇이었든 간에 저항 운동가들이나 공산주의자들이 지뢰를 놓았을 게 분명합니다. 그들 말고 달리 그럴 수 있는 자들은 없었습니다. 그리고 그 지뢰에 대한 무거운 책임을 내게 지웠지요. 허나 어느 시대의 정치도 결코 이와 같은 미술 작품과 견줄 수는 없습니다. 사람들은 이 세상에 빠르게 왔다가, 또 빠르게 사라집니다. 여러분, 나, 친위대 대령. 그러나 위대한 예술 작품은 어떻습니까? 높게 치솟은 연기 기둥과 불에 타고 있는 트럭을 보았을 때, 나는 내 형제를 잃은 듯한 침통함을 느꼈습니다. 그때부터 나는 네덜란드의 가장 위대한 화가에 대해 열정적으로 연구하게 되었지요."

토른은 천천히 숨을 내쉬며 눈을 감았다.

"나는 데 흐로트에 걸렸던 그림을 본 소수의 생존자 중 한 사람입니다. 더구나 싸구려 그림을 그리는 위조자들에게도 절대 속지 않습니다. 이 그림은 분명 데 흐로트에 걸렸던 바로 그 그림입니다. 여기 나의 동료들이 그 점을 증명해줄 것입니다. Mijn broer is thuis(내 형제가 돌아왔습니다)! 여러분, 나의 형제가 드디어 집으로 돌아왔습니다!"

코뿔소는 그림을 향해 육중한 몸을 움직이기 시작했다. 그리고 나서 그림을 바라보며 눈물을 닦았다. 관객들이 열띤 환호와 함께 박수를 쳤고, 전보다 더 많은 사람들이 눈물을 흘렸으며, 적어도 두 사람은 이 순간을 영원히 잊지 않기 위해 눈물을 흘리는 사람들에게 카메라를 들이댔다.

"이건 완전히 쇼예요."

에스터가 말했다.

"이 속에 많은 의미가 숨어 있어요. 내가 말하고 싶었던 게 바로 이거예요. 약탈된 미술품을 정당한 주인에게 돌려주는 거요."

"난 민스키에게 한 표를 던지겠어요."

에스터가 말했다.

앙투안이 다시 연단에 섰다.

"그럼 이제 감정위원 여섯 분을 소개하겠습니다. 이 자리를 빛내주시기 위해 암스테르담까지 먼 길을 오신 분들입니다. 지금부터 한 분씩 차례로 어떤 기술을 사용해 그림을 감정할지에 대해 여러분에게 직접 설명하실 겁니다. 첫 번째로 소개할 분은 빈센트 반 고흐 왕립미술관의 에리크 로이츠 박사님입니다. 로이츠 박사님은 그림의 기원을 추적하고 진위를 밝히기 위해 데 흐로트는 물론 여러 기록 보관소의 자료를 조사할 예정입니다. 로이츠 박사님?"

로이츠가 마이크를 향해 몸을 숙이고 말했다.

"앙투안 교수의 말대로입니다. 그러나 화가의 작품에 관한 독자적인 기록은 그리 많지 않기 때문에 찾기가 쉽지는 않습니다. 제가 흥미를 갖는 부분은 자코브 민스키 씨의 삼촌이 그림을 고흐에게서 선물로 받았다며 근거로 내세운 고흐의 편지입니다. 물론 고흐가 테오에게 보낸 편지들은 아무것도 증명하지 못하거나 매우 많은 걸 증명할 수 있습니다. 그렇지만 방법은 그 밖에도 많이 있습니다. 이웃의 증언이나 판매 기록 등."

로이츠는 마치 자신의 일에 지루함을 느끼는 듯 힘없이 손을 흔들었다. 열정을 잃어버린 학자의 모습 그 자체였다.

다음 전문가는 볼로냐 대학의 파올로 크레스피였다.

"제 전문 분야는."

크레스피가 말했다.

"안료와 니스의 화학 반응을 분석하는 것입니다. 물론, 다양한 시대에 걸쳐 다양한 안료들이 사용되었습니다. 르네상스 시대의 화가들은 안료의 희귀한 원료들을 구하고 안료를 직접 제조까지 하느라 많은 애를 먹었습니다. 물론 고흐 시대에는 안료를 화가들이 제조할 필요 없이 안료 상인들에게서 쉽게 구할 수 있었지요. 그래서 어떤 종류의 안료를 언제 누가 제조했고, 고흐를 비롯한 화가들이 특별히 즐겨 찾은 안료는 어떤 것이었는지 등을 알 수 있는 기록이 있습니다."

크레스피는 자리에서 일어나 그림 앞으로 다가갔다.

"고흐의 경우, 특별히 주목할 만한 몇 가지가 있습니다. 거의 모두가 알고 있듯이, 고흐는 해바라기 그림에 크롬 옐로라는 안료를 자주 사용했습니다. 여기 고흐가 입고 있는 재킷을 봐주십시오. 특히 단추에 노란색이 하이라이트로 사용된 걸 볼 수 있습니다. 이 색이 크롬 옐로일 가능성이 높으며, 머리 주위를 맴도는 소용돌이에 크롬 옐로가 또 다른 노란색과 섞였을 가능성 또한 높습니다. 그래서 저는 제일 먼저 이 노란색을 집중적으로 분석할 생각입니다. 여러분도 아시다시피, 크롬 옐로의 흥미로운 점은 시간이 지나면서 색조가 조금씩 변한다는 것입니다. 물론 변함없이 노란색을 띠지만, 화학적 변화를 거치면서 색의 농도가 달라집니다. 만약 이 그림이 1880년대에 그린 것이고 크롬 옐로가 사용되었다면, 최근에 그린 그림에 비해 더 많은 변화가 있어야 할 겁니다. 만약 이 그림이 최근에 그린 것이라면, 위작자는 고흐의 크롬 옐로처럼 보이게 하기 위해 크롬 옐로를 대체할 어떤 안료를 사용했을 것입니다. 또한, 지금 당장 확언할 수 없지만, 이 캔버스에 니스를 칠했다면 더 많은 정보를 얻을 수도 있습니다."

그때 토른이 으르렁거리며 쏘아붙였다.

"그런 화학적 분석으로 그림을 훼손하는 건 용납할 수 없소!"

"그건 염려하지 않으셔도 됩니다. 물론 박사님도 알고 계시겠지요? 전 괴물이 아닙니다! 우리가 현재 사용하는 도구들은 매우 섬세하며, 견본은 눈에 잘 안 보일 만큼만 채취해도 충분합니다."

"그림을 훼손하는 것은 용납할 수 없습니다!"

토른이 말을 반복했다.

그때 앙투안이 둘 사이에 끼어들었다.

"물론이지요. 크레스피 교수님께서 한 번도 그림에 손상을 가한 적이 없다는 건 제가 장담합니다."

"어떤 손상도 없을 겁니다."

크레스피가 그렇게 말하며 자리로 돌아가 팔짱을 끼었다.

헨슨이 에스터에게 몸을 숙이며 속삭였다.

"아카데미 핑퐁."

"정치 전문가들이라면 이런 걸로 의견이 엇갈리진 않을 거예요."

에스터의 말에 헨슨이 미소지었다.

"하지만 배우들만큼 완벽하게 연기하진 못하죠."

앙투안은 벌써 후안 페르난데스 발레아라를 소개하고 있었다. 발레아라는 X선과 자외선, 적외선으로 그림을 분석하는 전문가였다. 나이가 지긋해 보였지만, 백발이 검은 눈동자를 더 돋보이게 했고 독특한 악센트가 묘하게도 원숙한 섹시미를 풍겼다. 과거에 앙투안이 말했듯이, 발레아라는 자기공명 분석 분야에서도 눈부신 업적을 이룩했다. 먼저 서투른 영어 실력에 대해 양해를 구했지만, 그의 영어 실력은 생각보다 훨씬 좋았다. 발레아라는 인간의 눈에 정상적으로 보이지 않는 파장의 빛이 그림의 숨겨진 과거를 드러내준다고 설명했다. 예를 들어 그림을 X선으로 촬영하면 화가가 그림을 덧칠하기 전에 어떤 그림을 그렸는지 알 수 있다. 이 기술을 통해 그림의 몇 가지 중요한 정보를 습득하는 것이 가능하다. 예전에 가난한 화가들은 캔버스를 아끼기 위해 그림 위에 새로운 그림을 덧그렸다. 또한 처음에 그린 그림이 마음에 들지 않아 새로 덧그리기도 했다. 그러므로 X선 촬영을 통해 화가가 그림에서 원래 의도했던 바가 무엇인지를 알 수가 있다. 때때로 화가들은 단골 고객을 기쁘게 하기 위해 테이블 위에 훈장이나 그 밖에 고객의 명예를 드높일 만한 물건들을 덧그렸다. 그런가 하면 19세기 초의 스페인 그림에는 죽은 아이의 그림이 다른 그림으로 대체되었는데, 그 까닭은 그 그림이 아이의 어머니에게 큰 슬픔을 안겨주었기 때문이다. 또한 빛의 독특한 스펙트럼이 화가의 붓놀림을 판별하는 데 도움이 된다고 발레아라는 설명했다.

"몇몇 화가들에게 붓놀림은 지문과도 같습니다."

발레아라는 그렇게 말을 끝맺었다.

에스터는 그들의 설명을 열심히 듣고 있는 헨슨을 보았다. 헨슨은 만년필로 수첩에 몇 가지 내용을 받아 적기도 했다. 그러나 에스터는 아직도 머리가 어질어질해서 푹신한 침대에 누워 이불을 뒤집어쓰고 자고 싶은 마음이 굴뚝같았다.

이제 두 명의 전문가가 남았다. 이탈리아 레조디칼라브리아의 메디테라네아 대학에서 교수직을 역임하고 있는 라우라 이아레라는 씨, 꽃가루, 그 밖에 캔버스에 달라붙어 있거나 세밀한 균열 사이에 떨어진 생물학적 물질을 전자 현미경으로 분석할 것이라고 설명했다. 미시적 영역에서 이 균열은 깊은 협곡과도 같으며, 그 사이에 떨어진 미립자들은 안료의 역사를 알려주는 실마리가 된다. 그녀의 설명에 따르면, 캔버스에 묻은 먼지와 때도 예사로이 넘겨서는 안 된다. 예를 들어 위작자들은 오래된 그림처럼 보이게 하기 위해 캔버스에 열을 가함으로써 세밀한 균열을 만든다. 그러나 그 균열이 그림을 오래돼 보이게 할지라도, 오랜 세월에 걸쳐 캔버스에 축적된 먼지와 난로와 양초와 램프의 그을음처럼 보이게 하기 위해 표면에 램프 그을음도 문질러야 한다. 그러나 불행히도, 위작자들이 만든 그을음의 구조나 입자 크기가 모두 한결같아서 진짜와 쉽게 구분이 간다.

섬유에 관한 한 세계 최고의 전문가라고 앙투안이 소개한 요스트 베르겐이 마지막으로 배턴을 이어받았다. 그의 역할은 캔버스를 분석하는 것이었다. 시대에 따라 캔버스를 제조하는 과정 또한 달랐는데, 캔버스를 미시적 방법으로 분석함으로써 제조 시기를 밝혀낼 수 있다고 했다. 베르겐은 짜임의 특징이나 실의 종류를 통해 천이 언제 어디에서 제조되었는지 알 수 있다고 설명했다. 만약 이 캔버스가 고흐 사후에 제조된 것이라면, 그가 이 캔버스에 그림을 그렸을 리는 없었다. 더구나 제조 시기가 거의 일치한다 할지라도 1800년대 후반에 남프랑스에서 사용하던 종류가 아니라면, 그림의 진위 여부를 다시 한 번 의심해야 할 것이다.

"단순히 방사성 탄소 연대 측정법을 사용하는 건 어떻습니까?"

영국의 한 취재기자가 물었다.

앙투안은 패널들에게 고개를 돌렸다.

"전 그 방법이 효과적이라고 믿지 않습니다만. 제 생각이 틀렸나요? 우리가 그 방법을 고려해볼 필요가 있습니까?"

"이건 토리노의 수의가 아닙니다."

발레아라가 말했다.

"그것은 고대의 것이지요."

발레아라가 손을 좌우로 움직였다.

"방사성 탄소는 오로지 불확실한 연대만을 제공합니다. 게다가 현대의 샘플을 예로 든다면, 핵실험이 일어나기 전은 표준 편차가 있습니다. 물론 측정 과정에서 오류의 가능성도 무시할 수 없고요. 불과 10여 년간 그림을 그렸던 화가에게는 플러스마이너스 5년도 매우 큰 오차로 작용할 수 있지요."

"네, 맞아요."

요스트 베르겐이 말했다.

"저도 그렇게 생각합니다. 플러스마이너스 20년은 우리에게 어떤 정보도 줄 수 없어요. 물론 다른 경우에는 유용한 정보가 될 수 있겠지만요."

"이건 분명히 토리노의 수의가 아니오. 그 수의는 중세에 벌어진 사기극이란 말이오(수세기 동안 예수 그리스도의 수의로 알려졌지만, 방사성 탄소 연대 측정을 통해 수의가 그리스도 시대에 만들어진 게 아니라는 사실이 밝혀졌다)."

토른은 으르렁거리는 소리를 내며 말했다.

방청석에 "아" 하며 놀라는 소리와 휘파람 소리, 웃음소리가 뒤섞였다. 감정위원들이 불편한 표정을 지었다.

"음. 다행히 우리는 그 문제를 해결하러 이 자리에 모인 것은 아닙니다."

앙투안이 말했다.

"그 문제는 이미 해결되었소."

토른이 콧김을 내뿜었다.

"다른 질문은 없습니까?"

앙투안이 유쾌한 목소리로 물었다.

프랑스 방송국에서 온 한 여성이 일어나 앙투안이 처음에 구한 양해를 무시하고 프랑스어로 장황하게 질문했다.

"Ah, oui. Peut-être, madame(아, 네. 아마도요, 부인)."

앙투안이 말했다.

그 질문에 답한 사람은 발레아라였다.

"며칠 안에 대강의 결론을 내릴 수 있을 거라고 생각합니다."

그리고 동의를 얻고자 다른 동료들을 바라보았다.

크레스피는 오른손을 위아래로 흔들었다. 베르겐은 어깨를 으쓱했다.

"위작이라면, 그리 오래 걸리지는 않을 겁니다."

로이츠가 말했다.

"진짜라면 오래 걸린단 말입니까?"

토른이 물었다.

"자료를 찾는 데 많은 시간이 걸리기 때문이지요. 하지만 과학은 빠른 시간 안에 의심되는 부분을 밝혀낼 수 있을 겁니다."

발레아라가 그의 말을 받았다.

"물론입니다. 허나 의심되는 부분이 없다고 해서 성급히 진짜라고 단정 지을 수도 없지요."

"그림이 위작이라고 한다면, 당신들의 판단이 잘못된 걸 거요. 의심되는 부분이라니? 당치도 않소. 이 그림은 데 흐로트에 걸려 있던 자화상이 분명하오."

토른이 으름장을 놓았다.

영국 취재기자가 다시 자리에서 일어났다.

"토른 박사님의 말씀대로 이 그림이 진짜 고흐의 그림이라면, 경매가가 얼마나 될 거라고 예상하십니까?"

감정위원들은 난감한 표정으로 서로를 바라보았다.

"어마어마하겠지요."

베르겐이 마침내 말하자, 토른을 제외한 모두가 웃었다.

"정확히 얼마를 예상하시나요? 100만 유로? 1000만 유로? 2000만 유로?"

그 기자는 집요하게 물었다.

앙투안이 대답했다.

"시장 경제에 대해서라면 원하는 대답을 드릴 수가 없군요. 이 그림이 진짜라면, 우리가 다음에 할 일은 그림의 주인을 찾는 것입니다. 그림을 팔지 안 팔지는 주인의 권한에 달려 있지요. 저희와는 아무 관련이 없습니다."

"하지만 아예 관심이 없는 건 아니겠죠? 앞으로의 결과에 촉각을 곤두세우고 있는 사람들이 여기에도 몇 명 있는데 말이죠."

그 기자는 자코브 민스키의 변호사들을 가리키며 말을 이었다.

"그 결과가 누군가를 어마어마한 부자로 만들어줄 게 뻔하지 않습니까?"

"1987년에 고흐의 〈해바라기〉는 3990만 달러에 팔렸습니다. 참고로 그 그림은 진위 논란이 있었습니다. 그해에 〈붓꽃〉은 거의 5400만 달러에 팔렸습니다. 1990년에는 〈가셰 박사의 초상〉이 8250만 달러에 팔렸고요."

앙투안이 그렇게 말하자, 토른이 자리에서 벌떡 일어났다.

"예술은 상업이 아니오!"

그가 쇳소리를 냈다.

"예술은 돈보다 훨씬 중요한 것입니다! 그걸 돈으로 매기려는 것은 어리석고 천박한 짓이 아닐 수 없어요! 내가 꼭 증명을 해야 알겠습니까? 나는 손바닥 보듯 훤히 알 수 있어요! 이 그림은 데 흐로트에 있던 고흐의 자화상입니다! 이 그림의 가치를 돈으로 매길 수는 없어요!"

맹렬히 말을 퍼부으며 지팡이를 휘두르는 그의 모습을 향해 카메라 플래시가 마구 쏟아졌다. 저 모습이야말로 기자들이 원하던 것이라고 에스터는 생각했다.

토른이 흥분을 가라앉히지 못하고 자리를 뜨자, 헨슨이 눈동자를 굴리며 에스터를 바라보았다. 그러나 관객들은 기립 박수를 치며 토른의 반응에 열렬한 호응을 보냈다. 그리고 회견은 서둘러 끝이 났다.

헨슨과 에스터는 아카 국제 호텔을 향해 포울루스 포테르 거리를 지나 반 데르 벨데 거리를 계속 걸었다.

"음, 하루 이틀 관광을 하게 되겠군요."

헨슨이 무미건조하게 말했다.

"이틀 만에 결론을 내는 전문가를 본 적이 있어요?"

헨슨이 목 근육에 쥐가 난 것처럼 머리를 한쪽으로 기울였다.

"토른."

그가 말했다.

에스터가 그의 말을 받았다.

"그건 자만심의 신뢰할 수 없는 목소리일지 몰라요."

"모든 자아의 근원이죠. 혹시 자신감은 아닐까요. 그가 틀린 말을 한 건 아니잖아요. 난 그가 옳다는 전제하에 조사를 진행해야 한다고 생각해요. 그는 뭔가 알고 있어요."

한 뚱뚱한 관광객이 사파리 조끼를 입은 채 땀을 뻘뻘 흘리며 걸어오자, 헨슨이 길을 내주기 위해 옆으로 몸을 틀었다.

"우리도 그 그림을 추적해야 해요. 만약 그림이 위작이라면, 그들 말대로 그리 오래 걸리지 않을 거예요. 일단 의심되는 부분이 발견되면, 시간과 노력이 낭비될 일은 없죠."

"어쩌면 정부의 비용으로 관광을 하게 될지도 모르겠네요."

"시간 낭비는 질색이에요. 전에 암스테르담에 와봤나요?"

"난 여행사 직원이에요. 잊었어요?"

"미술관 관리인이 저 운하 너머에 쇼핑할 만한 데가 있대요."

"필요한 건 다 있어요."

헨슨이 싱글싱글 웃었다.

"좋아요. 그럼, 우선 저녁을 먹고 어디로 갈지 정하죠. 참, 관리인 말로는 근처에 유흥가도 있다더군요."

"아무래도 집으로 가야 할 것 같아요."

"어머니 때문에요?"

에스터는 호텔 앞 분수대를 바라보며 걸음을 멈추었다. 담배꽁초들이 물을 더럽히고 있었다.

"새뮤얼 마이어에 대해 무슨 얘기라도 들었으면 어떡하죠? 어쩌면 텔레비전을 봤을지 모르잖아요. 세상과 접촉하지 않는 분이지만, 만약 충격이라도 받는다면…… 아무래도 돌아가야겠어요."

헨슨은 묵묵히 주머니에 손을 찔러넣고 호텔 입구의 파란색 차일을 올려다보며 자동차들의 경적 소리를 들었다.

"그럼 영영 답을 얻지 못할 거예요."

헨슨은 그렇게 말하며 에스터의 반응을 보려고 고개를 돌렸다.

에스터는 팔짱을 꼈다. 그렇다. 그게 문제였다. 새뮤얼 마이어는 정말 '그들' 중 한 명이었을까? 그도 유대인 학살에 동참했을까? 에스터는 두려웠다.

"당신과 내일 데 흐로트 박물관이 있던 베크베르흐에 갈 생각이었어요."

"모르겠어요."

에스터가 말했다.

"호텔에 작은 바가 있을 거예요. 한잔하지 않을래요? 자주 마시진 않지만, 여긴 유럽이고, 뭐, 좀 취하면 어때요? 와인? 맥주? 아니면 다른 거라도? 여긴 맥주의 천국이라고요."

에스터는 헨슨이 말하는 모습을 가만히 바라보았다. 헨슨이 실제로 수줍어하고 있을지 모른다고 생각하며, 에스터는 그것이 와인에 대한 것이었다고 생각하지 않았다. 보이 스카우트.

"난 지금부터 본델 공원을 산책하고 위층으로 올라가 오랫동안 목욕을 즐긴 다음 전화를 하고 푹 잘 거예요."

"이제 겨우 오후 네 시예요."

헨슨이 말했다.

"내일은 베크베르흐에 함께 갈게요. 더는 안 돼요."

"좋아요. 좋아요."

헨슨이 말했다.

12장 기자회견

"발렌에 너무 오래 있지 마세요."

"어디요?"

"홍등가요."

"맙소사, 아니요. 내가 왜?"

"역사가 오래된 곳이라 건축물을 보는 것도 매우 흥미로울 거예요."

"『플레이보이』를 사서 만화나 봐야죠."

"『플레이보이』를요?"

"아, 아니요. 그런 게 아니라. 그건 하나의 표현이에요."

"보이 스카우트!"

에스터가 웃으며 공원으로 걸어갔다.

"이봐요!"

에스터는 뒤돌아보지 않았다. 헨슨은 반박하고 싶었지만, 무슨 말을 해야 할지 떠오르지 않았다.

13장
베크베르흐의 노인

"어머니는 어떠세요?"

차가 덜 밀리자 여유를 되찾은 헨슨이 물었다. 바야흐로 암스테르담 변두리를 지나 위트레흐트를 향해 A2 고속도로를 달리고 있었다. 그런 후에 A12 고속도로를 달려 에데-바게닝겐을 찾아야 했다. 아직 거기까지 생각하기는 이르지만.

"별다른 일은 없었어요. 그들은 어머니가 건강하니 아무 걱정 말라고 했어요. 어머니가 외로이 죽는 건 싫어요. 내가 옆에 있다는 걸 어머니가 모른다 해도요."

"이해해요."

"당신이?"

그제야 에스터는 헨슨이 부인과 사별한 일을 기억했다. 아마 헨슨은 그녀보다 더 잘 이해할 것이다.

"어쩌면 그건 중요치 않아요."

"이제 혼자 힘으로 살아야 해요."

헨슨이 말했다.

"늘 그러기란 쉽지 않아요."

에스터는 차창 밖을 내다보며 말을 이었다.

"어제 요시 레브와도 통화했어요. 당신과 함께 일하라고 어찌나 성화던지."

"듣던 중 반가운 소리네요."

"억지로 떠밀려서 하는 건 싫어요."

"그건 나도 원치 않아요. 하지만 당신이 좋은 기회를 저버리지 말았으면 해요."

헨슨이 말했다. 그리고 맥주 통을 가득 실은 트럭을 앞지르며 지평선을 바라보았다.

"정말 아름다운 나라예요."

"너무 푸르고, 너무 습해요."

에스터가 말했다.

"그래요?"

"마치 낙원처럼요. 그 얘길 좀 해봐요. 홍등가는 어땠어요?"

에스터가 물었다.

"어제 '칸티즐과 호랑이'라는 인도네시아 음식점에서 저녁을 먹었어요. 아주 배불리 먹었죠. 그리고 미안하지만, 홍등가 근처엔 가지 않았어요. 열 시에 호텔로 돌아가 NBC 뉴스를 시청했죠."

에스터가 손으로 그의 넓적다리를 때렸다.

"다 꾸며낸 얘긴지 누가 모를까 봐요. 신경이 쓰이나 봐요? 세세하게 말하는 거 보니 더 의심스러운데요."

"내가 밤을 꼬박 새며 파티를 즐길 것처럼 보여요?"

"캔자스의 좋은 유전인자군요."

에스터가 장난스럽게 말했다.

| 반 고흐 컨스피러시

베크베르흐는 그림엽서같이 아름다운 집과 좁다란 거리로 이루어진 작은 마을이었다. 헨슨과 에스터는 읍사무소로 가서 사무실을 혼자 지키고 있는 직원에게 자신들을 소개했다. 그리고 여기에 온 이유를 말하자, 직원이 그들을 기록 보관소가 있는 2층으로 안내했다. 그곳에서 살이 토실토실한 여자가 자료를 분류하고 보관하는 일을 하고 있었다. 데 호로트 박물관은 가톨릭 여학교에 인접해 있었다. 그것이 여자가 아는 전부였다. 그녀의 할머니는 그 학교에 다녔다. 마을은 전쟁 중에 포격을 당한 후 거의 재건이 되지 않았다. 그녀는 1945년에 찍은 사진을 가리켰다. 읍사무소는 간신히 알아볼 수 있는 정도였고, 주위의 건물들은 무너져 있었다.

"아버지는 그 전에 많은 유대인들이 여기서 살았다고 하셨어요. 그래서 영국군이 진격했을 때는 독일군과 싸우느라 늘 쿵쿵거리는 소리가 끊이질 않았대요."

헨슨이 고개를 끄덕였다.

"만약 규모가 큰 유대인 공동체가 있었다면, 야드 바셈(독일 나치스에 희생된 유대인들을 추념하기 위해 이스라엘의 예루살렘에 세운 홀로코스트 기념관)에 관련 기록이 있을 거예요."

에스터가 말했다.

"부인."

헨슨이 그 네덜란드 여자에게 물었다.

"데 호로트 박물관에 대해 많은 걸 기억할 만한 분이 혹시 베크베르흐에 있습니까?"

그녀는 눈을 가늘게 뜨고 누군가를 기억하려고 했다.

"안톤?"

그리고 어깨를 으쓱했다.

"안톤이 누구죠?"

"호우델레이크. 그는 서적상이에요."

책방은 그들이 렌터카를 주차한 곳에서 불과 10여 미터 떨어진 곳에 있었다. 간판이 없는 그 건물은 마치 전후에 주택 부족을 해결할 목적으로 세운 것 같았다. 그러나 앞 유리창은 꽤 구식이었고, 서양식 장기판을 연상시키는 격자무늬였다. 헨슨이 문을 열자 스프링 달린 종이 딸랑딸랑 울렸다. 에스터가 안으로 천천히 걸어갔다. 오래된 잡지들과 책들이 바닥과 선반에 불규칙하게 쌓여 있었다. 방금 전 주인이 막 쌓아올린 것처럼 보였지만, 두껍게 내려앉은 먼지와 케케묵은 냄새가 시간의 정체를 말해주고 있었다.

황색 티셔츠에 얇은 슬리퍼를 신은 한 노인이 뒤에서 조그만 문을 열고 나타났다. 굵게 마디진 오른손으로 검은 파이프를 쥐고 있었지만, 파이프에는 불이 붙어 있지 않았다. 그는 가게 안에 들어온 그들을 보고도 실제로 보고 있는지 확신하지 못하는 듯했다.

"Dag(어서들 오시오)."

그가 말했다.

"영어를 할 줄 아십니까?"

헨슨이 물었다.

"Ja(물론이지). 어머니가 영국인이었소."

"전 마틴 헨슨이라 하고, 이쪽은 제 동료인 에스터 고렌입니다."

"그런데 무슨?"

"안톤 호우델레이크 씨이십니까?"

"그렇소만."

"저희를 도와주실 수 있습니까? 저희는 데 흐로트 박물관에 대해 알고 싶어서 왔습니다."

그 노인이 고개를 끄덕였다.

"그 그림말인가? 고흐?"

"네, 그 그림과도 관련이 있습니다."

"당신들은 그 그림을 원하는 사람들인가?"

"아닙니다. 저희는 그림을 원래의 주인에게 돌려주는 일을 합니다."

헨슨이 대답했다.

호우델레이크의 심술궂은 표정이 미소로 일그러졌다. 이가 하나 빠져 있었다.

"내가 그림의 주인일 수도 있다오."

"증명하실 수만 있다면, 저희가 꼭 되찾아드리겠습니다."

호우델레이크의 얼굴은 다시 심술궂은 표정으로 돌아갔다.

"그냥 농담한 거네, 젊은 양반. 집에 1길더 은화가 가득하면 뭐하나? 금상자라도 쌓아둘까? 당신 같은 젊은 양반도 죽을 때까지 다 쓸 수 없는 돈인데, 나 같은 늙은이가 뭐 하려고?"

그는 책들에 가려 잘 보이지 않는 책상 앞으로 걸어가 삐걱거리는 의자에 앉았다.

"데 흐로트 박물관을 기억하십니까?"

에스터가 물었다.

"물론이고말고. 그런데 딱히 특별한 것은 없었어. 오히려 난 그리스 화병 쪽이 더 마음에 들었지. 아킬레우스와 헥토르가 화병에 그려져 있었던가."

"고흐는요? 그 그림도 기억하세요?"

"오, 그림. 그건 엉터리 그림이야. 그 미치광이는 네덜란드에 살다가 프랑스로 이주했는데, 거기서 광기는 하나의 종교였고 그는 '예에술가'가 될 수 있었어. 하지만 렘브란트 이후에 위대한 화가는 눈을 씻고 찾아 봐도 없어. 그 후로 그림다운 그림은 없지. 고흐는 모두가 자기 그림이 독창적이며, 또 자기가 진정한 화가라고 생각하게 만들었어. 그건 미술의 종말이야."

"저희는 어르신이 무언가 알고 계실 거라고 생각합니다."

헨슨이 말했다.

"독일인들이 약탈한 후에 박물관은 텅 비어버렸지. 보여줄 게 아무것도 없었으니 문을 닫을 수밖에. 학교도 더는 운영이 안 되었어. 농부들이 땅을 버리고 떠나자, 학생 수가 턱없이 부족해졌어. 그래서 1949년에 폐교하고, 수녀들은 동인도 제도로 떠났지."

에스터는 책상을 향해 더 가까이 다가갔다.

"저희는 당시의 상황에 대해 이야기를 들어 조금 알고 있어요. 혹시 그 박물관에 대해 기억나는 건 없나요? 특히 고흐의 작품에 대해서요."

호우델레이크는 차가운 파이프를 입에 물고 골똘히 생각에 잠겼다.

"문을 열면 로비가 나오고, 거기에 안내인이 있었어. 전시실에는 데 흐로트 부부와 그 자녀들이 수집한 다양한 물건들이 전시되어 있었지. 화병 같은 것들이. 오렌지 전쟁 중에 스페인 사람들이 불태운 유대 교회에 있던 것들도 있었어. 그리고 복도가 있었는데, 벽에 풍경화들이 나란히 걸려 있었어. 세기말에 그 지방 화가들이 그린 그림이었지. 아무도 그 그림들에는 관심이 없었어. 풍경화에는 음, 소 떼, 젖 짜는 여인, 안개, 뭐 그런 것들이 그려 있었을 거야. 물론 좋은 그림도 더러 있었어."

"모텔 그림들."

헨슨이 중얼거렸다.

호우델레이크는 헨슨의 말에 어리둥절한 표정을 지었지만, 말을 계속했다.

"복도를 따라 계속 가다 보면 데 흐로트 가족의 오래된 예배당이 나왔지. 그곳은 높은 창문들로 둘러싸여 있었고, 오래된 제단에는 그 미치광이의 그림이 놓여 있었어. 마치 그의 예술을 신성시하는 것처럼. 그 오래된 제단 위에 말이야!"

그는 머리를 흔들었다.

"하지만 그런 식으로 그걸 지키는 게 더 쉬웠겠지. 드나드는 문은 오로지 하나뿐이었어. 피트 도이크는 그걸 지키기 위해 예배당 안에서 꼼짝도 하지 않았어. 우리는 그가 절대 밖에 나오지 않을 거라고 농담삼아 얘기하곤 했지."

"도이크에게 무슨 일이 일어났나요?"

"베르겐 벨젠 수용소."

"그 사람은 유대인이었나요?"

에스터가 물었다.

"아니, 그는 가톨릭교도였어. 하지만 벽장 속에 유대인을 숨겼었지. 아마 그 여자를 사랑했던 모양이야. 아버지에게서 들었어. 우린 그 큐레이터를 많이 좋아하지 않았지만, 그는 그렇게 끌려갔어."

"그래서 헤리트 빌렘 토른이 큐레이터가 되었나요?"

"나중에. 호헨이 큐레이터가 되었어. 한데 그의 며느리가 공산주의자였던가?"

"그래서 호헨은 나치스에 체포되고, 토른이 큐레이터가 되었군요?"

"그랬지. 토른은 아직 젊었지만, 달리 할 사람이 없었어. 토른은 원래 호헨의 비서였어. 호헨이 편지를 잘 쓰지 못해서 토른이 대신 써줬다고 하더군. 호헨은 미술품 몇 점을 나치스에 보내려고 했어."

에스터와 헨슨이 눈빛을 교환했다.

"나치스에요?"

헨슨이 물었다.

"사람들이 그러더군. 호헨이 괴링에게 미술품을 몇 점 보냈다고. 사실 그 당시 독일인들은 그런 식으로 미술품을 소장했지. 어쨌든 베크베르흐는 로테르담(네덜란드 남서부의 항구도시로, 중요한 박물관이 밀집되어 있으며 제2차 세계대전 때 독일의 공습을 받아 중심부가 완전히 파괴되었다)은 아니었어."

"대신 안전을 보장받고 싶었던 걸까요?"

"딸의 안전을. 어쩌면 더 높은 자리를 원했는지도 모르지. 하지만 아무런 효과가 없었어. 그의 아내는 거리에서 나치스의 총에 맞았고, 호헨과 그의 아들은 베르겐 벨젠으로 끌려갔어."

"어르신은 운이 좋으셨군요."

"난 유대인이 아니었네. 정확히 말하면, 아리아인이었지. 그자들은 내 머릿속에 뭐가 있는지 궁금해하지 않았어."

호우델레이크는 마치 과거를 바라보고 있는 듯했다.

"그리고 얼마 후 나는 나치스 입당을 권유받았지. 아버지의 설득도 있었어. 내가 여기저기서 들은 말을 아버지에게 전하면, 아버지가 무전기로 영국인들에게 보고했어. 후에 빌헬미나 여왕이 아버지에게 훈장을 수여했다네. 여왕이 직접."

그리고 먼지가 수북한 진열장을 가리켰다.

"우리는 훌륭한 스파이였어, 안 그런가?"

뿌연 유리문을 통해 훈장이 어렴풋이 보였다.

"정말 용기 있는 행동을 하셨군요."

"하지만 난 영웅이 아니야. 내가 뭘 했는지도 몰랐지. 가끔은 내가 잘하고 있는지도 의심스러웠어."

그는 에스터의 마음을 읽고 있는 듯했다.

"지금은 다 끔찍한 얘기처럼 들릴 뿐이야. 그때는 지금과 전혀 다른 시대였어."

"호헨이 괴링에게 보내는 편지를 토른이 대신 써줬다고 하셨지요?"

헨슨이 필기를 하며 물었다. 그 편지는 어딘가에서 찾을 수 있을지 모른다. 괴링 앞으로 온 편지 대부분은 전쟁 중에도 훼손되지 않았다.

"그랬지. 헤리트는 가장 열성적인 당원이었어."

"나치스요?"

"그렇다네. 그래서 큐레이터로 남을 수 있었어."

"어째서 '열성적'이었나요?"

호우델레이크가 미소지었다.

"늘 거리를 활보하고 다녔어. 무솔리니처럼 제복을 입고 턱을 앞으로 죽 내밀면서."

"혹시 유대인들에게 폭력을 가했나요?"

에스터가 물었다.

"조금은."

"'조금은'이 무슨 뜻이죠?"

그녀가 다시 물었다.

"마구 뻐기고 다니며 일장 연설을 늘어놓기 일쑤였어. 누가 이미 쓰러지고 나면 그때 발길질을 했지. 하지만 그것도 다 쇼였어. 그는 약골이었어."

"그런데 재판은 받지 않았나요?"

헨슨이 물었다.

"젊은 친구들, 자네들은 아름답고 강해. 스스로도 그렇게 생각하겠지. 그때 상황이 어땠는지 자네들이 알 턱이 없지. 어떤 이들은 나약했다네. 어떤 이들은 많이 나약했어. 정부는 약골들을 모두 처형할 수 없었지. 전쟁에서 살아남은 네덜란드인의 절반 이상을 총으로 쏴 죽일 순 없지 않은가. 악질이 아니고서는. 처형은 그 정도로 충분했지."

"어르신의 친구인 토른도 풀려났나요?"

"젊은 아가씨, 내가 아가씨한테 말할 이유는 없지 않나? 난 늙은이라고."

그가 의자 등받이에 몸을 기댔다. 헨슨이 에스터의 팔꿈치를 잡자, 에스터가 그의 손길을 뿌리치며 바닥을 내려다보았다.

"어르신께서 하시는 말씀이 저희에게 많은 도움이 될 거예요."

헨슨이 말했다.

"먼저 말해두겠는데, 헤리트는 내 친구가 아니라네. 난 그가 싫었어."

"그래서 토른은 재판을 받았나요?"

"하지만 곧 사면되었지. 헤리트는 일부러 나치스 당원인 것처럼 행동한 거라고 말했어. 도이크와 호헨에게 일어난 일이 자기에게도 일어날까 봐 두려웠다고. 그리고 많은 그림들을 위조해서 독일인들에게 비싼 가격에 팔았다고 주장했지."

"위조요?"

에스터가 고개를 들었을 때, 헨슨과 눈이 마주쳤다.

"베를린에서 발행된 것 같은 영수증들을 증거로 내밀었지. 영수증들은 데 흐로트에 여전히 있었던 그림들과 청동 미술품의 것이었어."

"누가 위조를 했죠? 토른이 직접요?"

헨슨이 물었다.

"그 사람은 호헨의 비서로 있기 전에 로테르담에서 공부한 미술학도였어. 데 흐로트 학교에서 미술도 가르쳤지."

그 노인이 눈을 가늘게 떴다.

"그래, 그랬어. 자기가 직접 위조하고 진짜는 숨겼다고 했어."

"빌헬미나 여왕이 보기에는 무척 애국적인 행위였겠군요."

에스터가 말했다.

"헤리트는 재판관들에게 자신이 독일인들의 어리석음을 증명했을 뿐 아니라 독일의 화폐를 대량으로 끌어 모았다고도 했지."

"곧장 자신의 주머니로 들어갔겠죠."

헨슨이 말했다.

호우델레이크가 마치 입 안에서 시큼한 맛이 나는 것처럼 입술을 오므렸다.

"흠, 그는 돈을 반환했어. 그래서 사면받을 수 있었어. 그렇게 빠져나갈 구멍을 만들어놓은 거지. 제3제국이 얼마든지 훔칠 수도 있는 물건을 어째서 돈을 주고 구입했는지가 의아했지만."

"돈이 꽤나 나갔겠군요."

에스터가 말했다.

"아."

호우델레이크는 손을 저으며 말을 이었다.

"그건 모두 데 흐로트 가문의 돈이었어. 헤리트는 제복 차림으로 박물관에서 근무했고, 데 흐로트 양에게 청혼을 했지. 그녀가 그와 결혼한 이유는……."

그가 어깨를 으쓱했다.

"나치스를 두려워했기 때문이겠죠."

"그랬겠지. 체면을 차리는 사람들이라면 더욱."

호우델레이크가 말했다.

헨슨이 에스터를 바라보았다.

"어르신, 혹시 스테판 마이어베어라는 사람을 기억하십니까?"

"프랑스 시인인가?"

"아니요. 전쟁 때 기억을 떠올려보세요."

에스터가 말했다.

호우델레이크가 고개를 저었다.

"전쟁 중에 아마 남부에서 북부로 왔을 거예요. 프랑스 비시에서."

"세상은 혼란스러웠어. 아른헴 대부분이 함락되었지. 거리는 온통 피난민들로 넘쳐났고. 그런데 마이어베어라는 사람은 기억나지 않는군."

헨슨은 외투 주머니 속에서 4x5로 확대한, 새뮤얼 마이어의 운전면허증을 꺼냈다. 그리고 호우델레이크에게 내밀며 말했다.

"이보다 좀더 젊었을 거예요."

호우델레이크가 눈을 가늘게 뜨고 보더니 고개를 저었다.

"이 사람은 기억하십니까?"

이번에는 '만프레트 스토크'의 몽타주를 내밀었다.

호우델레이크가 목을 긁적였다. 역시나 모르는 눈치였다.

"스케치. 뭔가 기억나는 게 있긴 해. 아가씨, 저쪽 책꽂이에서, 음, 위에서 두 번째 칸에, 빨간 헝겊 표지가 보일 거야."

표지의 색이 바래 빨간색인지 확실하지 않았기 때문에, 에스터가 손으로 가리키며 물었다.

"이건가요?"

"그 옆에 거."

에스터가 있는 힘껏 팔을 뻗어 먼지 낀 책을 천천히 책꽂이에서 빼내는 동안, 호우델레이크는 눈을 가늘게 뜨고 그녀의 몸매를 감상하는 듯했다. 책의 상태는 매우 나빴다. 제본이 약해서 두 페이지가 한꺼번에 떨어져 나갔다.

"기념 간행물이지. 학교와 박물관을 기념하는."

에스터가 떨어진 페이지들을 주웠다. 그중 한 장에는 이삼십 명의 학생들과 그 옆에 튼튼해 보이는 수녀들이 서 있는 단체 사진이 실려 있었다. 다른 한 장에는 화승총이나 화승식 발화장치 같은 오래된 총의 도면이 세밀하게 묘사되어 있었다. 에스터가 그 두 장의 종이를 헨슨에게 조심스럽게 건넸다. 조금만 힘을 주었다가는 금방이라도 찢어질 것 같았고, 모서리는 닳아서 너덜너덜했다.

"언제 제작한 건지 알 수 있나요?"

헨슨이 물었다.

"음, 글쎄, 전쟁 전인 걸로 아는데."

에스터는 두 번째 단체 사진을 자세히 들여다보았다.

"선생님들이군요. 토른은 왼쪽에서 세 번째에 있네요. 얼굴이 무척 앳돼 보여요."

"그리 선명하진 않지만, 정말 학생들보다도 어려 보이는군요."

그들은 글이 실린 몇 페이지를 매우 조심스럽게 넘겼다. 약 3분의 1을 넘기자, 주제는 학교에서 박물관으로 바뀌었다. 데 흐로트 박물관을 묘사한 판화에 이어 박물관에 소장된 미술품들을 드로잉한 그림이 실려 있었다.

"이 책은 유용한 가치가 있어요. 박물관 소장품에 대한 유일한 기록이니까요."

헨슨이 말했다.

"그런데 왜 사진을 찍지 않았을까요?"

에스터가 물었다.

"그러려면 많은 비용이 들기 때문이지. 인쇄를 해야 하고. 그럼 더 질 좋은 종이를 써야 할 테고. 데 흐로트 부부는 후하면서도 검소한 분들이었어."

맨 마지막 장에 고흐 자화상의 드로잉이 실려 있었다. 그러나 모사하는 과정에서 아쉽게도 놓친 부분이 많았다. 재킷의 노란색과 고흐의 붉은색 머리 주위에 소용돌이치는 푸른색은 형태와 위치가 거의 비슷했지만, 솜씨가 매우 서툴러 보였다. 숙달된 드로잉 화가의 솜씨는 아니었다. 외투에 달린 두 개의 단추 사이에 놓여 있는 빈센트의 손은 사람의 손이 아니라 집게발처럼 보였다.

"그저 그렇네요."

헨슨이 말했다.

"토른이 그린 거예요."

에스터가 드로잉 하단의 서명을 가리켰다.

"그에게 정말 재능이 있기는 했을까요?"

"그가 정말 괴링 사령관을 속일 수 있었는지도 의심스러워요."

"그렇지."

노인이 차가운 파이프를 들었다.

"우리는 그를 믿지 않았어. 그러나 재판관들은 모든 것에 지쳐 있었어. 우리 모두가 지쳐 있었지."

"전 지치지 않을 거예요."

에스터가 말했다.

"자네도 그럴 거야. 세상은 냉혹해. 모두를 지치게 만들지. 흠, 그래, 모두를."

호우델레이크가 말했다.

14장
아늑한 아파트

암스테르담 교외로 돌아가는 길에는 에스터가 운전했다. 앙투안이 묵고 있다는, 암스텔 운하가 한눈에 내려다보이는, 인터콘티넨탈 암스텔 호텔을 향해 굽이진 길을 따라 다리를 건너고 있었다. 늦은 오후라 차가 밀리는 와중에도 헨슨이 보기에 에스터는 그야말로 대담한 운전자였다. 그러나 계기반을 보며 부르르 떠는 짓은 하지 않을 작정이었다. 지금 당장 사고로 죽는 한이 있더라도 여자 앞에서 하얗게 질린 얼굴을 보일 순 없는 노릇이었다.

인터콘티넨탈 암스텔은 다양한 음식 체인점이 많기로도 유명했다. 매우 친절한 접수계원이 헨슨에게 앙투안이 외출했음을 알렸다. 앙투안이 메시지를 남겼을 거라는 생각에 휴대전화를 꺼냈지만, 주머니에 들어 있는 건 해외용이 아닌 국내용이었다. 해외용 휴대전화를 실수로 호텔에 두고 온 것이다.

"그가 오면 헨슨 씨와 고렌 양이 레스토랑에서 식사를 하고 있다고 전해주세요."

헨슨이 말했다.

"네, 알겠습니다."

헨슨이 에스터의 팔꿈치를 잡자, 에스터가 그에게 가까이 몸을 숙였다.

"우리 다른 데서 먹어요. 여긴 일급 호텔이에요. 보나마나 가격이 엄청 비쌀 거예요."

"그래서요? 난 지금 이곳의 칠리 도그가 먹고 싶은데요. 꿩 요리도 좋고요. 당신은요?"

"미국인들은 씀씀이가 너무 헤픈 것 같아요."

"그럴지도 모르죠. 하지만 우린 이 정도 대접을 받을 자격이 있어요. 게다가 청구서는 재무장관 앞으로 보낼 거예요. 사인은 그쪽에서 할 거라고요."

에스터는 헨슨이 상관의 돈을 축낼 사람이 아니라는 걸 알았다. 아마 자기 돈을 쓰려고 할 것이다. 어쨌든 그녀는 배가 고팠다. 호의를 사양하는 것도 예의는 아니다.

그들은 배불리 먹는 동안에도 지금까지 알아낸 정보를 바탕으로 조용히 대화를 나누었다. 그렇다면 그림은 위작일까? 토른은 정말 전문적으로 그림을 위조했을까, 아니면 전쟁이 끝나고 자신의 신변을 보호하기 위한 방편으로 그렇게 주장한 것일까? 오직 전문가들만이 알 수 있었다. 만약 고흐의 그림이 위작이라면, 주인을 찾는 일도 당연히 중단될 것이다. 어떤 정부도 속임수로 드러난 가짜에 관심을 보일 리 없었다. 만약 그렇게 된다면, 그들이 품고 있는 두 가지 의문도 다시 미궁 속으로 빠져들 것이다. 어째서 그 그림이 시카고의 다락방 안에 숨겨져 있었을까? 새뮤얼 마이어가 정말 나치스 당원인 스테판 마이어베어였을까?

그들이 레스토랑을 막 떠나려는 찰나에 앙투안이 나타났다.

"마틴, 지금까지 어디 있었어? 하루 종일 메시지를 남겼는데."

"전화기를 잘못 가져왔어."

"토른이 갑자기 떠났어."

"그게 무슨 소리야?"

"펑! 연기처럼 사라졌다고!"

앙투안이 재킷 주머니에 손을 넣어 메모지를 꺼냈다.

"오늘 아침 감정위원들이 모이는 장소에서 이걸 발견했어."

헨슨이 메모지를 폈다.

"Madame et messieurs, rien que vous ferez ne changera mon jugement. Adieu."

헨슨이 에스터에게 그것을 건넸다.

"'당신들이 아무리 애를 써도 내 의견을 바꾸지 못할 것이오. 그럼 안녕히.' 이걸 어떻게 받아들여야 하죠?"

에스터가 종이를 엄지손가락과 집게손가락으로 문지르며 말을 이었다.

"깃펜으로 쓴 것 같아요."

앙투안이 날카로운 목소리로 말했다.

"이건 단순히 '의견'이 아닌 '판단'을 의미해. 패널에 대한 모욕이지! 그들을 한순간에 바보로 만들었어! 모두가 한 시간 동안이나 분을 삭이지 못했다고. 그들은 할 수만 있다면 그가 틀렸다는 걸 입증하려 할 거야."

"그래서 아무도 감정을 못하겠대?"

"발레아라 교수는 너무 화가 나서 아무 분석 없이 그림을 위작이라고 선언할 기세야! 하지만 그럴 일은 없겠지. 모두 좋은 분들이고 사회적 평판도 있으니, 악의적으로 행동하진 않을 거야."

"토른은 어디로 갔어요?"

에스터가 물었다.

"아는 거라곤 암스테르담 주소뿐이에요. 이미 거기에 가봤지만, 아무도 없었어요."

"우리를 거기로 데려다줘요."

에스터가 말했다.

"꽤 멀어요. 그리고 감정위원 몇 분이 이따 연락을 할지 몰라요. 지금 한창 작업 중이거든요."

앙투안이 말했다.

"우릴 데려다주든가 아니면 주소를 알려줘. 그런데 어쩌지? 우린 둘 다 네덜란드어를 모르는데?"

"데스크에 메시지를 남기고 올게. 토른에게 무슨 일이라도 일어난 걸까?"

"그럴 수도 있겠죠."

에스터가 말했다.

"오, 맙소사."

앙투안이 말했다.

앙투안은 에스터만큼 난폭하게 운전했지만, 헨슨은 여러 가능성을 생각하느라 그런 것까지 마음 쓸 겨를이 없었다. 헨슨과 에스터는 토른의 돌발적인 행동에 적잖이 놀랐다. 도대체 무엇 때문일까? 어쩌면 특유의 거만한 태도에서 비롯된 일종의 쇼가 아닐까? 혹시 나치스 당원이었던 과거가 밝혀지면 안 될 어떤 비밀이 있는 걸까? 그런데 그건 어떻게 알았을까? 베크베르흐에 사는 누군가가 그에게 연락을 했을까? 그도 아니면 고흐의 자화상이 위작이라는 걸 알았기 때문일까? 자신이 직접 그린? 한데 왜 처음부터 그림이 진짜라고 주장했을까? 그럼 그가 위조했다는 사실도 밝혀지지 않을 텐데.

토른이 지내던 곳은 일층에 시계 제조 전문점이 있는 소박한 벽돌 건물이었다. 앙투안이 위쪽에 있는 어두운 창문을 가리켰다.

"저기 이층이야."

"그가 계단을 오르내린다고?"

헨슨이 물었다.

"잠시 머무르는 곳이지. 여기 말고 다른 집도 있어. 아마 하나 이상은 될 거야."

앙투안이 말했다.

금속 덧창을 단, 가게의 창문들 옆으로 검은 문이 보였다. 테두리를 놋쇠로 장식한 플라스틱 문패에 '토른'이라는 이름이 적혀 있었다. 헨슨이 몇 초간 벨을 눌렀다. 그 벨소리는 거리 맞은편에 있는 아파트에서도 다 들릴 정도로 컸다.

"이건 무슨 자물쇠죠?"

에스터가 물었다.

헨슨이 좁다란 거리를 흘긋 보았다.

"그렇게 느긋할 때가 아니에요."

에스터가 허리를 구부려 자물쇠를 자세히 보더니 헨슨에게 윙크했다.

"오, 안 돼요. 그건 정말……"

에스터가 헨슨의 말을 막았다.

"그럼 차 안에서 기다려요."

"저기 모퉁이에 바가 있어."

앙투안이 거들었다.

"자네까지?"

"누군가는 망을 봐야 해. 그렇게 생각지 않아?"

"술을 한잔하는 게 어때요, 마틴?"

에스터가 지갑을 꺼내 옆 주머니의 지퍼를 열며 말했다.

"그럼?"

헨슨이 거리를 응시했다.

"난 바에서 서성이고 싶진 않다고."

"오, 기대되는데요. 이런 식으로 자물쇠가 열리는 건 한 번도 본 적이 없어요!"

앙투안이 말했다.

에스터가 고리에 끼워진 열쇠들을 손에 들었다. 하나같이 평범해 보이는 열쇠들이었다. 그것들은 공항의 엑스레이를 무사히 통과했을 뿐 아니라 고도로 훈련된 직원들의 눈도 보기 좋게 피했다. 헨슨이 다시 주위를 살피는 동안, 에스터가 작업에 착수했다.

"자연스럽게 행동하라고."

앙투안이 헨슨에게 속삭였다.

"이럴 수가."

단번에 문이 홱 열리자, 헨슨이 감탄하며 말했다.

"쉬워요. 놀랄 필요 없어요."

에스터가 말했다.

"오, 세상에."

앙투안의 눈이 휘둥그레졌다.

"당신 몰랐어요?"

에스터가 말을 하면서 눈짓을 보냈다.

"좋아요, 그럼, 뚱보 노인이 안에 있는지 들어가봅시다."

헨슨이 말했다.

"자넨 망을 봐야지."

앙투안이 그의 앞을 손으로 막았다.

"그럼 서둘러."

헨슨이 말했다.

갑자기 앙투안이 멈칫했다.

"명망 높은 학자의 프라이버시를 이렇게 침해해도 괜찮을까."

"그럼 자네가 망을 봐. 누가 물으면 문이 이미 열려 있었다고 해."

에스테르는 회전식 스위치를 찾을 때까지 손으로 벽을 더듬었다. 좁은 통로의 길이는 고작 2, 3미터밖에 안 되었다. 층계 위 천장에 작은 백열 구가 달려 있었다. 한 단의 길이가 5센티미터에 불과한 계단을 지팡이를 짚고 올라가는 토른의 모습을 상상하며, 그들은 계단을 올라갔다. 빨간 색 래커로 칠한 문에 자물쇠가 잠겨 있는데, 이번에도 에스테르의 손끝에서 단 15초 만에 손쉽게 열렸다.

"당신은 희대의 도둑이 될 소질이 있어요."

헨슨이 말했다.

"필요하다면."

"토른 박사님? 아무도 없어요?"

열린 문으로 검은색과 하얀색이 극적인 대비를 이루는 정사각형 무늬의 바닥이 제일 먼저 눈에 들어왔다. 전등을 켜자, 어둑했던 방 안이 환해졌다. 벽은 하얀색이고, 가구들은 모두 검은색이었다. 모퉁이에 임스 의자(찰스 임스가 디자인한 고가의 의자)가, 그 옆에 금색 용 무늬로 장식된 중국풍 검은색 탁자가 놓여 있었다. 구식 가스 난방기를 제외하면, 가구 하나하나를 세심하게 고른 흔적이 역력했다. 카펫도 없고, 탁자에는 잡지나 재떨이 따위의 물건들이 어지럽게 널려 있지도 않았다. 마치 박물관 안에 있는 것처럼 휑한 느낌이 들었다.

"이 정도면 아늑하지 않나요?"

그가 말했다.

에스테르의 시선이 벽에 걸린 대형 그림에서 멈추었다. 커다란 나무 아래에서 포도주를 마시고 있는 양치기들과 시골 처녀들의 모습이 담긴 풍경화였다. 황동으로 된 조그만 꼬리표에 '얍 돈케르스'라고 찍혀 있었다.

"이름을 말하는 걸까요?"

에스터가 물었다.

"화가의?"

헨슨이 그렇게 반문하며 진열장을 향해 걸어가 장식술이 달린 손잡이를 잡아당겼다.

"잠겼네요."

에스터는 이미 뒤쪽으로 가고 없었다. 주방은 거실만큼 정돈이 잘되어 있었지만 역시나 휑했다. 찬장의 위쪽에는 빨간색과 검은색이 어우러진 일본풍 자기 접시들이, 아래쪽에는 다양한 크기의 법랑 냄비들이 놓여 있었다. 작은 냉장고 안에는 버터가 담긴 접시만이 덩그러니 있었다.

헨슨이 침실 안을 살피는 동안, 에스터는 대형 진열장의 자물쇠를 열쇠로 간단히 열었다. 밴조 모양의 아르마냑 옆에 버찌 브랜디, 아니스를 넣은 술, 싱글몰트 위스키, 몇 가지 종류의 와인 등이 나란히 놓여 있었다.

"여기엔 아무것도 없어요."

헨슨이 말했다.

"진열장을 빼면, 호텔 객실에 있는 술들이 이보단 낫겠네요."

"굳이 여기서 지낼 만한 이유가 있었을까요? 암스테르담에 이보다 좋은 방도 많을 텐데요. 여기서 오랫동안 지낸 것 같지도 않고요."

헨슨이 말했다.

"그가 여기서 지냈을 거라고 생각해요? 왠지 은신처럼 보이는데요."

"침실 벽에 젊은 남자의 초상화가 걸려 있어요. 아무래도 젊은 시절의 토른 같아요. 밑에 'G. W. 토른'이라는 서명도 있고요."

"직접 그린 게 아닐까요?"

"아무튼 토른하고 많이 닮았어요. 그런데 고흐의 스타일을 흉내냈더군요."

"다시 닫을 건데, 마시고 싶은 거라도 있어요?"

헨슨이 창문 가까이로 걸어갔다.

"어 어. 앙투안이 누구와 얘기 중이에요."

에스터가 빠르게 진열장의 자물쇠를 잠근 다음 침실로 걸어갔다.

"그 초상화부터 보고, 토른이 맞는지 말해줘요."

에스터는 침실 안으로 발을 내딛자마자, 침대의 크기와 그 둥근 모양을 보고 놀랐다. 그렇게 커다란 침대를 들고 계단을 오르기란 무리였다. 안으로 들여놓으려면 창문을 통하지 않고는 방법이 없어 보였다.

초상화에 대해서는 의심의 여지가 없었다. 그림 속 인물은 토른이었다. 지금에 비해 많이 여윈 모습이지만, 틀림없는 토른이었다. 튀어나온 턱과 생색내는 듯한 눈빛이 특유의 거만한 분위기를 풍겼다. 그 분위기는 40년, 아니 50년, 심지어 60년 전에도 여전했을 것이다. 세계에서 뛰어난 전문가는 만들어지는 게 아니라 태어나는 것이리라.

매우 의도적으로 고흐를 흉내낸 그림이었다. 안료를 꽤 두껍게 칠해 마치 산맥이 입체 모형 지도가 연상되었다. 토른의 머리 주위에 소용돌이 치는 색은 훨씬 어두웠으나, 포즈는 데 흐로트 기념 간행물에 실린 드로잉과 정확히 일치했다. 빈센트처럼 얼굴은 4분의 3만 보였고, 두 개의 단추 사이에 놓여 있는 손은 테니스공을 쥐고 있는 것처럼 위를 향해 오므려져 있었다. 토른은 데 흐로트의 고흐 그림을 흉내내기 위해 부단히 노력한 것 같았다. 이 그림은 완벽한 위작을 그리기 위한 첫 번째 습작이었을까?

에스터는 그림을 가져가려고 했지만, 그건 너무 눈에 띄는 짓이라는 생각이 들었다. 그래서 무척 깨끗해 보이는 욕실로 들어가 휴지를 몇 번 둘둘 말아 뜯은 다음, 안료를 손톱으로 살짝 긁었다. 그리고 그것을 조심스럽게 휴지에 싸서 지갑 속에 넣었다. 에스터는 헨슨과 앙투안이 계단 아래에서 그녀를 기다리는 동안, 아파트의 문을 다시 잠그고 계단을 내려갔다.

"서둘러요."

헨슨이 말했다.

"경찰이 왔어요?"

"일단 서둘러요."

"앙투안은 그 자화상을 못 봤잖아요?"

"무슨 자화상?"

"나중에."

헨슨이 다급히 말했다.

에스터가 차 뒷좌석에 올라탔다. 앙투안이 기어를 넣었다.

"무슨 일 있었어요?"

에스터의 물음에 앙투안이 대답했다.

"길 건너편에서 한 노파가 시장에 다녀오다가 토른이 떠나는 걸 봤대요. 운전사가 그를 차에 태웠다는데, 운전사는 검은색 정장 차림에 검은색 장갑을 끼고 있었다는군요."

"그래서요?"

"그런데 운전사가 차에 타면서 이걸 떨어뜨렸어요. 노파는 그게 뭔지 몰라도 중요한 걸 거라고 생각한 모양이에요."

"우리가 그를 알 줄 알았나 봐요."

앙투안이 차의 방향을 서쪽으로 틀며 말했다.

에스터는 수화물 꼬리표를 내려다보았다.

'게르하르트 브레버'는 전날 토론토에서 암스테르담으로 여행한 한 승객의 이름이었다.

"그럼 이 브레버라는 사람을 찾을까요?"

에스터가 물었다.

"노파는 운전사의 키가 1미터 83 정도로 보였고 금발이라고 했어요."

"만프레트 스토크! 그가 토른을 잡아간 거예요!"

에스터가 외쳤다.

15장
단추

"이제 좀 쉬죠."

헨슨이 호텔 침대에 휴대전화를 던지며 말했다.

"만프레트 스토크는 수하물 담당자의 아내를 풀어준 지 몇 시간 만에 밀워키를 벗어났어요. 미국에 입국했을 때처럼 칠레 여권을 소지했고요. 경찰은 그를 캐나다의 오타와까지 추적했어요. 그 후에 오스트리아 여권을 소지한 게르하르트 브레버가 토론토에서 암스테르담으로 날아왔죠."

"그럼, 브레버가 스토크인가요?"

"적절한 타이밍이에요. 그는 분명 오타와에서 토론토로 날아갔을 거예요. 그리고 또 다른 이름을 사용했겠죠."

어느새 날이 새면서 긴 밤은 지나갔다. 헨슨이 하품을 했다. 에스터는 벽장에 몸을 기대고 펌프스(끈이나 걸쇠가 없는 여성용 구두)를 벗었다.

"그가 여전히 날 쫓고 있을까요?"

에스터가 그렇게 물으며 발을 주물렀다.

"어쩌면 우리가 아닐까요? 뭐, 신만이 아시겠죠."

"토른은 어떡하죠? 네덜란드 경찰에 다시 연락해볼까요?"

"지금으로선 소용없는 일이에요. 그들은 그 운전사가 설령 시카고 테러 용의자라 해도 토른을 납치한 증거가 없다고 하더군요. 노파도 운전사가 토른을 강제로 태운 것 같진 않다는데, 뭘 더 어떻게 하겠어요? 일단 토른의 집에 사람을 보내겠다고는 하지만, 이웃들은 토른이 오가는 걸 본 적이 있어도 언제 돌아오는지 모른대요."

"그럼, 스토크와 토른은 한패예요."

"아직 단정 짓긴 일러요. 만약 토른이 정말 납치를 당한 거면 살아서 돌아올지도 미지수예요."

"토른에게 무슨 비밀이 있는 것 같아요. 그렇게 생각지 않아요?"

"이제 뭘 생각해야 하는지조차 모르겠어요. 아무 생각도 할 수 없어요."

헨슨이 침대에 털썩 누워 콧마루를 지그시 눌렀다.

에스터는 아랫입술을 깨물며 침대로 가 모서리에 앉았다.

헨슨이 그녀를 바라보았다.

"왜요?"

"나도 피곤해요."

에스터가 그렇게 말하며 헨슨의 옆에 누웠다.

헨슨이 일어나 앉았다.

"무슨 일이 있으면 연락할게요."

에스터는 마치 모호한 농담을 이해하려는 듯이 멈칫하더니 이내 눈을 감고 옆으로 몸을 돌려 손등에 얼굴을 묻었다.

"으음."

"당신 방으로 연락할게요."

에스터가 눈을 떴다 다시 감았다.

"걱정 마세요. 너무 피곤해서 당신을 유혹할 기운도 없으니까, 마틴."

에스터가 깊은 숨을 내쉬었다.

"그것도 전문적인 기술이 필요하나요?"

헨슨이 물었다.

"그건 내 전문이 아니에요."

에스터가 말했다.

"당신 방에서 자는 게 더 편할 거예요."

그러나 에스터는 대답하지 않았다. 벌써 잠이 든 걸까? 헨슨이 에스터에게 몸을 숙여 숨소리를 들었다. 마치 아내의 숨소리를 듣고 있는 것 같았다. 아내는 진통제를 가득 먹고 나서야 몇 시간 동안 그나마 평화롭게 잠을 잘 수 있었다. 헨슨은 에스터 옆에 누워 팔짱을 끼고 천장을 물끄러미 올려다보았다.

전화벨이 울릴 때, 헨슨은 빈센트 반 고흐에 대해 조사하기 위해 에스터와 함께 프로방스를 여행하는 꿈을 꾸고 있었다. 그러나 때는 1888년이어서 선더버드 자동차가 지나갈 만한 길이 없는 데다 휘발유를 채울 수 있는 곳도 없었다.

그가 수화기를 집었다. 하마터면 작은 탁자에 던질 뻔했다.

"마틴?"

"앙투안?"

"패널이 비공식으로 중간 결과를 발표했어."

"그래?"

"캔버스는 그 시대에 만들어진 게 맞아. 크레스피 교수는 지금도 안료를 분석하고 있지만, 아직까지 의심되는 점을 발견하지 못했어. 이아레라 박사도 마찬가지고. 균열 사이에 박힌 미립자에는 남프랑스, 네덜란드, 시카고의 꽃가루는 물론 그림이 거쳐갔던 모든 나라의 꽃가루도 포함되었을 거야. 더구나 오래된 그림처럼 보이려고 일부러 표면을 더럽힌 흔적도 없대. 그녀는 더 많은 단서를 찾기 위해 지금도 꽃가루를 분석하고 있어."

"지금까진 아주 좋아. X선은?"

"발레아라 교수는 아직 나타나지 않았어."

헨슨의 눈이 크게 떠졌다. 토른은 사라졌다. 제발 스페인 과학자에게는 아무 일이 없기를!

"발레아라 교수는 늦게 일하고 늦게 자는 습관이 있어."

"그가 사라졌다는 말은 제발 말아줘."

"그런 일은 없을 거야. 호텔 직원에게도 오후 두 시까진 절대 깨우지 말라고 일러뒀대. 그에겐 그게 일상이야. 그런데 왜? 무슨 문제라도 있어?"

"아니, 아니야."

헨슨이 눈을 문지르며 대답했다.

"뭐예요? 지금 몇 시예요?"

에스터가 일어나며 말했다.

"고렌 양하고 같이 있어?"

앙투안이 놀란 목소리로 물었다.

"어? 응. 같이 아침식사를 하려고."

헨슨이 얼버무렸다.

"오오. 룸서비스?"

앙투안이 말했다.

"아, 아니……."

"Rien voir, rien dire(본 게 없으니 말할 것도 없겠지). 그건 그렇고 자코브 민스키와 그의 변호사들이 두 시에 미술관에 온다는군. 그림을 살펴보고 감정위원들과 얘기를 나누고 싶다는데, 자네도 올 거지?"

"응."

헨슨이 대답했다. 그리고 송화구를 손으로 덮은 뒤 에스터에게 빠르게 설명했다.

"민스키가 여기까지 왔다고요?"

헨슨이 어깨를 으쓱했다.

"다음 단계를 결정하려나 보군요."

에스터가 말했다.

"30분 있다 갈게."

헨슨이 송화구에 대고 말했다.

"서두르진 마."

앙투안이 장난스럽게 말을 이었다.

"두 시가 되면 더 많은 정보를 얻을 수 있을 거야."

"그럼 이따 보지."

헨슨이 그렇게 말하고 수화기를 내려놓았다.

에스터가 거울을 보며 머리카락을 손가락으로 쓸어 넘겼다.

"몰골이 말이 아니네요. 얼마나 잤어요?"

"열두 시가 조금 넘었어요."

"당신은 날 유혹하지 않았죠?"

"맙소사, 그럴 리가요! 어떻게 그런……."

에스터가 미소지으며 집게손가락을 그의 입술에 가져다 댔다.

"쉬, 그냥 농담한 거예요, 이글 스카우트. 그게 당신한테 일어날 만한 가장 끔찍한 일인 것처럼 반응하지 않아도 돼요."

"그런 뜻은 아니었어요."

에스터가 다시 미소지었다.

"알아요."

"그러니까 지금 우리는 공적인 일로……."

"굳이 설명할 필요 없어요, 마틴. 정말로요."

에스터가 그를 향해 몸을 숙였다.

"그러니까 내가 꼭 당신을 괴롭히는 것 같잖아요."

헨슨이 입술을 벌린 채 에스터를 올려다보였다. 면도를 하지 않아 볼이 거무스름했다. 머리카락 한 뭉치는 옆으로 우스꽝스럽게 뻗쳐 있었다.

"한 시간 후에 로비에서 만나요. 그동안 난 따뜻한 물에 몸을 담가야겠어요."

"당신이 매력적이지 않다는 건 아니에요."

헨슨이 말했다.

"그 말을 들으니까 기분이 더 낫네요!"

에스터는 문가에서 헨슨에게 눈짓을 보내며 말을 이었다.

"내가 매력적이지 않게 보일까 봐 걱정했어요."

헨슨은 에스터가 문밖으로 사라질 때까지 아무 말도 못하고 눈만 깜박였다.

"나는 내가 긱정돼요."

헨슨이 혼잣말로 중얼거렸다. 차라리 다른 누군가가 자신에게 무언가를 지시하는 편이 더 쉬울 거라는 생각이 들었다. 그러나 헨슨은 자신의 일에서 탄탄한 입지를 굳히고 싶은 바람이 있었다. 직접 특별조사단의 구성원을 모으고 활발한 활동을 벌이는 것. 헨슨은 에스터가 잠을 자는 동안 들렸던 부드러운 숨소리를 기억했다. 이대로 끝까지 일에 전념할 수 있을까?

자코브 민스키처럼 나이가 많은 노인이 시차를 극복하며 해외여행을 하기란 쉽지 않은 일인데, 그는 말끔한 정장 차림이었고 에스터가 헨슨과 팔짱을 끼고 회의실 안으로 들어오는 걸 보고 환한 미소를 지었다.

"오래간만이군, 고렌 양."

민스키가 에스터에게 말했다.

"오랜만이라뇨, 민스키 씨. 며칠 전에도 봤는데요."

에스터가 말했다.

"하지만 난 오래간만에 보는 것 같군!"

"안녕하세요, 민스키 씨?"

헨슨이 말을 건넸다.

민스키는 그의 말을 무시하며 에스터에게서 눈을 떼지 않았다.

"내 나이가 되면 시계는 아무 소용이 없지. 내가 오래되었다고 느끼면, 오래된 거라오."

민스키의 미국인 변호사는 민스키가 혹시나 자신들이 미리 입을 맞춘 잠재적인 타협안을 에스터에게 불지 않을까 하는 초조한 마음에 주위를 서성였다.

"여행은 어땠나요, 웨스턴 씨?"

"시차에 조금 적응이 안 되지만, 뭐 견딜 만은 합니다, 고먼 양."

"고렌이에요."

"아."

민스키는 에스터와의 대화를 방해한 웨스턴에게 화가 난 것처럼 그를 노려보았다.

"그래서."

민스키가 다시 말했다.

"아가씨는 그들이 내 그림을 훔칠 거라고 생각하오?"

"어르신의 것은 아무도 훔치지 못해요."

에스터가 대답했다.

"하! 그들은 원하면 언제라도 그렇게 할 거요. 진짜 고흐인지 아닌지는 중요치 않아. 원한다면 훔치려 들 거요."

"그런 일이 없도록 하기 위해 저희가 온 겁니다, 자코브."

웨스턴이 말했다.

"이제 자리에 앉아 주시겠습니까? 그래야 감정위원 여러분도 빨리 작업을 하실 수 있습니다."

앙투안이 말했다.

크레스피와 이아레라는 이탈리아어로 대화를 나누며 자리에 앉았다. 요스트 베르겐은 아직 잠에서 덜 깬 듯 서투르게 면도한 얼굴로 의자에 기운 없이 앉아 있었다. 탁자 머리에 앙투안이 앉았고, 민스키를 사이에 두고 양옆에 두 명의 네덜란드 변호사와 클레이 웨스턴 변호사가 앉았다.

"커피 마실 분 계세요? 홍차도 있어요."

"커피."

베르겐이 말했다. 그의 머리는 헝클어져 있었다.

"어서 본론으로 들어가시오. 난 오후에 낮잠을 자야 하오."

민스키가 재촉했다.

"몇 명이 빠졌군요."

웨스턴 변호사가 말했다.

"로이츠 박사님은 아직 이렇다 할 말씀이 없었습니다. 뚜렷한 성과가 나타나려면 좀더 시간이 필요하겠지요. 다행히도 고흐의 편지에서 '아브라함의 아들'이 언급된 대목을 발견했다고 하니 가능성을 기대해볼 만합니다. 편지는 진짜임이 밝혀졌지만, '아브라함의 아들'이 정확히 민스키 씨의 삼촌을 가리키는지는 아직 미지수입니다. 현재 로이츠 박사님은 이 자비로운 남자에 대해 더 언급한 자료가 있는지를 찾고 계십니다."

"페오도르 삼촌이 분명하오. 이 세상 그 누구보다 자비로운 분이셨지."

민스키가 말했다.

"허나 로이츠 박사님은 아직까지 고흐가, 어쩌면 선생님의 삼촌일지 모르는, '아브라함의 아들'에게 그림을 주었다는 대목을 발견하지 못했습니다."

"차후에 그 편지들을 직접 볼 수 있겠지요?"

네덜란드 변호사 중 한 명이 물었다.

"물론 가능합니다. 로이츠 박사님은 지금쯤……."

앙투안이 손목시계를 흘긋 보며 말을 이었다.

"기차를 타고 파리로 떠났을 겁니다. 고흐가 테오도르 민스크를 그린 소묘를 거기서 찾을 수 있을 거라고 확신하십니다. 제1차 세계대전 후에 출간된 두 권의 책에도 그 소묘에 관한 언급이 있었고요."

"그런데 헤리트 토른은 보이지 않는군요?" 웨스턴이 물었다.

앙투안은 여전히 무표정한 얼굴로 대답했다.

"아쉽게도 연락이 닿지 않았습니다."

"연락이 닿지 않았다니요?"

"네 제때에요. 발레아라 교수님은 곧 오실 겁니다."

앙투안이 말했다.

"좋아요, 좋아. 그건 그렇고 내 그림은 어떻소?"

민스키가 물었다.

"실례지만."

크레스피가 입을 열었다.

"우리가 암스테르담에 모인 목적은 그림의 진위를 가리기 위함이지 그림의 주인이 누구인지를 밝혀내기 위함이 아닙니다."

"그래요."

요스트 베르겐이 커피잔에 설탕을 더 넣으며 그의 말을 거들었다.

"왜 이 모임을 해야 하는지도 난 이해할 수 없어요."

"왜냐하면 민스키 씨는 자신의 재산과 관련해 어떠한 사실도 알 권리가 있기 때문입니다."

웨스턴이 대답했다.

"그럼 차분히 결과를 기다리시라고 해요."

베르겐이 말했다.

그때 헨슨이 끼어들었다.

"민스키 씨, 미국 재무부는 각국의 대표들과 함께 특별 조사단을 결성해 전쟁 중에 약탈당했거나 도난당한 미술품에 관해 대대적인 조사를 벌이고 있습니다. 소유권을 원래의 주인에게 되찾아주는 것이 저희의 임무입니다."

"고렌 양은 당신의 동료요?"

민스키가 물었다.

헨슨이 에스터를 바라보았다.

"네. 적어도 이 건이 마무리될 때까지는요."

에스터가 대답했다

"그렇다면, 난 이 젊은 양반을 믿겠소. 내가 고렌 양을 믿으니까."

"필요하다면, 자코브, 우리의 권리를 주장하기 위해 법원에 심사를 청구해야 할 거예요."

웨스턴이 그렇게 말하자, 네덜란드 변호사들이 고개를 끄덕였다.

"웨스턴. 난 페오도르 삼촌이 그림을 독일군에게 빼앗긴 증거를 원하네. 그렇지 않다면 아무 의미가 없어."

민스키가 말했다.

그때 에스터가 민스키에게 몸을 숙였다.

"만약 그림이 위조된 거라면, 저와 민스키 씨가 아무리 원한다 하더라도 조사가 계속될 가능성은 없을 거예요."

"페오도르 삼촌이 거짓말쟁이가 아니라는 걸 밝혀내야 하오. 삼촌은 분명히 고흐에게서 그림을 받았다고 하셨소. 삼촌이 거짓말을 했을 리 없어! 민스키 가문은 절대 거짓말 따윈 하지 않아요."

"이제 시작해도 되겠습니까?"

베르겐이 말했다.

"저는 방사성 탄소 연대 측정을 위해 캔버스에서 견본을 추출했습니다. 만약 견본이 손때가 묻었거나 젖었거나 아니면 벌레가 묻어 오염되었다면, 정확한 분석을 내리기 어려웠겠죠. 섬유와 짜임으로 볼 때, 고흐가 창작 활동을 했던 시기인 1885년에서 1890년 사이에 제조된 캔버스들과 일치합니다. 또한 시간의 경과에 따른 자연스러운 변화가 있었어요. 그런 점에서 고흐가 그 캔버스에 그림을 그렸을 가능성은 현재까지 높다고 할 수 있습니다."

"아주 훌륭해요."

네덜란드 변호사 중 한 명이 말했다.

"물론 그림이 진짜라고 말하기는 아직 이른 감이 있습니다. 좀더 시간을 두고 분석해봐야 정확한 판단을 내릴 수 있겠죠. 오늘 아침엔 이 정도로 충분하다고 생각합니다만?"

"파올로 크레스피 박사님은 안료를 분석하는 일을 맡고 계십니다."

"네."

크레스피가 말을 받았다.

"그러나 아직 갈 길이 멉니다. 이 시점에서 말씀드릴 수 있는 건 베르겐 교수처럼 저 역시 안료에서 의심되는 점을 발견하지 못했다는 겁니다. 한 가지 예를 들자면, 노란색은 고흐가 자주 쓰던 크롬 옐로가 맞으며, 시간이 흐르면서 자연스럽게 퇴색한 것으로 보입니다."

웨스턴은 그 부분에 대해 더 많은 설명을 듣길 원했다. 크레스피는 또

한 고흐가 자주 구입했던 파란색 안료에 대해서도 설명했다. 크레스피와 웨스턴 사이에 안료의 화학적 분석에 관한 이야기가 계속 오가는 동안, 에스터는 토른의 아파트에 걸린 자화상에서 채취한 노란색 안료를 떠올렸다. 만약 안료의 성분이 서로 일치한다면, 토른이 고흐의 자화상을 위조했을 가능성은 높아질 것이다.

"느낌이 아주 좋군요."

웨스턴은 사뭇 들떠 보였다.

"다시 말씀드리지만, 아직까지는 중간 결과에 불과합니다."

앙투안이 그 점을 상기시켰다.

"그렇다 해도 바람은 계속 한쪽으로만 불고 있군요."

헨슨이 말했다.

그때 라우라 이아레라가 입을 열었다.

"제가 말씀드릴 수 있는 건, 그림이 일정 기간 동안 남유럽에 있었다는 겁니다."

"아를!"

민스키가 말했다.

"장담할 수는 없습니다. 그런데 유럽 꽃가루에 관한 데이터베이스가 아를에 있다는 거 아세요? 기묘한 우연의 일치죠?"

그녀가 탁자 주위를 흘끗거렸으나, 아무도 반응하지 않았다.

"여하튼."

그녀가 다시 말했다.

"제가 추출한 견본에는 올리브 꽃가루가 가장 많았습니다. 올리브의 원산지는 소아시아지만, 고흐는 올리브 나무를 자주 그렸어요. 그리고 온화한 기후에서 잘 자라는 측백나무과에 속한 사이프러스의 꽃가루들도 있었고요."

"고흐는 사이프러스도 즐겨 그렸죠!"

앙투안이 말했다.

"음, 사이프러스는 널리 퍼져 있지만, 하나의 지표가 될 수 있어요. 또한 유럽에서 가장 많이 자라지만 미국에서도 잘 자라는 호밀풀류도 보였어요. 꽃가루 중 일부는 미국에 분포해 있는 것이라 처음에는 당황스러웠지만, 그림이 시카고에서 발견되었기 때문에 어느 정도 납득은 갑니다. 일단 미국인 동료의 자문을 구한 다음 좀더 세밀한 목록을 작성할 예정입니다. 만약 그림이 네덜란드에서 약탈된 거라면, 베네룩스 3국(Low Countries, 벨기에 네덜란드 룩셈부르크)의 꽃가루도 있을 거라고 생각했어요. 그리고 그 꽃가루들도 발견했습니다. 무엇보다 우리에게 중요한 것은 남유럽 고유의 꽃가루들입니다. 그리고 그림이 마르는 과정에서 안료에 묻은 몇 개의 꽃가루도 발견했습니다."

"아주 결정적인 증거로군요."

웨스턴이 말했다.

헨슨은 방금 그의 눈동자에서 달러 표시를 본 것 같았다.

"오일이 완벽히 마를 때까진 시간이 좀 필요했겠죠?"

앙투안이 말했다.

"충분히요."

크레스피가 말했다.

"아."

앙투안이 자리에서 일어났다.

"발레아라 교수님! 어서 오십시오!"

모두가 일제히 고개를 돌려 백발의 스페인 남자가 커다란 마닐라지 봉투들과 둘둘 말린 종이들을 어수선하게 팔에 끼우고 걸어오는 모습을 보았다.

"잘들 지냈소?"

발레아라가 간단히 목례를 하며 말했다. 그때 봉투 하나가 바닥에 떨어졌다. 헨슨이 그것을 대신 주웠다.

"사진들을 좀 가져왔어요."

발레아라가 말했다.

"그러실 필요까지 없는데요, 교수님. 저희는 단지 지금까지 분석한……."

발레아라가 앙투안의 말을 잘랐다.

"알고 있네. 그런데 흥미로운 점을 발견했지 뭔가."

발레아라가 봉투에서 사진을 꺼내기 시작했다.

"이건 적외선 사진이군."

그리고 그것을 옆에 내려놓았다.

"여기 있군요. 여기, 차세대 기술인 디지털 X선으로 찍은……."

발레아라가 크레스피 쪽으로 고개를 돌리며 말을 이었다.

"아, 볼로냐 대학에서 개발된 것이지요."

"그 X선 사진에서 무엇을 발견했습니까?"

앙투안이 물었다.

"그렇네. 매우 흥미로워."

발레아라가 그렇게 말하며 사진을 탁자 위에 내려놓았다. 사진이 둘둘 말려 있어서 한쪽 끝을 베르겐의 커피잔으로 고정했다. 민스키를 제외한 모두가 자리에서 반쯤 일어나 목을 길게 빼고는 사진을 들여다보았다.

"처음에는 이 기술을 완전히 신뢰하지 않았지만, 이제 디지털 이미지까지 구현된다는 걸 믿게 되었지요."

"이건 밑그림이군요?"

크레스피가 물었다.

"자, 지금부터 제가 하는 말이 틀렸다면 정정해주세요. 고흐는 때때로 조증의 증세를 보였지요. 며칠 동안 극도로 흥분한 상태에서 줄기차게 그림을 그렸을 거예요."

"과도한 집필벽과도 같은 거죠."

앙투안이 발레아라의 말을 보충했다.

"고흐는 한때 고갱이 오기를 기다리며 아를의 노란색 집을 그림으로 가득 채웠어요."

이아레라도 거들었다.

발레아라가 다시 설명했다.

"그래요. 그러므로 옛 거장들의 그림에서 쉽게 발견할 수 있는 밑그림을 그 시절 고흐의 그림에서 발견하기는 어렵습니다. 거침없이 그림을 그렸다면 색이 마르기도 전에 그 위에 덧칠을 했을 테고, 그리하여 오늘날 X선을 통해서도 밑그림을 발견하기는 어렵습니다. 사실 이것도 완벽한 밑그림이라고 보긴 어려워요. 자, 이 부분을 보시겠어요?"

웨스턴이 말했다.

"내 눈엔 그저 소노그램(초음파를 이용한 검사도)처럼 보이는데요. 그래, 그 사람은 어딨습니까?"

발레아라는 웨스턴의 농담을 무시하며 말을 계속했다.

"바로 이 사진이 디지털 X선으로 촬영한 것입니다."

"이게 보이나요? 이건요?"

"이건 손이군요."

헨슨이 말했다.

"어떻게 다른지 알겠어요?"

발레아라의 물음에 앙투안이 대답했다.

"네! 고흐는 손을 덧그렸군요."

앙투안이 대답했다.

발레아라는 에스터와 헨슨 그리고 변호사들의 어리둥절한 얼굴을 차례로 바라보았다. 이번에는 그림을 정상적인 빛으로 촬영한 커다란 사진을 펼쳤다.

"여기요. 이 부분."

발레아라가 그의 손가락으로 위를 향해 있는 손을 동그라미쳤다.

"이제 알겠어요. 원래의 손은 배에 있었군요."

에스터가 말했다.

"그래요."

발레아라가 대답했다.

"손을 다시 그렸네요."

헨슨이 말했다.

"난 이해가 안 가는데, 그게 무슨 의미죠?"

웨스턴이 물었다.

"그것 말고는 밑그림과 윗그림은 별다른 차이가 없어 보여요. 수정을 하지 않고 그린 것처럼 말입니다. 왜일까요?"

발레아라가 말했다.

웨스턴이 다시 물었다.

"손이 무슨 신호를 나타내나요? 뭐, 네덜란드 크립스(Crips, 미국의 브루클린을 대표하는 갱 조직의 하나)의 일원이라도 됩니까? 지금 무슨 얘기를 하는 거죠?"

"그 화가가 원래의 그림에 만족하지 않았다는 걸 의미해요."

그때 앙투안이 말했다.

"어쩌면 새로운 사실을 알 수 있는 단서가 될지도 몰라요. 손의 위치는 어떤 특별한 상징이 될 수 있어요. 이를테면 그가 심취했던 불교에 대해서라든가."

웨스턴이 물었다.

"그럼 이 손은 불교에서 취하는 모양인가요? 고흐가 불교에 관심이 있었나요?"

"손이라, 음."

민스키가 말했다.

"그렇다면 그림이 진짜라는 게 더 확실해지는 거군요?"

웨스턴의 말에 발레아라가 어깨를 으쓱했다.

"그건 모르겠지만, 아주 흥미로운 건 사실입니다. 보셔서 알겠지만 고흐는 색을 두껍게 칠하는 경향이 있습니다. 그림을 수정하려면 그 안료를 벗겨내야 하죠. 그렇지 않으면 밑그림이 새로 덧그린 그림에 손상을 주니까요. 그런데 안료가 채 마르기도 전에 제거할 경우 오늘날 밑그림을 제대로 보긴 어렵지요."

"그는 생레미에서 다시 그 노란 집으로 돌아갔나요?"

크레스피가 앙투안에게 물었다.

"아니요. 그런 것 같진 않아요. 더 정확한 건 로이츠 박사님께 문의를 해봐야 알겠지만, 제 생각은 그렇습니다. 그는 생레미 정신병원에 입원했을 때 강렬하고 대담한 그림들을 그렸지만, 결국 스스로의 삶을 포기하면서 그림에도 마침표를 찍었어요. 스스로를 돌아볼 시간을 충분히 갖지 못했죠. 모차르트처럼요."

앙투안이 말했다.

"그래서 그게 어떻다는 겁니까?"

웨스턴이 격앙된 말투로 물었다.

전문가들이 그를 바라보더니 어깨를 으쓱했다.

"그림이 변했다는 거지요. 이 부분은 여기 모인 박사님들이 자세히 조사하실 겁니다."

앙투안이 말했다.

그 순간 그림 속 손이 에스터를 찰싹 때렸다.

"이 그림은 데 호로트의 것이 아니에요."

에스터가 말했다.

"왜죠?"

웨스턴이 물었다.

발레아라가 말을 시작했다.

"하지만 그것까지 알 수는……."

"아니에요. 사진을 한 번 보세요."

에스터가 손 부분을 가리켰다.

"그래서요?"

민스키가 눈을 반짝이며 물었다.

"그리고 X선 사진을 보세요."

"방금 내가 지적한 것처럼 덧그린 거지요, 아가씨."

발레아라가 말했다.

에스터가 헨슨을 바라보았다.

"보이나요?"

"뭐가 바뀌었나요?"

헨슨은 에스터의 의중을 알아채지 못했다.

"언제 말입니까?"

웨스턴이 손을 펴며 말을 이었다.

"고렌 양, 설명을 알기 쉽게 해줄 순 없나요?"

"마틴, 데 호로트 기념 간행물을 가지고 있죠?"

"호텔에 있어요."

헨슨이 대답했다. 그러고는 그림을 실눈으로 보다가 에스터를 바라보더니 그러기를 반복했다.

"두 개의 단추요."

에스터가 말했다.

"두 개의?"

헨슨이 그렇게 말하며 그를 의아스럽게 바라보는 얼굴들을 향해 설명했다.

"데 흐로트 박물관과 학교를 기념하는 연감 같은 거예요. 고렌 양은 그 간행물에 실린 고흐의 드로잉에 대해 말하는 겁니다."

"드로잉?"

웨스턴이 물었다.

"네. 아마도 비용 절감을 위해 사진을 찍지 않은 모양이에요."

헨슨이 대답했다.

"어쩌면 카메라의 플래시 불빛에 그림이 손상될까 봐 염려했을 수도 있지요."

발레아라가 말했다.

"섬광 전구요."

앙투안이 말을 보충했다.

"아니면 폭약 때문이거나."

발레아라가 말했다.

그때 에스터가 끼어들었다.

"제 말의 요점은 그 드로잉에 단추가 두 개였다는 거예요. 드로잉에서 손은 두 개의 단추 사이에 올려져 있었어요. 그런데 이 그림에서 단추는 손 아래에 오직 하나뿐이에요."

"하지만 X선에 포착된 밑그림에는 단추가 두 개예요."

크레스피가 말했다.

"그렇죠. 데 흐로트 박물관에 있던 그림도 단추가 두 개였어요. 그렇지 않으면 토른이 그렇게 그렸을 리가 없어요."

"그건 그냥 드로잉이에요. 단순히 실수한 건지도 모르죠."

헨슨이 미심쩍은 듯 말했다.

"무슨 실수?"

앙투안이 물었다.

"그 드로잉은 사람들에게 고흐의 그림을 소개할 목적으로 그린 거예요. 정확히 그릴 의도는 없었을 거예요. 그건 어디까지나 스케치니까요."

헨슨이 말했다.

"정말로 토른이 되는 대로 그렸을 거라고 생각해요?"

에스터가 물었다.

"내 생각에는 그렇다는 거예요."

"그에게 직접 물어봐야겠군요."

웨스턴이 말했다.

"그를 찾게 되면요."

앙투안이 덧붙였다.

웨스턴이 자못 진지하게 선언했다.

"음, 그렇다면 시카고에서 발견된 그림이 데 흐로트에 걸렸던 그림은 아니라는 거군요. '단추가 하나인' 이 그림은 저희 고객의 그림이 분명합니다."

그러나 앙투안의 얼굴은 회의적이었다.

"글쎄요. 과연 스케치 하나가 그걸 증명해줄까요? 어쩌면 고의가 아닌 실수로 달라진 걸 수도 있지 않을까요?"

그러자 에스터가 설명했다.

15장 단추 **241**

"토른은 자신의 자화상도 그렸어요. 고흐를 흉내내면서요. 손은 X선으로 투시한 밑그림과 마찬가지로 두 개의 단추 사이에 있었어요."

"어쩌면 무언가를 암시하는 단서가 될 수도 있겠네요."

크레스피가 눈을 번득이며 말을 이었다.

"그러나 아직 단정 짓긴 곤란해요. 안료를 분석해봐야 알아요. 이 부분은 제가 조사해보죠. 손은 훨씬 나중에 덧그린 게 아닐까요?"

"그럼 그 덧그림이 그림을 위장하기 위한 시도였다는 건가요? 그럴리 없어요. 전 면밀히 분석했습니다."

발레어라가 말했다.

"하지만 가능성을 무시할 수는 없어요. 만약 이 '위장'이 1940년대에 이뤄졌다 해도 그것은 결코 최근이라고 할 수 없어요."

크레스피가 말했다.

"하지만 말이 안 됩니다."

발레어라가 반박했다.

"일단 조사해보지요."

헨슨이 말했다.

"하는 김에 이것도 같이 해주세요."

에스터가 그렇게 말하며, 토른의 자화상에서 채취한 안료를 싼 휴지를 크레스피에게 건넸다.

크레스피가 휴지를 펼치며 물었다.

"이게 뭐지요? 크롬 옐로처럼 보이는데."

"고흐의 노란색과 일치하는지 분석해주세요. 그러고 나서 설명해드릴게요."

헨슨이 호기심 어린 눈으로 에스터를 보았지만, 아무 말도 하지 않았다. 크레스피가 어깨를 으쓱하며 말했다.

"원하신다면."

웨스턴이 자신의 고객에게 가까이 몸을 숙이고 속삭였다.

"단추라!"

민스키가 외쳤다.

"단추가 뭐가 어쨌다는 거요? 이 그림은 삼촌의 집에 걸렸던 그림이 분명하오. 뭐가 덧그려졌는지 내 알 바 아니오. 그 그림은 내가 본 그대로였소."

"그러므로 그림은 민스키 씨의 것이 틀림없습니다."

웨스턴이 노인의 팔을 두드리며 말을 계속했다.

"데 흐로트의 것일 리가 없습니다. 익히 알고 있는 것처럼 그 그림은 불에 타버렸지요."

"그런데 꽃가루를 분석한 결과 그림은 네덜란드가 있는 유럽 북부에서도 얼마 동안 머물렀어요."

이아레라 박사가 말했다.

"어쩌면 미국으로 가져가는 도중에 잠깐 머무른 건지도 몰라요."

베르겐이 말했다.

"어쩌면요. 하지만 그 꽃가루들은 찾기가 어렵지는 않았어요."

"박사가 주안점을 두어야 할 부분은 안료에 파묻힌 꽃가루를 찾아내서 분석하는 겁니다. 그래야 어디에서 그림이 그려졌는지 알 수 있지 않겠어요?"

"음, 회의는 이쯤에서 마무리하죠?"

이아레라가 말했다.

"네, 좋습니다!"

앙투안이 말했다.

"어쨌든 이 그림은 페오도르 삼촌의 집에 걸려 있던 그림이 분명해요.

자, 그럼 마저 일하시오."

민스키가 말했다.

"우리는 그림이 소중히 다뤄지길 원합니다."

민스키의 네덜란드 변호사들 중 한 명이 말했다.

"당장 지금부터요!"

웨스턴이 그의 말을 거들었다.

헨슨은 그들에게 그 기념 간행물이 곧 안전하게 보관될 거라고 말했다.

"모두가 볼 수 있도록 복사를 하는 것도 좋겠군요."

그리고 에스터에게 눈짓을 보냈다. 그들은 곧 구석으로 걸어가 얘기를 나누었다.

에스터가 말했다.

"난 그림이 정말 민스키 씨의 거라고 생각해요. 또 그러길 바라고요."

"어쩌면요. 언제 손을 덧그렸는지에 따라 달라지겠죠. 결과가 나오면 알 수 있을 거예요."

헨슨이 아무도 엿듣지 못하게 나직한 목소리로 말을 이었다.

"내가 지금 무슨 생각을 하는지 알아요?"

"마이어베어가 그림을 훔친 게 분명하다고요?"

"아니요. 토른이요. 한번 생각해봐요."

헨슨이 말했다.

그제야 에스터는 헨슨의 말을 이해했다. 그들은 말없이 고개를 끄덕였다.

"그토록 데 흐로트의 고흐에 친숙하다면, 어째서 이 그림을 데 흐로트의 것이라고 선언했을까요?"

"바로 그거예요. 토른은 어쩌다 한 번 박물관에 들른 관람객이 아니었어요. 파머 하우스에서 그림을 보고 거의 실신할 뻔했죠. 그림이 여전히 존재하는 줄 몰랐던 것처럼. 그림이 불에 타 사라져버린 줄 알았던 것처럼."

"그건 순수한 반응이었을 수도 있어요. 그런데 궁금한 건, 자신의 명예에 금이 갈 수도 있는 위험을 무릅쓰고 왜 그림을 진짜라고 선언했을까요?"

"혹시 그가 덧그린 건 아닐까요? 위장하기 위해서? 그렇게 해서 그가 얻는 게 뭐죠? 가엾은 민스키 씨! 만약 토른의 자화상에서 채취한 안료가 마이어의 고흐에서 채취한 안료와 일치한다면, 토른이 대단한 위작자라는 게 만천하에 밝혀질 거예요."

"어쨌든 우리는 그 망할 놈의 영감탱이를 찾아서 얘길 들어봐야 해요" 헨슨이 말했다.

"오, 마틴 헨슨이 성을 낼 때도 다 있군요!"

"당신은 아직 나에 대해 몰라요. 자, 갈까요?"

16장
토른 부인

에스터와 헨슨은 다시 토른의 암스테르담 아파트에 들렀다. 그사이 토른이 다녀갔거나 아니면 거기에 있을지 모른다고 생각해서였다. 그러나 에스터가 토른의 자화상을 본 이후 누가 왔다간 흔적은 없었다. 그렇다면 토른이 시카고 고흐를 데 호로트 고흐로 잘못 안 걸 스스로 눈치챘다는 증거가 아닐까. 그들은 침실 벽에 걸린 토른의 자화상을 차 트렁크에 실었다. 총탄 세례와 실종 사건은 최근 들어 빈번히 일어났다. 이어서 에스터와 헨슨은 토른의 별장을 방문하기 위해 차의 시동을 걸었다. 베크베르흐 근처에 있는 그 별장은 한때 데 호로트 가문의 저택이었다. 헨슨이 휴대전화로 네덜란드 경찰 및 인터폴과 통화를 시도하는 동안, 에스터가 차를 운전했다.

만프레트 스토크 혹은 게르하르트 브레버로 알려진 남자는 국제적 지명 수배자임에도 불구하고 전혀 위치 추적이 안 되었다. 지금까지 당국이 수사한 바에 따르면, 유럽을 떠난 사람 중에서 그러한 이름은 없었다. 그러나 그에게는 더 많은 이름과 여권이 있을 게 분명했다. 심지어 어딜 가든 쉽게 머리 염색제를 구할 수 있었을 테니 말이다. 경찰이 오후에 토른의 별장을 다녀갔지만, 거기에 살고 있는 관리인은 토른이 어디에 있는지 모른다고 말했다. 헨슨은 1947년에 있었던 토른의 전범 재판에 관한 법적 기록을 알기 위해 인터폴에 복사본을 부탁했다. 전화를 끊은 후, 헨슨은 안톤 호우델레이크 같은 사람들이 오히려 스토크에 대해 더 잘 알거나 단추에 대한 의문점을 해결해줄지 모른다고 생각했다.

에스터는 운전하는 동안 어머니를 생각했다. 새뮤얼 마이어가 스테판 마이어베어라는 의심이 들 때마다 한쪽 가슴이 아려왔다. 그러나 수용소에서 교도관에게 고문을 당하고, 자신을 구해줄 거라고 의심치 않았던 군인들에게 반복적으로 겁탈을 당한 여자에게는 그 충격이 열 배나 더 컸을 것이다. 아마도 알츠하이머병은 기억 속에서 그녀를 끊임없이 괴롭히던 끔찍한 과거의 산물일 것이다. 그 기억은 오로지 망각을 통해서만 해독될 수 있는 독이었다. 에스터는 그동안 이 조사를 계속하는 이유가 다름 아닌 어머니를 위해서라고 생각했다. 그러나 어떤 판단이 내려지든, 어떤 진실이 밝혀지든, 어머니는 전혀 알 수 없거니와 올바른 평가를 내릴 수도 없었다. 그렇다. 에스터는 자신을 위해 이 일에 동참하고 있다는 걸 인정할 수밖에 없었다. 그리고 아무 소득 없이 집으로 돌아가야 할지도 모른다. 어머니는 답을 줄 수 있었지만, 이제 그 기회는 사라졌다. 고흐의 자화상은 답을 줄 수 있을지도 모르지만, 아무리 전문가들의 도움을 받더라도 답을 기대하기는 그리 쉽지 않았다. 게다가 에스터는 처음보다 더 많은 의문을 품게 된 걸 인정해야 했다.

읍사무소 직원의 설명을 들은 에스터와 헨슨은 양옆에 수로가 있는 에움길을 따라 달렸다. 길은 상당히 좁아 두 대의 피아트 자동차가 서로 지나가다가 부딪칠 수도 있을 것 같았다. 길이 왼쪽으로 구부러졌을 때, 옆에 나무숲이 보였다.

"저기예요!"

에스터가 말했다.

땅은 경사가 낮아지면서 작은 강과 돌다리로 이어졌다. 그리고 경사가 높은 다른 지면에 돌로 된 3층짜리 저택이 세워져 있었다. 마치 19세기의 우체국이나 도서관처럼 무척 튼튼하고 안정감이 있어 보였다. 땅에는 잔디가 자라 있고, 건물 주변을 제외하면 한 번도 깎지 않은 듯 무성했다. 에스터는 주변을 관찰하기 위해 저택과 조금 떨어진 곳에 차를 세웠다.

"무슨 생각해요?"

헨슨이 물으며 창문을 내렸다. 축축한 잔디에서 풍기는 냄새가 차 안에 가득 스며들었다.

"어셔 가의 저택이요. 그뿐이에요. 기념사진에 찍힌 가톨릭 학교처럼 창문 위가 아치형이네요."

에스터가 말했다.

"학교 부지는 조금 더 내려가면 있을 거예요. 이상하게 개 짖는 소리가 안 들리는데, 혹시 들었어요?"

"더 심각해요. 저길 봐요, 거위들이에요."

에스터가 꽥꽥 우는 거위들을 가리켰다. 잔디에 흩어져서 먹을 것을 찾으며 돌아다니고 있었다.

"이런."

헨슨에게 거위는 개보다 훨씬 더 다루기 어려운 동물이었다. 거위에 비하면 개 앞을 슬금슬금 지나가는 건 일도 아니었다. 자동차의 경적 소리가 곧 잠자는 매머드를 깨울 것이다.

"방금 저기 일층 창문으로 누가 지나갔어요."

"나도 봤어요."

"경찰이 말한 그 관리인일까요? 그럼 토른 부인과 저기에 살고 있다는 건가요?"

"아마 그럴 거예요. 토른 부인은 매우 늙었으니까요."

"문제없어요. 나한테 맡겨요."

에스터가 말했다.

"아니요. 그렇지 않아도 우린 네덜란드 법을 충분히 어겼어요. 내 생각엔……."

"이런 일이 생길까 봐 날 당신 팀에 합류시키려는 게 아니었어요? 날 믿어요. 아무도 모르게 들어가서, 필요하다면 노부인의 귀에서 보청기를 뺄 수도 있어요. 그럼 아침이 올 때까지 전혀 눈치채지 못할 거예요."

"때로는 정면 돌파가 나은 법이에요."

"미국인이란."

에스터가 투덜댔다.

"앞으로 가죠."

"순진하시긴."

헨슨이 싱긋 웃었다.

"날 한번 믿어봐요, 에스터."

차가 다리를 건너자마자 거위가 몰려와 꽥꽥 울기 시작했다. 늙은 여자가 일층 창문에 모습을 비추었다. 곧이어 현관 밖으로 걸어 나왔다. 그녀가 두른 앞치마에 오렌지색 음식물이 묻어 있었다. 거위들이 꽥꽥 울며 부리를 들고 그들을 미심쩍게 올려다보았다. 빵이라도 한쪽 던져주길 바라는 눈치였다. 헨슨은 거위들의 커다란 몸집을 보고 적잖이 놀랐다. 가장 큰 거위는 헨슨의 넥타이 매듭을 쫄 수도 있을 것 같았다.

"안녕하세요, 부인."

헨슨이 말했다.

"저는 마틴 헨슨이라고 합니다. 그리고 이쪽은 에스터 고렌입니다. 실례합니다만, 영어를 할 줄 아시나요?"

"네."

여자가 대답했다.

"저희는 토른 박사님과 토른 부인을 만나러 왔습니다. 이미 약속을 했습니다."

"토른 교수님은 여기에 안 계세요."

여자가 무뚝뚝하게 말했다.

헨슨은 당황한 듯 에스터를 바라보았다.

"하지만 이해가 안 가는군요. 오늘 저희와 만나기로 했는데 말입니다. 토른 부인과 함께요."

"토른 부인은 손님을 받지 않으세요."

"우린 멀리서 왔어요! 중간에 무슨 착오가 있었나 보군요. 토른 부인과 얘기할 수 있을까요?"

관리인은 음절 하나하나에 힘을 주어 다시 말했다.

"토른 부인은 손님을 받지 않으세요."

"그러면 토른 박사님과 연락할 수 있는 방법이 있나요?"

여자가 고개를 저었지만, 헨슨은 집요했다.

"부인도 알고 계시겠지만, 전 미국에서 온 헨슨입니다. 토른 박사님과 예술대학의 유럽 캠퍼스 조성을 위한 부지 계약을 논의하러 왔습니다. 토른 박사님이라면 우리가 공항으로 돌아가기 전에 건물 안을 둘러보도록 허락을……"

"전 아무 얘기도 못 들었어요."

"하지만 누군가는 토른 박사님과 연락할 방법을 알고 있어야 할 텐데요? 부인이 아프실 경우를 대비해서요."

"부인은 지금 아프세요. 연세가 많으니까요."

"그렇군요."

"죄송하지만, 전 도와드릴 수가 없네요."

그녀가 문을 닫기 전에 에스터가 앞으로 걸어갔다.

"그냥 둘러보기만 하면 안 될까요? 만약 건물이 마음에 들지 않으면, 토른 박사님의 시간을 뺏을 필요도 없을 거예요. 하지만 그냥 이대로 돌아갈 수는 없어요."

"그래 주시면 토른 박사님이 무척 고마워하실 거예요. 물론 저희도요."

헨슨이 그렇게 말을 받았다.

관리인이 그들을 멀뚱멀뚱 바라보았다.

"토른 부인은 건강했을 때, 관광객들에게 가끔씩 정원을 개방하셨어요. 그때마다 조금이나마 입장료를 받았는데……."

그녀가 입술을 오므렸다.

"5유로 정도?"

헨슨이 20유로를 내밀었다.

"이거면 될까요?"

관리인은 그들 뒤를 흘긋 보더니 돈을 받았다.

"가져갈 건 아무것도 없어요."

여자가 문 쪽으로 걸어가며 말을 이었다.

"직접 둘러보세요. 하지만 부인을 방해해선 안 돼요."

그들은 열려 있는 커다란 문으로 들어갔다. 돌출촛대에 꽂힌 양초의 희미한 불빛이 거실 안을 어슴푸레하게 비추었다. 목조 부분은 어두운 색을 띠었고, 가구는 마치 이 집이 지어진 순간부터 오래되었을 것처럼 보였다. 건물 안의 축축하고 음침한 공기는 신선한 바깥 공기와 결코 섞일 수 없었다.

"고마워요……."

에스터가 말했지만, 관리인은 이미 사라진 뒤였다.

"좋아요."

헨슨이 계단을 가리키며 속삭였다.

"난 올라갈 테니 당신은 여길 뒤져봐요. 토른의 행방을 알 수 있는 단서를 찾아보죠."

"서둘러요."

에스터가 말했다.

헨슨이 계단을 올라가는 동안, 에스터는 벽난로에서 오래된 연기가 피어나는 응접실로 향했다. 벽난로 앞에 놓인 의자는 스페인풍이었고 매우 낡았지만 고급스러워 보였다. 의자를 제외하면 응접실 안은 오히려 고대 스파르타풍 일색이었다. 새장과 같이 생긴 진열장 안에 마개 있는 유리병들이 진열되어 있었다. 가죽 장정의 책들이 꽂혀 있는 책장도 보였다. 벽난로 위에는 렘브란트의 그림이 걸려 있었다. 벽난로 바로 위라 시커멓게 그을렸고, 액자를 한 번도 닦지 않은 것 같았다. 그래서 화창한 날의 풍경은 음울한 밤의 풍경으로 바뀌어 있었다. 그림에는 사기 파이프를 든 두 명의 신사가 시골 길을 걸으며 대화를 나누고 있고 농작물을 수확하는 농부가 그들을 바라보는 장면이 묘사되어 있었다.

에스터는 뒤에서 관리인이 자신을 훔쳐보고 있지 않을까 해서 흐릿한 거울을 흘긋 보았다. 그런 다음 몇 개의 서랍을 열었다. 잡동사니들. 종이집게. 10여 장의 탑승권. 탑승권은 거의 1년 이상 된 것들이었다. 소테른 화이트 와인을 구입하고 받은 영수증. 휘갈겨 쓴 노트. 그것은 토른의 것일까? 노트 안에는 날짜와 시간이 적혀 있었다. 에스터는 '새뮤얼 마이어'라는 이름을 보았다고 생각했다. 그러나 불빛이 비치는 곳으로 노트를 들었을 때, 그것은 암스테르담 공항의 이름인 '스키폴'이었다. 다음 장에는 전화번호들이 빼곡히 적혀 있었지만, 에스터에게 아무런 의미가 없었다.

에스터는 다음 방으로 향했다. 한때 무도장(舞蹈場)이었을 것처럼 꽤 컸고,

오랫동안 아무도 사용한 것 같지 않았다. 벽을 따라 놓인 의자들에 하얀 시트가 덮여 있었는데, 마치 유령의 뼈대 같았다. 맞은편 끝에 프랑스풍의 유리문들이 보였다. 그 문들은 이 건물과 동떨어진 것처럼 보였으나, 유리는 매우 깨끗했다. 에스터가 그쪽을 향해 타일 바닥을 걷자, 구두 굽에서 또각또각 소리가 났다. 에스터는 바깥에 핀 장미들을 보았다. 선조 세공으로 장식된 테이블. 그리고 터번을 두른 한 여인이 휠체어에 앉아 있었다.

조용히, 에스터는 밖으로 걸어 나갔다.

여자의 터번은 비단이었다. 여자가 마치 눈에 안 보이는 바람을 보려는 것처럼 머리를 조금 기울이자, 햇살이 터번의 주름에 어른거렸다. 여자의 여윈 손이 휠체어 앞 철로 된 부분 위에서 불안하게 움직였다.

"그레헨?"

여자가 가냘픈 목소리로 말했다. 얼굴을 돌렸을 때, 여자의 눈은 촉촉하게 젖어 있었고 공허하며 창백했다.

"그레헨?"

"보른 부인이신가요?"

에스터가 물었다.

"Qui(누구)? Qui est là?(거기 누구예요)?"

에스터는 여자에게 영어를 할 줄 아는지 물을 참이었지만, 프랑스어로 말을 건네기로 생각을 바꿨다. 여자가 네덜란드어로 말하지 않은 건 다행이었다.

"실례합니다."

에스터가 프랑스어로 말했다.

"부인을 방해할 생각은 없었어요. 그저 부인의 아름다운 정원에 감탄해 여기까지 오게 되었어요."

여자는 에스터의 말을 들었지만, 입을 열지 않았다.

에스터는 어머니가 생각났다. 둘 다 공허한 눈빛이었지만, 어머니의 눈보다 이 여자의 눈 속에 더 많은 삶이 어려 있었다.

"전 토른 박사님을 알고 있어요."

에스터가 말했다.

늙은 여인은 고개를 조금 떨구고 "부프"와 같은 소리를 내뱉었다.

"헤리트 빌렘 토른 교수! 박사! 하!"

"네."

에스터가 말했다.

"허풍이야! 다!"

"토른 박사님이요?"

"그는 뭣도 아니야."

"아니라고요?"

"내 돈을 보고 나와 결혼했어. 날 사랑하지 않았지. 난 바보가 아니야. 그 당시 독일군들의 뜻을 거스를 수 있는 사람은 아무도 없었어."

"그럼 댁의 남편은 독일군들에게서 자유로웠나요?"

"난 그들의 속셈을 알았어. 우린 거부할 수 없었어. 그들은 이 저택을 원했어. 아빠의 저택을."

"토른 박사님은 영향력 있는 나치였나요?"

에스터가 물었다.

"매일 밤 비명소리가 들렸어. 피는 아무리 닦아도 지워지지 않아."

"토른 박사님도 고문에 동참했다는 뜻인가요?"

여자의 얼굴이 굳었다.

"고문? 박사님? 박사님이 누구지? 우리는 그들을 속였어. 뚱보 돼지 괴링을!"

에스터는 입술을 깨물고 여자의 옆에 무릎을 꿇고 앉았다. 어머니에 대한 생각이 물밀 듯 밀려와 마음을 진정시킬 수 없었다. 에스터가 간신히 침을 삼키고 쉰 목소리로 물었다.

"헤리트, 그러니까 부인의 남편이 독일인들에게 그림들을 팔았나요?"

"장미."

여자가 말했다.

"죽은 자들의 냄새가 나지 않아?"

그리고 공기를 들이마셨다.

"우린 모두 흙으로 돌아가. 죽은 자들은 꽃의 뿌리와 줄기를 타고 올라와 향기 속에서 나타나지."

"매우 시적이네요, 토른 부인. 혹시 데 흐로트의 고흐에 대해 기억하시나요?"

에스터가 참을성 있게 물었다.

조용히 앉아 있던 토른 부인이 고개를 부드럽게 저었다.

"베크베르흐 박물관에 걸려 있던 고흐."

그때 산책길에서 누군가가 자길을 밟으며 지벅지벅 걸어오고 있었다. 관리인은 단단히 화가 난 듯 보였지만, 에스터는 입술에 손가락을 대고 속삭였다.

"주무시고 계세요."

관리인이 토른 부인을 한 번 보고 다시 에스터를 보았다.

"토른 부인을 방해해선 안 돼요."

"전 정원을 보러 나왔어요. 그리고 정원이 얼마나 아름다운지에 대해 부인에게 얘기했어요."

"남편과 함께 지금 떠나는 게 좋겠어요. 만약 부인이 토른 박사님께 말씀하시기라도 하면 어떡해요?"

"네, 그는 부인의 말에 귀를 쫑긋 세울 거예요."

에스터가 관리인을 지나쳐 프랑스풍 문을 열고 무도장 안으로 들어갔다.

에스터는 집 뒤편의 작은 방들을 둘러보았다. 화실을 제외하면 아무것도 에스터의 흥미를 끌지 못했다. 쥐가 갉아먹었는지 조금씩 구멍이 나 있는 나무 상자 안에 오래된 캔버스들이 둘둘 말린 채 세워져 있었다. 유일하게 펼쳐진 캔버스는 먼지가 수북이 덮인 이젤 위에 놓여 있었다. 화실 안이 거미들과 쥐들에게 잠식당하기 시작할 무렵에 캔버스는 하얀색으로 애벌칠을 하는 과정이었다. 고딕 양식의 커다란 유리창들은 벌써 몇 년간 한 번도 닦지 않은 것처럼 더러웠다. 이와 대조적으로 구식의 주방 안은 반질반질 윤이 났다. 냄비와 칼과 세라믹 통들은 모두 가지런히 정돈되어 있었다.

"이것들도 무기로 사용하나요?"

갑자기 들린 목소리에 에스터가 빠르게 몸을 돌렸다. 헨슨이 서 있었다.

"인기척이라도 좀 내요!"

에스터가 굳은 목소리로 말했다.

"미안해요."

헨슨이 말했다.

"내가 공격하기라도 하면…… 어쩔 뻔했어요."

"그럼 무척 위험했겠군요."

헨슨이 말을 받았다.

"참, 토른 부인과 얘기를 나눴어요."

에스터가 속삭였다.

헨슨은 관리인이 근처에 있는지 보려고 주위를 흘끗거렸다.

"토른 박사의 서재를 봤어요?"

"위층에는 안 갔어요."

"계단 아래에 있어요."

"아래에요?"

"따라와요."

헨슨이 에스터의 팔꿈치를 잡고 거실로 걸어갔다. 층계참에 화려한 손잡이가 달린, 꽤 묵직한 문이 보였다. 헨슨이 빠르게 안으로 들어가 에스터가 들어오도록 손을 내민 뒤 문을 닫았다. 제도대처럼 경사가 진 커다란 탁자 위에 꽤 묵직한 책들이 몇 권 놓여 있었다.

"난 왜 이 문을 못 봤죠? 여기에 단서가 될 만한 것이 있어요?"

에스터는 벽면을 온통 뒤덮은 책장에 가까이 걸어갔다. 거기에 예술 서적들이 즐비했다. 몇 권은 가죽 장정이었다. 몇 권은 키릴 문자 혹은 그리스어로 쓰여 있었다.

"대단한 소장품들이군요."

에스터가 감탄했다.

"고흐의 편지들을 묶은 책도 있어요. 마치 토른이 또 다른 책을 저술한 것처럼 보이죠? 하지만 당신에게 보여주고 싶은 건 이게 아니에요."

헨슨이 탁자 주위를 돌아 또 다른 문으로 걸어갔다. 그러더니 위의 목조 부분으로 손을 뻗어 맞쇠(모든 자물쇠를 열 수 있도록 만든 열쇠)를 집었다.

"와인 저장소예요."

"그럼 한 잔 걸칠까요?"

"그보다 더 흥미로운 게 있어요."

헨슨이 문을 열자, 쇠계단의 꼭대기가 보였다. 공기는 차가웠지만, 밀폐된 공간치고는 깨끗한 냄새가 났다. 에스터는 저장소 안이 매우 깊은 걸 보고 놀랐다. 네덜란드에서라면 물이 범람하는 문제를 우려해야 할 것이다. 비록 그 집은 경사가 높은 내륙에 있었지만. 그리 크지 않은 공간에 거대한 통이 두 개나 있었는데, 높이는 2.5미터 정도에 너비는 팔 길이의 두 배 정도 되었다. 그래서인지 와인 진열장들이 상대적으로 작아 보였다. 진열장에는 100병에서 150병가량의 와인이 놓여 있었다.

"이 통들이며 진열장들은 여기서 직접 만들었을 거예요."

헨슨이 말했다.

"밖에서 들여왔을 리가 없어요."

헨슨이 커다란 통 하나를 손가락으로 두드렸다.

"텅 빈 것 같아요."

"아마도 토른이 점심을 먹으며 홀짝홀짝 마셨겠죠."

"안에서 목욕을 해도 될 정도로 큰데요."

에스터가 그렇게 말하며 와인 진열장으로 걸어갔다. 와인은 매우 오래된 것도 있었지만, 1970년대, 1980년대, 1990년대산도 더러 있었다.

"내가 보여주고 싶은 건 따로 있어요."

헨슨이 말했다. 그리고 쇠로 된 난간동자 하나를 가리켰다. 그것은 계단에서 난간으로 이어지면서 중앙이 불룩했다. 그 중앙에 나치의 상징인 철십자가 새겨져 있었고, 다른 난간동자도 마찬가지였다.

"나치스가 이 집을 점령했을 때, 새긴 것 같아요."

헨슨이 계속 말했다.

"그들은 여기에 뭘 보관했을까요? 탄약? 아마 이곳에서 경찰 업무도 봤겠죠."

"고문이요."

에스터는 그렇게 말하며 고개를 들었다. 밀폐된 공간에서 비명소리가 메아리치는 게 들리는 듯했다.

"와인은 지독한 맛이 날 거예요. 이곳은 고문실이었어요."

관리인이 계단 꼭대기에 있는 문을 닫자, 천장이 갑자기 어두워졌다. 그 문은 유일한 출구였다.

17장
격돌

"창고로 쓰기에 그만이군요."
헨슨이 짐짓 들뜬 목소리로 말했다.
"어떻게 안에 들어갔죠?"
관리인이 물었다.
"열쇠기 지물쇠에 꽂혀 있었어요."
"믿을 수 없어요. 지금 당장 떠나주세요."
"문제를 일으킬 생각은 없으니 안심하세요. 덕분에 잘 보았습니다."
헨슨이 계단을 올라가며 말했다.
"계단이 참 멋지군요. 그런데 저 철십자는 뭐죠?"
에스터가 물었다. 마치 방금 우연히 본 것처럼.
"나치스 친위대가 만든 거예요. 전쟁 중에요."
관리인이 대답했다.
"그래도 무늬는 좀 거슬리는군요."
헨슨이 관리인 앞에서 걸음을 멈추며 말했다.
"방들은 모두 없앴지만, 계단은 이렇게 튼튼한데 뭐 하러 없애요?"

"그렇군요."

헨슨이 말했다.

헨슨은 마치 가구 배치를 어떻게 할지 상상하는 미래의 집주인처럼, 지하실 안을 꼼꼼히 살폈다. 그리고 험악한 눈초리의 관리인과 정면으로 마주쳤다.

"실례하겠습니다."

헨슨이 말했다.

관리인은 무표정한 얼굴로 자리를 비켜주었다. 에스터와 헨슨은 시트로앵 자동차를 세워놓은 곳으로 빠르게 걸어갔다. 관리인이 따라 걸어와 현관 앞에 서서 그들을 계속 주시했다. 에스터가 차창을 내리며 말했다.

"토른 박사님과 나중에 연락하죠."

그리고 외쳤다.

"고마워요."

관리인은 차가 다리를 건널 때까지 꼼짝하지 않았다.

"프라우 블뤼셔(블뤼셔 부인)."

헨슨이 백미러를 흘긋 보며 말했다.

"누구요?"

"프라우 블뤼셔."

그가 반복해서 말했다.

"들어봐요."

그러더니 말처럼 우는 시늉을 냈다(제임스 웨일 감독의 1931년 작 「프랑켄슈타인」을 멜 브룩스 감독이 1974년에 패러디해 코미디로 만든 「영 프랑켄슈타인」에서 프랑켄슈타인 박사가 사는 성의 가정부가 블뤼셔 부인인데, 영화 속 다른 캐릭터들처럼 매우 독특하며 누가 그녀의 이름을 부를 때마다 어김없이 말들이 우는 코믹한 상황도 연출됨).

에스터는 아무 반응이 없었다.

"이걸 모르다니요. 뭐, 신경 쓰지 마세요. 그런데 어떻게 생각해요? 또다시 막다른 골목에 이른 건가요?"

"토른과 그의 부인은 이상적인 부부라고 보기 어려웠어요."

에스터가 말했다.

"그가 어디 있는지 짐작 가는 데라도 있어요?"

"오래된 탑승권이 몇 장 있었어요. 여행을 자주 했더군요. 어쩌면 지금쯤 멩겔레 박사(Mengele, 아우슈비츠에서 유대인을 생체 실험한 과학자)와 함께 지옥에 있을지도 모르죠."

"아직 안 갔다면 곧 갈 거예요."

헨슨이 기어를 바꾸며 고속도로로 이어진 도로를 향했다. 그리고 말했다.

"그럼, 우리가 뭘 봤는지 어디 말해볼까요? 아직 기억이 선명할 때 우리가 본 걸 한 번 얘기해보죠."

에스터는 도로를 열중해서 보고 있는 헨슨을 쳐다보았다. 그것은 모사드에서 에스터가 받았던 여러 훈련 중 하나였다. 건물 안을 돌아다니며 가능한 한 신속하게 눈으로 본 것들을 머릿속에 그려야 했다. 에스터가 알던 한 요원은 방 안을 매우 세밀하게 스케치할 수 있었다. 또 다른 요원은 물건의 높이나 너비 등을 오차가 10센티미터밖에 안 날 정도로 거의 정확하게 맞추었다. 에스터를 포함한 대부분의 요원들은 훈련을 통해 조금씩 실력을 향상시켰지만, 극히 일부는 그런 놀라운 능력을 발휘했다.

에스터는 눈을 감고 집 안에서 보았던 것을 머릿속에 그려보았다. 서랍 안에 있던 내용물들과 탁자 위에 놓여 있던 물건들을. 그런데 왠지 이상하다는 느낌이 자꾸 들었다. 고대 스파르타풍의 의자나 스페인풍의 의자도 그렇고. 왜일까? 거기엔 독특한 무언가가 전혀 없었다.

"혹시 이상한 점이 없었나요?"

헨슨이 물었다.

"아파트! 아파트에 있는 건 거기에 없고, 거기에 있는 건 아파트에 없었어요."

"내가 보기에 저 집은 잡동사니들로 가득해요. 그에 비해 아파트는 꽤 단출했죠."

"맞아요. 암스테르담 아파트에는 값비싼 물건들이 몇 개 있었어요. 현대적인 임스 의자나 중국풍 진열장. 그리고 현대풍 그림."

에스터가 말했다.

"어쩌면 토른은 아내를 여기에 내버려두고 거기서 더 많은 시간을 보냈을지 몰라요."

"그런데 생각해봐요. 그는 미술사가예요. 그것도 세계에서 가장 알아주는 고흐 전문가요. 하지만 그런 자부심을 드러낼 만한 게 그 집에 있었나요?"

"그의 책들이 있긴 했지만, 당신 말이 맞아요. 풍부한 감수성의 소유자라면, 어째서 집에 중요한 그림 한 점 걸어두지 않았을까요?"

"벽난로 위에 걸린 오래된 그림이 가치가 없다면요."

"내 눈에는 모텔 그림으로 보이던데요."

"그건 그래요."

헨슨은 운전대를 손가락으로 두드렸다.

"도둑이 들까 봐 그런 건 아닐까요. 그럼 그 와인 저장소에 보관할 수도 있었을 텐데."

"어쩌면 파산한 건지도 몰라요. 아내의 몸을 돌보느라. 그래서 저 별장과 암스테르담 아파트만 남은 거죠."

헨슨이 갑자기 무슨 생각이 떠올랐는지 목소리를 높였다.

"왜 이제 생각난 거지! 그는 도주한 거예요. 바로 그거예요. 그에게 적어도 명화 몇 점이 있었을 거고, 그것들을 가지고 도주한 거예요."

"칠레로요? 만프레트 스토크의 여권은 칠레 거였죠?"

"바로 그곳이 기점이에요."

헨슨이 도로 분기점을 바라보며 말했다.

"인터폴에 연락해야겠어요. 그가 자취를 감춘 후 남아메리카행 비행기에 탄 적이 있는지 알아볼게요."

"어딘가에 미술품을 숨겨둔 비밀 장소가 있을지도 몰라요."

"그걸 찾으려면 네덜란드 경찰의 도움이 필요해요."

헨슨이 그렇게 말하며 경사가 조금 가파른 도로변에 차를 세웠다. 헨슨은 휴대전화를 들고 번호를 꾹꾹 누르기 시작했다. 에스터는 차창 너머로 초록색 들판을 바라보았다.

에스터는 아버지가 여전히 열쇠를 쥐고 있다는 생각이 들었다. 마이어는 마이어베어야 했다. 그는 비시에서 나치스를 위해 미술품들을 약탈했다. 토른은 그의 협력자였다. 나치스가 그곳을 점령하는 동안, 둘은 그런 관계를 맺었을 것이다. 그러나 그것만으로는 설명이 안 되었다. 마이어베어는 어쨌든 민스키의 고흐를 소유했고, 그것을 가지고 미국으로 도망을 쳤다. 거기서 그는 새뮤얼 마이어가 되었다. 혹시 토른은 마이어가 자신의 비밀을 만천하에 공개할까 봐 두려운 나머지 입을 막기 위해 스토크를 보낸 게 아닐까? 마이어의 다락방에서 발견한 그림은 토른이 위조한 것일 수도 있다. 전문가들은 아직 그 그림이 고흐의 그림이라고 단언하지 않았다. 그러나 시간이 지나면 그림의 실체는 밝혀지리라. 그런데 토른은 왜 그림이 진짜라고 선언했을까? 만약 스토크가 토른의 하수인이라면, 그는 그림을 빼앗기 위해 시카고로 온 것이다. 에스터의 기억에 따르면, 토른은 아버지의 다락방에서 발견한 그림을 보았을 때 매우 큰 충격을 받았다. 에스터는 관자놀이를 눌렀다. 현기증이 날 것만 같았다.

"네."

헨슨이 전화기에 대고 말하고 있었다.

"그는 일등석에 탔을 겁니다. 일반석에 탈 사람이 아니에요. 네, 아마 두 자리를 예약했을 거예요. 만약에 없다면, 비행기 임대 회사에 문의해보세요. 어쨌든 중남미일 거예요. 특히 칠레요. 그래요, 부탁해요."

에스터는 그들을 향해 좁은 자갈길을 달려오는 트럭을 무심코 보았다. 앞에 메르세데스 로고가 번득이는 트럭이었다. 트럭이 굉음을 내며 지나가는 바람에 차가 흔들리자, 헨슨이 고개를 들었다.

그 순간 에스터가 머리를 탁 치며 외쳤다.

"마틴! 전화 끊어요!"

트럭이 갑자기 끽 소리를 내며 멈추기 시작했다.

"스토크예요!"

에스터가 말했다.

헨슨이 어깨 너머로 뒤를 돌아보았다. 트럭의 변속기어에서 요란한 소리가 나기 시작했다.

"트럭이 후진하려 하고 있어요! 스토크가 분명해요!"

헨슨이 차의 시동을 걸기 위해 자동차 키를 더듬었다.

"어서요!"

트럭이 좁은 자갈길 위에서 흔들거리며 속력을 내고 있었다. 그들에게는 무기가 없었지만, 스토크는 언제나처럼 무장을 했을 것이다.

헨슨이 시동을 걸고 재빨리 기어를 넣었지만, 트럭이 이미 후진하며 그들에게 다가오고 있었다. 시트로앵이 자갈길 위를 비틀거리며 움직였지만, 트럭의 한쪽 끝이 뒷바퀴 부근의 쿼터 패널을 쾅 하고 들이받았다. 어느새 트럭이 옆으로 바짝 붙자, 차가 속절없이 밀리기 시작했다. 헨슨

| 반 고흐 컨스피러시

과 에스터의 시야를 가린 트럭은 마치 거대한 알루미늄 몽둥이처럼 단번에 차를 부숴버릴 기세였다.

헨슨은 오른쪽으로 힘껏 운전대를 돌리며 액셀러레이터를 밟았다. 트럭의 배기가스와 타이어들이 그들을 둘러싸고 어지럽게 소용돌이쳤다. 갑자기 트럭이 기어를 바꾸고 전진했다. 에스터는 문손잡이를 잡으려고 했지만 손에 잡히지 않았다. 더구나 제시간에 열 수 있는 가능성도 낮았다. 타이어가 자갈에 박혀 헨슨이 아무리 액셀러레이터를 밟아도 차는 옴짝달싹하지 않았다. 그 순간 트럭이 빠른 속도로 다시 후진하기 시작했다.

차의 뒤쪽 타이어들이 말을 듣지 않는 동안, 트럭은 벌써 코앞으로 다가왔다. 아슬아슬한 순간에 시트로앵이 몇 미터 앞으로 움직였다. 그러나 무리한 시도였기에 운전자석 타이어가 도로 가장자리를 향해 미끄러지는 동시에 트럭이 무서운 기세로 뒤를 들이받았다. 차는 관개 수로로 떨어지기 일보 직전이었다. 차체의 반쪽만이 지면에 걸쳐졌고, 앞 타이어가 허공에서 부질없이 회전하고 있었다. 시트로앵이 굉음을 내며 앞으로 더 심히게 기울어지고 있었다. 급기야 얕은 물속으로 빠지기 직전에 에스터가 간신히 문을 열고 밖으로 빠져나왔다.

눈을 치켜뜨자 거대한 트럭이 보였다. 피가 나는 무릎을 일으켜 세우려는 순간, 트럭의 화물칸이 빠르게 다가오는 바람에 몸을 납작 엎드려야 했다. 하마터면 머리가 날아갈 뻔했다.

트럭이 흔들리며 멈추었다. 곧이어 차문이 열리고 운전자가 내렸다. 에스터는 윤이 나는 검은색 구두가 지면에 닿는 걸 보았다. 그는 한 걸음 물러나 잠시 멈칫하더니 이쪽으로 걸어오고 있었다. 그들이 총을 가졌을지 모른다는 생각에 신중을 기하는 듯했다. 이어서 반자동식 권총을 장전하는 소리가 에스터의 귀에도 또렷이 들렸다. 에스터는 뱀처럼 화물칸 아래로 미끄러져 들어갔다. 등에서는 배기 장치의 뜨거운 열기가 느껴졌다.

"Schnell(서둘러)! Haast(서둘러)!"

다른 누군가가 으르렁거리는 목소리로 외쳤다. 첫 번째는 독일어였고, 두 번째는 네덜란드어였다.

남자는 이제 트럭 뒤에 서 있었다. 트럭 안에서 외치던 남자는 밖으로 나오지 않았다. 그리고 뒤쪽 타이어를 지나갈 때 그 남자의 뒷모습을 보았다. 스토크! 스토크는 도로를 두리번거리며 아무도 없다는 걸 확인한 다음 수로를 향해 총을 겨누며 다가갔다.

에스터는 상체를 일으켜 수로에 빠진 차를 보았다. 차는 뒤집혀 있었다. 물이 깊지 않다 해도 헨슨이 의식을 잃었다면 익사할 수 있는 위험한 상황이었다.

에스터는 요시 레브가 마틴에게 했던 말을 기억했다. 무장하지 않은 에스터의 실력은 무장한 남자와도 맞먹는다고. 아첨은 사람을 죽게도 만든다, 라고 에스터는 생각했다. 무기로 사용할 만한 건 자갈과 잔디밖에 없었다.

"어서 나와!"

스토크가 외쳤다.

"안 나오면 쏠 거야!"

차에서는 아무런 반응이 없었다. 스토크는 마치 총을 벨트 안으로 넣을 것같이 손을 움직였다. 지금이 절호의 기회라고 에스터는 생각했다. 그러나 스토크는 에스터의 예상과 달리 총을 왼손으로 바꿔 쥐고 차의 뒷부분을 총으로 쏘았다.

그는 연료 탱크를 집중적으로 쏘았다.

한 걸음, 두 걸음 조용히 다가간 에스터가 그의 등을 발로 세게 걷어찼다. 스토크가 그 소리를 듣고 반쯤 뒤를 돌아보았지만, 이미 에스터의 공격을 받아 차 위로 떨어진 뒤였다. 그의 몸이 차체에 부딪혀 얕은 물속으로 빠졌다. 몇 초 후 그가 휘발유로 뒤덮인 물속에서 팔을 휘저으며 의식을 잃지 않으려고 몸부림쳤다. 총은 어딘가로 사라지고 없었다.

"마틴!"

에스터가 소리쳤다.

"마틴!"

에스터는 휘발유 냄새를 맡으며 비탈길을 뛰어 내려갔다. 차창의 파편들로 뒤덮인 헨슨이 밖으로 빠져나오기 위해 안간힘을 쓰고 있었다.

그때 위에 있던 트럭이 굉음을 냈다. 에스터는 기어가 작동하는 소리를 들었다.

"빨리요!"

에스터가 그의 팔꿈치를 잡아당기며 말했다.

"모두 두 사람이에요!"

그 순간 차가 흔들리며 헨슨이 있는 쪽으로 기울었다. 마치 그의 몸을 두 동강 낼 것처럼. 에스터는 기름이 둥둥 뜬 물속으로 더 들어가 차가 기울어지지 않게 차체를 밀었다. 헨슨의 엉덩이가 보였다. 이어서 다리와 신발이, 벗겨진 발이.

"빨리요! 빨리!"

에스터는 다급한 목소리로 외치며 트럭을 올려다보았다. 놀랍게도 트럭이 데 흐로트 저택을 향해 사라지고 있었다. 헨슨의 몸이 완전히 빠져나왔을 때, 에스터가 차에서 손을 뗐다. 그러나 차는 불과 몇 센티미터 기울어졌다가 멈추었다. 에스터가 헨슨을 물 밖으로 힘껏 끌어당기는 동안, 헨슨이 알아듣기 힘든 말을 중얼거렸다.

"하!"

스토크였다. 진흙과 기름으로 온통 뒤범벅이 된 채, 뒤집힌 시트로앵의 한쪽 끝에서 불안하게 서 있었다. 그들을 향해 겨눈 총도 마찬가지로 진흙이 잔뜩 묻은 데다 물이 뚝뚝 떨어졌다.

"같은 실수를 세 번은 하지 않아."

그가 웃었다.

"염병할 유대인 계집!"

헨슨은 정신을 차리면서 자신이 어디에 있고 어떤 위기에 처했는지를 인식하기 시작했다. 에스터는 헨슨을 부축하며 무기로 쓸 만한 것들을 곁눈질로 열심히 찾았다. 헨슨의 가슴에서 만년필이 만져졌다. 그게 권총이었다면 얼마나 좋을까? 아래를 흘긋 내려다보았지만, 특별히 눈길을 끄는 것은 없었다. 돌들은 비탈길을 포장하기 위해 쓰이던 것들이고, 크기도 무척 컸다. 흔한 나뭇가지조차 없었다. 커다란 바람막이 유리. 자동차 부속품에서 떨어져 나온 몇 개의 조각. 백미러. 만약 스토크가 더 가까이 있었다면 진흙을 한 줌 그의 눈에 던졌을 것이다. 그러나 그가 그들을 쏘기 위해 가까이 올 필요는 없었다.

"모두가……."

헨슨이 숨을 헐떡이며 말했다.

"당신을 찾고 있어. 더는 빠져나갈 수 없을 거야."

"나한텐 당신이 생각하는 것보다 훨씬 많은 친구들이 있어. 더불어 경찰들도."

"물론 많은 돈으로 매수를 했겠지?"

헨슨이 말했다.

"어마어마하지. 한두 명은 그런 내게 동정을 베풀더군."

스토크가 말했다.

"하지만 내 동료들에겐 어림도 없어."

에스터가 말했다.

"그들은 반세기 넘게 너 같은 개자식들을 사냥해왔어. 그들 눈에 띄면

네 목숨도 끝장이야. 그건 내가 보장하지."

"아마도. 하지만 난 그렇게 생각하지 않는걸. 이쯤에서 시답잖은 농담은 그만두고. 리스트는 어딨지?"

"리스트?"

에스터가 반문했다.

"새뮤얼 마이어의 리스트."

"아버지의 리스트?"

'그래서 날 뒤쫓은 거군.'

에스터는 생각했다.

"자, 자. 난 벌써 지루해지고 있어. 끔찍한 고통을 맛보며 죽고 싶어? 아니면 아무 고통 없이?"

스토크가 비열한 미소를 지었다. 자신의 힘을 즐기며, 두 사람의 목숨을 쥐고 있는 자신의 권한을 즐기며.

"어서 선택해."

"우린 리스트에 대해 아무것도 몰라. 무슨 리스트를 말하는 거야?"

헨슨이 물었다.

"마이어는 당신에게 모든 걸 말했어. 그래서 당신이 거기에 간 거지."

"난 죽어가는 아버지를 만나러 갔을 뿐이야."

에스터가 말했다.

"그리고 당신도 곧 죽을 거야. 여기 이 친구 다음에."

"반가운 말이군."

헨슨이 에스터를 곁눈으로 보며 말을 이었다.

"저자가 방아쇠를 당기면 자기 손이 날아갈 거예요. 우린 여기서 나가죠."

그가 에스터의 팔꿈치를 잡고 마치 비탈길을 올라가려는 것처럼 상체를 돌렸다.

스토크가 눈을 크게 뜨고 팔을 더 뻗었다.

"물이 조금 들어갔다고 어떻게 될 거 같아?"

스토크가 비웃으며 말했다.

에스터가 움찔했다.

헨슨이 익살스럽게 눈썹을 치켜세우며 대답했다.

"총구에 진흙이 가득하다구."

스토크가 눈을 깜박였다. 그리고 자신의 포로들을 감시하며 헨슨의 말이 맞는지 확인하기 위해 총구를 위쪽으로 돌렸다. 그 짧은 순간에 헨슨이 몸을 숙여 바람막이 유리를 마치 커다란 트럼프처럼 스토크를 향해 던졌다. 헨슨과 에스터는 재빨리 물속으로 뛰어들었다. 유리가 날아올라 뒤쪽 범퍼에 부딪혔을 때, 스토크는 몸을 숙이며 반사적으로 헨슨을 향해 총을 쏘았다. 이어서 에스터를 향해 방아쇠를 당기는 순간, 그의 앞에 있던 연료 탱크가 폭발했다.

오렌지색 불길이 치솟자, 스토크가 물속으로 뛰어들었다. 에스터는 불길을 피하기 위해 팔을 힘껏 저으며 물 밖으로 빠져나왔다. 뒤를 돌아보자 검은 연기 기둥이 하늘로 피어오르고 있었다. 타이어가 타는 냄새와 뜨거운 열기 때문에 현기증이 날 것 같았지만, 에스터는 눈물이 고인 눈으로 헨슨을 찾기 위해 주위를 두리번거렸다.

"마틴! 마틴!"

에스터는 더 잘 보려고 비탈길로 올라갔다. 트럭은 이미 사라지고 없었다. 여전히 연기가 시야를 가려서 헨슨을 도무지 찾을 수 없었다. 앞을 손으로 휘저으며 이리저리 뛰었다. 그러나 연기가 에스터를 따라다녀 여전히 앞이 잘 안 보였다. 그때 미풍이 검은 장막을 벗기는 손처럼 안개를 거둬갔다. 그리고 스토크의 모습이 보였다.

스토크는 서 있었다. 온몸이 온통 진흙으로 뒤범벅이 된 채 머리며 옷이며 어깨에서 연기가 피어오르는 모습이 흡사 프랑켄슈타인의 괴물 같았다. 그가 몸을 비틀거리며 총을 쥔 손을 뻗었다.

마틴 헨슨이 바닥에 손을 대고 스토크의 공격을 피하기 위해 몸을 움직였다.

"마틴!"

에스터가 그렇게 외치며 자갈을 한 움큼 쥐어 있는 힘껏 스토크에게 던졌다. 그중 몇 개만이 스토크의 등에 맞았지만, 스토크의 관심을 에스터에게 돌리기에 충분했다. 스토크가 뒤돌아섰다. 그의 얼굴은 군데군데 화상을 입고 검게 그을려 있었다. 한쪽 눈은 부풀어 올라 감겨 있었다. 스토크는 에스터를 보며 일그러진 미소를 지었다. 그의 이는 피로 흥건했다. 스토크가 방아쇠를 당기는 동시에 에스터가 바닥에 엎드렸다. 에스터는 비탈길로 내려가기 위해 신속히 몸을 움직였지만, 다시 한 번 총성이 울리자 몸을 엎드렸다.

섬뜩한 비명소리기 에스터의 기를 때렸다. 마틴? 에스터가 몸을 일으켜 그들에게 달려가는 동안, 거세게 몸부림치는 소리가 들렸다. 에스터가 고개를 들었을 때, 헨슨이 스토크의 등에 올라탄 모습이 보였다. 스토크가 헨슨을 떼어내려고 격렬히 팔을 휘두르며 몸을 뒤로 젖혔다. 그가 헨슨의 머리를 향해 방아쇠를 당겨보았지만, 총알은 빗나갔다. 헨슨은 마치 야생마 조련사처럼 손을 뻗어 스토크의 목에 무언가를 찔렀다. 그러자 목의 경동맥에서 피가 콸콸 쏟아졌다. 스토크가 계속 몸부림치자 헨슨이 그것을 연거푸 찔러댔다. 에스터가 그들에게 달려갔다. 여전히 헨슨을 떼어내려고 안간힘을 쓰던 스토크가 뒤로 비틀거리며 온몸을 부르르 떨더니 털썩 쓰러졌다.

에스터가 재빨리 몸을 던져 스토크의 손에서 떨어진 총을 잡았다. 그러나 스토크는 잠잠했다. 피투성이가 된 목에 헨슨의 만년필이 절반 이상 꽂혀 있었다.

헨슨이 눈알을 굴리며 신음했다. 에스터가 벨트 속으로 권총을 넣고 양손으로 스토크의 어깨를 잡았다. 헨슨에게서 떼어놓자, 스토크가 거친 숨을 내쉬며 피를 토했다. 목에서도 피가 거품을 내며 흘러 내렸다.

헨슨이 상체를 일으키더니 순간적으로 놀라는 표정을 지으며 에스터를 바라보았다. 에스터가 헨슨에게 다가가 손으로 머리를 받쳤다. 정신이 돌아오는 듯 눈동자가 커지면서 눈빛이 되살아났다.

"괜찮아요? 괜찮아요? 당신이 우리 목숨을 구했어요."

헨슨이 에스터 너머로 눈길을 던졌다.

"스토크는 죽었어요. 내가 총을 가지고 있어요."

에스터가 말했다.

"팁을 알려줘서 고마워요."

헨슨이 기침을 했다.

"팁이요?"

"당신이 손가락으로 내 펜을 두드렸잖아요. 재킷 주머니에 있는."

"모두 당신이 한 거예요, 허니. 당신이 우리 목숨을 구했어요."

헨슨이 눈을 깜박였다.

"다 아낌없는 성원 덕분이에요, 고렌 양."

헨슨은 에스터의 부축을 받으며 다시 신음했다.

"괜찮아요?"

헨슨이 에스터에게 물었다.

"긁히고 부딪히고 심지어 기름에 튀겨질 뻔했어요. 참 스토크와 함께 트럭에 있던 자는 토른이에요."

"알아요."

헨슨이 물에 젖은 신발에서 진흙을 털어냈다. 찌푸린 얼굴로 신발을 다시 신으며 그가 물었다.

"휴대전화는 어디 있죠? 네덜란드 경찰에 연락해야겠어요."

"차 안에요. 아니 물속에요. 내가 직접 그 개자식을 잡고 싶어요."

헨슨은 말없이 스토크의 목을 내려다보았다.

"내 몽블랑."

"파는 덴 많아요. 우리가 토른을 잡으면 열 개라도 사줄게요."

"아내가 준 거예요."

"아, 그럼……."

"신경 쓰지 마세요."

헨슨이 총에서 탄창을 열며 말했다.

"탄창에 총알이 얼마나 있죠?"

18장
소장품

어쩌면 토른은 트럭을 몰고 어딘가로 사라졌을지도 모른다. 그러나 그가 향한 곳은 고속도로와 반대 방향이었다. 토른은 반드시 처리해야 할 일 때문에 저택으로 간 것이다. 그 집에 있는 무언가를 제거하거나 다른 곳으로 옮기기 위해. 에스터와 헨슨은 서로의 몸을 부축하며 다리를 절뚝거렸다. 축축이 젖은 신발에서 일정한 리듬을 타고 철벅거리는 소리가 났다. 폐에서 통증이 밀려왔다. 저택에 도착할 무렵이면 토른은 이미 사라지고 없을지도 모른다. 그럼 그의 비밀도 영원히 묻힐까? 시간이 조금 지나자, 흠뻑 젖었던 옷이 마르고 뻣뻣했던 근육도 어느 정도 풀렸다. 절뚝거리며 걷던 발걸음도 조금 빨라졌다. 그러나 어쩌면 훨씬 더 위험한 상황이 그들을 기다리고 있을지도 모른다. 혹시 만프레트 스토크 이외에도 토른의 하수인이 몇 명 더 있지 않을까?

길을 따라 1마일쯤 걸었을 때, 저택의 지붕이 멀리서 보였다.

"나무숲으로 돌아서 가는 게 어때요?"

헨슨이 거친 숨을 내쉬며 말했다.

"그럼 더 오래 걸릴 텐데요. 아무리 그래도 우리가 오고 있는 걸 알지 않을까요?"

"아마 우리가 아닌 스토크가 올 거라고 생각하겠죠. 오히려 안전하게 더 빨리 도착할 수 있을 거예요. 우리가 뒤쪽에서 올 거라는 생각은 아마 못 하겠죠."

그들은 도로에서 벗어나 숲을 향해 발길을 돌렸다.

헨슨이 물웅덩이를 밟으며 말했다.

"지금 우릴 지나쳐 갔을 수도 있겠네요."

"두 눈 사이에 총알을 박고 싶어요."

"하지만 죽은 자는 말이 없어요."

"그래요. 그럼 안 되죠. 어떻게든 대답을 들어야죠."

그들은 숨을 헐떡이며 걸었다. 저택의 방향으로 어떤 움직임이 있는지 예의 주시하며. 나무들이 나타나자, 헨슨이 굵은 나무둥치를 잡고 숨을 가쁘게 몰아쉬었다. 그리고 오랫동안 방치된 듯 무성하게 자란 나무숲으로 발을 내디뎠다. 이곳은 한때 저택의 일부였을 것이다. 아니면 학교가 있었던 곳이거나. 나무들은 일정한 간격으로 죽 늘어서 있고, 그 사이에 오래된 길이 나 있었다. 그러나 나무들이 하도 우거져서 그 사이를 뚫고 들어가기가 망설여졌다.

"이제 어떡하죠?"

헨슨이 물었다.

"이 길을 따라가보죠."

에스터가 대답했다.

그들은 저택을 향해 오래된 길을 따라 걸어갔다. 길은 갈수록 좁아지는 데다 양쪽으로 나무들이 더 빽빽하게 밀집되어 있었다. 그래서 길은 마치 옆으로 뭐가 지나가도 놀라기 일쑤인 지하 터널 안처럼 밀실 공포를 자아냈다. 그런가 하면, 섬세하게 자란 양치식물과 수많은 버섯들이 오랫동안 이 길을 지나간 사람이 아무도 없었음을 말해주었다.

"빙고."

헨슨이 왼쪽을 가리키며 속삭였다. 울창한 나무숲의 끝부분이 보였다. 그곳에 울타리가 둘러쳐 있고, 가운데에 마치 개선문이 연상되는 아치형 건조물이, 그 아래에 거미집과 탐욕적인 잡초들로 뒤덮인 철문이 세워져 있었다. 에스터도 그쪽을 바라보았다. 울타리 주변에는 잔디가 무성하게 자라 있었다. 그런가 하면 양쪽 가에 나무들이 줄지어 있고 자갈이 듬성듬성한 산책길도 어렴풋하게나마 보였다. 일정한 간격으로 늘어서 있는 받침대들은 한때 님프나 사냥하는 신들, 아르테미스, 꽃의 여신 플로라의 조각상들을 세워놓았던 자리인 듯싶었다. 거기서 산책하던 신사들이 걸음을 잠시 멈추고 명상에 잠기거나 동행한 숙녀에게 명랑한 목소리로 무언가를 속삭였을 것이다.

그러나 그런 삶은 이미 오래전에 사라졌다. 나치스 친위대가 저택을 점령한 뒤부터.

"저기 저쪽에 정원으로 이어진 담이 있어요."

에스터가 잔디의 한쪽 끝을 가리키며 말했다.

"나무들에 가려져서 저택의 창문들은 안 보이는군요."

헨슨이 말했다.

"이제 다 왔어요."

에스터와 헨슨은 걸음을 재촉하며 나무 사이를 지나갔다. 그러나 뒤에서 누군가가 미행하거나 공격할지 모른다는 생각에 경계심을 늦추지 않았다. 시간은 계속 더디게 가는 것 같았다. 겨우 나무숲에서 빠져나온 그들은 정원으로 이어진 벽돌담에 몸을 기대고 숨을 골랐다.

"이젠 뭘 하죠? 이 문을 열 수 있을까요?"

헨슨이 물었다.

그들은 온통 못으로 박힌 육중한 문을 바라보았다.

"올라가는 방법밖에 없겠어요."

헨슨이 위를 올려다보았다. 3미터 정도의 높이였다.

"넘을까요?"

"뒤에서 누가 우릴 기다리고 있을지도 몰라요."

헨슨이 고개를 끄덕이더니 두 손을 서로 엮어서 에스터의 발치에 갖다 댔다.

"보이 스카우트에서 배웠어요?"

에스터가 물었다.

헨슨의 얼굴에 당황스러운 기색이 역력하더니 이내 화가 난 표정으로 바뀌었다.

"좋아요. 좋은 아이디어예요."

에스터는 그렇게 말하며 헨슨이 손으로 만든 받침대 위에 진흙투성이 신발을 올려놓고 위로 점프했다가 다시 내려왔다.

"아무도 없어요."

이번에는 혼자 힘으로 담을 타고 올라가 꼭대기에서 몸을 엎드린 채 헨슨에게 팔을 뻗었다.

"자요."

에스터의 손은 마치 고물 자동차를 끌어올리는 강철 발톱처럼 헨슨의 손을 위로 잡아당겼다. 에스터가 담 너머로 뛰어내려 스토크의 총을 손에 들었을 때, 헨슨이 꼭대기로 올라왔다. 그리고 그녀 옆으로 뛰어내려 공 모양으로 몸을 웅크렸다.

에스터는 그가 괜찮은지 보려고 몸을 숙였다. 헨슨이 괜찮다며 고개를 끄덕였다.

이제 그들은 담쟁이 넝쿨로 뒤덮인 격자 울타리 너머에 있었다. 그들

앞에 울타리를 따라 받침대들이 다섯 개 놓여 있었다. 그들은 정원 가장자리에 있었다. 이 정원에서 집으로 이어지는 문은 없었다. 단지 장미밭으로 이어진 쇠살문만이 보였다. 그들은 모퉁이로 몸을 숨겼다. 혹시 정원 안이나 이층 창문에서 그들을 지켜보고 있지나 않을까 해서. 그들은 울타리를 따라 서둘러 걸음을 옮겨 쇠살문 양옆에 나 있는 벽에 몸을 기댔다.

토른 부인이 그들에게 등을 보인 채 휠체어 앞에 서 있었다. 그 너머에 장미가, 그 너머에 숲이, 그리고 그 너머에 폭발한 시트로엥에서 솟아오른 연기 기둥이 보였다. 에스터가 고개를 갸웃하는 동안, 헨슨이 정원과 맞닿은 문의 빗장을 벗겼다. 문이 삐걱거리며 열렸다. 그들은 눈빛을 교환한 후, 노부인이 서 있는 테라스로 걸어갔다.

토른 부인은 그들이 다가오는 것도 모르고 창백한 두 눈으로 하염없이 연기 기둥만 바라보았다.

"토른 부인."

에스터가 부드러운 목소리로 말했다.

"헤이 브란트(Hij brandt)."

"네?"

에스터가 노부인의 팔꿈치를 손으로 감싸며 프랑스어로 물었다. 토른 부인은 오랫동안 서 있기가 힘에 겨운지 몸을 파르르 떨었다.

헨슨은 에스터가 무슨 말인지 통역해주길 기다렸다.

토른 부인이 에스터에게 고개를 돌렸다. 토른 부인의 눈에 두려움이 어려 있었다. 로사 고렌이 기억의 파편 속을 헤맬 때의 바로 그 눈빛이었다.

"헤이 브란트(Hij brandt)."

그녀가 비틀거리며 말을 되풀이했다.

"그가 불에 탔다고 말하는 것 같아요."

에스터가 부인에게서 눈을 떼지 않으며 말했다. 이어서 헨슨에게 총을 건네고 조심스럽게 노부인의 팔을 잡았다.

"Asseyez-vous, madame. Calmez-vous. Tout c'est bien. Asseyez-vous(앉으세요, 부인. 마음을 가라앉히시고요. 별일 아니에요. 자요)."

토른 부인은 고개를 끄덕이며 에스터의 말대로 휠체어에 앉았다. 그리고 고개를 숙였다. 그러다 갑자기 불을 기억하고는 고개를 들어 또다시 연기 기둥을 바라보았다.

"만프레트 브란트. 마이어 브란트(Manfred brandt. Meyer brandt)."

"마이어? 마이어베어?"

헨슨이 물었다.

"만프레트가 불에 탔고, 마이어도 불에 탔대요."

에스터가 토른 부인의 말을 통역했다.

그때 이쪽으로 다가오는 발소리가 들리자, 헨슨이 몸을 돌렸다. 그 순간 관리인과 정면으로 마주쳤다.

"어기서 뭐 하는 거예요? 왜 부인을 괴롭히죠? 이렇게 남의 집에 불쑥……."

관리인은 헨슨이 쥐고 있는 총을 보고는 움찔하더니 앞치마로 입을 가렸다.

"우리는 누굴 해치러 온 게 아닙니다."

헨슨이 권총을 손바닥으로 가리며 말했다.

"토른 박사는 어디 있죠?"

"암스테르담이요."

"아니에요. 그는 여기 있었어요. 트럭이 오는 걸 봤나요?"

"트럭이요? 전 달걀을 거두러 닭장에 갔었어요."

관리인이 뒤쪽을 가리키며 말했다.

"안에서 10분 정도 있었어요. 15분이었나."

토른 부인이 네덜란드어로 말하기 시작했다. 목소리는 불분명했지만, 말에 조리가 없지는 않았다. 부인의 말에 '만프레트'가 여러 번 등장했다. 에스터는 짧은 독일어와 이디시어 실력으로 말을 알아들으려고 애썼다.

"계속 화재에 대해 말하는 것 같아요."

헨슨이 관리인에게 고개를 돌렸다.

"이리로 와요. 토른 부인이 무슨 얘길 하는지 알아들을 수 있지요?"

관리인은 여전히 의심의 눈초리로 그들을 바라보며 미동조차 하지 않았다. 헨슨이 관리인의 팔을 잡아 가까이 끌어당겼다.

"우린 당신을 해치려고 온 게 아니에요. 토른 부인도요."

관리인이 토른 부인의 말을 들었다.

"헤리트는 그 그림들 때문에 울지만 부인은 속으로 운대요."

"그게 무슨 뜻이죠?"

"친위대의 스토크 대령을 말하는 거예요."

관리인이 대답했다.

"그는 부인에게 매우 친절했어요. 그러나 그도 불에 타 죽었지요. 그래서 부인은 많이 슬퍼하셨을 거예요."

"'친절'하다는 건 그들이 많이 가까웠다는 뜻인가요?"

"부인은 제게 대령이 매우 예의 바른 분이라고 하셨어요. 그는 초콜릿을 선물하기도 했어요. 브로치도 선물했는데, 한눈에도 무척 비싸 보였어요. 정말 인자한 분이라고 제가 말했을 때, 부인은 그보다 훨씬 많은 걸 자신에게 주었다고 하셨어요."

"둘은 연인 관계였군요. 내 생각이 맞나요?"

헨슨이 물었다.

관리인은 어깨를 으쓱했지만, 그의 생각에 동의하는 눈치였다.

"다른 때라면 생각할 수도 없는 많은 일들이 전쟁 중에 일어난다고 어머니는 그러셨죠."

헨슨은 암스테르담 국립미술관에서 토른의 감정적인 독백을 들었던 기억이 났다.

"트럭이 불에 탔을 때, 스토크 대령은 데 흐로트 고흐와 함께 있었어요. 토른은 오펠 블리츠가 지뢰 때문에 폭발했다고 했어요."

"부인도 그 현장에 분명히 있었을 거예요."

에스터가 말했다. 그녀의 얼굴은 창백해졌다.

"암스테르담에서, 토른은 강제 노동자에 대해서도 언급했어요. 트럭이 폭발했을 때 스토크와 함께 트럭에 탔던 강제 노동자는 새뮤얼 마이어였을까요?"

'마이어베어가 새뮤얼 마이어의 이름을 훔쳤을까?'

"부인에게 물어봐요."

헨슨이 관리인에게 지시했다.

"더는 부인을 괴롭히지 마세요."

"고흐의 그림을 실은 트럭에 마이어와 스토크 대령이 함께 탔는지 물어봐요."

관리인은 무릎을 꿇고 토른 부인의 어깨에 걸쳐진 숄을 목까지 끌어 올리며 부드러운 목소리로 말했다. 그들은 노부인이 몇 마디 중얼거리는 소리를 들었다. 그리고 이렇게 말했다.

"Ja. Zij brandden⋯⋯ brandden(그래. 그들은 불에 탔어⋯⋯ 불에)."

천천히, 노부인은 이야기했다. 연합군이 진격하고 있었다. 데 흐로트 저택을 점령했던 스토크 대령은 데 흐로트 박물관 뒤의 마차 차고에 보관해두었던 미술품들을 오펠 블리츠 트럭에 옮기는 일을 마이어와 한 군인에게 맡겼다. 그들이 탄 트럭은 출발 후 지뢰에 닿았거나 폭격기의 공습을 받았다. 세 명은 모두 죽었다. 영국의 특공대원들이 낙하산으로 내려왔고, 이어서 제2부대가 빠르게 돌격해왔다. 그러나 트럭이 불타는 동안에는 아무도 가까이 접근할 수 없었으며, 다 타고 남은 자리에는 뼈만 덩그러니 있었다.

"토른 박사가 말한 대로예요."

헨슨이 말했다.

"그러나 마이어는 도망쳤을 가능성이 높아요. 정말 새뮤얼 마이어가 죽었을까요?"

에스터가 말했다.

"그가 죽지 않고 도망을 쳤다면, 고흐도 함께였겠죠."

헨슨이 말했다.

"그런데 어떻게 죽지 않을 수 있죠? 지뢰에 닿아 폭발했거나 공습을 받았다면?"

'정말 마이어베어가 어떻게든 그림을 훔친 다음 마이어의 이름도 훔친 게 아닐까?'

"혹시 그가 직접 트럭에 불을 지른 건 아닐까요? 혼란한 틈을 타서요. 그 상황에서 트럭이 정말 지뢰 때문에 폭발했는지는 아무도 몰라요."

헨슨이 말했다.

"그럼 만프레트 스토크는 누구죠?"

"만프레트 스토크 대령의 아들?"

"스토크는 마이어와 함께 도망을 쳤을 거예요. 그들은 트럭에 함께 탔어요."

"그게 이해가 되나요? 친위대 대령과 강제 노동자가 함께?"

에스터는 상황을 이해하려고 애썼다. 스토크는 마이어보다 마이어베어와 공모했을 가능성이 높았다.

"어쨌든."

에스터가 빠르게 말했다.

"그들은 서로 갈라졌거나 마이어가 고흐를 가지고 달아났어요. 스토크는 남아메리카로 갔고요."

헨슨이 생각에 잠겼다.

"다양한 추리를 할 수 있겠군요."

"아버지는 고흐를 훔치기 위해 그 고문가와 공모했을까요? 그렇다면 어머니가 아버지를 떠난 건 당연해요."

에스터는 가슴이 쓰렸다.

"아직 속단하지 마세요. 그냥 다락방에 처박아두려고 고흐를 훔친 건 아니겠죠."

"당신들은 누구예요?"

관리인이 물었다.

"제발 부탁드리는데, 부인은 이제 너무 늙었어요."

"마이어에 대해 물어봐요."

헨슨이 말했다.

"제발요."

"그냥 묻기만 해요. 그럼 얌전히 떠날게요."

에스터는 장미밭으로 걸어갔다. 그러다 갑자기 저택의 앞뜰로 이어진 문을 향해 발길을 돌렸다. 헨슨이 그녀를 바라보았다. 에스터는 팔짱을 끼고 땅을 내려다보고 있었다.

토른 부인과 이야기를 주고받은 관리인이 말했다.

"마이어는 유대인이었어요. 그는 라인 지방이나 로렌 아니면 그 부근에서 베크베르호로 피신했어요. 일자리를 원했기 때문에 토른 박사님이 박물관에서 일할 수 있게 해주셨어요. 나치스가 유대인들을 강제로 끌고 갔을 때, 토른 박사님은 그를 숨겼어요."

"네덜란드의 쉰들러군."

헨슨이 중얼거렸다.

"왜죠?"

헨슨의 물음에 관리인은 대답하지 않았다.

"토른 박사가 왜 마이어를 숨겼는지 물어봐요."

다시 관리인이 토른 부인에게 물었다.

"부인은 잠이 들었어요."

관리인이 말했다.

"부인이 뭐라고 했죠?"

"잘 모르겠는데, 그가 토른 박사님에게 정보를 주었대요."

"어떤 정보요?"

"그 말은 하시지 않았어요."

헨슨이 고개를 끄덕였다. 친위대 대령이 유대인으로 알고 있는 한 남자를 데 호로트 저택 주위에서 일하게 한 다음 후에 그림을 훔치기 위해 그와 공모를? 왠지 그럴듯하게 느껴졌다. 어떻든 간에 마이어는 민족의 반역자였음이 틀림없다. 로사 고렌이 그를 떠난 이유는 충분했다. 어쩌면 그는 마이어베어가 아니었을지 모른다. 마이어베어는 정말 스위스에서 죽었을 수 있다. 헨슨이 이 모든 걸 이해하려고 애쓰는 동안, 에스터가 갑자기 손을 들어 문을 가리켰다.

"트럭이에요! 저택 앞에요!"

헨슨이 문으로 걸어갔을 때, 에스터는 이미 트럭의 운전석 앞으로 다가갔다.

"차문이 열려 있어요."

에스터가 말했다.

"차가 오는 소리를 못 들었는데 어떻게?"

헨슨이 말했다.

"우리보다 먼저 도착했겠죠. 곧장 여기로 온 거예요."

"관리인이 닭장에 있을 때."

헨슨이 스토크의 총을 들고 트럭의 뒤쪽으로 빠르게 걸음을 옮겼다. 에스터가 뒷문을 열었다. 손에 끼우는 인형 말고는 안은 텅 비어 있었다.

헨슨이 주위를 둘러보았다.

"토른이 여기에 왔다면 분명 뒤로 나왔을 텐데요. 안 그래요?"

"아마도."

에스터가 말했다.

"안으로 들어가봅시다."

조심스럽게, 그들은 집 안으로 걸어갔다. 몸집이 커다란 남자가 숨을 만한 곳을 찾아 위층으로 올라갔다가 서재가 있는 지하로 내려갔다. 이윽고 와인 저장소로 이어진 문을 열었다. 쇠로 된 계단 아래에 거대한 통들과 와인 진열장들이 보였다.

헨슨은 토른의 책상에 걸터앉았다.

"그는 떠났어요."

헨슨이 한숨을 내쉬며 말을 이었다.

"인터폴에 연락합시다."

그때 관리인이 문가에 나타났다.

"토른 박사님?"

그녀가 물었다.

"전화기는 어디 있죠?"

에스터가 물었다.

헨슨은 관리인이 저장소의 문을 닫으려 했던 일을 기억했다.

"잠시만요."

헨슨이 말했다.

"그때 우리에게 이 지하에 방들이 있다고 했지요?"

"지금은 없어요."

관리인이 대답했다.

"하지만 어디였죠? 그 방들이 있었던 곳이?"

"그때 전 여기에 없었어요. 그리고 그 방들을 없앤 건……."

"하지만 그 흔적은 남아 있을 텐데요!"

에스터가 말했다.

"맞아요!"

그들이 쇠로 된 계단을 내려가는 동안, 관리인이 그들을 멍하니 내려다보았다.

헨슨은 통 하나를 손으로 두드려보았다. 안이 텅 빈 듯한 소리가 났다. 그들은 그 거대한 통들의 마개를 찾기 위해 앞뒤로 걸었다. 에스터는 바닥에 어떤 자국이 남아 있는지 보려고 무릎을 꿇었다. 헨슨은 곁눈으로 문의 빗장과 경첩을 올려다보았다. 문틈으로 외풍이 불어오는 게 느껴졌다. 에스터가 마개를 돌리자, 쉿 하는 소리에 이어 시큼한 냄새가 코를 찔렀다. 와인 몇 방울이 바닥에 떨어졌다.

헨슨도 다른 통의 바닥에서 마개를 발견하고 비틀어 열었다.

그때 딱딱 하는 둔중한 소리가 크게 들렸다.

에스터가 반사적으로 몸을 숙였고, 헨슨이 뒤돌아 총을 겨누었다. 그러나 그들 뒤에는 오로지 와인 진열장들만이 보였다.

바로 그 순간, 다른 진열장과 조화를 이루지 않은 진열장 하나가 눈에 띄었다.

그들은 그 진열장으로 조심스럽게 걸어갔다. 에스터는 바닥에서 희미한 반원형의 자국을 발견하고 손으로 가리켰다. 그리고 헨슨의 반응을 살피기 위해 고개를 들었다.

헨슨이 말했다.

"경찰의 지원을 기다릴까요? 그게 더 현명한 방법일 거예요."

"그러다 놓치면요? 다른 출구가 있을지도 몰라요."

헨슨은 손에 쥐고 있던 총을 가만히 내려다보더니 그것을 에스터에게 건넸다.

"총알은 네 개뿐이에요. 내 사격 솜씨보다 낫겠죠. 당신이 가지고 있어요."

헨슨이 와인 한 병을 마치 곤봉처럼 잡은 다음 진열장의 한쪽 끝을 잡아당기기 시작했다.

"하나, 둘······."

진열장은 예상외로 쉽게 움직였다. 그러나 움직임이 생각보다 커서 어느새 헨슨의 손에서 벗어나 옆에 놓인 진열장에 쾅 하고 부딪혔다. 와인 병들이 윌컥딜컥 소리를 내며 흔들렸고, 그중 하나기 바닥에 요란한 소리를 내며 떨어졌다. 진열장 너머에서 콜타르 같은 약품 냄새가 차가운 공기에 섞여 훅 끼쳐왔다.

그들 앞에 복도가 펼쳐져 있었다. 너비는 3미터 정도이고, 깊이는 30미터쯤 되었다. 양쪽 벽에 문이 2미터 간격으로 여섯 개씩 나 있었다. 복도 안은 저장소에서 스며들어온 불빛밖에 없어 어두컴컴했다. 맨 끝자락에 있는 문은 더 커 보였고, 문 앞에 두 단의 계단이 나 있었다. 문짝에는 쇠로 된 손잡이가 달려 있으며 안에서 밖을 볼 수 있는 문구멍도 있었다. 살짝 열린 문으로 희미한 파란색 불빛이 안에서 새어 나왔다.

그들은 귀를 기울였다. 어렴풋이 잡음이 들렸다. 전기 장치에서 나는 소음과 방 사이사이에 있는 하수 시설에서 물이 똑똑 떨어지는 소리가 한

데 섞였다.

에스터는 한기를 느꼈다. 기온이 낮거나 습도가 높아서는 아니었다. 마치 죽은 영혼이 방 곳곳에서 흐느끼고 있는 것 같아서였다. 날카로운 비명소리가 들릴 것만 같았다. 목에 죽음의 얼굴들이 달린 악마들이 그들을 고문하기 위해 맨 끝에 있는 문에서 성큼성큼 다가올 것만 같았다. 얼마나 많은 살갗이 콘크리트에 문질러졌을까? 얼마나 많은 피가 하수도 속으로 흘러 들어갔을까?

에스터는 헨슨이 코와 윗입술 사이에 난 땀을 손으로 닦는 걸 보았다. 헨슨이 심호흡을 하고 복도로 발을 내디뎠다. 그때 에스터가 그의 팔을 잡았다.

"레이디 퍼스트."

에스터가 그렇게 말하며 앞장섰다. 그리고 벽을 따라 걸어갔다. 몇 개의 문은 굳게 닫혀 있었지만, 대부분은 적어도 몇 센티미터 열려 있었다. 경첩은 하나같이 녹이 슬었다. 어느 방 안에는 나무 양동이가 썩은 채 바닥에 나뒹굴고 있었다. 다른 방들은 안이 텅 비어 있는 듯했다.

헨슨은 에스터가 복도 끝으로 걸어갈 때까지 기다렸다. 에스터가 그 문 쪽으로 귀를 기울이더니 헨슨에게 오라는 손짓을 보냈다. 헨슨이 빠른 걸음으로 다가갔다. 문은 아주 조금 열려 있었다. 차가운 공기가 문틈으로 새어 나왔다. 헨슨은 맞은편에 있는 흰색 벽에서 밝은 스포트라이트가 뿜어 나오는 걸 보았지만, 그 밖에 아무것도 보이지 않았다. 헨슨이 문손잡이로 손을 뻗었다. 그때 에스터가 뒤로 물러나라는 신호를 보냈다.

에스터가 계단 위로 올라가 문짝에 등을 대고 서서 문틈으로 안을 흘긋 보았다. 그리고 계단을 내려와 헨슨 옆에 섰다.

헨슨이 무언의 질문을 던지듯 눈을 크게 떴다.

에스터가 고개를 저었다.

"내가 위쪽에 있을 테니."

헨슨이 손으로 신호를 보내며 속삭였다.

"당신이 아래쪽에 있어요."

에스터가 고개를 끄덕였다.

헨슨이 문설주 가까이에 섰다. 에스터가 바로 아래쪽에 무릎을 구부리고 앉았다. 헨슨이 손가락을 들었다. 하나, 둘…….

헨슨이 양손으로 묵직한 문을 밀었다. 열린 문으로 에스터가 잽싸게 들어가 몸을 수그리고 왼쪽을 향해 총을 겨누었다.

그러나 사람이 아니었다. 그것은 로마인 혹은 성자의 대리석 흉상이었다. 텅 빈 눈은 하늘을 향해 있었다. 이 흉상은 평범한 검은색 받침대 위에 놓여 있었고 커다란 유리상자로 덮여 있었다. 위에서 할로겐 불빛을 스포트라이트처럼 받으며.

대리석 흉상에서 1미터 떨어진 곳에 자연스러운 광택의 석류석으로 만든 중세 십자가와 네덜란드 범선이 묘사된 에칭 판화가 있었다. 그 사이에 그리고 플랑드르의 결혼식 장면이 그려진 그림 밑에서 제습기가 가동되고 있었다. 맞은편 벽에는 켈트족의 장식품과 함께 채식 사본, 황금천으로 덮인 토라(유대교 율법) 그리고 중세의 체스 말들이 들어 있는 커다란 상자가 있었다. 그 위에는 통통한 여신을 둘러싸고 포동포동한 케루빔들이 꽃들을 뿌리며 사티로스 세 명이 세레나데를 연주하는 루벤스풍의 그림이 걸려 있었다.

왼쪽 벽과 오른쪽 벽 사이에 반원형 벽감이 있었다. 바닥 한가운데에는 안구 모양의 현대적인 의자가 놓여 있었다. 팔걸이 역시 독특하게도 갈매기의 날개가 연상되었다.

그 의자에 토른이 몸을 웅크리고 앉아 있었다. 여전히 외투를 걸친 채였고, 오른팔을 아래로 축 늘어뜨렸다. 그들이 본 건 토른의 뒷모습이었다. 토른은 미동조차 없었다. 마치 죽은 것처럼. 헨슨이 맥박을 재려고 앞으로 걸어가다가 위를 올려다보고 주춤했다.

다른 누군가가 거기에 있었다. 그들을 바라보며. 벽감 끄트머리에서 세 개의 스포트라이트가 빈센트 반 고흐의 자화상을 비추고 있었다.

"이게 바로 데 흐로트에 있던 고흐의 자화상이군요?"

헨슨이 말했다.

"두 개의 단추. 드로잉에서 봤던 그대로예요."

에스터가 말했다.

토른은 한 줄기 숨을 내쉬었다. 마치 빈센트가 걸었던 마법을 풀 듯이. 헨슨이 바닥에 떨어져 있는 작은 병을 줍기 위해 상체를 구부렸다.

"니트로글리세린."

그가 병에 적힌 문구를 읽었다.

"죽은 건가요?"

에스터가 물었다.

헨슨은 토른의 머리가 움직이는 걸 보았다.

"아직은 아니에요."

"나한테서 떨어져."

토른이 으르렁거리며 말했다.

"의사를 불러야겠어요."

헨슨이 말했다.

에스터가 앞으로 다가갔다. 토른의 도톰한 손에 연발 권총이 쥐어 있었다. 에스터가 총을 그에게 겨누며 뒷걸음질쳤다.

"총을 버려요. 어서!"

헨슨이 손바닥을 보이며 노인에게 총을 내려놓으라고 손짓했다.

"진정해요, 토른 박사님. 총을 내려놓으세요."

"손들고 물러나."

토른이 말했다.

헨슨이 손을 더 높이 들고 두 걸음 뒤로 물러났다.

헨슨에게 총을 겨누고 있던 토른이 서투르게 바닥을 발로 밀었다. 그러더니 의자의 방향이 바뀌면서 에스터와 마주 보게 되었다. 헨슨이 축축한 눈을 깜박였다.

"대체 뭘 하려는 거지?"

토른이 킬킬 웃었다.

"날 죽이려고?"

토른이 기침을 하며 소시지 같은 손가락으로 이마를 문질렀다.

"당신이 총을 버리지 않는다면."

"나는 늙은이라고. 여기만큼 죽기에 좋은 곳도 없다고 생각했지."

"여기? 나치스의 고문실에서?"

에스터가 말했다.

"너는 아무도 고문하지 않았어. 여기, 빈센트 반 고흐가 보는 앞에서는."

토른이 한숨을 내쉬며 어렵게 말을 이었다.

"빈센트는 모든 걸 이해해줬지."

"아무래도 의사를 불러야겠어요."

헨슨이 말했다.

토른이 고개를 세차게 저었다.

"그냥 나한테서 떨어지면 돼. 조금 있으면 내 심장이 폭발할 거야. 그럼 자넨 총알을 아낄 수 있어."

"당신에게 심장이 있긴 있나요?"

에스터가 말했다.

토른의 얼굴이 일그러졌다.

"자넨 나와 다르다 이건가? 1943년에 자넨 무얼 했을 것 같나? 날 평가할 자격이 있다고 생각해?"

"아마 여기서 고문당하다 끝내 시체 소각실에 버려졌겠죠. 하지만 난 그들에게 협조하지 않았을 거예요."

"암, 암, 그러시겠지. 자네 아버지처럼?"

"아버지는 어땠죠?"

"그는 쥐새끼였어. 살기 위해서라면 뭐든 가리지 않고 했어. 그것이 날 위한 게 아니었다면, 자넨 지금 존재하지도 못했을 거야."

에스터의 손에서 총이 미세하게 흔들렸다.

토른이 헨슨을 보며 웃었다.

"진실은 때로 상처가 되기도 하지, 안 그런가? 가엾은 새뮤얼 마이어. 하!"

"그가 스테판 마이어베어였나요?"

"누구?"

"스테판 마이어베어. 비시에서 온."

토른의 눈이 가늘어졌다.

"그는 새뮤얼 마이어였어. 떠돌이였지. 베크베르흐에서 살았는데, 유대인 지구의 빵집에서 일했어. 빵집 주인의 아내와 눈이 맞을 때까지. 빵집 주인은 그를 길가로 내쫓았어. 마을 사람들은 그를 비웃으며 길 잃은 개새끼나 먹을 마른 빵 조각들을 던져주었지. 하지만 그가 어디로 갈 수 있었겠어? 거리를 방황하다 곧 체포될 게 뻔한데. 마이어는 떠돌아다니는 유대인에게 무슨 일이 일어날지 알았어. 어떻게든 살아야 했겠지. 얼마 후 베크베르흐 사람들은 마이어의 존재를 잊었지. 마이어가 자신들의 얘길 엿듣고 있다는 걸 까맣게 모른 채. 그래, 마이어는 창문 밑에 숨어서 유대인들의 많은 비밀을 알게 되었어! 나치스가 베크베르흐를 점령했을 때, 늙은 큐레이터는 마이어를 창고에서 지내게 했지. 내가 나치스에 신고하겠다고 으름장을 놓자, 마이어는 스토크 대령의 환심을 살 만한 정보를 내게 주었어. 마이어가 내게 정보를 줄 때마다, 나는 그의 목숨을 조금 더 연장시켰지."

"마이어는 자신의 민족을 배반했나요?"

에스터가 물었다.

"때때로 그는 거짓말을 했지. 그러나 종종 흡족한 산 제물을 내게 갖다 바쳤어. 나치스 친위대는 전혀 의심하지 않았어. 그들이 자신들의 진짜 적인지 아닌지를. 두려움이 마을 전역에 가랑비처럼 내렸지. 내 생애 처음으로 사람들이 날 두려워하기 시작하더군. 나는 데 흐로트 박물관의 큐레이터가 되었어. 상관을 제거하고 내가 그 자리를 차지했어. 결혼도 아주 잘했지."

"당신은 기세 좋게 거리를 활보했겠군요."

헨슨이 말했다.

"나는 그녀에게 아무 선택권도 주지 않았어. 하! 어머니는 나를 '돼지 새끼'라고 부르더군. 다른 사람들은 그보다 더한 말로 나를 욕하고 비웃었어. 하지만 내 앞에서는 아무도 날 비웃지 못했어. 데 흐로트 양은 어떤 선택도 하지 않았어. 그리고 토른 부인이 됐어."

'돼지새끼와 손을 잡은 돼지.'

에스터의 머리에서 현기증이 났다.

토른이 숨을 깊게 들이쉬었다. 그리고 다시 이마를 문질렀다.

"기분이 좀 나아지는군. 빈센트가 내 목숨을 연장시키고 있어."

"무척 안좋아 보여요. 얼굴이 백지장처럼 하얘요. 의사를 불러야 해요."

헨슨이 말했다.

"안 돼! 여기서 한 발짝이라도 움직이면 쏘겠어. 난 마지막으로 내 그림을 보며 눈을 감을 거야."

"그건 당신 그림이 아니에요."

에스터가 양손으로 총을 쥐고 그렇게 쏘아붙였다.

"그럼 누구의 것이지? 1944년 이후 나 이외의 어느 누구도 이 그림을 본 적이 없어. 어머니가 자식을 사랑하듯이, 나는 이 그림을 사랑했어. 나는 몇 시간이고 여기에 앉아 그림과 대화를 나눴어."

"왜 다른 그림을 데 흐로트의 고흐라고 주장했죠?"

"나는 그 그림이 내가 위조한 그림이라고 생각했어. 내가 자화상을 그렸을 때, 마치 고흐가 내 손을 이끌어주는 것 같았지. 나는 그가 되었어."

"나치스에 팔려고 자화상을 위조했나요?"

"천만에. 어디까지나 보호하기 위해서였지. 그자들이 그림에 무슨 짓을 저지를지 누가 알아? 분명히 이 그림을 가져가려고 했을 거야. 날마다 하늘은 폭격기로 뒤덮였어. 베를린은 재로 변했어. 모루 작전 후, 마르세유에서 미술품들이 열차 두 칸에 실려 여기로 이송되었지. 그리고 여기에 있던 미술품들과 함께 바이에른으로 이송되었어. 스토크 대령이 그 일을 맡았어. 그때 영국군이 예정보다 빨리 이곳으로 진격한 거야. 나는 데 흐로트에 남은 미술품들이 트럭에 실리기 전에 가짜와 바꿔치기했지. 트럭이 불에 탔을 때, 내가 한 일도 영원히 비밀로 묻힐 거라고 생각했어. 그리고 오랜 세월이 흘러 자네가 내게 그 그림을 가져왔지. 난 내가 위조한 그림이라고 생각했어. 하지만 당황스럽게도 손의 위치가 달랐어. 처음엔 너무 놀라 그 사실을 발견하지 못했어. 하지만 이미 그림이 진짜라고 말했어."

토른이 킬킬 웃으며 기침을 연거푸 했다.

"나는 틀렸지만, 옳았어. 처음에는 내 솜씨에 반하고 말았지. 그런데 그게 내 솜씨가 아니라는 걸 나중에야 알았지!"

토른이 에스터를 보았다.

"자네도 나처럼 늙으면, 자신의 우둔함을 깨닫게 될 거야."

"그리고 사악함도요?"

에스터가 말했다.

"우리 안에 그것은 존재해. 관심을 기울이면 볼 수 있어. 빈센트는 그걸 이해했지."

"그렇지만 왜 그림을 없애고 에스터를 죽이기 위해 만프레트 스토크를 보냈나요?"

헨슨이 물었다.

토른이 눈을 감고 숨을 거칠게 쉬었다. 다시 입을 열었을 때, 목소리는 더 가늘어졌다.

"리스트 때문이었어. 마이어가 리스트를 가지고 있다고 내게 말했거든. 때가 되면 그걸 폭로해버리겠다고. 수십 년간 조용히 잘 지내 왔는데, 왜 이제 와서 들추려는 거지?"

토른이 다시 기침을 했다.

"우리는 리스트를 제기하기 위해 집을 불태웠어. 그림에 대해서는 까맣게 몰랐지. 그리고 자네들이 내게 그림을 가져왔을 때, 난 그림이 진짜라고 주장했어. 실은 가짜라고 생각했지만. 하지만 그림은 진짜였어. 내가 생각해도 바보 같았지."

"그래서 그가 공격을 중단했나요?"

"누구? 만프레트? 그 아이는 제멋대로였어. 그래서 제 아비처럼 너도 어리석다고 말해줬지. 될 수 있는 한 빨리 칠레로 보냈어."

"보냈다고요?"

"그럼 내가 그 애를 데리고 있어야 했나?"

"언제요?"

헨슨이 물었다.

"될 수 있는 한 빨리. 아직 어린아이였을 때. 그때 당시에는 아주 순진했지. 실은 어리석지 않았어."

"무슨 말인지 알겠어요. 만프레트 스토크가 소년이었을 때를 말하는군요. 그가 당신 아내의 아들이라는 걸 알았지만, 그의 아버지가 있는 칠레로 보낸 거군요."

토른이 거친 숨을 내쉬었다.

"내가 전쟁 중에 뭘 할 수 있었겠나? 대령에게 결투 신청이라도 해야 했을까? 그녀가 어떻게 그를 거부할 수 있었겠어?"

토른이 킬킬 웃었다.

"그를 거부하고 싶어하지 않았지. 그게 무슨 상관이야? 대령이 그녀에게 매력을 느꼈다고 해서 나하고 무슨 상관이냔 말이야. 대령의 환심을 살 수 있다면 그걸로 족했어. 중요한 건 그거지."

토른이 다시 눈을 감았다.

"마이어의 다락방에 숨겨져 있던 고흐가 당신이 만든 위작이 아니라는 걸 언제 알았죠? 그것이 진짜라는걸요."

"나는 고흐에 관한 한 세계 최고의 전문가야! X선이나 다른 기구 따위는 필요 없어."

토른이 머리를 흔들었다.

"그 그림이 마르세유에서 온 열차 안에 있던 거라는 걸 일찍 알았다면, 마이어가 아닌 내가 먼저 훔쳤을 거야. 그리고 여기에 이 그림과 나란히 걸어뒀겠지."

토른이 씨근거리며 어깨를 들썩였다.

"안색이 나빠 보여요."

헨슨이 그렇게 말하며 니트로글리세린 병을 보았다. 안에 약이 하나도 남아 있지 않았다.

"이 약이 더 있나요? 다른 약은 어디에 있죠?"

토른이 몇 초간 그를 보더니 총을 움직였다.

"의사를 불러."

그가 말했다.

그리고 총을 내리더니 발로 바닥을 밀어 의자가 고흐를 향하게 했다.

"서둘러요."

에스터가 토른에게서 눈을 떼지 않으며 말했다.

헨슨이 복도로 뛰어갔지만, 와인 진열장에 다다르기 전에 에스터의 비명소리를 들었다.

"안 돼!"

귀청이 터질 것 같은 날카로운 총성이 헨슨의 뒤에서 울렸다.

헨슨은 움직임을 멈췄다. 젠장! 에스터가 그랬을 리 없다. 그렇지 않나? 헨슨은 몸을 돌려 문 쪽으로 뛰어가다가 바닥에 흥건한 피에 발을 헛디뎠다. 에스터는 제습기 근처에 쓰러져 있었다. 가슴에 피가 묻은 채.

"에스디! 디쳤이요?"

"난 아니에요."

에스터가 숨을 헐떡였다.

뒤를 돌아본 헨슨의 눈이 커졌다. 토른의 머리 윗부분이 총에 맞아 날아간 것이다. 헨슨은 천천히 에스터에게 고개를 돌렸다. 그리고 다시 뒤를 돌아보았다.

만약 에스터가 토른을 총으로 쏘았다면, 피가 다른 방향으로 뛰었을 것이다.

토른은 빈센트 반 고흐의 눈을 응시하기 위해 의자를 회전시켰다. 그리고 그 위대한 거장처럼 스스로에게 총을 쏘았다.

19장
새뮤얼 마이어의 비밀

사흘 후, 당국과의 심문을 마친 에스터는 이제 자유의 몸이 되어 고국에 돌아갈 수 있게 되었다. 에스터는 작은 호텔 로비에 짐을 놓고 서서 기다렸다. 어떤 생각에 빠져 있을 때, 호텔 문이 열렸다.

"갑시다."

헨슨이 말했다.

"택시가 올 거예요."

"괜찮아요."

헨슨이 20유로짜리 지폐를 내밀며 말했다.

"운전기사에게 이 돈을 팁으로 주면 돼요. 이게 짐인가요?"

"곧장 공항으로 갈 거예요. 더는 지체할 수 없어요."

"공항까지 데려다줄게요."

에스터는 팔짱을 꼈다.

"스카우트의 명예를 걸죠."

"정말 보이 스카우트였어요?"

"그럼 그냥 농담한 건 줄 알았어요? 웰포드에 보이 스카우트가 할 일은 많지 않았지만, 그래도 꽤 좋았어요."

"캔자스의 웰포드 거리를 산책하는 노부인들을 옆에서 도왔나요?"

"거리는 한산했어요. 산책하는 노부인들은 두셋 정도였죠."

"공항으로 가요. 스카우트 제의는 다시 안 할 거죠? 지금은 그럴 기분이 아니에요."

에스터가 말했다.

"스카우트의 명예를 걸고요. 하지만 나한테 몇 가지 정보가 더 있어요."

"신문은 읽었어요. 기자회견에 대한 기사요."

"거기에 없는 내용이에요."

헨슨이 그녀의 짐을 들고 문 쪽으로 걸어갔다. 에스터는 데스크 직원에게 팁을 주며 택시 기사가 오거든 대신 사과해달라고 부탁했다.

에스터는 운전석 옆에 앉아 안전벨트를 매며 말했다.

"스키폴 공항으로 가요. 곧장. 어머니의 폐가 나빠져서 빨리 가봐야 해요."

"시간은 충분해요."

헨슨이 말했다. 헨슨은 연석 앞에 주차해놓은 차의 시동을 걸었다. 그리고 운전대를 돌렸을 때, 에스터는 그가 손가락에 결혼반지를 끼고 있지 않은 걸 보았다.

"감정 전문가들은 당신 아버지의 다락방에서 발견한 고흐가 진짜임을 입증했어요."

"그 이야기는 이미 기사로 읽었어요."

"손의 위치는 고흐가 바꾼 거라는 것도요. 손에 칠한 붉은 안료는 1888년 중순 무렵에 제조되기 시작한 것이고, 고흐가 사용했던 것이에요. 물론 손의 위치를 바꾸기 전에 제일 처음 손을 그린 시기가 언제인지도 대강 알 수 있어요."

에스터는 운하 근처에서 시끄럽게 싸우는 몇몇 무리를 두 사람이 어딘가로 끌고 가는 장면을 조용히 지켜보았다.

"그리고 크레스피 박사는 토른의 자화상에서 채취한 안료가 고흐 자화상 두 점에서 채취한 안료와 조금도 일치하지 않는다고 말했어요."

에스터는 침묵했다. 사람들은 곧 시야에서 벗어났다. 에스터는 손을 내려다보았다.

"언젠가는 그를 용서할 수 있을 거다, 이렇게 스스로에게 되뇌어요. 하지만 내 마음은 이미 갈가리 찢어졌어요."

"당신 아버지는 살아남고자 하는 일념으로 그 일을 했어요. 그때의 상황이 어땠는지 지금으로선 알기 어렵지요."

"아우슈비츠의 특별 부대를 생각했어요. 그들도 아우슈비츠에 갇힌 유대인이었지만, 나치스를 도와 가스실에서 죽은 유대인들의 시체를 밖으로 끌어내는 일을 했죠. 그중 몇 명은 아직 살아 있어요. 언젠가 어머니가 있는 요양소에서 그중 한 명과 이야기를 나눈 적이 있어요. 난 그에게 그땐 어쩔 수 없지 않았느냐며 위로하려고 했어요. 하지만 정말 그렇게 생각했는지 잘 모르겠어요. 그의 고통스러운 얼굴은 자신을 용서할 수 없다고 말하는 듯했어요. 하지만 적어도 자기 민족을 밀고하거나 하진 않았어요."

"그리고 지금, 어쨌든, 당신은 당신 자신을 비난하고 있어요. 그 점에 대해 생각해봤나요? 내 말이 무슨 뜻인지 이해하죠? 연좌제 말이에요."

"그게 무슨 말이죠? 무슨 말인지 모르겠어요."

헨슨이 차를 세우려고 운전대를 돌렸다.

에스터가 손을 들어 제지하려고 했다.

"곧장 간다고 했잖……."

헨슨이 몸을 옆으로 돌려 에스터의 팔을 잡았다.

| 반 고흐 컨스피러시

"1분만 시간을 줘요. 그리고 내 얘길 들어봐요."

에스터는 그의 손길을 뿌리쳤지만, 차에서 내리지 않았다.

"새뮤얼 마이어가 살아남을 수 있어서 당신이 이렇게 살고 있는 거예요. 그래서 당신은 가책을 느끼고 있고요. 하지만 당신과 아버지는 별개의 인격체예요. 아버지의 죄를 짊어지고 태어난 게 절대 아니에요."

"당신이 그런 말 할 자격이 있어요? 당신 아버지는 선량하고 양심적인 농부였겠죠?"

"사실 아버지는 식품점을 운영했어요."

헨슨이 운전대를 손가락으로 두드리더니 에스터의 눈을 보았다.

"그리고 아버지는 그다지 양심적인 분은 아니었어요. 1970년대에 보험금을 타려고 가게에 불을 질렀어요."

에스터가 헨슨을 바라보자, 헨슨은 시선을 피했다. 불쑥 그렇게 말한 자신에게 놀라는 눈치였다.

"거짓말이 아니에요. 나는 그렇게 확신해요. 방화범으로 붙잡히진 않았지만, 아버지가 한 짓이 분명해요."

"하지만 적어도 아버지와 그 문제로 대면할 기회는 있었잖아요."

"아니요."

"왜요?"

"난 믿고 싶지 않았어요. 아버지는 1910년부터 가게를 운영했죠. 후에 돌아가셨을 때, 비로소 깨달았어요. 아버지의 삶은 오로지 우리를 보호하고 돌보기 위한 거였죠. 그 당시 웰포드는 죽어가고 있었어요. 그래서 우리는 파산 직전에 있었어요. 보안관도 그 사실을 알았지만, 대수롭지 않게 여겼죠."

"그럼 당신이 잘못 생각한 건지도 몰라요."

헨슨이 가슴을 두드렸다. 에스터는 그가 결혼반지를 끼지 않은 걸 다

19장 새뮤얼 마이어의 비밀

시 눈으로 확인했다.

"난 알아요."

헨슨이 말했다.

"우리 가족은 그 보험금 덕분에 캔자스시티로 이사했고, 나는 대학에 갈 수 있었어요. 내가 잘못 생각한 거라고 수없이 되뇌었지만, 그때마다 내 심장은 내게 아니라고 말했어요. 하지만 그건 아버지가 우리를 사랑하는 방식이었어요. 오로지 우리를 위해 범행을 저질렀다고 나는 생각하게 되었죠."

에스터는 잠시 생각했다.

"그렇게 볼 수 있겠네요. 하지만 이 경우는 달라요."

"절도보다 나은 건 없어요. 무슨 이유였든."

"아버지는 나치스를 돕기 위해 자기 민족을 저버렸어요."

"당신이 알고 있는 걸 생각해봐요. 그 당시 새뮤얼 마이어는 젊었어요. 나치스는 유대인들을 강제로 수용소에 집어넣었죠. 마이어는 토른에게 뭔가 이익이 되는 정보를 말해줬어요. 이를테면 그에게 유리한 쪽으로 사람을 이용하는 방법이라든지. 토른은 땀투성이 손으로 마이어의 삶을 쥐고 있었어요. 하지만 그때의 상황을 지금 우리가 어떻게 다 이해하겠어요. 토른이 우리에게 말한 것처럼."

"그래도 아버지는 살아남았잖아요?"

"토른이 우리에게 진실만을 말했다고 보긴 어려워요."

"마이어가 고흐를 가진 건 사실이에요."

"정확히 말하면, 페오도르 민스키의 고흐를요. 비시에서 스테판 마이어베어가 약탈했던……. 마이어는 열차에서 그 그림을 훔쳤어요. 어쩌면 스토크 대령이 훔치고, 뒤이어 마이어가 훔쳤는지 모르죠. 이어서 그들 중 한 명이 아니면 둘이서 함께 트럭을 불태웠을 거예요."

"스토크가 연합군의 눈을 피해 달아나도록 마이어가 도왔다고요? 그럼 어째서 스토크의 아들이 날 죽이려 한 거죠?"

"문제는 그거예요."

헨슨이 계속 말했다.

"다행히 몇 가지 기록을 찾았어요. 그 후 마이어는 미군 보병에게 구조되었어요. 그래서 깨끗이 목욕을 하고 이도 잡고 새 옷으로 갈아입을 수 있었죠. 그때 마이어가 고흐를 가지고 있었을까요? 그랬다면 그들에게 곧 발각되었겠죠. 마이어는 그림을 토른의 저택이나 아니면 아무도 못 찾을 어딘가에 숨겨뒀을 거예요. 그리고 미국 시민권을 획득한 직후인 1955년에 통장 잔고를 비워 팬암 티켓을 구입한 다음 유럽 여행을 떠났어요. 그때 그 캔버스를 되찾아 시카고로 몰래 들여왔겠죠. 한편, 스토크는 전 나치스 장교들과의 연락망을 통해 남아메리카로 몸을 숨겼어요. 아마도 스토크는 마이어가 고흐를 가지고 있다는 걸 전혀 몰랐던 모양이에요. 어쩌면 스토크가 숨긴 곳을 마이어가 찾아내서 그 그림을 1955년에 되찾을 어딘가에 숨겼을지도 모르고요."

"어쩌면! 아마도! 도대체 무슨 증거라도 있나요? 아무것도 없죠. 마이어가 그림을 가졌다는 걸 스토크가 몰랐다면, 왜 아들을 마이어에게 보냈겠어요?"

헨슨이 미소지었다.

"정말 흥미로운 얘기는 지금부터예요. 1966년에 당신 아버지가 스테판 마이어베어로 몰려 이민 귀화국의 조사를 받았을 때, 비젠탈 센터(나치스의 범죄를 고발하는 활동을 함)에서 한 젊은 남자가 그를 찾아왔어요. 그 조사관은 당신 아버지에게 사라진 나치스 전범들의 행방을 밝히고 오늘날의 사람들이 나치스의 만행을 영원히 잊지 않도록 이야기를 들려준다면 과거의 짐에서 벗어날 수 있을 거라고 설득했어요."

"그래서요?"

"허나 마이어는 자신이 마이어베어라는 사실을 완강히 부인했고, 조사관에게 무슨 속셈인지 다 알고 있다는 말로 위협했어요. 조사관은 대답을 재촉했지만, 마이어는 할 말이 없다고 잘라 말했어요."

"그래서 조사관은 아무 정보도 얻지 못했나요? 자기 민족을 고발하는 건 괜찮고 도주한 나치스 당원들을 고발하는 건 양심에 거리낀다, 그건가요? 그것도 자신의 딱한 신변을 보호하기 위해선가요? 다음에 하려는 말이 그거예요?"

"아마도 당신 어머니가 그를 떠났기 때문이겠죠. 아마도 자신의 죄를 드러내고 싶지 않았거나."

"아마도, 아마도."

에스터가 중얼거렸다.

"아마도 스토크와 그 일당에게서 당신과 당신 어머니를 지키고 싶었을 테고요."

"그건 믿기 어려워요, 마틴."

"내 얘길 끝까지 들어줄래요?"

에스터가 고개를 저었다.

"내 머릿속엔 백 개나 되는 시나리오로 넘쳐나요. 어째서 당신의 이론이 더 낫다고 생각해요? 이제 공항으로 가줘요."

"그는 내 아버지가 아니었으니까요. 그가 전범이든 아니든 내겐 중요치 않아요. 그래서 상황을 좀더 객관적으로 볼 수 있는 거예요."

헨슨이 팔짱을 끼고 등받이에 몸을 기댔다. 그리고 깊은 숨을 들이쉬며 속삭이듯 말을 이었다.

"게다가 내가 당신보다 더 많은 사실을 알고 있어요."

또다시 침묵이 흘렀다. 어디선가 모터스쿠터가 요란한 소리를 내며 다가왔다.

"저게 뭐죠?"

에스터가 말했다.

"내 말을 듣고 있나요?"

"네. 하지만 내가 당신의 해석을 받아들일 필요는 없지 않나요? 당신 속셈은 뻔히 보여요. 날 팀에 합류시키려는 거죠."

"날 믿어요. 특별 조사단은 당신과 함께든 아니든 어쨌든 잘 굴러갈 거예요. 미국 대법원에서 약탈된 미술품을 되찾기 위한 민사 소송도 활발히 진행 중이고요. 지난 몇 년간 수많은 자코브 민스키들이 제 목소리를 내기 시작했어요. 그들이 강제로 빼앗긴 미술품들 또한 무수히 많죠. 이제 내 얘길 들어줄래요?"

에스터가 빠르게 고개를 들었지만, 표정은 회의적이었다.

"그럼 빨리 말해요. 비행기를 놓치면 안 되니까요."

"좋아요. 첫 번째로 민스키의 고흐. 그건 간단해요. 마이어베어는 나치스를 위해 그림을 훔쳤어요. 모루 작전이 나치스를 프랑스 남부에서 몰아냈을 때, 그림은 나치스가 약탈한 다른 미술품들과 함께 유럽 북부로 이송되었어요. 그때 마이어가 어떤 식으로든 그림을 손에 넣었고 후에 미국으로 몰래 들여왔어요. 그런데 당신이 모르는 게 있어요. 고흐 전문가인 토른은 그 그림의 존재를 분명 알았을 거예요. 그러나 파머 하우스에서 볼 때까지 한 번도 직접 본 적이 없었어요. 처음에는 자신이 그린 위작이라고 생각했지요. 당신도 알겠지만, 그는 충격을 받고 거의 쓰러질 뻔했어요. 어떻게 해야 할지 판단이 안 섰겠죠. 그는 젊은이가 아니었고, 건강도 이미 악화된 상태였어요. 그래서 그의 판단은 적중하지 못했어요. 나중에서야 토른은 손의 위치가 다르다는 걸 알았어요. 그리고 파머 하우스에서 몇 번에 걸쳐 장거리 전화를 했어요. 고흐의 편지에 무언가 도움이 될 만한 단서가 있을 거라고 생각했죠. 하지만 유럽으로 돌아갈 때까지 어떤 실마리도 찾지 못했어요. 토른은 빈센트 혹은 테오의 편지에 단서가 숨어 있을 거라고 생각했지만, 실은 가셰 박사의 편지에 있었죠. 가셰 박사는 빈센트를 도왔던 또 다른 사람이에요. 고흐는 가셰 박사의 초상화를 두세 점 그렸어요. 그중 하나가 경매에서 사상 최고가로 낙찰되었죠. 의사이자 미술 애호가였던 가셰 박사는 자신의 자화상을 직접 그리기도 했어요. 아마 고흐의 화풍을 흉내내기도 했을 거예요. 토른은 마침내 가셰 박사가 그의 사촌에게 지나가듯 한 말을 기억했죠. 가셰 박사는 빈센트가 동양 종교에 매우 심취했노라고 편지에 썼어요. 그리고 그 종교를 반영하기 위해 그림들을 수정했다고도요. 실제로 빈센트는 마음이 바뀌기 전에 한두 점의 그림을 수정했어요. 감정위원단은 분명 비슷한 시기에 빈센트가 그린 다른 그림들도 면밀히 살폈을 거예요. 앙투안은 내게 고흐의 자화상 몇 점을 보여주었는데, 마치 일본 승려와 같은 모습을 하고 있었죠. 가셰 박사는 편지에 자세히 언급하지 않았지만, 어쨌든 토른은 그 대목을 기억했어요. 그리고 전문가들 사이에서 자신의 입지를 확고히 할 절호의 기회라고 생각했죠. 전문가들이 세밀한 분석을 거쳐 그림이 진짜라는 결론에 도달했을 때, 극적으로 그 편지를 내밀 의도였을 거예요. 편지는 그림을 둘러싼 모든 의심을 일거에 씻어줄 마지막 증거인 데다 한눈에 그림을 진짜라고 감정한 그의 실력을 입증해줄 테니까요. 그런데 왜 갑자기 사라졌을까요? 그 편지를 사려면 많은 돈이 필요했던 거죠. 토른은 극적인 순간이 올 때까지 편지를 혼자서만 알려고 했어요. 그러나 영악한 벨기에 주인은 토른이 편지에 그토록 목숨 거는 이유를 궁금해하며 그 이유를 알기 전까지 팔지 않았죠."

"나로선 토른의 행동이 이해가 안 가요."

에스터가 말했다.

"토른은 왜 스토크와 함께 자기 별장으로 돌아갔을까요?"

헨슨이 말을 계속했다.

"전쟁 중에 민스키의 고흐가 그의 손을 거쳐간 사실을 알게 되었기 때문이죠. 물론 그때 당시엔 전혀 몰랐겠지만요. 만약 감정위원단이 그림의 출처를 캐고 든다면, 토른과 나치스의 관계가 들통 나는 건 시간문제겠죠. 그럼 토른은 모든 걸 잃고 말 거예요. 그가 나치스의 약탈과 관련이 있다는 사실은 치명적인 약점이 될 수 있어요. 아마 거센 비난을 받게 되겠죠. 그래서 약탈에 가담한 결정적 증거가 될 수집품들을 국외로 빼돌려야 했어요. 이 일에 남미에서 은신 중인 스토크를 합류시킬 계획이었고요. 아마 다른 건 포기하더라도 데 흐로트의 고흐만은 사수하고 싶었겠죠."

에스터는 몇 초 동안 눈을 깜박였다.

"음, 그런데 이상한 건, 아버지가 민스키의 고흐를 훔쳤다는 걸 몰랐다면, 왜 만프레트 스토크를 아버지의 집으로 보냈을까요?"

"그게 가장 흥미로운 부분이죠."

헨슨이 짐짓 점잖은 미소를 지으며 팔짱을 꼈다.

"리스트!"

에스터가 그제야 생각난 듯 외쳤다.

"맞아요!"

만프레트 스토크가 수로로 떨어졌을 때, 그들에게 '리스트'를 요구했었다. 에스터는 여러 복잡한 일 때문에 그 생각을 미처 하지 못했다.

"그런데 무슨 리스트일까요? 정말 까맣게 잊고 있었어요."

"오랫동안 고민했지만, 쉽게 답이 안 나왔어요. 그림과 관련이 없다는 데 생각이 미쳤을 때, 불현듯 머릿속에 전구가 켜졌어요."

"약탈된 미술품들의 리스트가 아닌가요?"

"아니에요. 1929년 시카고 커브스였어요."

그 말에 에스터가 웃었다.

"1929년에 뛴 커브스 선수들을 그들이 알아서 뭐하게요? 더구나 다른 방법으로도 충분히 알 수 있었을 텐데요. 그럼 그 그림이 야구 명예의 전당에서 약탈한 거였나요? 대체 무슨 의미죠?"

"1929년도 커브스 선수들의 이름은 찾기 쉬워요. 한번 추측해보겠어요? 그 사진 뒷면에 적혀 있던 이름 중 오직 하나만 실제 커브스 선수예요. 칼 '드라이버' 킹, 어니스트 브라운, '스파이더' 우드스프라이트. 이 이름들과 그 밖에 다른 이름들은 모두 커브스 선수들의 이름이 아니에요."

"어쩜 그렇게 기억력이 좋죠?"

"아니에요. 다만 리글리 구장에 조명이 설치되었을 때 불만을 제기한 당신 아버지가 벽에 커브스 사진을 걸어놓은 게 왠지 이상하다고 생각했어요. 분명 그는 커브스 팬도 아닐뿐더러 야구팬도 아니에요."

"더구나 야구를 '바보 같은 경기'라고 불렀죠. 하지만 그래도 잘 모르겠어요. 어떻게 그 이름들을 기억했죠? 잘 안 믿겨요."

"좀 잘난 체하고 싶지만, 실은 내 기억력 때문은 아니에요."

헨슨이 수줍게 말했다.

"그때 물건 몇 개가 창문 밖으로 떨어진 거 기억해요?"

"장식 촛대."

"그건 17세기 말에서 18세기 초 사이에 독일의 트리어에서 놋쇠로 만든 예술품이었어요. 그것도 약탈된 거였죠. 운 좋게도 커브스 사진이 그것과 함께 창밖으로 떨어진 거예요."

에스터는 두 개의 물건을 함께 놓았던 기억을 하며 천천히 고개를 끄덕였다.

"그런데 그 야구선수들이 왜요?"

"우리는 그에 관한 기록을 찾았어요. 독일인들은 기록을 아주 잘 보관하고 있더군요. 스토크와 함께 친위대 간부였던 다른 한 명은 칼 쾨니히였어요. 쾨니히는 '킹'을 의미해요. 칼 킹. 쾨니히는 스토크가 불타는 트럭에서 빠져나왔을 무렵 호송 차량들을 책임지는 일을 맡았어요. '어니스트 브라운'은 대위였던 에른스트 브라운과 매치되고요. 브라운은 1949년에 알제리에서 잡혀 서독의 어느 감옥에서 남은 생을 보냈죠. 그도 네덜란드에 연합군이 진격했을 때 자취를 감추었어요. 하지만 엉덩이에 난 상처가 곪아서 쉽게 도주할 수 없었죠. 그는 1953년에 죽었어요. 네덜란드에서 유대인들의 은신을 도왔던 성직자들을 고문한 적도 있죠. 그 밖에도 많은 이름들이 친위대 간부들의 이름과 매치돼요. 아까도 말했듯이 단 하나의 이름만 실제 커브스 선수의 이름이었어요. 그리고 이름의 수는 사진 속 선수의 수보다 더 많아요. 모두 합쳐서 스물넷이에요."

"그럼 잠복한 친위대 간부들의 리스트를 아버지가 가지고 있었다는 건가요?"

"그중 가장 흥미로운 건 스파이더 우드스프라이트예요. '우드스프라이트'는 독일어로 '발퇴펠'이에요. 우드 발퇴펠은 나치스 간부는 아니었어요. 하지만 부유한 어느 장교의 끄나풀 노릇을 했죠. 그리고 1960년대에 그가 실제로 수술대에 누웠을 때까지 누구의 눈에 띄는 걸 극도로 꺼렸어요. 병명은 폐암이었고요."

"물론 죽었겠죠? 그랬길 바라요. 끔찍한 고통을 맛보면서요. 그리고 모두가 보는 앞에서. 전범 중에는 치명적인 병에 걸려 죽은 사람들이 꽤 많군요."

"우리는 병원 영안실에서 그의 시체를 확인했어요. 그러나 우리가 그를 찾을 수 있었던 건 나치스 장교들을 도피시킨 조직인 '데어 슈핀네'를 조사하는 과정에서 그가 가장 유력한 용의자로 떠올랐기 때문이죠."

"그리고 '슈핀네'는 '스파이더(거미)'를 의미하죠. 스파이더 우드스프라이트."

에스터가 말했다.

"발퇴펠의 정체가 드러날 무렵, 이민 귀화국은 당신 아버지를 조사하기 시작했어요."

"발퇴펠이 아버지의 이름을 댔나요?"

"아니요. 기록에 따르면, 발퇴펠은 모든 걸 부인했어요. 하지만 그가 체포됐을 때 언론이 떠들썩했죠. 마이어가 청문회에 섰을 때처럼. 정부가 새뮤얼 마이어를 조사하기 시작한 직후에 마이어가 여러 번 국제 전화를 했던 기록이 있어요."

"그럼 아버지가 그들과 여전히 관계를 맺었다는 건가요?"

"그들이 당신 아버지를 위협했기 때문에 그도 리스트를 폭로하겠다며 그들을 위협한 거겠죠."

"'나도 리스트를 갖고 있다. 나에게 무슨 일이라도 생기면, 그땐 나도…….'"

"뭐, 그런 셈이죠."

"킬러를 보내 리스트를 빼앗아도 되지 않았나요?"

에스터는 1초 만에 자신의 물음에 스스로 답했다.

"그걸 어디에 숨겼는지, 누가 그걸 가지고 있는지 몰랐었군요."

"그래요. 나는 여전히 당신 아버지가 당신과 당신 어머니를 보호하기 위해 그랬다고 말하고 싶어요."

에스터는 잠시 생각했다. 그 말은 설득력이 있었다. 물론 미심쩍은 부분이 없지 않아 있지만.

"한데 왜 이름들을 바꿔 거실 벽에 사진으로 걸어뒀을까요?"

"그걸 숨기는 데 그보다 적합한 장소도 없죠."

"하지만 그 이름들을 모두 기억하고 있다면, 굳이 그렇게까지 할 필요가 있었을까요?"

에스터는 어머니를 생각했다. 헨슨이 막 입을 연 순간, 에스터가 그의 말을 가로챘다.

"잊어버릴까 봐 두려웠겠죠. 그래서 기록으로 남겨둔 거고요."

"어쩌면 그는 그들을 한두 번 본 게 전부이거나 고작 이름만 몇 번 들어본 정도였을 거예요."

"그럼 리스트에 만프레트 스토크 1세도 있었나요?"

"그와 매치되는 이름은 '프레디 케인Freddy Cain'이에요. 혹시 성서에 등장하는 카인(Cain, 동생 아벨을 질투해 죽인 인류 최초의 살인자. 신의 저주를 받아 떠돌아다니는 신세가 된다)을 연상한 게 아닐까요?"

"아무래도 모두 약탈된 미술품들과 관련이 있는 것 같아요."

"네, 나도 그렇게 생각해요. 마이어는 그들의 신원은 물론 약탈 행적까지도 밀고할 수 있었어요. 하지만 그가 당신과 당신 어머니를 지키기 위해 그들을 협박했다는 생각엔 변함이 없어요."

"투른의 말에 따르면, 그는 시시한 정보 제공자였을 뿐이에요."

"그래서 그들은 마이어가 어떤 정보를 가지고 있을 거라고 믿었어요. 어쩌면…… 마이어는 자신의 딸을 위해 임기응변으로 둘러댄 걸지도 몰라요."

에스터는 말문이 막혀 아랫입술을 깨물었다.

"감동적이네요. 믿긴 어렵지만, 감동적인 얘기예요. 하지만 그가 그 쥐새끼들을 정말 신고하지 않은 그럴듯한 이유를 한번 말해봐요."

헨슨은 그녀에게서 시선을 돌렸다.

"그건 몰라요."

그리고 빠르게 말을 이었다.

"하지만 당신도 알다시피, 믿지 않는 것보다 믿는 게 더 쉬워요."

에스터는 손으로 머리를 만졌다.

"여전히 혼란스러워요. 지금 우리가 어떻게 알겠어요? 그런데 1966년부터 아버지가 내게 전화했던 그날까지, 아버지는 어떻게 무사할 수 있었죠? 어째서 그들은 아버지를 가만히 뒀을까요?"

"새뮤얼 마이어는 자신이 알고 있는 걸 쉽게 폭로할 수 없었을 거예요. 그렇다면 자신의 죄도 드러나게 될 테니까요. 그래서 오랫동안 침묵한 거겠죠. 그는 당신에게 연락한 직후, 그러니까 거의 같은 시간대에 토른에게도 연락했어요. 그와 관련된 통화 기록이 있어요. 토른이 시카고에 온 건 우연의 일치가 아니었어요. 그를 매수하거나 죽이기 위해 온 거였죠. 토른의 휴대전화 기록을 보면, 그가 칠레에 있는 스토크에게 연락했다는 걸 알 수 있어요. 스토크는 아우구스토 피노체트(칠레의 군부 독재자) 밑에서 첩보원으로 일했던 아들을 대신 보냈고요."

"어떻게 그런 자가 첩보원일 수 있죠?"

"어디까지나 완곡한 표현이죠. 내 생각에는요."

헨슨이 무미건조하게 대답했다.

"스토크 1세는 어떻게 됐나요?"

헨슨이 어깨를 으쓱했다.

"그는 사라졌어요. 현재 파라과이에서 그를 추적 중이에요. 나이는 아흔을 훌쩍 넘겼을 거예요. 우리가 기대할 수 있는 건 그가 늘 어깨 너머를 흘긋거려야 한다는 것과 죽기 몇 주 전 심한 고통을 받을 거라는 거예요. 어쩌면 지금쯤 멩겔레와 하인리히 힘러와 함께 뜨거운 차를 마시고 있을지도 모르죠."

에스터는 무심코 차창 밖을 내다보았다. 관광을 하던 젊은 부부가 쇼핑백들을 발치에 내려놓고 뜨겁게 키스하고 있었다.

"몇 가지라도 증명할 수 있다면 좋겠어요."

"마음만 먹으면 가능해요."

헨슨이 말했다.

"날 안심시키려고 일부러 꾸민 거잖아요."

"물론 이 사실들을 모두 증명할 수 있어요. 통화 기록, 나치스에 관한 기록 등. 모두요."

"하지만 어떻게 해석하느냐에 따라 의미가 달라질 수도 있어요."

"이렇게 생각해봐요. 자코브 민스키는 삼촌의 그림을 되찾았어요. 그는 그림을 경매에 넘기지 않을 거라고 말했어요. 물론 변호사들에겐 대경실색할 노릇이죠. 그림은 아마 암스테르담 국립미술관에 데 흐로트 자화상과 나란히 걸릴 거예요. 빈센트가 자신의 작품을 어떻게 복제했는지를 보여주는 예로요. 세상은 두 점의 고흐 그림을 얻었어요. 진실도 조금이나마 밝혀졌고요. 당신도 아버지에 대해 몇 가지 점을 알게 되었죠. 그가 약자였든 강자였든 간에요. 아버지를 향한 미움도 조금 사그라졌을지 모르고요."

에스터는 흐느끼고 있었다. 헨슨이 손수건을 건넸지만, 에스터는 자신의 손으로 뺨을 닦았다.

"이제 가죠. 어머니가 날 찾을 거예요."

에스터가 말했다.

"네."

헨슨이 차의 시동을 걸어 도로로 진입했다. 몇 분 동안 서로 아무 말이 없었다. 심지어 한 번도 눈을 마주치지 않았다.

에스터가 마음을 가다듬고 말했다.

"오늘은 결혼반지를 안 꼈네요."

헨슨이 어깨를 조금 으쓱했다.

"깜박했어요."

"누가 믿을 줄 알아요."

헨슨이 몇 초간 침묵했다. 에스터는 헨슨의 마음을 상하게 한 것 같아 자신이 한 말을 후회했다.

"미안해요. 내가 상관할 일이 아닌데."

에스터가 말했다.

"뺄 때가 됐다고 생각했을 뿐이에요."

헨슨이 말했다. 그러나 에스터의 기대와 달리 헨슨은 더 이상 아무 말이 없었다.

공항 앞에 거의 도착할 무렵에야 차창 밖을 보던 에스터가 길게 심호흡을 하고 말했다.

"있잖아요. 헨슨 씨, 할 말이 있어요."

"돌아와서 우리와 함께하겠다고 약속해요."

에스터가 머리를 흔들었다.

"어어, 심각해 보이네요?"

"아니에요. 좀 진지해져서 그래요. 고맙다는 말을 하고 싶어요."

"고맙다고요?"

"많이 애써준 거요. 아버지와 아무 상관이 없는데도."

에스터는 말을 잇기를 주저했다.

"날 위해 애써준 거 고마워요. 진심으로요. 아버지에 관한 비밀을 밝혀내는 건 당신이나 관세청의 소관은 아니잖아요."

"불법으로 밀반입했다면 상관이 없진 않아요."

"죽은 후엔 아니죠. 위험을 무릅쓰면서까지 내 옆에 있어 줄 필요는 없었어요."

"당신은 그만큼 소중하니까요, 고렌 양."

헨슨이 냉소를 띠며 말을 이었다.

"내 목숨을 여러 번 구해준 당신을 신뢰했어요."

"뒤에서 날 끌어주지 않았다면, 그런 상황은 오지도 못했을 거예요."

"그런 소리 마세요. 당신이 아니었다면 우린 아무것도 얻을 수 없었어요."

"그렇지 않아요."

에스터가 나직하게 말했다.

"중요한 건, 내가 아버지에 대한 진실을 알도록 당신이 옆에서 도와줬다는 거예요. 많은 노력을 해주었고, 그 점에 대해 고맙게 생각해요."

"뭐, 도왔다고는 해도 충분히 도운 건 아니죠. 완벽한 답을 얻지 못했으니까요. 우리는 당신 아버지가 만프레트 스토크나 토른과 공모를 했는지 아닌지 정확히 몰라요. 고흐를 둘러싸고 무슨 일이 있었는지도요."

에스터가 양손을 꽉 쥐었다.

"무엇 때문에 어머니가 아버지를 떠났는지도."

에스터가 혼잣말처럼 말했다.

"아버지가 모진 세파 속에서 그런 상황에 어쩔 수 없이 처한 선량한 사람이었는지 아니면 원래부터 사악한 사람이었는지도요."

"어쩌면 아무도 모를 거예요."

헨슨이 말했다.

"그래요. 아무도요."

헨슨은 장난 섞인 표정을 지었지만 터미널 앞 연석에 차를 대는 동안 아무 대답도 하지 않았다. 그리고 트렁크에서 에스터의 가방을 꺼냈다.

에스터가 손을 내밀었다.

"이제, 작별해야겠네요."

"샬롬."

헨슨이 그녀의 가느다란 손가락들을 쥐고 흔들며 말했다.

"엽서 보낼게요."

에스터는 미소지으며 그의 손을 놓았다.

"특급으로요. 이것만은 알아둬요. 당신이 날 곧 찾지 않으면, 내가 당신을 찾을 거라는걸요. 그리고 당신을 우리 팀에 합류시키기 위해 열심히 설득할 거예요."

"당신의 확신은 늘 나를 즐겁게 해요."

에스터가 말했다.

"그건 확신이 아니에요."

헨슨이 미소지으며 말했다.

"그건 배짱이에요. 백 퍼센트 순수한, 캔자스 보이 스카우트의 배짱. 우리는 절대 포기하지 않을 거예요."

에스터가 헨슨의 팔을 잡았다.

"시간 낭비예요. 실패는 신사답게 인정해요, 보이 스카우트. 내 삶은 또 다른 방향으로 나아갈 거예요."

헨슨이 어깨를 으쓱했다. 여전히 미소지으며.

에스터가 헨슨에게서 등을 돌렸다. 그러다 갑자기 뒤돌아 헨슨의 뺨을 손으로 감싸고 이마에 입맞춤을 했다. 헨슨은 당황한 나머지 숨을 죽였다.

"샬롬, 마틴 헨슨."

에스터가 속삭였다.

"갈게요."

에스터가 터미널을 향해 보도를 걸어가는 동안, 헨슨은 아무 말도 할 수 없었다. 그리고 암스테르담으로 돌아가는 길에 자동차 백미러를 흘긋 볼 때까지 이마에 붉은 립스틱 자국이 찍혀 있다는 걸 알지 못했다. 립스틱 자국을 씻은 후에도 헨슨은 며칠 동안 에스터의 체취를 느낄 수 있었다.

20장
경매

새로 지은 소더비즈 경매장은 암스테르담 남부의 A10 고속도로에서 남쪽으로 이어진 불렐란에 위치한 현대식의 흰색 건물이다. 헨슨은 여기까지 오는 데 걸릴 시간을 꽤 길게 잡은 탓에 예정보다 일찍 도착했다. 빠르게 신분증 검사를 마치고 로비 안으로 어슬렁어슬렁 걸어가고 있을 때, 테라스에 카메라맨들과 통신원들이 모여 있는 모습이 보였다.

이 경매에 대한 관심은 가히 전 세계적이었다. 사람들은 저마다 경매가를 추측했다. 감정위원단은 시카고에서 발견된 고흐 자화상이 위대한 화가인 고흐의 작품이 분명하며, 물리적 증거에 어떠한 모순도 없다고 공식 발표했다. 안료, 붓놀림, 캔버스, 이 세 가지 모두 고흐가 그림을 그렸던 시기의 것과 일치했다. 그런가 하면 감정위원단은 토른이 별장 지하에 은밀히 소장했던 자화상도 진짜임을 입증했다. 그 그림은 데 흐로트에 걸려 있던 것이 분명했다. 미술 수집가들은 두 점의 그림이 동시에 경매에 오르기를 고대했다. 그렇다면 경매가는 천문학적인 액수에 달할 것이고, 낙찰받는 데 성공한 사람은 역사상 가장 축복받은 수집가 중 한 명이 될 것이다.

그러나 시카고에서 발견된 자화상은 온전히 자코브 민스키의 소유였지만, 데 흐로트의 자화상은 소유권을 둘러싼 논쟁이 여전히 진행 중이었다. 자선 수녀회의 소유가 될 가능성이 높았지만, 법적으로 볼 때 네덜란드 정부의 소유가 될 가능성 또한 높았다. 전쟁이 끝난 후 폐교된 많은 학교의 자산이 정부에 넘어갔기 때문에 그림의 법적 주인도 네덜란드 정부여야 한다는 의견이었다. 독일 정부는 제3제국이 그 그림을 구입했음을 말해주는 영수증을 근거로 소유권을 주장한 국회의원의 주장에 아무런 지지도 보내지 않았다. 한 네덜란드 신문은, 만약 이 건이 EU 법정에서 승소 판결을 받는다면 네덜란드가 거래 과정에서 받았을 것으로 추정되는 2000유로의 금액을 오늘날 통화 가치로 환산해 반환해야 한다고 제시했다.

기다란 검은색 리무진이 경매장 앞에 도착했다. 그와 동시에 사진기자들이 리무진으로 몰려들었다. 마치 유명한 영화배우가 도착하기라도 한 것처럼. 운전기사가 문을 열자, 자코브 민스키의 변호사 웨스턴이 기자들의 시선을 즐기며 리무진 밖으로 나왔다. 이어서 몸을 돌려 바로크 시대의 시종처럼 우아하게 몸을 굽히고, 뒷문에서 나오는 민스키를 부축했다. 플래시가 일제히 민스키에게 쏟아졌다. 민스키는 벌 떼같이 모여든 기자들이 거북스러운지 손을 휘저었다. 창문으로 그 장면을 지켜보던 헨슨은 민스키가 불빛에 거부 반응을 보이는 프랑켄슈타인의 괴물 같다고 생각하며 피식 웃었다. 운전기사와 웨스턴이 민스키를 곁에서 부축하며 기자들 틈을 뚫고 지나갔다. 그들이 안으로 들어오자마자, 웨이터가 샴페인이 놓인 쟁반을 들고 다가왔다.

"됐소."

민스키가 그렇게 말하며 소다수를 서빙하는 웨이터를 찾기 위해 두리번거렸다.

헨슨은 잠시 그를 바라보다가 카탈로그를 띄엄띄엄 읽기 시작했다. 그날 경매에 오른 작품은 고흐의 자화상은 물론 데 스테일(de Stijl, 20세기 초에 네덜란드에서 전개된 추상미술 운동) 화가 테오 반 두스뷔르흐의 작품 두 점과 조르주 반통겔루의 작품 세 점, 이탈리아 미래파들의 작품 몇 점을 포함해 모두 스무 점이었다. 헨슨은 자신이 왜 여기에 왔는지 스스로도 의아했다. 물론 민스키의 청으로 소더비즈에서 그에게 초대장을 보내긴 했지만. 그 그림에 관한 그의 임무는 완전히 끝났다. 게다가 제2차 세계대전은 물론 그 후 세계를 어지럽힌 수많은 분쟁 중에 행방이 묘연해진 미술품들은 여전히 많았다. 미술품들을 추적하는 과정이 끝나면 마지막으로 이루어지는 것이 경매였다. 경매는 이 일의 대미를 장식했다. 이 그림은 다행히 오랜 기간에 걸친 법적 소송 없이 정당한 주인에게 반환되었다. 아마도 헨슨은 지금쯤 축배를 들고 맛있는 저녁을 먹은 후 내일 떠나는 여행을 위해 일찍 잠자리에 들어야 했을 것이다. 여행의 목적은 소비에트가 슬로바키아를 침공했을 때 약탈한 중세의 성골함들을 찾기 위한 것이었다.

경매장 안은 많은 입찰자들로 들끓었고, 거의가 서로를 잘 아는 것 같았다. 그중에는 이슬람교 성직자의 흰색 의상을 입은 무리들도 있고, 일본에서 온 사람들이 서로에게 인사를 하기도 했다.

"오늘은 꼭 내 손안에 넣고 말 겁니다!"

한 남자가 강인해 보이는 체구의 한 남자와 악수하며 텍사스 억양으로 말했다. 그와 악수를 한 남자의 손놀림은 영국의 상류 계층처럼 우아했다. 헨슨은 처음에 그 남자가 앤드루 왕자일 거라고 생각했지만, 그는 훨씬 더 나이가 들어 보였다. 그러나 어쨌든 왕실의 후손처럼 보였다.

"젊은 양반! 젊은 양반!"

민스키가 그를 둘러싼 무리를 뚫고 헨슨에게 다가왔다.

"당신이 해냈소! 정말 감개무량하구먼. 오늘은 무척 기쁜 날이오."

민스키는 마치 무언가를 잘못 놓고 온 것처럼 주위를 두리번거렸다.

"오늘 오후가 되면 선생님은 어마어마한 부자가 되실 겁니다."

"물론, 그렇겠지."

민스키가 대답했다.

"그러나 내가 그 돈으로 무얼 할 수 있을 것 같소? 날 봐요. 더 좋은 침대는 살 수 있겠지만, 하룻밤을 살 수는 없지. 안나 뭐시기 같은 영화배우를 돈으로 살 수도 있겠지만 그다음은? 말 안장 위에서 죽는 건 어떠오? 당신이 죽은 사람을 부활시키는 재주가 있다면. 그거야말로 정말 신나는 일일 텐데. 허나 나는 죽음이 두렵지 않소."

헨슨이 미소지었다.

"전 선생님이 그림을 안 파실 줄 알았어요. 초대장을 받고 조금 놀랐습니다."

"보험이 문제야! 당신은 짐작도 못 할 거요! 보험에 들려면 나는 철 상자 안에서 살 수밖에 없다오! 삼촌의 당구장에 걸려 있었을 때, 누구나 빈센트를 감상할 수 있었지. 그래서 나는 그림을 팔기로 결정한 거요. 단, 판매 조건은 영구적인 전시라오. 사실 그림은 나만의 것이 아니지. 그건 전 인류의 것이지."

"선생님은 좋은 분이세요."

민스키가 칭찬에 손사래를 쳤다. 마치 다시 플래시 세례를 받은 것처럼.

"으음, 내 변호사 빅숏은 그 조건이 가격을 떨어뜨릴 거라고 하더군. 한 백만 달러? 체! 자기 몫은 칼같이 챙기려고 들걸."

민스키가 헨슨의 옷깃을 가까이 끌어당겼다.

"나는 그 돈을 여러 시나고그에 기증할 생각이요."

그가 속삭였다.

| 반 고흐 컨스피러시

"당신도 알다시피 유대교 회당에는 허물어진 지붕 이외에도 손볼 것이 아주 많거든."

"정말 멋진 생각이군요."

헨슨이 말했다.

"엄마의 말씀이셨지. 그들은 파리 떼처럼 들끓을 거요."

헨슨이 그의 입술을 지퍼로 잠그는 시늉을 했다.

"그건 그렇고. 아름다운 고렌 양은 어디에 있소?"

"몇 달 전 귀국했습니다."

"당신과 일하는 줄 알았는데."

"아닙니다. 개인적인 일 때문에 저와 함께했던 거고, 지금은 어머니가 편찮으셔서 이스라엘로 돌아갔어요."

"하지만 난 고렌 양도 초대를 했소."

"아직은 마음의 여유가 없을 겁니다."

민스키가 고개를 끄덕였다. 그리고 다시 헨슨의 옷깃을 잡으며 속삭였다.

"난 그녀 때문에 안장 위에서 죽을 생각을 했다오."

그러고는 윙크를 했다.

헨슨이 미소지으며 눈썹을 치켜세우고는 어깨를 으쓱했다.

민스키가 그의 가슴에 펀치를 가하는 흉내를 냈다.

"뭐가 문제요, 젊은 양반? 그런 멋진 유대인 여자를 놓치고 말이야?"

"맞는 말씀이십니다."

"그럼, 그렇고말고!"

웨스턴이 검은 담비 모피 코트를 입은 나이 많은 여자와 함께 그들에게 다가오더니, 헨슨과 짧게 악수를 나누고는 민스키 쪽으로 몸을 돌렸다. 그들은 곧 민스키를 에워쌌다.

들끓는 파리 떼, 라고 헨슨은 생각했다. 그리고 샴페인 한 잔을 주문할 요량으로 주위를 어슬렁거렸다. 결국 에스터를 설득하는 일은 실패로 돌아간 것일까? 이제 뭘 어떻게 해야 하지? 헨슨은 에스터를 특별 조사단에 영입하기 위해 노력했다. 스키폴 공항에서 헤어진 후 네 번에 걸쳐 에스터와 전화 연결을 시도했다. 한 번은 전화를 받지 않았고, 세 번은 자동 응답기로만 연결되었다. 얼마 후 헨슨의 비서는 에스터가 남긴 메시지를 그에게 보고했다.

"고렌 양께서 이렇게 전하시랍니다. 제안은 고맙지만, 자신에게는 과분한 제안이라 받아들일 수 없다고요."

계속해서 사람들이 안으로 들어오는 동안, 턱시도 차림의 남자가 연단에 올랐다.

"신사 숙녀 여러분, 15분 후에 경매를 시작할 예정입니다. 다른 때보다 절차가 더 길어지는 만큼 차질 없이 경매가 이루어지도록 만전을 기했습니다."

그는 프랑스어로 그 말을 되풀이했고, 이어서 독일어로 말하기 시작했다. 그때 운전용 갈색 장갑을 낀 손이 헨슨의 팔 안쪽으로 들어왔.

헨슨은 순간적으로 에스터임을 직감했다. 에스터를 보았을 때, 그녀의 검은 눈동자는 그가 기억하는 것보다 훨씬 더 아름다웠다.

"세상에! 당신이군요!"

헨슨이 반가운 목소리로 말했다.

에스터가 헨슨의 팔을 끌어당겨 포옹을 했다. 팔을 풀었을 때 여전히 귓가에서 희미한 레몬향이 났다.

"다시 만나서 정말 기뻐요. 민스키 씨가 방금 전 당신의 안부를 물었어요."

"마지막 순간까지도 결정을 못 내렸어요."

"어머니는 어떠세요?"

"한 달 전에 돌아가셨어요."

"저런."

에스터가 고개를 조금 숙였다.

"편안히 눈을 감으셨어요."

"다행이군요."

"우리, 얘기 좀 해요."

에스터가 그의 팔을 다시 잡고 말했다.

"무슨 얘기요?"

"비밀스러운 얘기요. 빈 방이 있나요?"

헨슨이 웨이터를 찾기 위해 주위를 두리번거렸다.

"여기요."

몇 분 후, 소더비즈의 직원이 회의실 문을 열었다. 그리고 오른쪽에 출구가 있으며, 다른 회의실에는 출입할 수 없다고 귀띔했다. 헨슨은 그 직원에게 입찰가와 관련해 기밀한 논의가 필요하다는 인상을 남겼다. 몸에 착 달라붙는 검은 슬랙스에 갈색 가죽 외투를 입은 에스터는 공항에서 곧장 온 것처럼 보였다. 어깨에는 가죽 가방을 매고 있었다. 에스터가 방 안으로 들어갔을 때, 헨슨은 그녀가 긴장하고 있다는 걸 느낄 수 있었다. 그가 문을 닫았을 때는 마치 스스로 보호하려는 것처럼 몸을 돌렸다.

"그게 뭐죠?"

헨슨이 물었다.

어쩌면 만프레트 스토크와 관련된 누군가가 나타나 에스터를 위협한 게 아닐까? 헨슨은 잠시 그런 생각을 했다.

에스터는 자리에 앉아 가죽 가방을 손에 들었다.

"한번 봐요."

에스터가 가방을 테이블에 올려놓고 잠금쇠를 열었다. 그런 다음 안에서 낡은 책을 꺼냈다. 표지가 천으로 되어 있고, 크기는 시중에서 파는 페이퍼백만 했다. 책등은 물론 책표지에도 아무런 글이 없었다. 가장자리에서 찢어진 종잇조각이 밖으로 떨어져 나갔다. 일기장은 고무 밴드로 묶여 있었는데, 일기장과 함께 봉투가 하나 더 있었다. 에스터가 봉투를 꺼내 헨슨에게 내밀었다.

"이게 뭐죠?"

헨슨이 물었다.

"한번 읽어봐요."

에스터가 말했다.

봉투 겉면에 필기체로 다음과 같이 적혀 있었다.

"제발! 제발 부탁이니 읽어주렴."

헨슨이 의아스러운 얼굴로 에스터를 보았다.

"읽어봐요."

네가 날 미워하고 있다는 걸 안다. 어떤 방법으로도 내 잘못을 용서받을 길이 없구나. 하지만 내가 죽기 전에 네게 모든 걸 이야기하고 싶었어. 나를 위해서가 아니라 너를 위해. 그러니 제발 읽어주렴. 네가 날 보러 올 때 하려던 이야기였지. 네가 오지 않았다고 해서 널 원망하지는 않아. 그래서 네게 이렇게 편지를 보낸다. 내게는 남은 시간이 얼마 없어. 그들은 암이 심장으로 퍼져서 입원을 해야 한다고 하지만, 나는 거기서 죽고 싶지 않아. 그래서 여기에 남기로 했단다. 널 다시는 못 볼 거라는 걸 알아. 다 내가 자초한 일이지.

"아버지군요."

헨슨이 말했다.

에스터는 무슨 말을 하려고 했지만, 말문이 막혀서 이를 악물고 고개만 끄덕였다. 헨슨은 조명이 좀더 환하게 비치는 방향으로 의자를 틀었다.

나는 기껏해야 며칠 혹은 몇 주밖에 못 살기 때문에 주변을 정리해야 할 필요를 느꼈어. 그래서 제일 먼저 너에게 내 일기장을 보낸다. 일기장이 안전하게 도착할 무렵이면, 나는 50년 동안 질질 끌던 일을 해결하기 위해 누군가에게 연락을 하고 있겠지. 그 뚱보 개자식은 내가 아직 살아 있다는 걸 알고 큰 충격을 받을 거야. 그 충격으로 죽는다면 여한이 없겠구나. 나는 네가 내 일기장에서 읽은 내용을 세상에 알렸으면 한단다. 물론 네가 현명하게 잘할 거라고 믿어.

"'뚱보 개자식'은 토른이군요. 관련된 통화 기록이 있어요."
헨슨이 말했다.
"그 후 토른이 만프레트 스토크에게 연락했어요."
"스토크는 킬러인 아들을 보냈고요."
"내가 좀더 일찍 갔더라면……."
에스터는 양손으로 얼굴을 감쌌다.

일기장을 읽으면 내가 어떤 삶을 살아왔는지 충분히 알 수 있을 거야. 신이 창조한 가장 훌륭한 여성인 네 엄마는 나 때문에 큰 고통을 받았단다. 나는 너와 네 엄마를 고통스럽게 하고 싶지 않았어. 그들이 네 엄마를 죽일지도 몰라. 내 행동에 대한 앙갚음을 하기 위해 널 죽일지도 모른다. 이자들은 마음만 먹으면 뭐든 할 수 있는 자들이야. 유대인인 너는 이걸 알아야 해. 너는 그들이 늘 거기에 있다는 걸 알아야 한다. 그러나 평소에는 보통 사람들로 위장하고 군중 속에 숨어 있지.

네게 하고 싶었던 말은 많단다. 하지만 네가 날 만나러 왔다 해도 내 가슴은 여전히 죄의식과 끔찍한 기억들로부터 벗어날 수 없었을 거야. 아무리 오랫동안 얘기를 해도 결코 지워지지 않는 것들이지. 너는 아름다운 아기였단다, 나의 에스터 마이어! 네가 아름답게 성장했을 거라는 걸 나는 알고 있어. 나는 널 떠올릴 때마다 아름다운 여성이 되어 있을 네 모습도 상상한단다. 너는 네 엄마와 닮았을 거야. 네 엄마는 온갖 역경 속에서도 늘 아름다운 빛을 발했어. 그 어느 것도 네 엄마에게서 아름다움을 앗아가지 못했지. 네 엄마는 강한 여성이었어. 정말 강했어! 그 어느 것도 네 엄마를 무력하게 만들지 못했단다. 하지만 나는 엄마와 너를 멀리 보내야 했어. 나는 무척 괴로웠어. 밤이건 낮이건 깨어 있을 때나 잠을 잘 때나 한순간도 괴롭지 않은 적이 없었지. 허나 나는 강해야 했어. 나의 로사만큼, 언젠가 나의 작은 딸이 그렇게 되기를 바라는 만큼 강해야 했어.

여전히 내가 원망스럽겠지만, 나는 엄마와 너를, 이스라엘로 떠난 그때보다 훨씬 더 사랑한단다. 네가 믿지 않는다 해도 그건 사실이야. 나는 과거에 용서받기 힘든 과오를 범했지만, 나 때문에 너와 네 엄마가 피해를 보는 일은 없도록 해야 했어. 나의 공주, 너는 불행하게도 좋은 아버지를 만나는 복을 타고나지 못했구나. 비록 너와 내가 함께 한 시간이 채 몇 달밖에 안 되지만, 네가 내 딸이라는 게 얼마나 큰 행복인지 모른다. 그래서 네게 부끄러운 아버지가 되지 않기 위해 무엇이든 하고 싶구나.

그는 '네 아버지'라고 서명했으나 줄을 그어 지우고 '새뮤얼 마이어'

라고만 서명했다.

"와우."

헨슨이 나직이 말했다.

"이걸 어떻게 받았죠? 언제요? 아버지한테서 온 거라는 걸 알았어요?"

"네."

에스터가 한숨을 내쉬었다.

"일기장을 보고 아버지가 맞다는 걸 알았어요."

"그런데 어떻게 받았죠? 우편으로 왔나요? 왜 그리 오래 걸렸죠?"

에스터는 손으로 머리카락을 쓸어 넘겼다.

"공항에서 아버지에게 전화했을 때까지, 아버지는 내가 올 줄 모르고 있었어요. 이미 내게 일기장을 소포로 보낸 뒤였죠. 어머니의 이름으로요. 일기장은 요양소로 보냈어요. 직원이 소포를 받아 벽장 아니면 다른 어딘가에 넣어두었던 모양이에요. 어머니는 내가 암스테르담을 떠나 이스라엘에 도착한 지 6주 후에 돌아가셨어요. 그들은 어머니의 유품을 정리해서 상자 속에 보관해두었어요. 그리고 난…… 몇 주 동안, 아니 몇 달 동안 차마 상자 안을 들여다볼 용기를 내지 못했어요. 어머니의 유품은 몇 개 안 되었죠. 어머니는……"

에스터는 길게 심호흡을 한 뒤 다시 말을 이었다.

"조그만 유리 말을 가지고 있었는데, 누가 그걸 가져갔는지 보이지 않았어요. 그래서 어머니가 요양소에서 가지고 있던 건 내 사진 한 장과 옷 몇 벌이 다였어요. 그리고 상자를 덮으려는데, 무언가가 더 있었어요. 바로 이거였죠."

헨슨이 고개를 끄덕이며 편지를 테이블에 내려놓았다. 그리고 에스터의 어깨를 손으로 감쌌다. 에스터는 손을 펴 헨슨의 손가락을 잡았다. 그리고 조용히 자신의 무릎을 내려다보았다.

"일기장을 봐도 될까요?"

헨슨이 부드러운 목소리로 물었다.

"실제로는 일기장이 아니에요."

에스터가 말했다.

"아버지가 미국에 이민 왔을 때부터 쓴 거예요. 그리고 죽기 얼마 전에 마무리했고요."

에스터는 새뮤얼 마이어의 이야기를 간추려서 말하는 동안에도 그의 손을 계속 놓지 않았다.

마이어는 메스에서 태어났고, 그의 아버지는 요리사였다. 그리고 어린 시절을 프랑스령인 라인 지방에서 보냈다. 그곳은 무척 혼란스러운 곳이었다. 그러나 마이어의 가족은 그곳을 떠나지 않았다. 심지어 독일 나치스의 지배를 받은 후에도. 결국 그곳의 유대인 주민들은 재산을 약탈당하거나 강제노동 수용소로 끌려갔다. 또래 소년들에 비해 체구가 건장했던 마이어도 끌려갔다. 그리고 또 다른 소년과 함께 열차에서 탈출했다. 그들의 뒤에서 총알이 빗발치듯 퍼부어졌고, 개들이 그들을 뒤쫓았다. 그때 옆에서 같이 뛰던 소년이 발을 헛디뎌 넘어졌다. 마이어는 언덕에서 똑똑히 보았다. 개들이 커다란 송곳니로 소년의 배를 물어뜯는 장면을. 마이어는 계속 달리고 또 달렸다. 해가 뜨고 다시 질 때까지. 피 냄새에 흥분한 개들이 날카롭게 짖는 소리가 울려 퍼졌다. 마이어는 몸서리를 치며 들판에 힘없이 쓰러졌다.

마이어는 탈출에 성공했지만, 벨기에를 향해 북쪽으로 계속 걸어갔다. 이윽고 벨기에를 지나 네덜란드에 도착했다. 베크베르흐에서 마이어는 거의 동물과 다름없었다. 배수구나 다리 밑에서 잠을 잤고, 낮에는 숨어 있다가 밤이 되어서야 겨우 바깥을 어슬렁거렸다. 빨래터에서 옷을 훔치고 닭 사료나 식물 뿌리를 먹기도 하고 먹을 것을 찾아 쓰레기통을 뒤졌다.

자선 수녀회의 수녀 두 명이 돌담 아래에서 자고 있는 마이어를 발견했을 때, 그는 인간 이하의 삶을 살고 있었다. 둘 중 한 명이 프랑스어로 그에게 말을 건넸다. 그리고 가지고 있던 비스킷 몇 개를 그에게 나눠주며 학교에서 잠을 잘 수 있게 해주겠다고 했다. 그러나 나치스의 만행을 두 눈으로 똑똑히 보았던 마이어는 나치스의 눈에 띄는 것이 두려웠다. 이내 그들에게서 도망을 쳤지만, 다음날 같은 장소로 돌아왔다. 그들은 다시 오지 않았다. 그러던 어느 날, 데 흐로트 학교에서 풍기는 맛있는 음식 냄새가 발길을 끌어당겼다. 마이어는 구석에 숨어서 날이 어두워질 때까지 기다렸다가 학교 안으로 몰래 들어갔다. 그 후 몇 달을 거기서 은둔자처럼 지냈다. 마이어는 두 명의 수녀 이외에 어느 누구와도 말하지 않았다. 수녀들은 마이어로 하여금 다시 사람들과 섞여 지내고 싶은 욕구를 불러일으켰다. 마이어는 죽을 위험을 무릅쓰고 수녀들과 몇몇 순박한 농부들의 자비를 받아들이기 시작했다. 마침내 데 흐로트 박물관의 큐레이터에게 용기를 내어 일자리를 부탁했다.

큐레이터는 이따금 빵과 치즈 혹은 우유와 토끼고기를 그에게 나눠주었다. 네덜란드는 이제 제3제국의 본격적인 지배하에 있었고, 전쟁은 여전히 계속되었다. 모두가 궁핍할 때였으나, 큐레이터는 자신의 것을 마이어에게 나눠주었는가 하면 젊은 비서인 헤리트 빌렘 토른을 조심하라고도 귀띔했다. 토른은 네덜란드 나치스의 당원이었다. 토른은 마이어와 이따금 마주쳤다. 마이어를 수상쩍게 여기는 토른에게 큐레이터는 마이어가 시골에서 몇 년간 착하게 살던 한 여자 세탁부의 사생아라고 둘러댔다. 그리고 바보라는 말을 덧붙였다. 큐레이터는 토른이 허세 부리길 좋아한다는 걸 알았다. 자신이 대단한 사람이라는 걸 증명하려고 안간힘을 쓰는 뚱보 젊은이. 그러나 그뿐이라고 생각했다. 그래서 마이어에게는 위험한 건 토른이 아니라 그의 친구들 몇몇이라고 했다.

그러나 토른은 위험했다. 큐레이터의 아내가 유대계라는 걸 알았을 때는 그 사실을 나치스에 밀고했다. 그래서 큐레이터와 그의 가족은 베르겐 벨젠으로 영원히 사라졌다. 지역 주민들을 의식한 토른은 큐레이터가 체포된 사실에 충격을 받은 것처럼 행세했다. 마치 자신은 전혀 몰랐던 일인 것처럼. 그러나 그에 대해 말할 때는 서슴지 않고 이름 앞에 '유대인 혈통'이라고 붙였다. 사실 큐레이터는 유대인이 아니었으나, 많은 사람들은 그가 수용소로 끌려간 것이 당연하다고 생각하기에 이르렀다.

마이어는 간절히 도망치고 싶었지만, 이제 밖에서는 몸을 숨기기가 어려워졌다는 걸 깨달았다. 토른은 마이어에게 큐레이터와 같은 운명이 되게 해주겠다고 협박했다. 그리고 마이어를 정신박약이라고 생각하고 농부가 돼지들에게나 주는 음식 찌꺼기들을 마이어에게 던져주었다. 마이어는 자꾸만 그 소년의 배를 물어뜯던 개들이 떠올라 몸서리쳤다. 그래서 계속 바보 흉내를 냈다. 그러던 어느 날 오후 산울타리 밑에서 신문을 읽고 있다가 그만 토른에게 발각되었다. 마이어는 토른에게 필사적으로 매달리며 제발 신고하지 말아달라고 애원했다. 마이어는 토른을 정확히 이해하고 있었다. 그 뚱보는 사람을 지배하는 걸 좋아했다. 그래서 마이어는 토른을 위해서라면 무슨 일이든 하겠다고 말했다.

처음 며칠간 토른은 마이어를 괴롭히지 않았다. 아무래도 그를 어디에 써먹으면 좋을지 궁리하고 있는 듯했다. 그러던 어느 날 밤, 토른은 나치스에서 자기보다 지위가 높은 상관에게 모욕을 당한 후 술에 잔뜩 취해 창고에서 자고 있는 마이어를 깨웠다. 땀으로 얼룩진 얼굴이 어둠 속에서 희미하게 나타나 마이어에게 피트 홈을 죽이라고 명령했다.

"어떻게 찌르는지 알겠지? 그 자식을 찔러버려. 그리고 유대인이나 공산주의자가 한 짓처럼 꾸며. 혀를 잘라버려. 눈알을 후벼내. 놈의 고환을 가져와. 그래. 그거면 돼."

마이어는 알겠다고 했지만, 당분간 토른과 마주치지 않으면 무사히 넘어갈 거라고 생각했다. 마이어는 사람을 어떻게 죽이는지 전혀 몰랐다. 그러나 다음날 아침 토른은 마이어에게 실행을 재촉했다. 마이어는 이 위기에서 벗어나기 위해 복수하는 방법을 토른보다 더 잘 알고 있는 척했다. 그리고 토른에게 피트 홈을 죽이는 것보다 그의 명예를 더럽혀 파면당하게 하는 것이 더 달콤한 복수가 될 것이라고 설득했다. 마이어는 말했다. 만약 그 남자가 살해된다면, 그는 사람들의 눈에 영웅이나 순교자처럼 비춰질 거라고. 그리고 토른을 의심하게 될 거라고. 처음에 마이어는 자기 손으로 사람을 죽이는 일을 차마 할 수 없어서 이 방법을 생각해냈다. 그러나 토른의 요구대로 피트 홈과 같은 자를 죽인다면, 그것은 유대인들을 위해 정의로운 일일 뿐만 아니라 기쁜 일이 될 수도 있었다.

토른은 고개를 끄덕이며 '유대인 같은 생각을 한' 그를 칭찬했다. 그들은 홈의 헛간 다락에 무전기를 숨겨두었다. 너무 오래돼 더는 작동하지 않았는데, 마이어가 그것을 고쳐서 나무 상자들 뒤에 놓았다. 홈은 그의 아내가 보는 앞에서 즉결 처형되었다. 맹세코 무전기를 본 적이 없으며 스파이 짓을 한 적도 없다고 주장하며 목숨을 애걸했지만, 아무 소용이 없었다. 그의 아내와 자식들은 감옥에 끌려갔다가 얼마 후 풀려났다. 몇 주가 지나 토른은 다시 술에 취했다. 베크베르흐 파시스트당의 새 상관이 자신을 모욕했다고 생각했기 때문이다. 그리하여 익명의 편지 한 장이 토른의 상관을 강제노동 수용소로 끌려가게 만들었다(그러나 그는 전쟁에서 살아남았다).

마이어는 토른도 끌려가게 하기 위해 또 다른 익명의 편지를 쓸 수 있었다. 그러나 자신의 운명이 토른의 손아귀 안에 있다는 걸 잊어서는 안

되었다. 토른은 악마였고, 마이어는 그 악마에게 영혼을 팔았다. 토른은 언제나 마이어에게 그 사실을 일깨웠지만 쓸모가 있는 한 마이어를 곁에 둘 생각이었다. 마이어는 자신을 혐오했다. 상황은 너무 절망스러웠다. 자신이 마치 드라큘라의 관을 청소하고 드라큘라를 위해 벌레를 잡는 시종처럼 느껴졌다. 이윽고 토른은 곳곳에 숨은 유대인들을 적발하는 것이 자신의 업적을 높이는 데 도움이 될 거라고 생각했다. 그 무렵 나치스 친위대는 데 흐로트 저택을 점령하고 그곳을 심문실로 개조했다. 그들의 목적은 나치스에 저항하는 무리를 색출하고 나치스의 사상을 전파하는 데 있었다. 토른은 마이어로 하여금 몇몇 주민들이 수군거리는 소리를 엿듣게 했다. 그래서 마이어는 공산주의자 몇 명의 이름을 토른에게 알려주었다. 그들은 모두 10대였고, 광장에서 자기 아버지들과 함께 처형당했다.

이제 독일군은 기세를 잃어가고 있었다. 연합군의 전략적 공습은 강화되었다. 마이어는 더 초조해진 나머지 자신이 착유장 근처에서 구걸을 하고 있을 때 자신에게 돌을 던졌던 남자에 대해 토른에게 이야기했다. 마이어는 유대인을 밀고하기 시작했다. 이 전쟁이 연합군의 승리로 끝날 때까지 목숨을 연명하기 위해서는 여전히 토른에게 쓸모 있는 존재로 남아야 했다. 마이어는 그런 자신이 증오스러웠다. 어쩌면 토른을 죽이는 일이 더 쉬웠을지 모르지만, 연합군이 아직 진격하기 전이라 마이어의 정체가 드러나는 건 시간 문제였다. 게다가 토른과 같이 악랄한 자를 간단히 죽이는 것은 너무나 관대한 처사였다.

어느 날 오후, 트럭 한 대분의 미술품들이 철도역에 도착했다. 그곳은 환승역이었고, 열차가 다시 운행하려면 며칠이 걸렸다. 미술품들은 독일로 호송되기 전에 데 흐로트 박물관에 임시로 보관되었다. 친위대의 스토크 대령이 창고에서 잠을 자는 초라한 행색의 남자를 수상쩍게 여기자, 토른은 마이어가 유대인이라는 사실을 부인했다. 그리고 저택에서 심부

름꾼으로 일하는 바보라고 덧붙였다. 얼마 후, 독일군들은 마이어를 대수롭지 않게 여겼다. 마이어는 열쇠구멍이나 열린 창문을 통해 그들이 하는 이야기를 엿들었다. 그리고 몇몇 간부들이 미술품 몇 점을 빼돌릴 계획이라는 걸 곧 알아챘다. 특히 괴링 사령관은 새로운 독일 제국의 중심지에 약탈한 미술품들을 대거 진열할 계획이었고, 하인리히 힘러는 토라를 보관하는 성궤, 장식촛대, 유대교 문헌 등 '곧 멸종될 인종인' 유대인에 관한 박물관을 지을 생각이었다. 스토크를 포함한 공모자들은 미술품 몇 점이 사라졌다고 해서 눈치챌 사람은 없을 거라고 생각했다.

마이어는 공모자들의 이름을 휘갈겨 쓴 다음 명단을 재킷 안감 속에 깊숙이 숨겼다. 그래서 차후에 그 미술품들을 되찾을 수 있을 것이라고 그는 생각했다.

헨슨이 갑자기 에스터의 이야기에 끼어들었다.

"커브스 사진 뒷면에 적혀 있던 그 명단이었나요?"

"네. 일기장에도 적혀 있었어요."

"참, 그 숫자들에 대한 설명도 있었나요? 우리는 그 부분에 대해 계속 조사했지만, 아무런 단서도 찾지 못했어요. 어쩌면 스위스 은행 계좌이거나 다른 뭐겠죠. 암호 분석가들 중 한 명은 책의 어떤 암호일지 모른다고 했지만, 그것만으로는 무슨 책인지 알 수가 없었어요."

"안타깝게도 그 부분에 대한 언급은 없어요."

에스터가 말했다.

"좋아요, 그럼, 고흐에 대해서는요?"

에스터가 말을 계속했다. 에스터의 얼굴은 전보다 더 편안해 보였다.

스토크 대령을 포함한 나치스 친위대는 데 흐로트의 소장품들도 쉽게 약탈할 수 있었지만, 고흐를 제외하면 실로 가치 있는 물건이 없었다. 게다가 그 걸작을 보는 눈도 저마다 달랐다. 어찌 보면, 고흐는 회화의 기법을 파괴하고 서구 문명으로부터의 해방을 추구한 '데카당' 화가들 중 한 명이었다. 그러나 토른은 연합군이 박물관을 폭파하고 그 그림을 가져갈까 봐 두렵다고 말했다. 그래서 스토크에게 데 흐로트 자화상을 제3제국에 팔아 그 수익을 나눠 갖자고 제안했다. 한동안 토른은 박물관에 고흐의 자화상 대신 자신이 그린 모사품을 걸어두었을 것이다. 몇 년간 고흐처럼 그리기 위해 부단히 노력한 결과, 그중 하나가 문외한들의 눈에 진품처럼 보일 거라고 확신했다. 그리고 진품은 전쟁 중에 훼손되지 않도록 상자 속에 안전하게 보관했을 것이다. 그러면 연합군이 격퇴당하거나 어떤 협정이 체결될 때까지 눈에 띄지 않을 수 있었다. 마이어는 이 대화를 엿들었다. 그 순간 토른이 자주 했던 말을 기억하며 어떤 생각을 떠올리고는 회심의 미소를 지었다. 토른은 고흐조차도 그의 그림과 자신의 그림을 구분하지 못할 거라고 호언장담했었다. 스토크는 그 제안에 쾌히 응하지 않았지만, 토른이 단돈 1페니히도 받지 않겠다는 조건을 내걸자 결국 판매를 위한 중개자로 자처하며 베를린과 접촉했다.

 마이어는 그 무렵 모종의 계획을 세웠다. 토른과 스토크는 데 흐로트의 고흐를 이송하기 위해 그것을 나무 상자 안에 넣었다. 그러나 열차가 연합군의 폭격을 받고 철도도 끊기자, 당분간 운행을 중단할 수밖에 없었다. 복구하려면 1주일이 꼬박 걸릴 것이다. 그리하여 미술품을 넣은 상자들은 오래된 마차 차고 안에 보관되었다.

 이틀 후, 연합군의 갑작스러운 공격에 독일군이 총력을 기울이는 틈을 타 마이어는 마차 차고 안으로 몰래 들어갔다. 사방에 상자들이 높게 쌓여 있었는데, 대부분 데 흐로트 자화상이 들어갈 수 있을 만한 크기였다. 지난주에 파리와 남프랑스에서 도착한 미술품들은 트럭 몇 대분에 달했다. 몇몇 상자에는 재사용할 수 있도록 걸쇠와 경첩을 달아놓았지만, 다른 것들에는 모두 못이 박혀 있었다. 그중 하나에 손을 댔을 때, 못은 이미 느슨해져 있었다. 토른이나 스토크 아니면 다른 누군가가 그 안을 몰래 들여다본 모양이었다. 마이어는 안에 들어 있는 갖가지 그림들을 보고 눈이 휘둥그레졌다. 그래서 시간 가는 줄도 모르고 한참을 거기에 앉아 그림들을 구경했다. 그리고 벽면 가까이에서 종이 라벨이 측면에 봉인처럼 붙어 있는 상자를 발견했다. 그 종이에는 '고흐의 자화상, 아를'이라고 적혀 있었다. 심장이 두근거리기 시작했다. 행운의 여신이 그에게 미소를 보냈다. 라벨은 마차 차고 안의 습기 때문에 이미 붕 떠 있었다. 마이어는 라벨을 조심스럽게 떼어낸 다음 상자를 열어 데 흐로트의 자화상을 토른의 모사품과 바꿔치기했다. 전문가라면 단번에 그 차이를 구별할 수 있을 테고, 그리하여 토른은 제3제국을 속인 벌을 받게 될 거라는 게 마이어의 계산이었다.

마이어는 진짜 고흐의 자화상을 숨기기 위한 완벽한 장소를 알았다. 마차 차고 안에는 쇠로 된 기둥이 계단 측면에 일정한 간격으로 세워져 있었는데, 이 기둥들은 각각의 문을 지탱해주는 문설주와 같은 역할을 할 뿐만 아니라 말을 밧줄로 묶기 위해서도 사용되었다. 그리고 기둥의 맨 위에 파인애플 모양처럼 생긴 뚜껑이 덮여 있었다. 마이어는 그 기둥들을 검은색 페인트로 칠하는 동안 뚜껑 하나를 이미 헐겁게 해놓았다. 속이 빈 기둥 안은 건조하고 깨끗했다. 그는 그림을 방수포로 덮고 말아 그 속으로 떨어뜨린 다음 뚜껑을 닫았다. 그런 다음 뚜껑을 더 단단히 닫기 위해 돌로 가장자리를 두드렸다. 그런가 하면 오랜 세월이 흐르면서 검은색 페인트가 접착제와도 같은 역할을 했다. 약 20년이 지난 후, 그림을 찾으러 돌아왔을 때 마이어는 뚜껑을 깨기 위해 큰 쇠망치를 사용해야 했다. 그러나 고흐는 여전히 안에 안전하게 보관되어 있었다. 심지어 먼지도 그

속으로 침입하지 못했다.

"그런데."
헨슨이 불쑥 말했다.
"데 흐로트의 자화상은 토른의 손에서 한 번도 떠나지 않았어요. 마이어가 몇 년 후 그 관에서 찾은 건 페오도르 민스키의 그림이 아니었나요?"
에스터가 미소지었다.
"네, 그랬죠. 아버지는 다른 상자를 연 거였어요."
"그럼 민스키의 자화상을 토른의 모사품과 바꿔치기한 거군요."
"하지만 토른도 이미 데 흐로트의 자화상을 몰래 손에 넣기 위해 자신의 모사품 중 하나와 바꿔치기했죠."
"그럼 두 점의 모사품만 불에 탄 건가요?"
"정말 같지 않지만……."
헨슨이 테이블을 손가락으로 두드렸다.
"베를린의 영수증들이요! 어쩌면 진짜였을지도 몰라요. 데 흐로트 자화상, 그러니까 토른의 모사품은 정말 베를린으로 이송된 게 아닐까요? 그 후 거대한 공습을 당하거나 러시아의 공격을 받아 사라진 거예요."
"맞아요! 하지만 토른은 그것이 네덜란드에서 불에 탔다고 생각했어요. 그리고 민스키의 자화상에 대해서는 전혀 몰랐죠."
"대체 고흐는 얼마나 많은 자화상을 그렸을까요?"
헨슨이 말했다.

스토크는 이틀 안에 미술품들을 베를린으로 직접 호송하라는 명령을 받았다. 그런데 그의 모습은 왠지 불안해 보였고, 딴 생각에 정신이 팔린

것도 같았다. 그 무렵, 독일군은 연합군의 기세에 눌려 불리한 상황에 놓여 있었다. 게다가 독일에서 날아온 소식에 따르면, 총통이 슈타우펜베르크와 공모해 자신을 암살하려 한 자들을 혹독히 고문하는 한편 숙청을 시작했다고 한다. 스토크는 베를린으로 돌아가길 원치 않았다. 왜일까? 히틀러 암살 모의에 그도 동참했을까? 그러나 마이어는 절대 그럴 리가 없다고 생각했다. 그가 보기에 스토크는 열렬한 히틀러 신봉자였다. 아마 미술품 몇 점을 빼돌렸기 때문에 제 발이 저려서일 것이다. 어쩌면 공모자들 중 한 명과 친구이거나 동기였을지 모른다. 그 이유만으로도 처벌자 명단에 그의 이름이 올라갈 가능성은 충분했다.

그러나 마이어는 분명한 이유를 알지 못했다. 그러던 어느 날 하사관을 도와 미술품들을 트럭에 실었다. 그리고 나서 트럭에 함께 타라는 명령을 받았다. 마이어는 한 번도 역까지 동행한 적이 없었던지라 자꾸 겁이 났다. 트럭이 출발한 후에 스토크가 자신에게 총을 쏘는 건 아닐까. 그래서 트럭이 들판을 지나 숲에 이를 때 트럭에서 탈출하기로 결심했다. 트럭이 방향을 틀며 서행하는 바로 그때를 노릴 생각이었다. 트럭이 출발했을 때, 서쪽에서 폭격 소리가 크게 울려 퍼졌다. 영국군이 베크베르흐로 진격하고 있었다. 마이어는 그 소리에 놀라 움찔했다. 몇 마일 떨어진 곳으로 달려가면 그는 살 수 있었지만, 지금으로선 그곳에 갈 수 있는 가능성이 희박했다.

트럭은 비포장 길을 빠르게 달리기 시작했다. 마이어를 둘러싼 상자들이 위태롭게 흔들리며 바닥에서 튀어 올랐다. 마이어는 다른 상자들에 비해 흔들림이 덜한, 마치 관처럼 생긴 상자에 몸을 붙이고 판(짐승의 모습에 가까운 다산(多産)의 신)의 대리석상을 꽉 움켜쥐었다.

엔진의 요란한 소음에 묻혀 다른 소리가 잘 들리지 않았다. 그 와중에 마이어는 더 큰 소음이 들리는 순간을 노려 뒷문을 열 참이었다. 차 지붕에 구멍이 뚫렸고 나무가 쪼개졌다. 팔에 총알이 스치면서 피가 흘렀다. 트럭은 연합군의 폭격을 받고 있었다. 전투기의 굉음이 어느새 희미해지자, 마이어는 쓰러진 상자들 위를 기어갔다. 지금이 뒷문을 열 절호의 기회라고 생각하며. 트럭이 좌우로 비틀거리며 속력을 늦추었다. 마이어가 문에 거의 다다랐을 때, 트럭이 갑자기 무언가와 쾅 하고 부딪히는 바람에 앞으로 고꾸라졌다. 그 순간 문이 마치 스프링이 튀어나오는 장난감 상자처럼 휙 하고 열렸다. 트럭은 길옆의 수로에 빠진 것이었다. 트럭의 지붕 위로 올라간 마이어는 길에 쓰러져 있는 스토크를 발견했다. 차에서 스스로 뛰어내렸거나 아니면 무의식중에 밖으로 튀어나온 것 같았다. 서서히 그가 몸을 뒤척였다. 그리고 힘겹게 몸을 일으키며 권총을 쥔 손을 들더니 다시 의식을 잃고 털썩 쓰러졌다. 마이어는 차 지붕에서 뛰어내려 있는 힘껏 달렸다. 2년 전 열차에서 뛰어내려 탈출을 시도했을 때처럼. 나무숲에서 맥없이 쓰러진 마이어는 불에 탄 트럭에서 치솟는 검은 연기 기둥을 올려다보았다.

　마이어는 연합군의 진영으로 뛰어가고 싶은 마음이 굴뚝같았지만, 그러려면 많은 독일군과 부딪쳐야 했다. 마이어는 계속 남쪽으로 달렸다. 2년 전 그때처럼. 그리고 프랑스의 비시에 있는 피난처에 무사히 도착했다. 마이어는 진실과 허위를 교묘하게 오가며 자신이 겪은 일들을 설명했다. 예를 들어 팔에 난 상처는 강제 수용소에서 탈출했을 때 그 혐오스러운 문신을 지우기 위해 불에 달군 막대로 지진 거라고 둘러댔다.

"그럼 진짜 아우슈비츠 생존자는 아니었군요?"
헨슨이 말했다.
에스터가 머리를 흔들었다.
"하지만 아버지는 그자들이 자신을 찾고 있다고 굳게 믿었어요. 일기장에는 그들이 전쟁 중에 훔친 금이며 보석이며 미술품을 팔아 어마어마한 부자가 되었고, 돈의 일부를 이스라엘의 적들에게 기부하거나 아리아인들의 비밀 활동에 조달하고 있다고 기록했어요. 장장 스무 페이지에 걸쳐서요. 그리고 세계 주요 사건의 대부분이 그들의 음모라고 여겼어요."

"점점 망상적이 되어가는군요."

에스터는 방어적인 눈초리로 그를 바라보았다.

"설마 아무 이유 없이요?"

"물론 충분한 이유가 있었죠. 그렇지 않은 게 오히려 이상할 정도로요."

"네. 아버지의 가슴에는 지울 수 없는 상처가 남았어요. 그는 아무도 믿지 않았어요."

헨슨이 고개를 끄덕였다.

"한데 왜 폭로하지 않았을까요? 그는 뉘른베르크 재판(독일 뉘른베르크에서 열린 전범 재판), 아이히만(Eichmann, 독일의 나치스 친위대 장교로 예루살렘의 법정에서 사형 판결을 받았다)이나 클라우스 바르비(Klaus Barbie, 독일 게슈타포의 총수로 리옹에서 열린 재판에서 종신형을 선고받았다)의 재판을 보지 않았나요? 어떻게 그 오랜 세월 동안 침묵을 지킬 수 있었지요?"

"나도 스스로에게 물었어요, 마틴. 아버지는 고흐와 함께 시카고의 연방 법원에 간 적이 있다고 했어요. 그때 택시에서 내리는 한 남자를 보았대요. 아버지는 자신이 미행당하고 있다는 걸 알게 된 거죠."

"하지만 수십 년 동안 같은 집에서 살았잖아요!"

"이 일기를 읽으면 알게 될 거예요. 그의 세계에서는 그게 논리적이었다는걸요. 실제로는 논리적이지 않지만, 그에게는 논리적이었어요."

에스터는 고개를 돌려 테이블을 가만히 내려다보았다.

헨슨이 휘파람을 불었다.

"정부가 그를 마이어베어로 몰아세울 무렵부터였을 거예요!"

"네. 그는 그 공모자들이 그를 다시 거기로 끌고 가려 한다고 생각했어요."

"왜 그는 당신 어머니와 함께 이스라엘로 떠나지 않았나요? 그곳은 충분히…… 그에게 이성적인 세계일 텐데요. 음, 그런 일이 내게 일어난다면 나는 과연 어땠을까, 솔직히 잘 모르겠어요."

헨슨은 잠시 생각에 잠겼다.

"당신 어머니가 왜 떠났다고 하던가요?"

에스터는 마음을 가다듬은 뒤 심호흡을 하고 말했다.

"아버지는 스스로 자신의 마음을 도려냈다고 했어요. 자신이 사랑하는 여자를 보호하기 위해."

"그래서 자신이 마이어베어라고 했군요."

"아니요. 아버지는 어머니에게 임신한 모습이 추하다고 말했대요. 그리고……."

에스터가 말을 삼켰다.

"날 원하지 않는다고도요. 더구나 쌍둥이를 임신한 금발 여자가 있다고도 했어요. 마이어베어 사건은 그녀의 남편이 자신에게 보복하기 위해 부린 수작이라고요. 심지어 생판 모르는 낯선 여인의 사진을 어머니에게 보여주기까지 했대요."

헨슨은 그 말이 의심스러워 머리를 흔들었다.

"그게 정말 사실일까요? 단순히 당신을 위해 쓴 글은 아닐까요?"

"어머니는 그 말을 믿지 말았어야 했지만, 결국 믿었어요. 그보다 더한 상처도 받았던 분이에요. 사랑, 행복, 믿음 따위는 어머니에게 언제나 물음표로 남아 있었죠. 어머니는 실패를 예감하고 있었어요."

"에스터, 난 장담해요. 당신의 삶엔 사랑, 행복, 믿음에 어떤 물음표도 남지 않을 거라는걸요."

헨슨은 에스터의 손을 잡았다. 에스터가 여러 감정이 북받쳐 눈물을 흘릴까 봐서. 에스터는 마음을 다잡으려고 애썼다. 그러나 잠시 후 헨슨은 에스터의 볼을 타고 흐르는 눈물을 보았다.

몇 초 후에 에스터는 눈물을 닦고 말했다.

"아버지는 내게 모든 걸 설명하고 싶었을 거예요. 그들로부터 날 보호하기 위해 고흐를 내게 주려고 했고요. 내가 아버지와의 만남을 거부했을 때, 아버진 자신이 아는 모든 걸 드러낼 결심을 했고, 이윽고 그자들은 스토크 2세를 보낸 거예요."

"마이어는 자신이 정말 어떤 사람인지를 당신에게 알리고 싶었는지 몰라요."

"마틴, 그런데 이러다 경매가 끝나겠어요."

"민스키는 당신에 대해 묻더군요. 아무래도 사랑에 빠진 것 같았어요."

"음, 그는 귀여워요……."

에스터가 싱긋 웃었다.

"하지만 그 전에 이걸 봐야 해요."

에스터가 마이어의 일기장을 내밀었다.

"나중에 읽을게요."

"아니요. 그림들만 봐요."

헨슨은 고무 밴드를 벗겨 반질반질한 종이 한 장을 손에 들었다. 그림이 흑백으로 인쇄된 종이였다. 젖가슴을 드러낸 채 풍성한 바지를 입고 있는 여인이 등을 대고 누워 있는 그림이었다. 하단에 '〈빨간 바지를 입은 오달리스크〉, 앙리 마티스'라는 문구가 적혀 있었다. 종이를 뒤집었을 때, 활자들이 빽빽이 인쇄되어 있었다. 예술 서적이나 카탈로그에서 오린 게 분명했다.

핸슨은 또 다른 종이를 들었다. 질이 더 낮은 종이에 역시나 그림이 흑백으로 인쇄되어 있었다. 이번에는 고흐의 전형적인 그림인 화병들이었다. 하단 중앙에 빈센트의 서명이 있었다.

"토른의 위작이 더 있었나요?"

핸슨이 물었다.

"계속 보세요."

에스터가 말했다.

다음은 엽서였다. 오래되어 누렇게 색이 바랬다. 파스텔화 속 여성은 에스터와 닮아 보였다. 엽서 뒷면에 '에드가 드가, 〈가브리엘 디오트〉, 1890'이라고 인쇄되어 있었다. 그 밖에도 책이나 신문, 심지어 1935년도 달력에서 오린 것이 예닐곱 장 더 있었다. 핸슨은 설명을 듣기 위해 에스터를 흘긋 보았지만, 마지막 장을 들추었을 때 놀라서 입을 다물지 못했다. 그림은 상태가 좋지 않았다. 잉크는 시간의 경과에 따라 희미해졌지만, 핸슨은 여전히 알아볼 수 있었다.

"이것도 마티스의 작품이군요. 폴 로젠버그의 소장품 중 하나인 〈의자에 앉은 여인〉이에요!"

"이거 보여요? 'P. 123'."

"판화의 고유번호인가요? 오, 맙소사! 그럼 그 사진 뒷면의 숫자들은!"

"네, 그래요."

"이 그림은 파리의 폴 로젠버그가 도난당한 거예요. 그는 두 차례의 세계대전이 벌어지는 동안 가장 많은 소장품을 보유한 수집가였죠. 우리는 작년에 이 그림을 추적했지만, 성공하지 못했어요. 나치스가 강제로 빼앗은 후, 자취를 완전히 감추었죠."

"이 중 두세 점은 베른하임 죈 화랑에 소장되었던 거예요. 마찬가지로 약탈되었죠. 그리고 〈모두〉라는 그림은 전쟁 중에 사라져 현재까지 행방이 묘연해요. 아버지는 책을 비롯한 여타 간행물들에 이 그림들이 실린 페이지를 오렸어요."

"먼지가 수북한 도서관에 앉아 많은 예술 서적들을 뒤졌겠군요."

"아버지는 전쟁 중에 베크베르흐에서 이 그림들을 보았어요. 그렇다면 그 사진 뒷면에 적힌 타율 중 일부는 판화의 고유번호이거나 페이지의 수예요. 그자들이 각각 어떤 그림을 빼돌렸는지 알려주기 위해서."

"나머지 숫자들은 그림의 제목을 암호로 바꾼 건지도 몰라요. 음, 이것은 판도라의 상자와도 같아요. 이 상자를 열었을 때 어떤 상황이 벌어질지 아직은 모르지만."

"고흐 음모보다 더한 것이겠죠."

에스터가 말했다.

헨슨은 놀란 얼굴로 묵묵히 그 사진들을 바라보았다.

"워싱턴에 연락해야겠어요."

헨슨이 일기장을 덮고 고무 밴드를 끼우며 말했다.

"그 전에 먼저 자코브 민스키를 만나야 해요. 이제 남은 시간이 별로 없군요. 누가 알아요? 그와 친해두면, 큰 재미를 보게 될지."

"이제 뚜쟁이 노릇까지 할 셈이에요? 내게서 벗어날 생각 마세요. 나 없인 아무것도 되찾을 수 없을 테니까."

"그럼 우리와 일하겠다는 건가요?"

"아버지를 위해서요."

에스터가 대답했다.

헨슨이 그녀를 위해 문을 열었을 때, 경매인의 큰 목소리가 들렸다.

"……자코브 민스키 씨가 소유한 그림입니다. 민스키 씨는 그림을 공개적으로 전시하는 것을 판매 조건으로 내걸었습니다. 입찰가는 800만 유로부터 시작하겠습니다. 네. 네, 부인? 네. 지금 전화로……."

에스터는 삼촌의 그림이 판매되는 순간을 지켜보는 작은 대머리 남자를 발견했다. 그는 즐거운 기색이었다. 돈은 아무래도 좋았다. 곧 수천 명에 이르는 사람들이 그 그림을 볼 기회를 누릴 것이다. 빈센트가 그림을 통해 하려고 했던 말에 귀 기울이며. 민스키는 에스터의 존재를 느낀 것처럼 주위를 두리번거렸다. 그리고 에스터에게 손을 흔들며 환한 미소를 지었다. 그에 답하여 미소를 짓는 에스터에게 감동이 밀려왔다.